이탈리아 기행
2

요한 볼프강 폰 괴테

이탈리아 기행 2

홍성광 옮김

펭귄클래식코리아

이탈리아 기행 2

1판 1쇄 발행 2008년 5월 26일
1판 18쇄 발행 2021년 7월 16일

지은이 | 요한 볼프강 폰 괴테 옮긴이 | 홍성광
발행인 | 이재진 단행본사업본부장 | 신동해 편집장 | 김경림
마케팅 | 이현은 문혜원 홍보 | 최새롬 권영선 최지은
제작 | 정석훈 국제업무 | 김은정

브랜드 펭귄클래식코리아
주소 경기도 파주시 회동길 20 웅진씽크빅 단행본사업본부 펭귄클래식코리아
문의전화 02-3670-1024(영업)
홈페이지 www.wjbooks.co.kr
페이스북 www.facebook.com/wjbook
포스트 post.naver.com/wj_booking
발행처 ㈜웅진씽크빅
출판신고 1980년 3월 29일 제406-2007-000046호

Penguin Classics Korea is the Joint Venture with Penguin Random House Ltd.
Penguin and the associated logo are registered and/or unregistered trademarks of
Penguin Random House Limited. Used with permission.
펭귄클래식코리아는 펭귄랜덤하우스와 제휴한 ㈜웅진씽크빅 단행본사업본부의 브랜드입니다. 펭귄 및 관련 로고는 펭귄랜덤하우스의 등록 상표입니다. 허가를 받아야만 사용할 수 있습니다.

이 책은 저작권법에 따라 보호받는 저작물이므로 무단 전재와 무단 복제를 금지하며, 책 내용의 전부 또는 일부를 이용하려면 저작권자와 ㈜웅진씽크빅의 서면 동의를 받아야 합니다.

한국어판 ©웅진씽크빅, 2008

ISBN 978-89-01-08212-7 04800
ISBN 978-89-01-08204-2 (세트)

• 잘못된 책은 구입하신 곳에서 바꾸어 드립니다.
• 책값은 뒤표지에 있습니다.

차례

제3부
두 번째 로마 체류기, 1787년 6월~1788년 4월 · 7

6월의 편지 · 9
7월의 편지 · 32
8월의 편지 · 57
9월의 편지 · 73
10월의 편지 · 98
11월의 편지 · 127
12월의 편지 · 144
1월의 편지 · 185
2월의 편지 · 238
3월의 편지 · 250
4월의 편지 · 274

작품해설 / 괴테의 생애와 『이탈리아 기행』 · 293

제3부

두 번째 로마 체류기

1787년 6월~1788년 4월

6월의 편지

1787년 6월 8일

그저께 다시 이곳에 무사히 도착했습니다. 그리고 어제 장엄한 성체 축일을 맞아 로마인의 대열에 다시 합류했습니다. 나폴리를 떠난다는 사실이 꽤나 고통스러웠음을 기꺼이 고백하고자 합니다. 경치가 수려한 지역뿐만 아니라 산의 정상에서 바다 쪽으로 흘러가는 어마어마한 용암을 뒤에 두고 떠나야 한다는 사실 때문이었습니다. 어쩌면 용암을 가까이서 관찰하여, 그렇게 많이 책에서 읽고 이야기했던 용암의 분출 및 이동 방식을 체험에 같이 담아왔어야 했을지 모릅니다.

하지만 오늘은 이러한 위대한 자연 경관에 대한 그리움이 사라졌습니다. 전체 모습은 장엄하지만 가끔 개별적으로 드러나는 저속한 요소 탓에 그 내적 의미가 손상되는 경건한 축제의 혼잡함 때문이라기보다는, 라파엘로의 도안에 따라 제작된 융단을 봄으로써 내가 다시 조금 더 높은 관찰의 경지로 들어섰기 때문입니다. 라파엘로의 덕택으로 생겨난 것이 분명한 최상품 융단들이 함께 펼쳐져 있고, 필경 그의 제자, 동시대인 및 동료 예술가들이 고안한 것으로 보이는 다른 융단들도 함께 당당히 자리를 차지하면서 한없이 넓은 공간을 메우고 있습니다.

6월 16일, 로마

그리운 벗들이여, 그대들에게 또다시 글을 띄웁니다. 나는 아주 잘 지내고 있습니다. 나는 점차 자신을 찾아가고 있으며, 나에게 고유한 것과 낯선 것을 구별하는 법을 배우고 있습니다. 열심히 생활하고 모든 방면으로 받아들이고 있으며 내부로부터 성장해 가고 있습니다. 지난 며칠 동안 티볼리에 머물면서 으뜸가는 대자연의 장관들 중 하나를 보았습니다. 그곳의 폭포들은 폐허나 전체 경치와 아울러 알게 됨으로써 우리 내부의 밑바탕이 더욱 풍요로워지는 대상들에 속합니다.

지난번에는 편지 쓰는 일을 차일피일 미루다가 그만 우편물 배달 날짜에 맞추지 못했습니다. 티볼리에서는 더운 날씨에 산책을 하고 스케치를 하느라 거의 파김치가 다 되었습니다. 나는 하케르트와 함께 바깥으로 나갔습니다. 그는 자연을 베끼고 동시에 스케치를 형상화하는 데 비상하게 탁월한 재능이 있습니다. 요 며칠 동안 그에게서 많은 것을 배웠습니다.

더 이상 아무것도 말하고 싶지 않습니다. 다시 세속적인 일들이 정점을 이룹니다. 이 지역에서 일어난 아주 복잡한 사건이 너무나 절묘한 효과를 불러일으킵니다.

하케르트는 계속 칭찬도 하고 질책도 하면서 나를 도와주었습니다. 그는 농담 반 진담 반으로 열여덟 달 동안 이탈리아에 머무르며 확실한 원리를 익히라고 제안했습니다. 그러고 나면 내 작업에서 기쁨을 얻게 될 거라고 약속했습니다. 아닌 게 아니라 나 역시 모종의 난관들에서 빠져나오기 위해 무엇을 어떻게 연구해야 하는지 잘 알고 있습니다. 그렇지 않으면 평생 그러한 짐을 떠안고 어기적거리며 걸어가야 할 것입니다.

또 한 가지 언급할 게 있습니다. 이제야 비로소 나무며 암석이며, 그러니까 로마 자체가 마음에 들기 시작했습니다. 지금까지는 늘 낯설게만 느껴졌습니다. 어렸을 때 본 것들과 비슷한 얼마 안 되는 대상들만 나를 기쁘게 해주었습니다. 이젠 비로소 집에서처럼 편안한 느낌이 드는 모양입니다. 그래도 어렸을 때 처음 보았던 대상들만큼 친숙한 기분은 도무지 들지 않습니다. 이런 기회에 예술과 모방에 관해 여러 가지 생각을 해보았습니다.

내가 없는 동안에 티슈바인은 포르타 델 포폴로 부근의 수도원에서 다니엘레 다 볼테라의 그림 한 점을 발견했습니다. 성직자들은 그 그림을 천 스쿠디에 건네주려고 했지만, 예술가인 티슈바인은 그만한 돈을 조달할 능력이 없었습니다. 그래서 그는 마이어를 통해 앙겔리카 부인한테 그 그림의 구입을 제안했는데 그녀는 기꺼이 동의했습니다. 그녀는 약정한 액수를 치르고 그림을 손에 넣었고, 나중에 티슈바인은 계약 성사에 대한 절반의 공로를 인정받아 상당한 액수를 보상받았습니다. 그것은 많은 인물들을 담은 장례식 장면을 묘사한 뛰어난 그림이었습니다. 이를 토대로 마이어가 세밀하게 그린 스케치가 아직 남아 있습니다.

6월 20일, 로마

이곳에 와서 다시 훌륭한 예술품들을 구경하면서 내 정신은 벌써 맑아지고 확고해지고 있습니다. 하지만 내 방식대로의 유익한 체류가 되기 위해서는 적어도 일 년은 로마에만 머무는 게 필요했습니다. 그리고 여러분도 알다시피 나는 다른 방식으로는 아무것도 할 수 없습니다. 지금 떠나게 되면 어떤 의미를 내가 아직 파악하지 못했는지 아는 것에 지나지 않을 겁니다. 그러기 위해서는 잠깐 동안이면 충분하다고 봅니다.

파르네세 가의 헤라클레스 상은 다른 데로 옮겨졌습니다. 오랜 시일이 흐른 후 진짜 다리를 갖게 된 그 상을 보았습니다. 포르타가 만든 원래의 다리들이 그렇게 오랜 세월이 지난 뒤 이제야 발견되었다는 사실이 이해가 되지 않습니다. 이제 이 상은 고대 예술품 가운데 가장 완벽한 것들 중의 하나입니다. 왕은 나폴리에 박물관을 지어서 그가 소장하고 있는 모든 예술품들, 헤라클레스 박물관, 폼페이의 그림들, 카포디몬테의 그림들, 파르네세 가가 물려받은 모든 상속물을 한데 모아 전시할 예정입니다. 이것은 위대하고 멋진 시도입니다. 우리의 동향인인 하케르트가 이 작업의 가장 중요한 추진자입니다. 심지어 파르네세의 황소 상마저도 나폴리로 옮겨져 그곳 산책로에 세워질 예정입니다. 카라치 화랑을 궁전에서 떼어갈 수 있다면 이들은 그렇게 할지도 모릅니다.

6월 27일, 로마

하케르트와 같이 푸생, 클로드, 살바토르 로사의 작품이 함께 걸려 있는 콜로나 화랑에 다녀왔습니다. 그는 이 그림들의 많은 좋은 점과 근본적으로 생각할 점을 말해 주었습니다. 그는 그 가운데 몇 점을 베껴 그렸고, 다른 것들도 아주 철저히 연구했습니다. 화랑을 처음 몇 번 방문하면서 내가 대체로 하케르트와 같은 생각을 했음을 알고 기뻤습니다. 그가 한 말이 나의 개념을 변화시킨 게 아니라 확대하고 확고하게 해주었을 뿐이었습니다. 다시 자연을 살펴보면서 저 화가들이 발견하고 다소 모방한 것을 재발견해서 읽어낼 수 있다면 우리의 영혼은 확대되고 맑아져서 결국 자연과 예술에 대한 최고의 직관적 개념을 얻게 될 것이 틀림없습니다. 나도 말이나 전통 같은 게 아니라 살아 있는 개념을 얻을 때까지 더는 쉬고 있지 않으렵니다. 어려서부터 이것이 내 성향이었고 골칫거리였습니다. 어느 정도 나이가 든 지금은 적어도 이룰 수 있는 일을 이루고자 하고 할 수 있는 일을 하고자 합니다. 나는 너무나 오랫동안 응당 그래야 했든 아니든 시시포스와 탄탈로스의 운명을 견뎌왔기 때문입니다.

변함없이 나를 사랑하고 신뢰해 주십시오. 나는 지금 여러 사람들과 그럭저럭 지내고 있으며 좋은 의미에서 솔직하게 살아가고 있습니다. 잘 지낼 뿐 아니라 하루하루를 즐겁게 살아가고 있습니다.

티슈바인은 아주 착실한 사람입니다. 하지만 그가 즐겁고 자유롭게 작업할 수 있는 상태에 이르지 못할까 우려되기도 합니다. 대단하기도 한 이 사람에 대해서는 나중에 만나서 직접 이야기해 드리겠습니다. 내 초상화는 잘 되어가며, 실물과 너무 흡사합니다. 누구에게나 그 착상이 마음에 들 것입니다. 앙젤리카도 내 초상화를 그리고 있지만 제대로 진행되지 않고 있습니다. 그림이 내 모습을 닮지 않았고 진척도 되지 않아 그녀는 무척 짜증이 나 있습니다. 멋진 모습의 젊은이지만 나랑은 하나도 닮은 구석이 없습니다.

6월 30일, 로마

성 베드로와 바울의 대축제도 마침내 다가왔습니다. 어제 둥근 지붕의 조명 장식과 성채에서 벌어진 불꽃놀이를 구경했습니다. 동화 같은 어마어마한 광경이라서 눈을 믿을 수 없을 지경입니다. 최근 들어서 나는 사물들을 있는 그대로 볼 뿐 예전처럼 그 사물에 없는 것을 아울러 보지 않기 때문에 즐거움을 못 느낄 때는 그리 대단한 구경거리가 아니라고 여기게 됩니다. 헤아려보면 여행을 하면서 그런 것을 대여섯 번 정도는 본 것 같습니다. 그런데 여기서 본 광경은 그중에서 최상의 것과 견줄 만합니다. 주랑과 성당, 특히 둥근 지붕의 아름다운 형상이 처음에는 불꽃이 이는 가운데 윤곽을 드러내다가, 이내 한 덩어리가 되어 이글거리는 모습이 둘도 없이 장려합니다. 이 순간 그 엄청난 건물이 그저 기본 뼈대의 기능밖에 못함을 생각하면 세상에 이와 유사한 장관이 있을 수 없음을 잘 알게 될 겁니다. 하늘은 맑고 밝으며, 달이 빛나고 있어서 등불을 편안한 빛으로 누그러뜨려 주었습니다. 하지만 마침내 두 번째 불꽃으로 모든 게 작열하기 시작하자 달은 그만 빛을 잃고 말았습니다. 이러한 장소로 인하여 불꽃놀이가 아름답긴 하지만 불꽃과는 비교가 되지 않습니다. 오늘 밤 우리는 이 두 가지를 또 한 번 보게 될 겁니다.

어느덧 이러한 장관도 사라져버렸습니다. 하늘은 아름답고 맑았으며, 달빛이 가득했습니다. 이로 인해 조명은 좀 더 부드러워졌고, 온통 동화처럼 보였습니다. 성당과 둥근 지붕의 아름다운 형상은 흡사 불꽃이 이는 것 같은 윤곽 속에서 위대하고 매력적으로 보입니다.

  6월 말, 로마

  나는 금방 졸업하기에는 너무 커다란 학교에 들어갔습니다. 예술에 대한 내 지식, 보잘것없는 재능을 철저히 다듬어 완전히 무르익게 해야겠습니다. 그렇지 않으면 나는 반쯤 되다 만 사람으로 여러분 곁에 되돌아갈 것이고, 그리움, 노력, 버둥거림과 잠행이 또다시 시작될 것입니다. 이번 달에도 이곳에서 모든 일이 잘 되어갔음을, 즉 바랐던 모든 일이 접시에 차려져 있던 이야기를 하자면 끝이 없을 겁니다. 나는 멋진 숙소에서 살고 있으며 같이 지내는 사람들도 좋습니다. 티슈바인은 나폴리로 떠날 것이고, 그러면 나는 크고 시원한 그의 작업실로 거처를 옮길 겁니다. 여러분이 나를 떠올릴 때 행복한 사람으로 생각해 주십시오. 자주 편지를 쓸 테니 우리는 늘 함께 있는 거나 다름없을 겁니다.

  새로운 생각이나 착상도 많이 떠오릅니다. 자기 자신에 몰두하여 생각에 잠기면 젊은 시절의 감흥이 아주 사소한 것들까지 다시 떠오릅니다. 그러면 대상들의 높은 수준과 품위가 내 궁극적인 존재가 다다를 수 있는 높이와 거리만큼 나를 끌어올립니다. 믿기지 않을 정도로 내 눈이 떠지고 있으며, 손기술은 아주 뒤처지지는 않습니다. 이 세상에는 단 '하나'의 로마밖에 존재하지 않습니다. 그리고 나는 여기서 물속의 물고기처럼 살아가고 있으며, 다른 용액 속에서는 가라앉지만 수은 속에서는 동동 뜨는 한 개의 공처럼 떠다니고 있습니다. 어떤 것도 내 생각의 분위기를 흐려놓지 않아서 사랑하는 사람들과 행복을 나눠 가질 수 있을 것 같습니다. 지금 로마의 하늘은 그지없이 쾌청하고, 아침저녁에만 약간의 안개가 낄 따름입니다. 하지만 지난주에 사흘간 묵었던 알바노, 카스텔로, 프라스카티 같은 산중에는 늘 공기가 맑고 깨끗합니다. 거기서 자연 연구를 할 수 있습니다.

메모

이제 내 편지들을 당시의 상황, 인상 및 감흥에 맞게 고쳐서 쓰려다 보니, 이런저런 나중의 이야기보다 순간의 특성을 잘 나타내주는 기록 중에서 일반적으로 재미있는 부분들을 골라내기 시작한다. 그러다가 비교적 이 목적에 더 부합된다고 생각되는 친구들의 편지들을 발견한다. 그래서 나는 그러한 편지 형식의 글들을 군데군데 끼워 넣기로 마음먹고, 로마를 떠나 나폴리를 향해 가고 있는 티슈바인이 보낸 그야말로 생동감 넘치는 이야기들을 여기서 당장 보여주기로 하겠다. 이 편지들은 그 고장과 그곳 사람들의 적나라한 생활 모습을 독자에게 생생하게 보여주는 데 도움을 주고, 특히 오랫동안 나에게 지대한 영향을 미친 예술가 티슈바인의 인품도 말해 줄 것이다. 때때로 그가 종잡을 수 없는 사람으로 생각되기도 하지만 그의 업적이나 노력을 돌이켜보면 늘 고마운 마음을 금할 길 없다.

티슈바인이 괴테에게 보내는 편지

1787년 7월 10일, 나폴리

로마에서 카푸아로 가는 여행은 무척 행복하고 즐거웠습니다. 알바노에서는 하케르트가 우리를 찾아왔습니다. 벨레트리에서는 보르지아 추기경 댁에서 식사를 했고, 그곳의 박물관을 구경하며 특히 즐거웠습니다. 처음에는 보지 못하고 지나쳤던 것을 여러 가지 보았기 때문입니다. 오후 3시에 다시 길을 떠나 폰티니 늪지대를 통과했습니다. 이번에는 푸른 나무와 덤불이 이 대평원에 매력적인 다채로움을 부여하고 있어서 겨울보다 훨씬 마음에 들었습니다. 땅거미가 깔리기 직전에 늪지대의 가운데에 이르러 마차를 갈아탔습니다. 마부들이 우리에게서 돈을 우려내려고 갖은 술수를 부리는 틈을 타서 용감한 백마 한 마리가 고삐를 풀고 달아나 버렸습니다. 무척 재미있는 구경거리였습니다. 수려한 자태의 눈처럼 희고 멋진 말이었습니다. 그 말은 자기를 묶고 있던 고삐를 끊어버리고 제지하는 마부를 향해 앞발로 도리질을 해댔습니다. 그리고 뒷발질을 해대며 히히힝 하는 비명을 지르자 모두들 무서워서 흠칫 옆으로 물러났습니다. 그러자 녀석은 도랑을 건너 계속 씩씩거리고 히히힝 소리르 내며 전속력으로 들판을 내달렸습니다. 꼬리와 갈기가 하늘 높이 훨훨 휘날렸습니다. 거침없이 내달리는 말의 모습이 어찌나 멋지던지 다들 "오 케 벨레체! 케 벨레체!"* 하고 소리쳤습니다. 그러다가 그 말은 또 다른 도랑 부근을 이리저리 내달리며 건너뜀 만한 좁은 지점을 찾기 시작했습니다. 도랑 건너편에서 풀을 뜯고 있는 수백 마리의 망아지와 암말에 접근하기 위해서였습니다. 마침내 도랑을 건너뛰어 조용히 풀을 뜯고 있는 암말들 틈에 끼었습니다. 그런데 놈의 난폭함과 울음소리에 놀란 암말들이 길게 줄을 지어 평평한 들판으로 도망쳤습니다. 그놈은 껑충껑충 뛰어오르며 계속 이들을 뒤쫓아 달렸습니다.

  마침내 백마는 암말 한 마리를 무리에서 이탈하게 만들었습니다. 그러자 암말은 다른 수많은 암말들이 무리 지어 있는 다른 쪽 들판으로 내달려갔습니다. 이 말들도 공포에 사로잡혀 첫 번째 무리가 있는 쪽으로 달려갔습니다. 이제 들판은 겁에 질려 사납게 내달리는 검은색 말들로 온통 뒤덮였고, 백마는 그 틈에서 계속 이리저리 날뛰었습니다. 말 떼가 기다랗게 열을 지어 이리저리 내달리자, 육중한 몸들이 일으키는 엄청난 힘으로 말미암아 공기 중에 솨솨 하는 소리가 났고 지축을 흔드는 굉음이 들렸습니다. 우리는 이렇게 수백 마리의 대군이 들판을 질주하는 모습을 오랫동안 흡족한 마음으로 지켜보았습니다. 말들은 때로는 하나의 덩어리를 이루다가 때로는 흩어지기도 했고, 뿔뿔이 흩어져 이리저리 달리다가는 기다란 열을

---

* '야, 멋있다, 멋있어!' 라는 뜻.

이루며 땅 위를 질주하기도 했습니다.

이윽고 밤으로 접어들면서 어둠이 이런 멋진 구경거리를 앗아갔습니다. 그리고 산 뒤에서 휘영청 밝은 달이 떠오르자 우리가 밝혀놓았던 등불이 빛을 잃었습니다. 하지만 오랫동안 그 은은한 달빛을 즐기는 가운데 나는 쏟아지는 졸음을 어찌할 수 없었습니다. 찬 공기를 맞는 게 무척 염려되기도 했지만 나는 한 시간 이상이나 잠에 빠져 있다가, 우리가 말들을 바꾼 테라치나에 도착해서야 깨어났습니다.

이곳에서 마부들은 루케시니 후작이 그들에게 안긴 두려움 때문에 무척 공손했습니다. 높은 낭떠러지와 바다 사이에 난 길이 아주 위험하기 때문에 이들은 우리에게 최상의 말과 안내자를 제공해 주었습니다. 이곳에서는 이미 여러 번 사고가 있었는데, 특히 말이 놀라기 쉬운 밤에 일어났다고 합니다. 로마의 마지막 초소에서 마부가 고삐를 팽팽히 잡아당기고 여권을 보여주는 동안 나는 높은 암석과 바다 사이를 거닐면서 지극히 인상적인 장면을 목격했습니다. 컴컴한 암석이 달빛을 받아 밝게 빛나고 있었습니다. 그 달빛은 푸른 바다에 선명하게 어른거리는 한 줄기 빛을 던졌고, 해변에 일렁이는 파도에까지 어른거렸습니다.

저 위 산봉우리에서는 무너진 젠제리히 성채의 잔해가 어스름한 푸른색을 띠면서 남아 있었습니다. 이 성채는 지나간 시절을 뇌리에 떠올리게 해주었습니다. 이 지역 사람들 모두 걱정해 마지않았던 키케로나 마리우스의 애타는 사연과 마찬가지로 자신의 목숨을 구하려 한 불행한 콘라딘의 애타는 사연이 느껴졌습니다.

굴러 떨어진 커다란 암석 덩어리들 사이로 달빛을 받으며 해변에 나 있는 산길은 무척이나 아름다웠습니다. 폰디 부근의 올리브 나무, 야자나무, 소나무의 무리들이 빛을 받아 뚜렷이 드러났습니다. 하지만 더 아름다운 레몬 나무 숲은 보지 못해 자못 아쉬웠습니다. 레몬 나무 숲은 황금빛으로 반짝이는 열매에 볕이 비칠 때만 화려한 장관을 드러냅니다. 이제 수많은 올리브 나무와 구주콩 나무가 자라는 산을 넘어갔습니다. 그리고 묘석의 잔해가 이리저리 나뒹구는 고대 도시의 폐허 근처에 도달했을 때는 이미 날이 훤히 밝았습니다. 그중에 가장 큰 것은 키케로가 살해를 당한 바로 그 자리에 세워진 묘석이었습니다. 날이 밝은 지 몇 시간 후에 우리는 반가운 몰라 디 가에타 만(灣)에 도착했습니다. 어부들이 잡은 물고기를 싣고 돌아온 해변은 어느새 활기에 넘쳤습니다. 어떤 어부들은 물고기와 해산물을 광주리에 담고 있었고, 또 다른 어부들은 벌써 다음 고기잡이를 위해 다시 어망을 준비하고 있었습니다. 우리는 그곳을 떠나 기사 베누티가 발굴 작업을 지휘하고 있는 가릴리아노로 갔습니다. 여기서 하케르트는 우리와 헤어져 급히 카세르타로 갔습니다. 길 아래쪽 바닷가로 내려가니 우리를 위해 아침 식사가 준비되어 있었습니다. 이는 사실 점심을 겸하기도 했습니다. 이곳에는 발굴된 유물들이 보기에도 딱하게 처참히 망가진 채 보관되어 있었습니다. 다른 아름다운 유물들 중에서 발견된 어떤 입상의 다리는 벨베데레의 아폴로 상에 견주어도 손색이 없어 보입니다. 입상의 다른 부위도 찾을 수 있다면 참 다행스러울 텐데 말입니다.

  우리는 너무 피곤해서 잠깐 누워서 잠을 청했습니다. 깨어나 보니 친절해 보이는 어떤 가족이 와 있었습니다. 이 고장에 사는 이들이 우리에게 점심을 대접하기 위해 온 것입니다. 이렇게 친절한 배려를 받게 된 것은 우리 곁을 떠난 하케르트 씨 덕분일지도 모르겠습니다. 다시 새로 식사가 차려졌지만 나는 먹을 수가 없었고, 좋은 사람들이긴 했지만 그냥 앉아 있을 수도 없어서 바닷가로 산책을 나가 자갈들 사이를 거닐었습니다. 그 중에는 기묘하게 생긴 돌들도 보였습니다. 특히 많은 돌들이 바다 곤충으로 인해 구멍이 숭숭 뚫려 있었는데, 그중 몇 개는 해면(海綿)처럼 보이기도 했습니다.

여기서 나는 꽤 즐거운 일을 겪기도 했습니다. 목동이 염소떼를 몰고 해변으로 내려왔습니다. 염소들은 바닷물 속에 들어가 몸을 식혔습니다. 이번에는 돼지 치는 사람도 왔습니다. 염소와 돼지 들이 파도 속에서 원기를 회복하는 동안 두 사람은 그늘에 앉아 악기를 연주했습니다. 돼지 치는 사람은 플루트를 불었고, 염소 치는 목동은 가죽 피리를 불었습니다. 그러다가 체격이 어른 같은 어떤 소년이 훌훌 옷을 벗고는 말을 탄 채 바다 속 깊이 들어가는 것이었습니다. 너무 깊이 들어가서 말도 그와 함께 버둥거리며 헤엄을 쳤습니다. 건장하게 생긴 그 소년이 몸 전체가 보일 정도로 해변에 가까이 왔을 때는 퍽이나 멋있었습니다. 그러다가 다시 깊은 바닷물 속으로 들어가자, 헤엄치는 말은 머리만 내놓았고 소년은 어깨까지밖에 보이지 않았습니다.

오후 3시에 우리는 계속 길을 달렸습니다. 카푸아를 지나 삼 마일을 더 달려 어두워진 지 이미 한 시간쯤 지났을 때 마차의 뒷바퀴가 부러졌습니다. 그래서 다른 바퀴로 갈아 끼우느라 몇 시간이 지체되었습니다. 하지만 이런 일이 일어난 후 몇 마일을 달렸을 때 또다시 차축이 부러졌습니다. 이런 악재가 겹치자 우리는 몹시 짜증이 났습니다. 이제 엎어지면 코 닿을 거리에 왔는데도 나폴리의 친구들을 만날 수 없었으니까 말입니다. 이윽고 자정이 넘어 몇 시간이 더 지나서야 도착했습니다. 그런데 다른 도시에서는 정오 무렵에도 보기 어려울 정도의 많은 사람들이 아직 거리에 보였습니다.

나는 이곳에서 건강하게 잘 지내고 있는 모든 친구들을 만났습니다. 당신도 잘 지낸다는 이야기를 듣고 모두들 반가워하더군요. 나는 하케르트 씨 댁에 묵고 있습니다. 그저께는 기사 해밀턴과 함께 포실리포에 있는 그의 별장에 갔습니다. 그곳은 물론 조물주가 창조한 땅 어디보다도 경치가 더 좋았습니다. 식사 후에 열두 명의 소년이 바다에서 수영을 했는데, 보기에 아름다운 광경이었습니다. 그들이 많은 무리를 이루며 보여준 여러 가지 자세들은 정말 멋있었습니다! 해밀턴은 오후마다 이런 즐거움을 누리기 위해 그들에게 보수를 주고 있습니다. 해밀턴은 내 마음에 꼭 듭니다. 나는 여기 집에서뿐만 아니라 마차를 타고 해변 산책을 하면서도 그와 많은 대화를 나누었습니다. 그에 관한 많은 사실을 알게 되어 특히 기뻤고, 또한 큰 행운이 이 사람에게 함께하기를 바랍니다. 당신이 아는 이곳의 다른 친구들 이름을 적어 주십시오. 그들과도 친교를 맺고 안부를 전할 수 있도록 말입니다. 곧 이곳 소식을 보다 자세히 전해드리겠습니다. 모든 친구들에게, 특히 앙겔리카와 라이펜슈타인에게 안부 전해 주십시오.

추신. 나폴리가 로마보다 훨씬 더운 것 같습니다. 공기가 좀 더 건강에 유익하고, 또한 늘 상쾌한 바람이 분다는 차이점이 있지만 말입니다. 하지만 볕은 훨씬 더 따갑습니다. 처음 며칠 동안은 도저히 견딜 수 없을 지경이었습니다. 얼음물과 눈 녹은 물 덕분에 겨우 버텼습니다.

며칠 후, 날짜 미상

어제는 당신도 나폴리에 계셨으면 좋았을 거라는 생각을 했습니다. 내 평생 일찍이 그토록 엄청난 소음과 단지 먹을거리를 사들이기 위해 모인 엄청난 군중을 본 적이 없었습니다. 이렇게 많은 먹을거리가 한곳에 모여 있는 모습도 다시는 보지 못할 겁니다. 넓은 톨레도 거리가 온갖 종류의 먹을거리로 거의 뒤덮일 지경이었습니다. 이곳에 와서야 비로소 이들이 사시사철 날마다 온갖 과일이 자라는 행복한 고장에서 살고 있다는 사실을 알게 됩니다. 오늘 오십만 명의 사람들이 진수성찬을 즐기고 있다고 생각해 보십시오. 그것도 나폴리인의 방식으로 말입니다. 어제와 오늘 경악할 정도로 엄청나게 먹어대는 어떤 식사 자리에 참석했습니다. 죄스러울 만치 엄청나게 음식이 풍성하다는 생각이 들 지경이었습니다. 크니프도 그 자리에 와서 온갖 맛있는 음식을 먹어댔습니다. 저러다가 배가 터지기라도 하면 어떡하나 우려가 되기도 했지만 그는 끄떡도 하지 않았습니다. 그는 선박 여행을 하면서 시칠리아에서 느꼈던 식욕에 대해 계속 이야기했습니다. 반면에 그때 상당한 돈을 지불한 당신은 때로는 뱃멀미 때문에, 때로는 의도적으로 금식을 해서 거의 굶주린 거나 다름없었다지요.

오늘은 어제 산 모든 것을 벌써 모두 먹어치웠습니다. 그리고 내일이면 어제처럼 거리에 다시 사람들로 넘칠 거라고 합니다. 톨레도 거리는 넘친다는 것이 무슨 말인지 보여주려는 하나의 극장 같습니다. 상점들은 죄다 먹을거리로 장식되어 있고, 심지어 거리 위에 꽃 장식처럼 내걸려 있기도 합니다. 소시지들은 부분적으로 도금되어 빨간 리본으로 묶여 있습니다. 어제만 해도 집에서 사육하는 것까지 합쳐 삼만 마리가 팔려나갔다는 수탉들은 뒤에 모두 붉은 깃발을 꽂고 있습니다. 거세된 수탉이나 작은 오렌지를 싣고 가는 당나귀의 수, 포장도로에 잔뜩 쌓여 있는 황금빛 과일들의 수가 사람을 깜짝 놀라게 합니다. 그러나 청과물을 파는 가게들과 건포도, 무화과 및 멜론을 벌여놓은 가게들이 가장 아름답습니다. 모든 것이 아기자기하게 진열되어 있어서 눈과 마음을 즐겁게 해줍니다. 나폴리는 인간의 오감을 위해 신이 잦은 축복을 내리는 장소입니다.

며칠 후, 날짜 미상

이곳에 사로잡혀 있는 터키인들을 그린 스케치를 보내드립니다. 이들을 붙잡은 배는 당초에 알려졌던 것처럼 헤라클레스 호가 아니라 산호 채취자들을 실어 나르는 배였습니다. 터키인들은 이 기독교인의 배를 보고 빼앗으려고 접근했습니다. 하지만 곧 자신들이 속았음을 알게 되었습니다. 기독교인들의 힘이 더 셌기 때문이었습니다. 그리하여 기독교인들에게 제압당한 이들은 오히려 붙잡힌 채 이곳으로 끌려오게 된 것입니다. 기독교인의 배에는 서른 명, 터키인의 배에도 서른 명이 타고 있었습니다. 전투 중에 여섯 명의 터키인이 사망하고, 한 명이 부상당했습니다. 기독교인 중에는 한 명의 사상자도 없었습니다. 성모마리아가 이들을 지켜준 덕분이지요.

선장은 막대한 전리품을 챙겼습니다. 그는 엄청난 돈과 물품들, 비단과 커피, 그리고 젊은 무어족 여인이 지니고 있던 값비싼 장신구도 수중에 넣었답니다.

포로들, 특히 무어족 여인을 보기 위해 수천 명의 사람들이 줄줄이 배를 타고 그곳으로 가는 모습은 색다른 광경이었습니다. 많은 돈을 내놓고 그녀를 사 가려는 다양한 호사가들이 나타났지만 선장은 그녀를 넘겨주려고 하지 않았습니다.

   나도 매일 그곳에 가보았는데, 한번은 그곳에서 기사 해밀턴과 하르트 양을 발견했습니다. 측은한 감정에 사로잡힌 그녀는 눈물을 흘렸습니다. 이를 보고 무어족 여인도 같이 울음을 터뜨리기 시작했습니다. 하르트 양이 그녀를 사려고 했지만 선장은 완강히 버티며 그녀를 내놓으려 하지 않았습니다. 이들은 더 이상 이곳에 없습니다. 그 밖의 사실은 내 스케치가 말해 줍니다.

추서
— 교황의 융단

산봉우리에서 거의 해안까지 흘러내리는 용암을 뒤에 두고 대범하게 자신을 희생하기로 내린 결정이 성체 축일에 내걸린 융단을 구경하고 소기의 목적을 달성함으로써 충분히 보상되었다. 이 융단은 라파엘로와 그의 제자들, 찬란했던 그의 시대를 떠올리게 해주었다.

수직법(竪織法)이라고 불리는, 날실로 융단을 짜는 제조술은 네덜란드에서 가장 발달해 있었다. 융단 짜는 기술이 어떻게 서서히 발전되고 향상되었는지 나는 알지 못했다. 12세기만 해도 아직 사람들은 자수(刺繡)나 그 밖의 방식으로 개별적인 형상을 완성한 다음 특별히 제작한 중간 연결 부분을 통해 접합했을지도 모른다. 이와 같은 것을 우리는 오래된 성당의 성가대 석에서 볼 수 있다. 이러한 제작법은 또한 아주 작은 색유리 조각을 붙여 그림을 완성하는 알록달록한 유리창과 유사한 점이 있다. 융단을 짤 때는 땜납과 주석봉 대신 바늘과 실이 쓰였다. 예술과 기술의 초기 형태는 모두 이런 식이다. 우리는 같은 방식으로 짠 중국제 융단을 직접 본 적이 있었다.

분명 동양의 것을 모방했겠지만, 무역이 성하고 사치스러웠던 네덜란드에서는 이미 16세기 초에 이런 예술적 기교를 최고의 단계로 끌어올렸다. 이런 방식이 어느덧 다시 동양으로 되돌아갔고, 필시 불완전하나마 비잔틴 양식의 문양을 넣은 무늬나 도안을 통해 로마에도 알려진 것이 분명했다. 여러 면에서, 특히 미적 감각에서도 자유로운 정신의 소유자였던 위대한 레오 10세는 벽에 모사된 것을 보고는 자기 주변의 융단에서도 똑같이 자유롭고 커다란 모습으로 바라볼 수 있기를 원했다. 그리하여 그의 권유로 라파엘로가 밑그림을 완성했다. 예수와 그의 사도들의 관계를 주제로 한 이 작품들은 예수가 승천한 후 그런 재능 있는 사도들의 활약상을 그리고 있다.

성체 축일이 되어서야 비로소 융단의 진정한 쓰임새를 알게 되었다. 이곳에서 융단은 주랑과 텅 빈 공간을 화려한 홀과 로비로 만들어주었다. 그러면서 융단은 그 천부적인 예술가의 능력을 우리 눈앞에 확연히 보여주고, 예술과 손기술이 각기 완벽함의 절정에서 활기차게 만나는 가장 행복한 예를 제시했다.

지금까지 영국에 보존되어 있는 라파엘로의 밑그림은 여전히 세상 사람들의 경탄을 자아내고 있다. 몇 점은 그 거장이 혼자서 그린 게 분명하고, 다른 몇 점은 그의 스케치와 지시에 따라, 어떤 것은 심지어 그가 사망한 후에야 비로소 제작된 것일지도 모른다. 모든 것들이 다 한결같이 예술가적 소명을 보여주고 있다. 그래서 각국의 예술가들이 정신을 고양하고 능력을 향상하기 위해 이곳으로 몰려들었던 것이다.

이를 계기로 우리는 독일 예술가들의 경향에 대해 생각해 보게 된다. 이들은 라파엘로의 초기 작품들을 높이 평가하고 애착을 품었다. 이미 당시에 그의 영향을 받은 약간의 흔적들을 살펴볼 수 있다.

　부드럽고 기품 있으며 자연스러운 성향의 재능이 뛰어난 섬세한 청년의 작품을 대하면 어떤 예술과도 더 친숙하게 느끼게 된다. 자신을 그와 비교할 수는 없지만 그가 이뤄낸 것을 자신도 성취해 보고 싶은 경쟁 심리가 은밀히 사람들 마음속에 발동하게 된다.

　우리는 이 완벽한 인간을 한결같이 편안한 마음으로 대할 수는 없다. 자신의 힘으로 천부적인 재능을 살려 최종적인 성공을 일궈낸 섬뜩한 상황이 예감되기 때문이다. 그런데 우리가 낙담하지 않으려면 자신에게 되돌아가, 노력하고 발전해 가는 그 사람과 비교해 봐야 할 것이다.

　독일 예술가들이 라파엘로의 비교적 초기 미완성 작품들에 애착을 갖고 숭배하고 신뢰하는 까닭이 바로 이 때문이다. 그 작품들과 비교하면 자신들의 작품도 그럭저럭 평가할 만하다고 생각하고, 몇 세기가 축적된 결과를 어쩌면 몸소 해낼 수도 있다는 희망감으로 자신을 달랠 수 있기 때문이었다.

　다시 라파엘로의 밑그림으로 되돌아가 보면, 이것들 모두 남성적으로 구상되었음을 알 수 있다. 윤리적인 진지함, 예감으로 가득 찬 위대함이 온통 그림을 지배하고 있다. 이따금씩 비밀스러운 점도 있지만, 구세주의 승천과 그가 사도들에게 남겨준 놀라운 재능에 대해 성서를 통해 익히 알고 있는 사람들에겐 전적으로 이해가 된다.

　일례로 아나니아의 치욕과 징벌을 살펴보기로 하자. 라파엘로의 세밀한 스케치를 토대로 한, 당연히 마르크 안톤의 작품으로 생각되는 조그만 동판화와 같은 원본을 도리니의 그림, 이 양자를 비교할 만하다.

구성 면에서 이것과 비교할 만한 것은 별로 없을 것이다. 여기에는 어떤 위대한 개념, 특성상 대단히 중요한 어떤 행위가 완전무결한 다양성을 띠며 극히 명료하게 표현되어 있다.

사도들은 각자의 재산이 경건한 공물로 바쳐져 공동 소유물로 쓰이길 기대하며 서 있다. 한쪽에서는 신자들이 공물을 바치고 있고, 다른 한쪽에서는 가난한 자들이 이를 받고 있다. 가운데에는 공물을 착복한 자가 잔혹한 징벌을 받고 있다. 이러한 배치의 대칭성은 주어진 상황에서 비롯되며, 이러한 배치는 다시 표현하려는 것의 필요성에 따라 은폐하기보다는 생기를 불어넣고 있다. 즉 인체의 필수불가결하고 대칭적인 균형이 생명력 있는 다양한 움직임을 통해 비로소 강렬한 흥미를 끌듯이 말이다.

예술품을 감상하면서 말을 늘어놓자면 끝이 없을 테니 여기서는 이런 표현의 중요한 공로만을 높이 평가하도록 하자. 옷가지들을 싸들고 다가오는 두 남자는 두말할 필요 없이 아나니아네 사람들이다. 하지만 이 그림으로 보아 그중 일부는 뒤에 남겨두어 공유 재산에 포함시키지 않고서 착복했다는 사실을 어떻게 알 수 있을까? 여기서 우리는 젊고 귀여운 여인에게 주목하게 된다. 그녀는 밝은 얼굴로 오른손에 쥔 돈을 왼손으로 옮기며 헤아리고 있다. 우리는 이와 관련하여 "오른손이 한 일을 왼손이 모르게 하라."는 성경 구절을 즉시 떠올리게 된다. 이렇게 볼 때 돈 몇 푼을 빼돌리기 위해 사도들에게 건네줘야 할 돈을 헤아리면서 슬쩍하고 있는 그녀는 의심할 여지없이 사피라*인 것이다. 그림은 능청스러우면서도 교활한 표정을 암시

---

* 아나니아의 아내.

하는 것 같다. 곰곰 생각해 보면 이러한 착상은 놀라우면서도 섬뜩하다. 우리 눈앞의 남편은 이미 주리가 틀리고 징벌을 받아 땅바닥에서 처절하게 몸부림치면서 몸을 비틀고 있다. 좀 뒤에서는 앞으로 자신에게 어떤 일이 닥칠지 알지 못하는 아내가 신을 속이기 위해 확실히 교활한 술수를 부리고 있다. 그녀는 어떤 운명이 자신에게 닥칠지 전혀 예감하지 못하고 있다. 어쨌든 이 그림은 우리 앞에 영원한 문제로 제시되어 있다. 그 문제의 해결책이 더욱 그럴듯하고 분명해질수록 점점 더 그 문제에 경탄을 금치 못하게 된다. 라파엘로의 스케치에 따라 제작한 같은 크기의 마르크 안톤의 동판화와 같은 원본을 모사한 도리니의 조금 더 큰 그림을 비교해 보면, 그러한 재능이 있는 자가 똑같은 구성을 다시 다루면서 얼마나 현명하게 변화시키고 향상할 수 있는가를 거듭 깊이 통찰하게 된다. 우리가 이러한 연구를 함으로써 장구한 인생에서 가장 큰 기쁨을 맛보았음을 기꺼이 인정하기로 하자.

7월의 편지

1787년 7월 5일, 로마

지금의 내 삶은 청춘 시절의 꿈과 꼭 닮았습니다. 내가 그 꿈을 누리도록 정해져 있는지 아니면 다른 많은 것과 마찬가지로 이 역시 다만 공허한 것에 불과하다는 사실을 경험하도록 정해져 있는지를 알고자 합니다. 티슈바인은 떠나갔습니다. 그의 작업실은 깨끗이 치워지고 정리되고 청소가 되어서 이제 기꺼이 거기서 살고 싶은 생각이 듭니다. 지금으로서는 안락한 숙소를 얻는 게 절실히 필요합니다. 무더위가 맹위를 떨치고 있습니다. 아침마다 해 뜰 무렵이면 일어나 탄산천이 있는 아쿠아 아체토사로 갑니다. 내가 거처하고 있는 성문에서 약 반 시간 걸리는 거리입니다. 물을 마셔보니 약한 슈발바허* 같은 맛이 나더군요. 이런 날씨에는 과연 효능이 무척 좋습니다. 8시경이면 다시 집에 돌아와, 기분 내키는 대로 이것저것 부지런히 일합니다. 건강은 꽤 좋습니다. 더위에 모든 액체 성분이 소

---

* 독일 타우누스 산지의 슈발바흐 온천에서 나는 광천수.

멸하고, 몸속의 자극성 물질이 피부 밖으로 나옵니다. 그러니 피부가 갈라지거나 당겨지는 것보다는 가려운 편이 차라리 낫습니다. 스케치를 하면서 계속 미적 감각과 기량을 향상시키고 있고, 건축 양식에 대해서는 좀 더 진지한 관심을 갖기 시작했습니다. 모든 일이 나에게 놀라울 정도로 쉽게 되어갑니다.(이는 개념을 뜻합니다. 실행하는 데는 일생이 요구되기 때문이지요.) 가장 좋았던 점은 내가 이곳에 왔을 때는 자부심이나 자만심이 사라지고 아무것도 요구할 게 없었다는 사실이었습니다. 지금 나는 명성이나 말이 나에게 남아 있지 않기를 바랄 뿐입니다. 나는 아름답고 위대하고 존경할 만한 것을 직접 눈으로 보고 인식하고자 합니다. 이것은 모방을 하지 않고는 불가능합니다. 이제 나는 석고상 옆에 앉아야 합니다.(예술가들이 나에게 올바른 방법을 암시해 줍니다. 나는 되도록 힘을 한데 모읍니다.) 이번 주초에는 여러 군데서 온 식사 초대를 거절할 수 없었습니다. 지금도 여기저기서 오라고 하지만, 그냥 사양하고 조용히 지내고 있습니다. 모리츠, 같이 지내는 몇몇 동향인들, 어떤 씩씩한 스위스인이 보통 내가 벗하는 사람들입니다. 앙겔리카와 라이펜슈타인 고문관한테도 들릅니다. 어딜 가나 내 특유의 신중한 방식으로 사람들을 대하며, 속마음을 털어놓는 사람은 아무도 없습니다. 루케시니가 다시 이곳에 들렀습니다. 두루 세상을 돌아다닌 그는 세상 물정에 밝은 사람으로 통합니다. 내 생각이 아주 틀린 게 아니라면 그는 자신이 맡은 직분을 제대로 해내는 사람입니다. 다음번에는 앞으로 알고 지내기를 희망하는 몇몇 사람들에 관해 이야기하겠습니다.

　작업하고 있는 『에그몬트』가 잘되기를 바랍니다. 작업하는 중에 적어도 나 자신은 속이지 않았다는 징후가 늘 있었습니다. 작품을 끝내는 일이 그렇게 자주 방해를 받았다는 것과, 이제 로마에서 작품이 완성되리라는 사실에 정말 이상야릇한 기분이 듭니다. 제1막은 정서를 하고 다듬는 중이며, 모든 장면에 다 손댈 필요는 없습니다.

온갖 종류의 예술에 대해 생각할 기회가 너무 많다 보니 『빌헬름 마이스터』의 분량이 늘어나고 있습니다. 하지만 낡은 것들은 미리 삭제해 버려야 되겠습니다. 이제 나이도 제법 되었으니 또 무언가 하고 싶은 일이 있으면 꾸물거려서는 안 되겠습니다. 쉽사리 짐작할 수 있듯이 내 머릿속은 수백 개의 새로운 것들로 가득합니다. 중요한 일은 생각이 아니라 실행입니다. 대상들을 다름 아닌 지금 있는 그대로 나타내는 것은 매혹적인 일입니다. 나는 예술에 관해 많은 이야기를 하고 싶습니다. 하지만 예술 작품이 없이 무엇을 말한다는 겁니까? 몇몇 자질구레한 것들은 옆으로 치워버릴 생각입니다. 그러니까 내가 이곳에서 이렇게 놀랍고도 색다른 시간을 갖도록, 여러분의 사랑의 박수를 통해서 이런 시간을 가질 수 있게 허락해 주십시오.

이것으로 글을 끝맺어야겠습니다. 그리고 본의 아니게 한 페이지를 백지로 보냅니다. 낮에 너무 더워서 저녁 무렵에 잠이 들었기 때문입니다.

7월 9일, 로마

앞으로는 일주일에 걸쳐 일어나는 일을 몇 가지 써 보낼 생각입니다. 무더위나 다른 우연한 사건으로 인해 여러분에게 제대로 이야기하는 것이 방해받지 않도록 말입니다. 어제는 많은 것을 보고 또 보았습니다. 그지없이 아름다운 제단 장식 그림이 있는 성당을 열두 곳 정도는 둘러보았을 겁니다.

그리고 나서 풍경화가인 영국인 무어 씨 댁에 갔습니다. 그의 그림들은 대체로 뛰어난 것으로 생각됩니다. 특히 그가 그린 노아의 대홍수는 아주 돋보이는 그림이었습니다. 다른 화가들이 대체로 넓지만 수위가 높지 않은 인상을 주는 툭 트인 바다를 그리는 반면 그는 사방이 막혀 있는 깊은 계곡을 묘사했습니다. 점점 불어난 물이 그 계곡에도 밀려들고 있습니다. 바위의 모양으로 보아 물높이가 산 정상에 가까워지고 있음을 알 수 있습니다. 계곡의 뒤쪽이 꽉 막혀 있고, 낭떠러지들이 죄다 험준해서 무시무시한 효과를 내고 있습니다. 그림은 온통 회색으로 그려져 있습니다. 세차게 넘실거리는 흙탕물과 방울방울 떨어지는 빗줄기가 아주 긴밀하게 연결되어 있습니다. 엄청난 덩어리가 기본 원소로 다시 분해되려는 듯 빗물이 암석에서 쏟아져 내립니다. 태양은 흐릿한 달처럼 물안개 사이로 모습을 드러내지만 빛을 내지는 않습니다. 그렇다고 밤은 아닙니다. 전경(前景)의 가운데에는 외떨어진 평평한 바위가 있고, 몇 사람이 그 위에 피신해 어찌할 바를 모르고 있습니다. 물이 자꾸 불어나 이들을 덮치려고 하는 순간에 말입니다. 전체적인 착상은 정말 훌륭합니다. 그림은 길이가 칠팔 피트, 높이가 오륙 피트가 될 정도로 대단히 큽니다. 화창하게 갠 아침이나 기막히게 아름다운 밤을 그린 다른 그림에 관해서는 아무 말도 하지 않겠습니다.

아라 코엘리에서는 성 프란체스코 교단 출신의 두 성자에게 선복식(宣福式)을 행하는 축제가 꼬박 사흘 동안 열렸습니다. 성당의 장식, 음악, 조명 장식과 밤의 불꽃놀이를 보러 사람들이 구름처럼 몰려들었습니다. 가까이에 있는 카피톨리노 성에 불이 밝혀졌고, 그곳 광장에서 불꽃놀이가 벌어졌습니다. 성 베드로 축제의 막후극에 불과하긴 했지만 이 모든 게 어우러져 아름다운 장관을 이루었습니다. 로마의 여인들은 이러한 기회를 잡아 남편이나 남자 친구를 대동하고 모습을 드러내는데, 밤에 검은 벨트를 하고 흰옷을 입은 모양이 아름답고 우아합니다. 지금 코르소 가에서도 밤에 산책을 하거나 마차 드라이브를 하는 일이 빈번합니다. 낮에는 사람들이 통 집밖으로 나가지 않기 때문입니다. 더위는 어지간히 견딜 만하고, 요즈음은 늘 시원한 바람이 불어옵니다. 나는 시원한 방에서 조용히 기분 좋게 지내고 있습니다.

열심히 작업에 임해서 『에그몬트』가 상당히 진척이 되었습니다. 십이 년 전에 내가 쓴 작품이 바로 지금 브뤼셀에서 공연되고 있다니 이상한 일이군요. 오늘날 사람들은 여러 가지 점으로 보아 이것을 풍자극으로 간주할 겁니다.

7월 16일, 로마

벌써 밤이 깊었지만 그렇게 느껴지지는 않습니다. 거리에는 노래하고, 비파와 바이올린을 서로 바꿔 연주하며, 이리저리 오가는 사람들로 넘쳐 납니다. 밤은 서늘하고 원기를 북돋워주는데, 낮도 견딜 수 없을 만큼 더운 것은 아닙니다.

어제는 앙겔리카와 함께 프시케의 신화가 회화로 그려져 있는 파르네시나에 갔다 왔습니다. 기회 있을 때마다 여러분과 함께 내 방에서 이 그림들의 알록달록한 복사본을 얼마나 자주 보았던가요! 너무 많이 보아 거의 암기할 수준이 되었기 때문에 눈에 확 들어오더군요. 비록 훼손된 것을 복원해 놓은 것이긴 하지만, 이 방이나 화랑이 오히려 내가 알고 있는 장식 중에서 가장 아름답습니다.

오늘은 아우구스투스 황제의 무덤에서 소몰이 경기가 있었습니다. 안은 비어 있고 지붕이 없는, 아주 크고 둥근 이 건물은 소몰이 경기를 위한 시합장으로 사용되고 있습니다. 일종의 원형 경기장 같은 거지요. 사오천 명의 관중을 수용할 수 있을 겁니다. 하지만 그 구경거리 자체는 별로 감동적이지 않았습니다. 화요일인 7월 17일에는 저녁에 고대 조상(彫像) 복원가인 알바치니 댁을 찾아갔습니다. 나폴리로 보내질 파르네세 가의 소유물 가운데서 발견된 토르소를 구경하기 위해서였습니다. 그것은 아폴로의 좌상 토르소인데, 아름답기로 아마 견줄 만한 게 없을 겁니다. 적어도 남아 있는 고대 유물 중 최고로 평가될 수 있을 겁니다.

프리스 백작 댁에서 식사를 했습니다. 그분과 함께 여행 중인 재속 성직자 카스티가 그의 단편소설인 『프라하의 대주교』를 낭송했습니다. 그리 대단한 작품은 아니지만 팔행시 형식으로 쓰인 무척 아름다운 글입니다. 그가 쓴 『베네치아의 레 테오도로』를 좋아하는지라 그를 높이 평가한 적이 있습니다. 이번에 그는 『코르시카의 레 테오도로』를 썼더군요. 그 책의 제1막을 읽어봤는데, 역시 대단히 사랑스러운 작품이었습니다.

프리스 백작은 이것저것 많이 사더군요. 특히 그분은 육백 체키노를 주고 안드레아 델 사르토의 마돈나 그림을 하나 사들였습니다. 이미 지난 3월에 앙겔리카가 사백오십 체키노를 주고 사려고 했는데, 까다로운 남편이 뭐라고 제동을 걸지 않았더라면 그 값에 전부 다 구입했을지도 모릅니다. 이제 와서 그녀는 사지 않은 것을 후회하고 있습니다. 믿기지 않게 아름다운 그림이더군요. 백문이 불여일견이라고 직접 보지 않고는 도저히 감이 잡히지 않을 겁니다.

매일 이처럼 새로운 일이 생깁니다. 장구한 세월 동안 불변의 가치를 지닌 것들을 보노라면 기쁘기 한량없습니다. 나의 안목도 많이 높아져서 점차 전문가가 될지도 모르겠습니다.

티슈바인은 편지에서 나폴리의 날씨가 끔찍하게 덥다고 불평하고 있습니다. 여기 날씨도 만만치 않습니다. 화요일에는 외국인들이 스페인이나 포르투갈에서도 겪어보지 못했을 만큼 더웠다고 합니다.

『에그몬트』는 벌써 제4막까지 순조롭게 진행되었습니다. 이걸 보고 여러분이 기뻐하길 바랍니다. 삼 주 정도면 끝날 것으로 생각됩니다. 완성되면 즉시 헤르더에게 보내드리겠습니다.

스케치와 세밀화 작업도 열심히 하고 있습니다. 이곳에선 집 밖으로 나가 조금만 산책을 해도 너무나 값진 대상들을 만나게 됩니다. 나의 생각과 기억은 무한히 아름다운 대상들로 가득 차 있습니다.

7월 20일, 로마

요 근래 들어 평생 나를 따라다니며 괴롭혀온 중대한 잘못 두 가지를 발견할 수 있었습니다. 한 가지는 내가 하려 했거나 해야 했던 일의 손기술을 결코 배우려고 하지 않았다는 것입니다. 이 때문에 나는 천부적인 재능을 한껏 부여받았으면서도 이룩하거나 해놓은 일이 별로 없었습니다. 정신력의 한계로 어쩔 수 없기도 했고, 다행히 성공하거나 우연히 실패를 맛보기도 했으며, 또는 어떤 일을 곰곰 생각하여 잘 처리하려고 했지만 두려움을 느껴 끝마칠 수 없기도 했습니다. 이와 유사한 또 다른 잘못은 내가 어떤 작업이나 일을 해나가는 데 필요한 만큼의 충분한 시간을 들이려고 하지 않았다는 것입니다. 단시간에 아주 많은 것을 생각하고 조합할 수 있는 행복을 누리고 있었기 때문에 나로서는 일을 차근차근 단계적으로 수행하는 것이 따분하고 견딜 수 없었습니다. 이제 나 자신을 바로잡을 시간이 오지 않았나 생각합니다. 나는 예술의 나라에 와 있습니다. 우리의 남은 여생을 안정과 즐거움을 누리고, 무언가 다른 일에 착수할 수 있도록 이 분야를 철저히 연구하도록 하겠습니다.

로마는 그렇게 하기에 걸맞은 장소입니다. 이곳에는 온갖 종류의 대상들뿐만 아니라 진지한 자세로 올바른 길을 가는 온갖 부류의 사람들이 있습니다. 이들과 담소를 나누면서 아주 편안하고도 신속하게 도움을 얻을 수 있습니다. 다행히도 나는 다른 사람들에게서 배우고 받아들이기 시작하고 있습니다.

그리하여 일찍이 그 어느 때보다도 몸과 마음이 편안한 상태입니다! 이러한 점을 내 작품에서 보고, 이곳으로 여행 오길 잘했다고 칭찬해 주기 바랍니다. 나는 일과 생각으로 여러분과 관계를 맺고 있습니다. 물론 나는 무척 외로우며 대화도 제한하지 않을 수 없습니다. 그렇지만 누구와도 재미있는 대화를 나눌 화젯거리가 있기 때문에 여기가 다른 곳보다 지내기 수월합니다.

멩스가 어디선가 벨베데레의 아폴로 상에 관해 말하더군요. 조상(彫像)은 훌륭한 양식에 인간의 살을 보다 진실되게 덧붙였을 때 인간이 생각할 수 있는 가장 위대한 작품이 된다는 겁니다. 내가 이미 생각한 적이 있는 아폴로나 바쿠스의 토르소를 통해 그의 소망과 예언이 이루어진 것 같습니다. 내 안목은 그렇게 미묘한 문제를 판단할 만큼 충분히 높지 않습니다. 하지만 나는 이 토르소를 지금까지 본 유물 중 가장 아름다운 것으로 꼽을 생각입니다. 유감스럽게도 그것은 '토르소'에 지나지 않을 뿐만 아니라 그 표면도 여러 군데 씻겨 내려갔습니다. 아마 처마 밑에 놓여 있었던 모양입니다.

7월 22일, 일요일

앙겔리카 댁에서 식사를 했습니다. 일요일마다 그녀의 손님이 된 지도 어느덧 오래되었습니다. 그 전에 우리는 레오나르도 다 빈치의 걸작품과 라파엘로가 직접 그린 연인의 초상화를 보기 위해 마차를 타고 바르베리니 궁으로 갔습니다. 앙겔리카와 함께 그림을 감상하면 마음이 무척 편안합니다. 그녀는 안목이 아주 높고, 예술 기법에 대한 지식이 무척 많기 때문입니다. 그러면서도 그녀는 모든 아름답고 진실하고 섬세한 것들에 대해 무척 민감하고 정말로 겸손합니다.

오후에는 부유한 프랑스 기사인 다쟁쿠르 댁에 갔습니다. 그는 시간과 돈을 들여 예술의 몰락에서 소생까지의 역사를 집필하고 있습니다. 그가 모은 수집품들은 무척 흥미롭습니다. 어둡고 암울한 시절에도 인간 정신은 늘 분주했음을 알 수 있습니다. 그 책이 나온다면 세인의 이목을 무척이나 끌 것입니다.

지금 내가 계획하고 있는 작업에서 많은 것을 배우고 있습니다. 내가 하나의 풍경을 찾아내 스케치를 하면 솜씨 좋은 화가인 디스가 내가 보는 앞에서 색칠을 해줍니다. 이로써 눈과 정신이 점차 더 색과 조화에 익숙해집니다. 무릇 일이 계속 순조롭게 진행되어 가고 있습니다만, 문제는 언제나 그렇듯이 내가 일을 너무 많이 벌인다는 점입니다. 그래도 가장 기쁜 일은 확실한 형태들에 대해 안목이 생기고, 형상과 비례에 눈이 수월하게 익숙해진다는 점입니다. 그러면서 균형과 통일성에 대한 감각도 제법 생생하게 되돌아옵니다. 이제 모든 문제는 연습에 달려있을지도 모르겠습니다.

7월 23일, 월요일

저녁에는 트라야누스 기념주에 올라가 더없이 귀중한 광경을 즐겼습니다. 해가 저물 때 아래쪽으로 내려다보면 콜로세움의 모습이 눈에 확 띄며 멋진 장관을 이룹니다. 아주 가까이에 카피톨리노 언덕이 있고, 그 뒤로는 팔라티노 언덕이 있으며, 시가지가 죽 이어져 있습니다. 나는 밤늦게야 느릿느릿 거리들을 통과해 집으로 돌아갔습니다. 오벨리스크가 있는 몬테 카발로 광장은 색다른 곳입니다.

7월 24일, 화요일

일몰을 구경하고, 신선한 공기를 즐기며, 정신을 대도시의 형상으로 충만시키고, 기다란 선을 통해 시야를 넓히고 단순화하며, 아름답고 다양한 수많은 대상들을 통해 한층 성숙해지기 위해 파트리치 별장으로 갔습니다. 이날 밤 나는 안토니우스 기념주가 서 있는 광장을 보았고, 달빛에 빛나는 키지 궁을 보았으며, 좀 더 밝아진 밤하늘을 배경으로 하얗게 반짝이는 대석(臺石)과 함께 세월이 흘러 검게 변한 기둥들을 보았습니다. 이러한 산책을 할 때마다 또 다른 아름다운 대상들을 얼마나 많이 만나게 될지 모르겠습니다. 하지만 이 모든 것 중에 극히 일부라도 내 것으로 소화하려고 해도 얼마나 많은 시간이 걸릴지 모릅니다! 인간의 삶도 마찬가지입니다. 늘 하나하나 단계적으로 서로 배워가는 많은 사람들의 삶도 말입니다.

7월 25일, 수요일

프리스 백작과 함께 피옴비노 왕자의 보석 수집품을 보러 갔습니다.

7월 27일, 금요일

나이가 들었든 젊든 모든 예술가들이 나의 하찮은 재능을 다듬어주고 넓혀주기 위해 도와주고 있습니다. 원근법과 건축술에 상당한 진전이 있었고, 풍경의 구도를 잡는 데도 마찬가지입니다. 살아 있는 생물체를 다루는 데는 아직 지지부진합니다. 거기에는 메울 수 없는 심연이 가로막고 있습니다. 그렇지만 진지한 자세로 열성을 다하면 이 분야에서도 향상이 있을지 모릅니다.

내가 지난 주말에 개최한 연주회에 관해 이야기를 했는지 모르겠군요. 이곳에서 나에게 많은 즐거움을 안겨준 사람들을 연주회에 초청해서, 희극 오페라 가수로 하여금 최근에 부른 간주곡 가운데 가장 훌륭한 작품들을 공연하도록 했습니다. 다들 흐뭇해하고 만족해하더군요.

이제 내 방은 말끔히 청소되고 정돈되어 있습니다. 무더위가 기승을 부려도 아주 쾌적하게 지낼 수 있습니다. 하루는 날이 흐렸고, 하루는 비가 왔고, 하루는 천둥이 쳤습니다. 그러다가 며칠 동안 날씨가 쾌청했는데, 그렇게 덥지는 않았습니다.

1787년 7월 29일, 일요일

앙겔리카와 함께 론다니니 궁에 다녀왔습니다. 여러분은 초기에 로마에서 보낸 편지들 중에서 메두사에 관한 내용을 기억할 겁니다. 당시에도 상당히 마음에 들었지만 지금은 너무도 큰 즐거움을 주고 있습니다. 이 세상에 그런 것이 존재한다는 사실과 그런 것을 만들 수 있다는 생각만으로도 기쁨이 배가됩니다. 사람들이 그러한 작품에 관해 말할 수 있는 것이 다 허풍은 아니라면 나는 얼마나 말하고 싶었는지 모릅니다. 예술 작품은 보라고 있는 것이지, 이러쿵저러쿵 말을 하라고 있는 것이 아닙니다. 하물며 직접 대할 때는 두말할 나위가 없습니다. 예전에 예술 작품을 대할 때마다 너무 말이 많았던 것을 생각하면 쥐구멍에라도 들어가고 싶은 심정입니다. 이 메두사를 본 떠 만든 훌륭한 석고 모형을 가지고 가고 싶지만, 그러려면 새로 만들어야 될지도 모르겠습니다. 여기에 팔려고 내놓은 게 몇 점 있지만 사고 싶지 않습니다. 그 모형들은 개념을 전해 주고 간직하게 해주기보다는 오히려 의의를 훼손시키기 때문입니다. 특히나 입이 지나치게, 모방할 수 없을 만치 큽니다.

7월 30일, 월요일

종일 집에 머무르며 열심히 작업에 임했습니다. 『에그몬트』가 거의 끝나 갑니다. 제4막은 완성된 것이나 진배없습니다. 정서가 끝나는 대로 우편마차로 보내드리겠습니다. 여러분한테서 이 작품을 칭찬하는 말을 조금이라도 듣는다면 날아갈 것 같을 텐데요! 이 작품을 쓰면서 한결 다시 젊어진 듯한 느낌이 듭니다. 독자들에게도 참신한 인상을 주면 좋겠습니다. 저녁에는 집 뒤편 정원에서 작은 무도회가 열려 우리도 초대를 받았습니다. 지금이 춤을 출 계절은 아니었지만 다들 아주 흥겨워 하더군요. 이탈리아 아가씨들은 독특한 개성이 있어서, 십 년 전쯤이라면 무슨 일들이 생겼을지도 모르겠습니다만, 이젠 한때의 젊은 혈기도 식어버렸습니다. 그래서 이런 작은 축제에 별 흥미를 느끼지 못했고 끝날 때까지 버티고 있을 수 없었습니다. 달밤은 지극히 아름답습니다. 달이 안개를 헤치고 떠오르기 시작할 때는 사위가 온통 노랗고 따뜻해서 마치 해가 떠오를 때와 같습니다. 달이 뜨고 나면 밤은 맑고 정겹습니다. 시원한 바람이 불어오고 만물이 살아 움직이기 시작합니다. 어스름 새벽녘까지 거리에는 노래하고 연주하는 무리들이 있고, 이따금 이중창이 들릴 때도 있는데 오페라나 연주회에서 듣는 것만큼 아름답거나 오히려 더하기도 합니다.

7월 31일, 화요일

달빛이 비치는 풍경을 몇 개 화폭에 옮긴 다음, 그 밖에 갖가지 두드러진 기법을 부려보았습니다. 저녁에는 한 동향인과 산책을 하면서 미켈란젤로와 라파엘로 중 누가 더 뛰어난지 논쟁을 벌였습니다. 나는 미켈란젤로를 치켜세웠고, 그는 라파엘로 편이었습니다. 그러다가 우리는 결국 레오나르도 다 빈치를 입을 모아 칭찬하는 것으로 논쟁을 끝냈습니다. 이제 이 모든 이름들이 단순한 이름에 그치지 않고, 뛰어난 사람들의 생생한 진가가 점차 완전해져간다는 사실이 얼마나 다행스러운지 모르겠습니다.

밤에는 희극 오페라를 구경하러 갔습니다. 새로운 간주곡 「불안해하는 매니저」*는 탁월한 작품이라서, 오페라를 관람하기에는 너무 더운 날씨일지는 몰라도 며칠 밤 동안 우리에게 즐거움을 선사할 겁니다. 그것은 오중창으로 된 썩 좋은 작품입니다. 시인이 자신의 작품을 낭송하고, 한편에서 매니저와 프리마 돈나가 그를 칭찬하나, 다른 한편에선 작곡자와 세콘다 돈나가 그를 비난하다가 결국 서로 싸움을 벌이는 내용입니다. 카스트라토**들이 맡은 역을 점점 더 잘 해내서 많은 찬사를 받습니다. 여름밤에 모인 소규모 관객에게 그 오페라는 정말 상큼했습니다. 연기는 대단히 자연스럽고 해학에 넘칩니다. 이 가련한 배우들은 무더위를 버티느라 악전고투합니다.

---

* 도미니코 치아로사(1749~1801)의 작품.
** 거세된 여장 남성 가수.

7월의 보고

앞으로 소개하려는 내용을 제대로 준비하기 위해서는, 앞 권에서 여러 사건들이 일어나는 통에 제대로 주목을 받지 못한 몇몇 부분을 여기에 삽입하고, 이로써 나에게 무척 중요한 주제를 자연과학을 하는 친구들에게 다시 권하는 것이 필요하다고 생각합니다.

1787년 4월 17일, 화요일, 팔레르모
온갖 종류의 유령들에 쫓기며 시련을 당한다면 사실 대단히 불행한 일이리라! 새벽에 나의 문학적인 꿈을 계속 꾸겠다는 확고하고도 차분한 결심을 하고 공원으로 갔다. 하지만 채 각오를 다지기도 전에 요즈음 내 뒤를 밟고 있던 다른 유령이 나를 낚아채 버렸다. 보통 때는 단지 화분 속에서만, 그러니까 일 년 중 대부분의 시간을 유리창 뒤에서 보는 데 익숙해 있던 많은 식물들이 여기서는 탁 트인 하늘 아래 즐겁고도 싱싱하게 서 있다. 그리고 이것들은 자신에 대한 규정을 완전히 이행하면서 우리에게 보다 분명해진다. 갖가지 종류의 새로운, 새로워진 모양을 보자 다시 엉뚱한 옛 생각이 떠올랐다. 이런 무리 속에서 원형 식물을 발견할 수 있지 않을까? 그런 식물이 분명 존재함에 틀림없다! 이것들이 죄다 하나의 모범에 따라 만들어진 것이 아니라면 이런저런 모양이 같은 식물임을 무엇으로 인식한단 말인가?

　나는 수많은 다른 형상들이 무엇으로 구별되는지 조사하려고 노력했다. 그리고 이것들이 서로 다른 점보다는 유사한 점이 더 많다고 생각했다. 하지만 나의 식물학적 전문 용어를 섞어서 말하려고 한다면, 어쩌면 가능할지도 모르지만, 별 소용이 없고 도움이 되기는커녕 불안하게 할 뿐이다. 나의 훌륭한 시적인 의도가 방해를 받았고, 알키노오스의 정원이 사라졌고, 세계 정원이 열렸다. 하지만 왜 우리는 보다 새로운 것에 이토록 심란해지고, 우리가 도달할 수도 성취할 수 없는 요구에 자극을 받는 걸까?

　1787년 5월 17일, 나폴리
　식물 발생과 식물 조직의 비밀에 아주 가까이 다가갔으며, 그것이 우리가 생각할 수 있는 가장 단순한 형태임을 털어놓지 않을 수 없습니다. 이러한 하늘 아래서는 최상의 관찰을 할 수 있습니다. 싹이 숨어 있는 중요한 부분을 의심의 여지없이 아주 분명하게 발견했습니다. 여타의 모든 것도 대체로나마 알고 있습니다. 원형 식물이라는 개념은 자연마저도 나를 부러워할 정도로 세상에서 가장 놀라운 착상입니다. 이러한 모범과 그 열쇠로 논리적으로 아무런 문제가 없음이 분명한 식물들을 무한히 생각해 낼 수 있습니다. 즉 그것이 존재하지 않는다 하더라도 존재할 수 있을지 모른다는 말입니다. 그것은 가령 그림이나 문학작품에 나오는 환영이나 가상이 아니라 내적인 진실성과 필연성을 지니게 됩니다. 우리는 이와 같은 법칙을 살아 있는 다른 모든 것에 적용할 수 있을 겁니다.

하지만 좀 더 확실하게 이해하기 위해서는 이 자리에서 충분한 설명이 필요할 터인데, 간단히 말하자면 이렇습니다. 즉 우리가 보통 잎이라고 부르는 식물 기관 속에는 온갖 형상으로 모습을 숨기고 있다가 자신의 모습을 드러낼 수 있는 참된 프로테우스*가 숨겨져 있다는 사실을 내가 밝혀냈던 것입니다. 앞뒤로 보건대 식물은 언제나 단지 잎에 지나지 않습니다. 식물은 미래의 씨앗과 밀접하게 하나로 결합되어 있어서 이를 씨앗과 분리해서 생각할 수 없습니다. 이러한 개념을 포착하고 지탱해서, 이를 자연 속에서 찾아내는 과제가 우리를 고통스러우나 감미로운 상태로 옮겨다 줄 것입니다.

---

* 예언과 변신술에 능한 바다의 신.

방해받는 자연 관찰

　옹골찬 생각이라고 불릴 만한 것을 스스로 체득한 자는, 그것이 자신에게서 나온 것이든 아니면 남에게서 전달받아 몸에 배게 된 것이든 간에, 이로 인해 우리의 정신에 어떤 종류의 정열적인 움직임이 일어나는지, 우리가 그것을 어떻게 감동적으로 느끼게 되는지 고백할 것입니다. 연이어 점차 발전해 가는 모든 것, 그 발전된 것이 앞으로 초래하게 될 모든 것을 전체적으로 예감하면서 말입니다. 이런 점을 유념한다면 내가 어떤 열정뿐만 아니라 그러한 깨달음에 사로잡혀 내몰리게 되었다는, 아니 전적으로 매달리지는 않더라도 여생 동안 그런 것에 몰두하지 않을 수 없다는 말을 용인해 줄 겁니다.
　이러한 성향에 마음 깊이 사로잡히기는 했지만 로마로 다시 돌아온 후 본격적인 연구는 생각할 수 없는 처지였습니다. 시 문학, 예술 및 고대 같은 것들은 모두 전적으로 힘을 쏟아야 할 대상이었습니다. 그리고 나는 그동안 바쁘고 힘겨운 나날을 보내왔습니다. 날마다 식물원에 들를 때나 산책길에서, 가벼운 나들이를 할 때 눈에 띄는 식물들을 채집했다고 말하면 전문가들은 나를 너무 순진하다고 여길지 모르겠습니다. 특히 씨앗이 자라나기 시작할 때 그것들 중의 일부가 햇빛에 돋아 나오는 모습을 관찰하는 일이 나에게는 중요했습니다. 그리하여 자라나면서 기형적인 오푼치아 선인장이 되는 씨앗에 관심을 기울이게 되었습니다. 그래서 그것이 본연의 쌍떡잎식물처럼 두 개의 연한 잎으로 돋아난 후 계속 자라는 중에 기형적인 모습으로 변하는 과정을 흐뭇하게 바라보았습니다.

깍지에서도 특이한 점을 발견했습니다. 나는 아칸투스 몰리스의 깍지 몇 개를 집으로 가져가서 뚜껑이 없는 작은 상자 안에 넣어두었습니다. 그런데 어느 날 밤에 딱 하는 소리가 나더니, 이내 작은 물체 같은 것이 벽과 천장으로 이리저리 튀며 흩어지는 소리가 들렸습니다. 그 순간에는 왜 그런지 알 수 없었지만, 깍지가 터져서 씨앗이 사방으로 흩어진 것을 나중에 발견했습니다. 방이 건조해서 융통성이 발휘되어 며칠 만에 씨앗이 성숙해진 것이었습니다.

이런 식으로 관찰한 씨앗 가운데 몇몇 개는 좀 더 언급하지 않을 수 없습니다. 내 기억으로는 그것들이 짧든 길든 유서 깊은 로마에서 계속 자랐기 때문입니다. 소나무 씨앗이 싹 트는 모양은 아주 색달랐습니다. 이것들은 달걀 껍질 같은 것에 싸인 채 솟아올라 이내 깍지에서 터져 나와서 화관처럼 생긴 푸른 침엽에서 앞으로 변모해 갈 모습을 미리 보여주었습니다.

지금까지는 씨앗을 통한 번식에 주안점을 두었지만 가지의 눈을 통한 번식에도 적지 않게 관심을 기울였습니다. 이는 바로 추밀 고문관 라이펜슈타인 때문이었습니다. 그는 산책할 때마다 여기저기서 나뭇가지를 꺾으며, 땅에 꽂아두면 금세 다 살아난다고 현학적으로 주장했습니다. 그는 자기 주장에 신빙성을 더하기 위해 나를 자신의 정원으로 데려가 꺾꽂이한 가지가 아주 잘 심겨 있는 모습을 보여주었습니다. 그런데 일반적으로 그렇게 시도되는 번식법은 사실 내가 체험하고 싶었던 식물 원예법으로 그 후로는 중요한 것이 못 되었습니다.

가장 내 눈에 띈 것은 관목 모양으로 껑충하게 자란 패랭이꽃의 줄기였습니다. 이 식물의 강력한 생명력과 번식력은 익히 잘 알려져 있습니다. 가지마다 눈들이 돋아 나오고, 마디마디가 깔때기 모양을 하고 있습니다. 이곳에선 이런 일이 계속 벌어질 것이고, 눈에 보이지 않을 정도로 좁은 곳에서도 이 눈들이 최대한 돋아날 겁니다. 그리하여 활짝 핀 꽃에서조차 다시 그 안에서 네 송이의 꽃을 활짝 피울 겁니다.

이런 경이로운 현상을 보존할 방법이 없어서 정밀하게 스케치하려고 시도했습니다. 그럴 때마다 늘 식물 변형의 기본 개념에 대한 통찰을 하게 되었습니다. 하지만 이에 대한 여러 가지 책임감을 느끼자 마음이 더욱 심란해졌고, 로마에 머물 시간이 얼마 안 남았다고 생각하니 점점 고통스럽고 부담스러워졌습니다.

많은 시간을 혼자 조용히 지내면서 다양한 상류 사람들과 교제를 끊고 지내다가 한 가지 잘못을 범하게 되었습니다. 같은 집에 사는 사람들의 관심과 새롭고 진기한 일을 호시탐탐 노리는 사교계의 이목이 온통 우리에게 쏠렸기 때문입니다. 사건의 전말은 이러했습니다. 앙겔리카는 전혀 극장에 가지 않았는데 우리는 왜 그러는지 굳이 알아보지 않았습니다. 하지만 우리는 열렬한 무대 애호가였기에 가수들의 우아함이나 능숙함뿐만 아니라 치마로사의 음악 효과를 입에 침이 마르게 칭찬하면서,

그녀와 함께 이런 즐거움을 누릴 수 있다면 더할 나위 없겠다고 했습니다. 그러자 젊은 친구들, 특히 가수나 음악 연주자들과 친분이 두터운 부리가 나서게 되었습니다. 즉 그는 이들이 열렬한 팬이자 뜨거운 성원을 보내주는 우리를 위해 기회를 봐서 우리의 홀에서 음악을 연주하고 노래를 불러주겠다고 흔쾌히 자청하고 나서도록 해주었습니다. 이러한 계획은 여러 번 논의되고 제안되고 지연되다가 마침내 좀 더 젊은 참여자들의 소망에 따라 기쁘게도 실현되었습니다. 제1바이올린 수석 연주자로 바이마르 공국에서 활동하고 있는 뛰어난 솜씨의 크란츠가 음악 연수차 생각지도 않게 이탈리아에 오게 됨으로써 신속한 결정이 내려지게 되었습니다. 음악 애호가들이 그의 재능을 인정한 때문이었지요. 그래서 우리는 앙겔리카 부인, 그녀의 남편인 추밀 고문관 라이펜슈타인, 젠킨스 씨와 볼파토 씨, 그 밖에 우리가 신세졌던 사람들을 그럴듯한 잔치에 초대할 수 있게 되었습니다. 유태인과 실내 장식가들이 홀을 꾸몄고, 이웃의 카페 주인이 음료수를 제공하기로 했습니다. 그리하여 아름다운 어느 여름날 밤 멋진 연주회가 열리게 되었습니다. 열린 창 아래에 모여 있던 수많은 사람들은 마치 극장 구경을 온 것처럼 열렬한 박수갈채를 보내주었습니다.

가장 눈에 띈 것은 음악 애호가로 구성된 관현악단을 실은 대형 유람 마차였습니다. 마침 밤에 시내를 돌며 순회 연주 중이던 이 마차가 우리의 창 아래에 멈추어 섰습니다. 이들은 위쪽에서 행해진 노고에 아낌없는 박수를 보낸 다음 우리가 한 곡씩 연주한 바로 그 오페라 중에서 가장 인기 있는 한 아리아를 온갖 악기의 반주에 맞춰 우렁찬 베이스 음으로 들려주었습니다. 우리는 우레와 같은 박수로 응답했고, 그 자리에 모인 사람들도 함께 갈채를 보냈습니다. 여러 번 밤의 여흥에 참석해 보았지만 우연이라 해도 이처럼 완벽한 성공을 거둔 축제에 와 본 적이 없음을 누구나 인정하지 않을 수 없었습니다.

론다니니 궁의 맞은편에 있는 품위 있고 조용한 우리 숙소가 난데없이 코르소 가의 주목을 끌게 되었습니다. 부유한 귀족이 그곳으로 이사 온 게 분명하다는 소문이 돌았습니다. 하지만 아무도 유명한 인사들 가운데 그의 이름을 찾아내 신분을 알아낼 수 없었습니다. 물론 이곳에서 예술가들이 예술가들을 위해 개최했기에 얼마 안 되는 비용으로 가능했지 제대로 돈을 치러야 했다면 행사에 상당한 돈이 들었을 테지요. 예전과 같은 조용한 생활을 계속했지만, 우리가 귀족 출신의 부호라는 선입견은 아무래도 떨쳐버릴 수 없었습니다.

하지만 프리스 백작이 옴으로써 보다 더 활기차게 교제하는 새로운 계기가 마련되었습니다. 그와 함께 온 재속 성직자 카스티가 당시에 아직 출간되지 않은 근사한 소설들을 낭독함으로써 커다란 흥을 불러일으켰습니다. 그의 쾌활하고 거침없는 낭독은 재기가 넘치고 가히 천재적인 서술에 완벽하게 생명력을 불러일으키는 것 같았습니다. 그토록 고결하고 부유한 예술 애호가가 늘 신뢰할 만한 사람들과 거래하는 것은 아니라는 사실이 유감스러울 뿐이었습니다. 백작이 구입한 조각된 보석이 위조였다는 것은 대단한 화젯거리이자 불미스러운 사건이었습니다. 그 뒤로 그는 아름다운 조상을 하나 구입해서 그나마 위안을 삼을 수 있었습니다. 이는 파리스*를, 다른 사람들의 해석

---

* 트로이의 왕 프리아모스의 아들로 트로이 전쟁을 일으킨 장본인.

에 따르면 미트라*를 형상화한 것이었습니다. 이와 짝을 이루는 상은 지금 피오 클레멘티노 박물관에 있는데, 둘 다 어떤 모래 채취장에서 발굴되었답니다. 하지만 이를 호시탐탐 노리는 사람들은 예술품 중개상만이 아니어서, 그는 여러 가지 위험을 극복해야 했습니다. 더구나 무더운 계절에 몸을 돌보지 않아 이런저런 질병에 걸림으로써 로마에 체류하는 마지막 날들을 짜증나게 만들었습니다. 그는 피옴비노 왕자의 훌륭한 보석 수집품을 구경할 좋은 기회를 제공하는 등 여러 가지 호의를 베풀었기에 더욱 내 마음이 아팠습니다.

프리스 백작 댁에서는 예술품 중개상 이외에 수도승 복장을 하고 돌아다니는 문사들도 만날 수 있었습니다. 이들과는 마음 편하게 대화를 나눌 수 없었습니다. 이러저러한 것에 대해 알아보려고 민족 문학에 관한 말을 꺼내기가 무섭게 가령 아리오스토와 타소 중 누구를 더 위대한 시인으로 생각하느냐는 질문을 곧바로 받아야 했습니다. 그래서 이렇게 대답했습니다. 그렇게 뛰어난 두 인물을 '한' 민족에게 내려준 하느님과 자연에 감사드려야 하고, 이들은 각기 우리를 진정시켜 주고 황홀하게 해주면서 시대와 사정, 상황과 느낌에 따라 더없이 멋진 순간을 마련해 준다고 말입니다. 하지만 이치에 맞는 이 말을 인정해 주는 사람은 아무도 없었습니다. 그들이 더 낫다고 결정한 사람이 자꾸만 높이 치켜세워지는 반면에, 다른 사람은 한없이 깎아내려졌습니다. 처음에 나는 깎아내려진 사람의 변호를 맡아 그의 장점들을 역설해 보았습니다. 그래 봤자 별 소용이 없

---

* 고대 인도의 태양의 신.

었습니다. 사람들은 편을 지어 자신들의 견해를 고수했습니다. 이런 일이 한없이 되풀이되었고, 이와 같은 대상들에 대해 변증법적 논쟁을 벌이기에는 내가 너무 진지했기 때문에 그런 대화를 피해 버렸습니다. 특히 그들이 대상에 대한 본격적인 관심을 가지려 하지 않고 자기 말만 늘어놓고 주장하는 데 불과하다는 것을 깨달았기 때문이었습니다.

하지만 단테가 화제에 올랐을 때는 더욱 상황이 나빠졌습니다. 이 비상한 인물에 지대한 관심을 가진, 상당한 신분에다 지성을 갖춘 한 젊은이가 나의 찬사와 동의를 흔쾌히 받아들이지 않았습니다. 그는 자신의 견해를 기탄없이 토로했습니다. 이탈리아인조차도 전부 다는 좇아갈 수 없는 이 비상한 정신의 소유자를 외국인이 모두 이해하겠다는 생각은 버려야 한다고 말입니다. 몇 차례의 찬반 토론이 있고 난 후 나는 급기야 짜증이 났습니다. 그래서 나는 그의 견해에 찬성하게 되었음을 고백하지 않을 수 없다고 말해 버렸습니다. 사람들이 어떻게 이런 시에 접근하는지 도무지 알 수 없다고 하면서 말입니다. 나는 「지옥」편은 말할 수 없이 혐오스럽고, 「연옥」편은 모호하고, 「천국」편은 지루하다고 말했습니다. 그러자 그는 무척 흡족해하면서 그것으로 자신의 주장을 위한 논거를 끌어대는 것이었습니다. 이러한 사실이 바로 내가 이 시의 깊이와 높이를 이해할 수 없는 증거라는 것입니다. 우리는 둘도 없는 친구가 되어 헤어졌습니다. 심지어 그는 자신이 오랫동안 궁리한 끝에 마침내 그 의미를 알아내게 된 몇몇 어려운 부분을 알려주고 설명해 주겠다는 약속도 잊지 않았습니다.

유감스럽게도 예술가나 예술 애호가들과 나눈 대화는 별로 유익하지 못했습니다. 하지만 결국 다른 사람들의 잘못을 자신의 잘못으로 인정하지 않을 수 없어 이를 용서해 주었습니다. 사람들은 때로는 라파엘로를, 때로는 미켈란젤로를 우수하다고 했습니다. 이로써 결국 다음과 같은 사실이 드러날 뿐이었습니다. 인간은 너무나 옹색한 존재라서 자신의 정신이 위대한 것에 열려 있다 하더라도, 결코 다양한 종류의 위대성을 균형 있게 평가하고 인정할 수 있는 능력에는 도달하지 못한다는 것입니다.

우리가 티슈바인의 존재와 영향력을 아쉬워할 때마다 그는 아주 생생한 편지를 보내와서 이를 메워주었습니다. 재기 넘치게 작성한 몇몇 기상천외한 사건들과 천재적인 착상 이외에도 우리는 그의 두드러진 재능이 잘 드러난 그림의 스케치와 소묘를 통해 더 자세한 사항을 알게 되었습니다. 거기엔 오레스테스의 반신상이 그려져 있었습니다. 그가 제단에서 이피게니아의 눈에 띄자 지금까지 그를 추적하던 복수의 여신들이 막 사라지는 그림이었습니다. 이피게니아는 당시 아름다움과 명성의 정점에서 찬란히 빛을 발하던 하르트 양, 즉 미래의 해밀턴 부인의 모습과 아주 흡사했습니다. 여신들 중의 한 명도 그녀와 닮은 모습을 함으로써 고상한 운치가 더해졌습니다. 그래서 마치 그녀는 모든 여장부, 문예의 여신 및 반인반신의 전형으로 간주되어야 할 것만 같았습니다. 이와 같은 그림을 그릴 능력을 지닌 화가라면 기사 해밀턴의 유명한 사교 모임에서 아주 특별한 대우를 받았을 겁니다.

8월의 편지

1787년 8월 1일

너무 더워서 하루 종일 집에 조용히 머물며 열심히 작업에 임했습니다. 독일의 여름 날씨도 좋을 거라고 생각하니 더워도 기쁘기 그지없습니다. 이곳에서 건초를 나르는 모습을 보는 것은 무척 즐거운 일입니다. 이때에는 전혀 비가 내리지 않아서 농사를 지을 게 있기만 하면 마음대로 경작할 수 있기 때문입니다.

저녁에는 테베레 강의 잘 설계된 안전한 목욕장에서 목욕을 했습니다. 그러고 나서 트리니타 데 몬티를 산책하며 달빛 속에서 신선한 공기를 즐겼습니다. 이곳의 달빛은 상상이나 동화 속에서 보는 것과 같습니다.

『에그몬트』의 제4막이 끝났습니다. 다음 편지에서는 작품이 마무리됐음을 알릴 수 있기를 바랍니다.

8월 11일

다가오는 부활절까지는 이탈리아에 머무를 작정입니다. 지금은 가르침에서 벗어날 수 없습니다. 그때까지 견뎌낸다면 커다란 발전을 이루어 벗들과 기쁨을 함께할 수 있을 것으로 확신합니다. 여러분에게 계속 편지를 보낼 것이며, 나의 원고들도 하나하나 도착할 것입니다. 그러면 곁에 없어도 살아 있는 사람으로 나를 생각하게 되겠지요. 여러분은 내가 현존하지만 죽은 사람이라고 너무나 자주 안타까워했으니까요.

『에그몬트』가 끝난 셈이니 이달 말에 원고를 보낼 수 있을 겁니다. 그리고 나서 여러분의 판결을 애타게 기다리겠습니다.

매일 나는 예술에 대한 지식을 늘리고 수련을 쌓습니다. 병의 뚜껑을 열고 물에 넣으면 금방 물이 차듯 이곳에서는 감수성이 예민하고 마음의 준비가 되면 금방 내실을 기할 수 있습니다. 온 사방에서 예술적 요소들이 밀려들기 때문이지요.

그곳의 여름 날씨가 좋으리라는 것은 여기서도 예상할 수 있습니다. 이곳의 하늘은 한결같이 맑습니다. 한낮의 무더위는 자못 끔찍하지만 시원한 서재에서는 견딜 만합니다. 9월과 10월에는 시골에서 지내며 자연을 스케치해 볼 생각입니다. 어쩌면 다시 나폴리로 가서 하케르트의 지도를 받을지도 모릅니다. 시골에서 보름 동안 그와 함께 지내며 수년간 혼자서 터득한 것보다 훨씬 큰 발전을 이루었습니다. 아직은 그대들에게 아무것도 보내지 않고 있지만 한꺼번에 좋은 작품을 선보이기 위해 한 다스의 작은 스케치들을 모아두고 있습니다.

이번 주는 조용한 가운데 열심히 일했습니다. 특히 원근법에 관해 많은 것을 배웠지요. 이러한 이론에 꽤 정통한 만하임의 미술관장 아들인 페어샤펠트가 자신의 기법들을 전수해 줍니다. 달빛 풍경도 몇 개 화판에 옮기고 먹칠도 해보았는데, 다른 몇 가지 아이디어와 함께 너무 터무니없는 것이라 차마 밝히지는 못하겠습니다.

1787년 8월 11일, 로마

대공의 모친에게 장문의 편지를 올려 이탈리아 여행을 일 년 정도 연기하라고 권고했습니다. 10월이면 바로 날씨가 바뀌는 때에 이 아름다운 나라에 오게 되어 별 즐거움을 누리지 못할 겁니다. 부인이 나의 이런저런 조언을 듣는다면 운만 좋으면 멋진 여행을 즐길 수 있습니다. 나는 부인이 이러한 여행을 하기를 진심으로 빕니다.

나 이외에 다른 사람들 생각도 하고 있으니 차분히 미래를 기다려봅시다. 자신을 근본적으로 변화시킬 수 있는 사람은 아무도 없으며, 운명을 피할 수 있는 사람도 없습니다. 그대들은 바로 이 편지를 통해 내 계획을 알게 될 것이니 부디 동의해 주기 바랍니다. 여기서는 아무것도 되풀이하지 않습니다.

자주 편지를 드릴 것이며, 겨울 내내 마음으로나마 늘 여러분과 함께할 겁니다. 새해에는 『타소』가 도착할 것이고, 『파우스트』는 전령 신분으로 외투를 걸치고 나의 도착을 알릴 겁니다. 그러고 나면 나는 인생의 중요한 시기를 넘기고 깔끔하게 일을 마무리한 셈이 되어, 필요한 곳에서 다시 일을 시작해 나갈 수 있을 겁니다. 이제 마음이 더 홀가분해진 느낌이 들고, 지난해와는 거의 다른 사람이 되어 있습니다.

나에게 유달리 사랑스럽고 가치 있는 모든 것들을 넘치게 누리면서 살고 있습니다. 최근 몇 달 동안에야 비로소 이곳에서 내 시간을 제대로 즐겼습니다. 눈앞에 대상이 펼쳐져 있기 때문입니다. 그리고 예술이 제2의 천성처럼 되어갑니다. 미네르바가 주피터의 머리에서 나왔듯이 예술은 가장 위대한 인간의 머리에서 태어난 것입니다. 이 점에 관해선 여러분과 며칠, 어쩌면 몇 년간 대화를 나누어도 모자랄 겁니다.

여러분 모두가 행복한 9월을 맞기를 기원합니다. 우리가 전부 생일을 맞는 9월 말에는 줄곧 여러분 생각을 하렵니다. 그리고 더위가 한풀 꺾이면 시골에 가서 스케치를 할 겁니다. 그동안에는 실내에서 할 수 있는 일을 하면서 틈나는 대로 휴식을 취해야겠습니다. 특히 밤에는 감기 들지 않도록 주의해야 합니다.

1787년 8월 18일, 로마

이번 주에는 북방인다운 부지런함을 누그러뜨려야 했습니다. 처음 며칠간은 찌는 듯이 무더웠기 때문이었습니다. 그래서 애당초 계획했던 것만큼 일을 많이 하지 못했습니다. 그러다가 이틀 전부터 더없이 상쾌한 북풍이 불어오고 공기는 그지없이 신선합니다. 9월과 10월은 멋진 달이 될 것이 분명합니다.

어제는 해뜨기 전에 아쿠아 아체토사에 다녀왔습니다. 아닌 게 아니라 선명함, 다양성, 엷은 안개에 싸인 투명한 하늘, 풍경, 특히 원경의 절묘한 색조를 바라보노라면 넋을 잃을 지경입니다.

지금 고대 예술품을 연구하고 있는 모리츠는 젊은이를 비롯해 사색하는 모든 사람들이 사용할 수 있도록 생명력을 불어넣을 것이고, 무엇보다 책의 곰팡이와 지식의 먼지를 털어낼 겁니다. 다행히도 그는 사물을 올바로 바라볼 줄 압니다. 그가 철저해질 수 있게 시간적 여유도 갖고 천천히 일하기를 바랍니다. 우리는 저녁마다 함께 산책을 합니다. 그럴 때 그는 낮에 무엇을 곰곰이 생각했고, 어떤 작가의 책을 읽었는지 말해 줍니다. 그러면 내가 다른 일을 하느라 내버려둘 수밖에 없는, 나중에 가서야 힘겹게 만회할 수 있는 틈이 메워집니다. 그러면서 나는 건물, 거리, 주변 경치, 기념물을 눈여겨봅니다. 저녁에 집에 돌아오면 유난히 눈에 띄었던 상을 잡담하면서 재미삼아 종이에 옮겨봅니다. 어제저녁에 그린 스케치를 한 장 동봉해 보냅니다. 카피톨리노 언덕을 뒤편에서 올라가 보면 이 착상의 평범함을 알 수 있습니다.

　일요일에 선량한 앙겔리카와 함께 알도브란디니 공이 소장한 그림들, 특히 레오나르도 다 빈치의 걸작을 보러 갔습니다. 그녀는 정말 재능이 뛰어나고 매일 재산이 불어나는데도 그리 행복해하지 않습니다. 그녀는 그림을 팔기 위해서 그리는 데 지쳐 있습니다. 그런데 그녀의 늙은 남편은 가끔씩 쉽게 일하면서 그렇게 큰돈을 버는 것을 무척 좋아합니다. 이제 그녀는 스스로 즐기면서 더 여유를 갖고 철저히 연구하며 작업하고 싶어 합니다. 그녀라면 응당 그럴 수 있을 겁니다. 이들은 자녀가 없어서 마땅히 돈을 쓸 데가 없습니다. 그녀는 또한 매일 적당히 일을 해서 충분히 돈을 불리고 있습니다. 하지만 이제는 돈이 아무런 의미가 없으며 앞으로도 그럴 겁니다. 그녀는 나와 허심탄회하게 대화를 나눕니다. 나는 그녀의 집에 가면 내 생각을 전하고 충고하고 격려해 줍니다. 충분히 가졌으면서도 쓸 데가 없고 누릴 수 없다면 결함이자 불행이라 하겠지요! 그녀는 믿기 어려운, 여자로서는 정말이지 엄청난 재능을 갖고 있습니다. 그녀가 '남긴' 작품이 아니라 지금 '하고' 있는 작품을 보고 평가해야 합니다. 부족한 점을 가지고 평가하려고 한다면 얼마나 많은 예술가들의 작품이 타당성을 입증받을 수 있겠습니까!

그리운 벗들이여, 이렇게 하여 나는 로마와 로마의 본질, 예술 및 예술가와 점점 더 친숙해지고 있습니다. 여러 사정들을 이해하게 되고, 함께 생활하고 이리저리 다니면서 가까워지고 자연스럽게 됩니다. 그냥 아무 생각 없이 찾아가면 잘못 이해하기 십상이지요.

이곳에서도 사람들은 나를 조용함과 질서로부터 바깥세상으로 끌어내고 싶어 합니다. 그래서 나는 될 수 있으면 몸조심을 하고 있습니다. 약속하고 지연하고 피하고 다시 약속하면서 이탈리아 사람들과 어울려 이탈리아인 행세를 합니다. 국무장관인 부온콤파니 추기경이 너무 가까이 접근해 왔습니다만, 9월 중순경 시골로 갈 때까지 피할 생각입니다. 마치 악성 질병을 대하듯 나는 신사 숙녀들을 보면 질겁합니다. 이들이 마차를 타고 가는 모습만 보아도 머리가 우지끈 아플 지경입니다.

1787년 8월 23일, 로마

그저께 막 바티칸으로 떠나려는데 여러분의 스물네 번째 반가운 편지를 받았습니다. 그래서 가는 도중에, 시스티나 성당에서 구경하고 관찰하다가 쉴 때마다 읽고 또 읽었습니다. 여러분이 이곳으로 오기를 얼마나 바라는지 글로 다 표현할 수가 없습니다. 전인적인 한 인간이 무엇을 해내고 이룩할 수 있는

지 여러분이 이해할 수 있도록 말입니다. 시스티나 성당을 보지 않고는 '한' 인간이 무엇을 해낼 수 있는가를 실감 있게 파악할 수 없습니다. 우리는 위대하고 훌륭한 사람들에 대해 많이 듣고 읽지만 이곳에서는 머리 위나 눈앞에서 이를 생생히 접하고 있습니다. 나는 여러분과 많은 대화를 나누었고, 모든 것을 편지에 담기를 바랐습니다. '나'의 근황에 대해 알고 싶겠지요! 나도 말할 게 얼마나 많은지 모르겠습니다! 나는 이곳에서 진정 새롭게 태어나 쇄신되고 재충전되었기 때문입니다. 나는 힘이 하나로 모아지는 것을 느끼며, 또 뭔가 더 하기를 바랍니다. 풍경과 건축 양식에 대해서는 최근 들어 진지하게 곰곰 생각하면서 몇 가지를 시도해 보기도 했습니다. 그리고 그것이 어떻게 되어 갈지, 또 얼마나 진척될 수 있을지 지금은 알고 있습니다.

드디어 우리가 잘 아는 모든 사물들의 알파요 오메가인 인간의 형상이 나를 사로잡았고, 나도 그것을 사로잡았습니다. 그래서 나는 이렇게 말합니다. "주여, 나를 축복하지 않으면 놓아주지 않겠나이다.* 그리고 몸이 녹초가 되도록 싸울지도 모릅니다." 도무지 스케치가 뜻대로 되지 않습니다. 그래서 모형을 빚어보기로 마음먹었습니다. 그것은 조금 진척이 있는 것 같습니다. 적어도 많은 일을 수월하게 해주는 어떤 생각에 이르게 되었습니다. 이를 자세히 설명하면 너무 장황하게 될지도 모르겠습니다. 말로 하는 것보다 실제로 행하는 것이 더 낫겠지요. 요컨대 결과적으로 이렇게 되었습니다. 자연에 대한 집요한 연구와 비교해부학 분야에 쏟은 정성 덕택에 이제 자연과 고대

---
* 구약성경 창세기 32장 26절 참조.

예술품에서 예술가들이 개별적으로 찾아내기 어려운 많은 것을 전체적으로 보는 상태가 되었습니다. 예술가들이 마침내 이를 찾아낸다 하더라도 혼자만 소유할 뿐 남에게는 전해 줄 수 없는 그런 것을 말입니다.

예언자에 대한 울분 때문에 구석에다 치워놓았던 나의 모든 관상학적인 예술품을 다시 찾아내었습니다. 때마침 그것들이 나에게 안성맞춤입니다. 헤라클레스의 머리부터 시작했습니다. 이게 잘되면 계속할 생각입니다.

지금은 세상이나 모든 세상사와 멀리 떨어져 있어서 신문을 보면 꽤 어리둥절한 생각이 듭니다. 세상의 형상은 이내 사라져버리니 영속적인 관계를 지닌 것에만 몰두하고 싶습니다. 누군가의 가르침에 따라 정신에 맨 먼저 영원성을 부여해 주고 싶습니다.

어제는 그리스와 이집트 등지로 여행을 다닌 워슬리 경 댁에서 많은 스케치들을 보았습니다. 가장 흥미로운 것은 피디아스의 작품을 스케치한 것입니다. 그것은 아테네 미네르바 신전의 띠 모양 양각 장식을 그린 것입니다. 그 몇 개의 단순한 형상보다 더 아름다운 것은 없을 것 같습니다. 그 밖에도 많은 스케치가 있었지만 매력을 끄는 것은 별로 없었습니다. 풍경 묘사는 성공적이지 못했고, 건축물을 그린 그림은 그보다 좀 나았습니다.

오늘은 이것으로 끝맺겠습니다. 나의 흉상이 제작되고 있어서 이번 주 아침에 사흘 동안 모델 노릇을 했습니다.

1787년 8월 28일

근래 들어 나에게 좋은 일이 많이 생겼습니다. 오늘은 내 생일을 축하하기 위해, 신에 대한 소중한 생각으로 가득한 헤르더의 소책자가 도착했습니다. 그 많은 기만과 오류의 모태인 이 혼란스러운 대도시에서 이처럼 순수하고 아름다운 책을 읽으니 위로가 되고 힘이 솟습니다. 지금이 그런 신조와 사고방식을 퍼뜨릴 수 있고 그렇게 해도 되는 시대라는 것을 생각하니 더욱 그러합니다. 외로울 때마다 자주 그 책을 읽고 마음에 새길 겁니다. 또한 나중의 대화를 위한 계기를 마련한다는 의미에서 그에 대한 주석도 달아놓겠습니다.

요즈음 예술을 관찰하는 데 더욱 힘을 쏟고 있으며, 해결해야 할 과제의 전모를 대략 파악한 상태입니다. 그러나 그런 과제를 해결한다 하더라도 아직은 아무것도 성취된 것이 없습니다. 어쩌면 나의 재능과 기량을 규정하는 것을 더 쉽고 더 잘할 다른 계기가 있을지도 모릅니다.

프랑스 학술원에서 전시한 작품들 중에서 흥미로운 것이 몇 점 있었습니다. 신들에게 행복한 최후를 부탁하는 핀다로스가 자신이 사랑하는 소년의 팔에 안겨 숨을 거둡니다. 아주 소중한 그림입니다. 어떤 건축가는 대단히 우아한 생각을 실행에 옮겼습니다. 그는 지금의 로마를 한쪽에서 스케치했습니다. 거기서는 모든 부분들이 좋게 보이기 때문입니다. 그런 다음 다른 그림에는 동일한 관점에서 본 고대의 로마를 그렸습니다. 사람들은 고대 기념물이 서 있던 장소를 알고 있으며 그 형태도 대체로 파악하고 있습니다. 많은 곳에는 아직 폐허가 방치되어 있습니다. 그는 새로운 것을 죄다 제거해 버리고, 마치 디오클레티아누스 시대처럼 보이게 하려는 듯 옛것을 복구해 놓았습니다. 풍취가 있을 뿐만 아니라 철저한 검토도 이루어졌고, 사랑스럽기 그지없게 채색되어 있습니다.

나는 할 수 있는 일을 하고 있으며, 이 모든 개념과 재능 가운데 감당할 수 있을 만큼만 쌓아가고 있습니다. 이런 식으로 가장 실제적인 것을 가지고 돌아가렵니다.

트리펠이 나의 흉상을 제작하고 있다는 이야기를 한 적이 있지요? 발데크 후작이 그에게 제작을 부탁했습니다. 벌써 거의 완성되어 가고 있습니다. 흉상은 전체적인 모습이 좋아 보이고, 아주 견고한 양식으로 만들어졌습니다. 모형이 완성되면 그것으로 석고형을 뜬 다음 즉시 대리석 작업을 시작할 겁니다. 그런 다음 최종적으로 실물을 보면서 마무리할 생각입니다. 대리석으로 낼 수 있는 효과는 다른 재료로는 불가능합니다.

지금 앙겔리카가 그리고 있는 그림은 아주 잘될 겁니다. 그라첸의 어머니가 보석을 자랑하는 여자 친구에게 자식들이 그녀의 가장 소중한 보석이라며 내보이는 그림입니다. 구도가 자연스럽고 아주 훌륭합니다.

씨를 뿌려서 수확을 거둔다는 것은 얼마나 멋진 일인가요! 오늘이 내 생일이라는 사실을 이곳에서 철저히 비밀에 부쳤습니다. 그런데 아침에 일어나면서 축하한다고 집에서 뭔가 보낸 것이 없을까 하고 생각했습니다. 이런 와중에 여러분이 보낸 소포가 배달되어 얼마나 기쁜지 모릅니다. 당장 자리에 앉아 편지를 읽었습니다. 다 읽고 나서 진심으로 감사하는 마음을 즉시 적어 보냅니다.

무엇보다도 여러분 곁에 있고 싶은 마음이 간절합니다. 대략 암시되는 몇몇 문제점을 해결하기 위해 여러분과 대화가 필요하기 때문이지요. 그렇습니다. 우리에게도 그런 기회가 오겠지요. 우리들 사이의 거리를 측정할 수 있는 기둥이 하나 세워져 있다는 사실에 진심으로 고마운 마음입니다. 나는 힘찬 발걸음으로 자연과 예술의 들판을 이리저리 거닐다가 기쁜 마음으로 그대 곁으로 갈 것입니다.

오늘 그대의 편지를 받고 다시 한 번 곰곰이 숙고해 보았지만 다음 생각을 고수하지 않을 수 없습니다. 즉 예술 연구나 집필 활동을 위해서는 이곳에 더 머물러 있어야 할 것 같습니다. 예술 방면에서 상당한 진척을 보아, 어떤 것도 전통이나 이름에 머물지 않고 모두 실제적인 지식이 되도록 해야겠습니다. 어떻게 해서든 이 육 개월 동안에 이룩해 내렵니다. 로마 이외의 다른 곳에서는 도저히 꿈꿀 수 없는 일입니다. 내 소품(내 생각에는 아주 작은 작품으로 생각되기 때문입니다.)들을 적어도 집중력을 갖고 즐거운 마음으로 끝내야 하겠습니다.

그리고 나서 조국으로 되돌아갈 겁니다. 또다시 사적인 은둔 생활을 영위한다 하더라도 십 년 동안은 쉬지 못할 정도로 많은 것을 보충하고 통합해야 합니다.

박물학 분야에서는 그대가 예상치 못한 물건들을 가지고 갈 겁니다. 나는 유기체의 '상태'에 접근하고 있다고 생각합니다. 이러한 신의 계시(방사(放射)가 아닌)를 기쁜 마음으로 지켜봐 주십시오. 그리고 고대나 근대에 누가 이런 개념을 발견하고 생각했는지, 누가 똑같은 혹은 유사한 관점에서 고찰했는지 가르쳐주십시오.

8월의 보고

이달 초 내 마음속에서는 이번 겨울에도 로마에 머물러야겠다는 결심이 무르익었습니다. 지금 이곳을 떠나기에는 아직 여러모로 미숙한 상태이고, 어디에서도 내 작품들을 끝낼 만한 공간과 안정을 얻을 수 없겠다는 것을 느끼고 통찰함으로써 마침내 결단을 내린 것이었습니다. 이러한 사실을 집에 알린 만큼 이제 새로운 시간과 공간이 시작되었습니다.

무더위가 점점 더 기승을 부리면서 우리의 분주한 활동이 제한을 받게 되자 조용하고 시원하게 유익한 시간을 보낼 수 있는 안락한 장소가 필요하게 되었습니다. 그러기에는 시스티나 성당이 안성맞춤이었습니다. 요즘 들어서는 미켈란젤로가 새삼 예술가들의 숭배를 받고 있습니다. 다른 위대한 특성 이외에 채색에서도 그를 능가할 자가 없었습니다. 그래서 그와 라파엘로 중 누가 더 천재성을 지녔는지 논쟁하는 것이 유행처럼 되었습니다. 때론 라파엘로의 「변용」이 호된 비난을 받았으며 「논쟁」이 그의 최고 작품으로 평가되었습니다. 이로써 옛 유파의 작품을 더 좋아하는 나중의 경향이 이미 예고된 셈이었지요. 그런데 차분한 관찰자는 이를 설익고 부자유스러운 재능의 징후로만 볼 뿐 결코 친해질 수 없었습니다.

한 인간의 위대한 재능을 파악하기도 어려운데, 하물며 두 인간의 재능을 동시에 이해한다는 것은 말할 필요가 없겠습니다. 우리는 이러한 일을 쉽게 하기 위해 편들기를 합니다. 그렇기 때문에 예술가와 작가에 대한 평가가 항시 왔다 갔다 해서 때로는 이 사람이, 때로는 다른 사람이 사랑을 독차지하게 됩니다. 나는 이런 논쟁일랑 조용히 내버려두고 모든 작품의 가치와 진가를 직접 관찰하는 데 몰두했기 때문에 그것에 현혹되지 않았습니다. 그 위대한 피렌체 사람*을 예술가들이 선호한다는 사실이 금세 애호가들에게도 전해졌습니다. 바로 그 시기에 부리와 립스가 프리스 백작을 위해 시스티나 성당의 수채화 복제품을 제작해야 했기 때문이었습니다. 성당 관리인에게 두둑이 사례를 하자 우리를 제단 옆의 뒷문으로 들어가게 해주었습니다. 우리는 마음대로 그 안에서 둥지를 틀었습니다. 몇 가지 음식도 있었습니다. 그러고는 한낮의 무더위에 지친 나머지 교황의 의자에서 낮잠을 즐겼던 일이 생각납니다.

사다리를 통해 닿을 수 있는 제단화의 아래쪽 인물들과 형상들을 정성스레 복제한 그림이 만들어졌습니다. 처음에는 검고 얇은 천을 받치고 백묵으로 베꼈고, 그다음에는 커다란 전지(全紙)를 받치고 빨간 연필로 베꼈습니다.

좀 더 예전의 사람에게 눈을 돌리면 레오나르도 다 빈치도 마찬가지로 유명했습니다. 나는 앙겔리카와 함께 알도브란디니 화랑을 방문하여 높이 평가받고 있는 그의 그림 「바리새인들 사이의 그리스도」를 보았습니다. 일요일 정오 무렵이면 그녀는 남편인 추밀 고문관 라이펜슈타인과 함께 우리 집을 들르는 것이 관행처럼 되었습니다. 그러면 우리는 되도록 편한 마음으로 가마솥 같은 찜통더위를 뚫고 이런저런 화랑에 가곤 했습니다. 그곳에서 몇 시간을 머물다가 잘 차려진 진수성찬을 들기 위해 그녀의 집으로 돌아갔습니다. 각자 자기 나름대로 이론적, 실천적, 미학적, 기교적인 면에서 주관을 형성한 세 사람이 함께 중요한 예술품들을 앞에 놓고 대화를 나누다 보면

---

* 미켈란젤로를 가리킴.

참으로 배울 것이 많았습니다.

그리스에서 돌아온 기사 워슬리의 호의로 그가 가져온 스케치들을 보았습니다. 그중에서 아크로폴리스 정면 박공에 있는 피디아스의 작품을 모사한 그림이 마음속에 지워지지 않는 결정적인 인상을 남겼습니다. 미켈란젤로의 강력한 형상물에 자극을 받아 인간의 신체에 예전보다 더욱 관심을 갖고 연구했기 때문에 그 인상은 그만큼 더 강렬했습니다.

이달 말에 열린 프랑스 학술원의 전시회는 예술가의 역동적인 삶이 묻어나는 중요한 한 시대를 보여주었습니다. 다비드의 「호라티우스」로 프랑스 유파가 우위를 점하게 되었습니다. 이 작품에 자극받은 티슈바인은 「헬레나 앞에서 파리스에게 촉구하는 헥토르」를 실물 크기로 그리기 시작했습니다. 그 후로 드루애, 가뉴로, 데마래, 고피에, 생 투르로 인해 프랑스인들이 명성을 누리고 있습니다. 그리고 푸생 풍의 풍경 화가로 보케가 명성을 얻고 있습니다.

그동안 모리츠는 고대 신화에 열을 올리고 있었습니다. 그는 예전 방식에 따라 여행기를 써서 경비를 마련하려고 로마에 왔습니다. 한 출판업자가 그에게 선불을 지급해 주었습니다. 그런데 그는 로마에 와서 쉽고 헐렁한 일기를 쓰는 데도 호된 대가를 치러야 한다는 것을 금세 알아차렸습니다. 매일 대화를 나누고 수많은 주요 예술품을 구경하면서 그의 마음속에는 고대 신화학을 순전히 인간적인 의미에서 기술하고, 상이 새겨진 석판을 모방한 교육적인 스케치를 실어 출판해 보려는 생각이 꿈틀댔습니다. 그는 열심히 일에 매진했습니다. 그리고 우리 동료들은 그 같은 문제에 대해 도움이 되는 대화를 나누기에 부족함이 없었습니다.

조각가 트리펠의 작업장에서 내 소망과 목적에 딱 맞아떨어지는 더없이 유쾌하고 교육적인 대화를 나눌 수 있었습니다. 그는 발데크 후작의 부탁으로 내 흉상 모형을 떠서 대리석으로 제작하고 있었습니다. 인체 연구를 위해, 그리고 표준이 되는 비율과 이에서 벗어나는 특성으로서의 비율에 대한 상세한 설명을 듣는 데는 이보다 더 좋은 조건이 없을 것 같았습니다. 트리펠이 주스티니아니의 궁전 미술관에서 지금껏 별다른 주목을 받지 못했던 아폴로 상에 관한 지식을 얻음으로써, 이런 순간이 두 배로 흥미로워지기도 했습니다. 그는 이것을 가장 고귀한 예술품 중 하나로 생각하고 사들일 꿈에 부풀어 있었습니다. 그렇지만 그의 희망이 실현되지는 못했습니다. 그 후로 유명해진 이 고대 유물은 나중에 푸르탈레 씨의 소유가 되어 뇌샤텔로 옮겨졌습니다.

감히 바다로 한번 나가보려는 사람이 바람과 날씨에 따라 항로가 이리저리 바뀌듯이 나의 경우도 마찬가지였습니다. 페어샤펠트가 원근법 강좌를 열자 우리는 저녁마다 모였고 수많은 청중이 그의 가르침에 귀를 기울이면서 직접 연습을 해보았습니다. 이 강습의 가장 큰 장점은 지나치지 않게 적당히 배운다는 것이었습니다.

사람들은 관조적인 활동에만 **빠져** 있는 조용한 생활로부터 나를 끌어내고 싶었을 겁니다. 작은 마을처럼 그날그날 주고받는 말이 금세 전해지는 로마에서 우리의 그 미숙한 연주회는 대단한 화젯거리가 되었고 나와 내 저술 작업이 주목의 대상이 되었습니다. 『이피게니아』와 그 밖의 작품을 친구들 사이에서 낭독한 것도 마찬가지였습니다. 부온콤파니 추기경이 만나자고 요청해 왔습니다. 하지만 나는 잘 알려진 은둔 생활을 고수했습니다. 추밀 고문관 라이펜슈타인이 딱 부러지고도 고집스럽게 주장한 덕택으로 내 원칙을 좀 더 수월하게 지킬 수 있었습니다. 즉 그는 자기를 통하지 않고는 누구도 나를 만날 수 없으며 다른 누구도 그렇게 할 수 없다는 것이었습니다. 그의 활약이 나에게 무척 유리하게 작용했습니다. 그래서 나는 일단 선택한 단호한 칩거 생활을 계속하기 위해 그의 명성을 십분 활용했습니다.

9월의 편지

1787년 9월 1일

오늘은 『에그몬트』 작업이 끝났음을 전해 드립니다. 근래 들어 이곳저곳을 계속 다듬어왔지요. 취리히를 거쳐서 그것을 보내드리겠습니다. 카이저가 이 작품에 대한 간주곡과 그 밖에 필요한 음악을 작곡해 주기를 바라는 마음에서입니다. 그렇게 하여 여러분이 그것으로 즐거움을 얻기를 바라겠습니다.

나의 예술 연구는 일취월장하고 있습니다. 내 원칙은 어디에나 들어맞아서 온갖 예술품이 다 해명됩니다. 예술가들이 개별적으로 힘들여 찾아 모아야 하는 모든 것이 이제 내 눈앞에 활짝 펼쳐져 있습니다. 내가 모르는 것이 얼마나 많은지 알게 되었습니다. 그리고 모든 것을 알고 파악하는 길이 열려 있습니다.

모리츠에게 헤르더의 신학이 커다란 도움이 되었습니다. 그는 확실히 이를 자기 인생의 분수령으로 삼고 있습니다. 그의 마음은 온통 그 신학에 쏠려 있고, 나와 교제함으로써 준비가 갖추어졌습니다. 그는 흡사 바짝 마른 장작처럼 활활 타오르는 불꽃에 뛰어들었습니다.

9월 3일, 로마

카를스바트를 떠난 지 오늘로 딱 일 년째가 됩니다. 세월이 유수(流水)와 같군요! 오늘은 나에게 특별한 의미가 있는 날입니다. 공작의 생일이자 내가 새로운 삶을 시작한 날입니다. 이 일 년이 얼마나 유익했는지 나 자신이나 다른 사람에게 득실을 따져 보여줄 수는 없습니다. 때가 오기를 바랄 뿐입니다. 여러분과 함께 모든 것을 합산해 볼 멋진 순간을 말입니다.

이제야 이곳에서 비로소 연구다운 연구가 시작됩니다. 앞서 이곳을 떠나버렸다면 로마의 진면목을 보지 못했을지도 모릅니다. 여기서 무엇을 보고 배울 수 있는지 감히 상상할 수 없습니다. 외부에선 절대로 이 말을 이해할 수 없습니다.

다시 이집트 유물을 보러 다녔습니다. 최근 들어 몇 번 오벨리스크를 보러 갔습니다. 그것은 무너진 채 어떤 뜰의 돌 더미와 진창 사이에 있더군요. 아우구스투스 황제를 기리기 위해 로마에 세운 세소스트리스 왕의 오벨리스크였습니다. 그것은 캄푸스 마르티우스의 땅 위에 그려진 커다란 해시계의 바늘 역할을 했습니다. 많은 기념물 가운데 가장 오래되고 훌륭한 것이 지금은 무너진 채 방치되어 있습니다. 몇몇 부분이 (아마 화재가 일어나서) 흉측하게 변했지만 아직 그 자리에 있습니다. 파괴되지 않은 부분은 마치 어제 만들어진 것처럼 생생하고 (그와 같은 양식으로는) 너무나 아름답습니다. 나는 지금 스핑크스의 꼭대기와 얼굴 및 새들의 본을 석고로 뜨라고 시키는 참입니다. 이렇게 소중한 물건은 소유하지 않을 수 없습니다.

전하는 말에 따르면 사람들이 상형문자를 더 이상 이해하지 못하자 황제가 그것을 세우게 했다고 합니다. 나는 그것을 에트루리아의 최고 예술품과 동등한 반열에 두고자 합니다. 이 모든 것을 내 소유로 두기 위해 점토 모형을 만들고 있습니다.

9월 5일

나에게 축제의 아침이 될 이 시간에 글을 쓰지 않을 수 없습니다. 오늘 『에그몬트』가 완전히 끝났기 때문입니다. 제목과 등장인물도 적어 넣었고, 공백으로 비워 두었던 곳도 다 메워 넣었습니다. 나는 벌써 여러분이 받아 보게 될 순간을 고대하고 있습니다. 몇 점의 스케치도 함께 보내드립니다.

9월 6일

여러분에게 꽤 많은 것을 써 보내고 지난번 편지와 관련해 온갖 것을 말할 계획이었습니다. 그런데 내일 프라스카티로 갈 예정이라 그럴 수 없었습니다. 이 편지는 토요일에 보내야 하니, 떠나기 전에 몇 자 적겠습니다. 우리가 한결 더 자유로운 이곳 하늘 아래에서 좋은 날씨를 누리듯이 그곳도 마찬가지겠지요. 나는 늘 새로운 생각을 품고 있습니다. 그리고 천태만상의 대상들이 주위에 가득하여 때로는 이런 생각, 때로는 저런 생각을 하도록 자극합니다. 수많은 길에서 모든 것이 흡사 '한' 점으로 모이는 것 같습니다. 정말이지 이제 나와 내 능력을 이끌어 가려는 빛이 보인다고 말할 수 있겠습니다. 자신의 상태를 웬만큼 파악하려면 어느 정도 나이를 먹어야 하나 봅니다. 그러니 나이 마흔이 되어야 철드는 사람들이 슈바벤 사람들만은 아닌 듯싶습니다.*

헤르더가 몸이 좋지 않다는 말을 들었는데 심히 걱정이 되는군요. 곧 낭보가 있기를 바랍니다.

나는 늘 몸과 마음이 편안합니다. 그러니 좀 더 근본적으로 치유되길 바랄 정도입니다. 만사가 순풍에 돛 단 듯이 진행되어 가고 있습니다. 간혹 젊은 시절의 숨결에 감싸이기도 합니다. 이 편지와 함께 『에그몬트』를 부치지만, 우편 마차 편으로 보내므로 조금 늦게 도착할 겁니다. 여러분이 이 작품에 대해 뭐라 할지 정말 궁금합니다.

어쩌면 인쇄에 바로 들어가는 것이 나을지도 모르겠습니다. 독자들에게 참신한 인상을 주면 좋을 텐데요. 이 책이 팔리지 않고 남아도는 것을 원하지 않으니 어떻게 독자를 확보할 수 있을지 생각해 주십시오.

헤르더의 『신』이 나에게 최상의 반려가 되고 있습니다. 모리츠는 정말 이 작품으로 자신의 토대를 구축했습니다. 걸핏하면 무너져 내리려 하는 그의 생각을 다잡아주는 쐐기돌로서 이 작품은 부족함이 없을 듯합니다. 그가 하는 일은 그런대로 잘 되어가고 있습니다. 그는 나에게 자연 연구에 더욱 정진하라고 격려해 주었습니다. 특히 식물학에서 내가 '하나이자 전부'** 인 상태에 도달한 것이 나 스스로 놀라움에 사로잡히고 맙니다. 그것이 어느 정도 파장을 미칠지 나 자신도 아직 알 수 없습니다.

예술작품을 설명하고, 문예 부흥기 이래로 예술가와 전문가

---

* 슈바벤 사람들은 마흔이 되어야 철이 든다는 옛말이 있음.
** 기원전 6년 그리스 철학자 크세노파네스의 말을 인용한 표현.

들이 철저히 탐구하고 연구해 온 것을 한꺼번에 해명하기 위한 내 원칙은 적용해 볼수록 올바르다는 것을 알게 됩니다. 아닌 게 아니라 이것은 콜럼버스의 달걀이기도 합니다. 이제 나는 예술가들과 이 같은 문제에 대해 두루 합리적인 대화를 나누면서 굳이 그런 만능열쇠를 갖고 있다고 말하지 않고도, 이들이 어느 단계에 이르렀는지, 무슨 생각을 하고 어떤 문제에 봉착해 있는지를 알 수 있습니다. 문이 열려 있고 나는 문지방에 서 있습니다. 그런데 안타깝게도 그곳에서만 신전 내부를 둘러볼 수 있을 뿐이어서 나는 다시 물러납니다.

확실히 그 정도입니다. 고대 예술가들은 호메로스만큼 자연에 대한 방대한 지식과 무엇을 어떻게 제시해야 할지에 대한 확실한 개념을 갖고 있었습니다. 유감스럽게도 일류의 예술작품은 그리 많지 않습니다. 그리고 이런 예술품을 볼지라도 제대로 이해하고 평화로운 마음으로 떠나는 것 이외에 다른 바람은 없습니다. 이런 고귀한 예술작품들은 참된 자연의 법칙에 따라 인간의 지고한 자연물로서 산출되었습니다. 자의적인 것과 허구적인 것은 모두 무너지고 필연성과 신만이 남아 있습니다.

며칠 있으면 재능 있는 건축가의 작품을 볼 겁니다. 그는 직접 팔미라에 가서 위대한 오성과 미적 감각으로 대상들을 스케치했습니다. 관련된 소식을 곧 드릴 테니 이 중요한 폐허에 대한 여러분의 생각을 부디 알려주십시오.

나의 행복을 여러분이 함께 기뻐해 주십시오. 이만큼 행복했던 적은 일찍이 없었던 것 같습니다. 더없이 차분하고 순수한 마음으로 타고난 열정을 달랠 수 있으며, 끊임없는 즐거움으로 지속적인 이로움을 얻을 수 있다는 게 적지 않은 소득입니다.

그리운 벗들에게 나의 즐거움과 감정을 조금이라도 전할 수 있다면 얼마나 좋을지 모르겠습니다.

정치권의 하늘에 먹구름이 걷히기를 바랍니다. 우리 시대의 전쟁이 지속되는 동안 많은 사람들이 불행해지고 있습니다. 그리고 전쟁이 끝나도 누구 하나 행복한 사람이 없습니다.

1787년 9월 12일

그리운 벗들이여, 나는 여전히 노력하며 살아가는 사람입니다. 요즘 들어 즐긴다기보다는 다시 일을 시작했다고 할 수 있습니다. 이제 한 주가 끝나가니 여러분에게 한 통의 편지를 씁니다.

벨베데레의 알로에가 하필이면 내가 없는 해만 골라서 꽃을 피우다니 마음이 아픈 일입니다. 시칠리아 섬에는 너무 일찍 갔었고, 이곳에서는 올해 한 그루만 꽃을 피워서 그 수가 많지 않습니다. 하도 높은 곳에 있어 접근할 수도 없습니다. 인도산 식물이라 이 지역에 제대로 뿌리를 내리지 못하고 있습니다.

영국인의 글은 나에게 별로 재미가 없습니다. 영국에서 성직자들은 극도로 조심해야 하며, 일반 독자도 눈에 불을 켜고 그들을 지켜봅니다. 그러니 자유로운 영국인이라도 도덕과 관련된 저술에는 많은 제약을 받지 않을 수 없습니다.

인간에게 꼬리가 달려 있었다는 것이 나에게는 이상하게 생각되지 않습니다. 묘사된 글에 따르면 극히 자연스러운 현상입니다. 우리 눈앞에서는 날마다 훨씬 기묘한 일들이 벌어지고 있으니까요. 우리와 별로 관련이 없어서 주의를 기울이지 않을 뿐입니다.

많은 사람들이 일생 동안 진정으로 신을 경배하는 마음을 갖지 않는 데 반해, B가 노년에 소위 '경건'해졌다는 것은 썩 다행스러운 일이기도 합니다. 물론 그렇다고 우리가 감동을 받지는 않지만 말입니다.

며칠 동안 프라스카티에서 추밀 고문관 라이펜슈타인과 함께 지냈는데, 앙겔리카가 일요일에 우리를 데리러 왔습니다. 그곳은 그야말로 낙원을 방불케 하더군요.

『에르빈과 엘미레』를 이미 절반이나 고쳐 썼습니다. 이 소품에 더 많은 재미와 생동감을 부여하려고 했으며, 진부한 대화는 죄다 없애버렸습니다. 학생의 습작에 불과하거나 괴발개발 쓴 졸작에 지나지 않습니다. 모든 사건의 중심이 되는 사랑스러운 노래는 전부 자연스러운 그대로 놓아두었습니다.

예술품들도 질풍과 노도에 휩쓸려가고 있습니다.

내 흉상은 썩 잘되었습니다. 누구나 그것에 만족하고 있습니다. 확실히 멋지고 고상한 양식으로 제작되었습니다. 후세 사람들이 나의 외모를 그렇게 상상하는 것에 나는 반대하지 않습니다. 곧 대리석으로 만들어지기 시작해 실물 크기로 완성될 겁니다. 운송이 그리 번거롭지 않다면 당장 주물 모조품을 하나 보내드리겠습니다. 아니면 나중 언젠가 배편으로 보낼지도 모르겠습니다. 어차피 몇 개의 상자를 함께 꾸려야 하기 때문입니다.

내가 아이들에게 줄 선물 상자를 맡긴 크란츠는 아직 도착하지 않았나요?

발레 극장에서는 두 번이나 참담한 실패를 한 후에 지금은 다시 아주 우아한 오페레타를 공연하고 있습니다. 사람들은 대단히 흥겨운 마음으로 공연에 임하고 있으며, 모든 것이 어우러져 조화를 이루고 있습니다. 이제 얼마 안 있으면 시골로 떠날 겁니다. 비가 몇 번 내리자 날씨가 서늘해졌습니다. 풍경은 다시 푸른색을 띠고 있습니다.

에트나 화산의 대폭발*에 대해서는 여러분도 신문에서 보았거나 앞으로 보게 될 겁니다.

9월 15일

트렝크의 생애를 다룬 전기를 읽었습니다. 재미가 솔솔 묻어나고 여러 가지 성찰의 계기를 충분히 마련해 주더군요.

다음번 편지에서는 내일 만나기로 한 유별난 한 여행가 이야기를 하겠습니다.

아무쪼록 내가 이곳에 묵는 것을 기뻐해 주십시오. 이제 로마가 무척 친숙한 곳이 되었답니다. 이곳에서 나를 지나친 긴장으로 몰아넣는 것은 거의 없습니다. 대상들은 점차 자신들의 높이로 내 수준을 높여주었습니다. 나는 점점 더 순수한 즐거움을 맛보고, 더 많은 지식을 누리며, 더 많은 행운의 혜택을 받을 겁니다.

여기 편지 한 장을 정서해서 같이 보내니 친구들에게 전해 주길 부탁드립니다. 로마는 모든 길이 통하는 중심이기에 체류하는 것이 무척 재미있습니다. 카사의 작품들은 비할 데 없이 아름답습니다. 여러분에게 전해 주고 싶어 그의 작품을 몇 점 마음에 담아두었습니다.

나는 언제나 바쁘게 살고 있습니다. 내 원칙이 설득력이 있

---

* 1787년 7월 8일에 있었던 폭발을 말함.

는지 보기 위해 석고상의 작은 두상을 스케치해 보았습니다. 그 원칙이 완전히 들어맞으면 놀랄 정도로 그림이 수월해짐을 알게 됩니다. 내가 그 일을 해냈다는 게 믿기지 않을지도 모르지만 아무래도 상관없습니다. 이제 그 원칙을 적용함으로써 내가 얼마나 큰 발전을 이뤘는지 잘 알고 있습니다.

월요일에는 다시 프라스카티로 갈 겁니다. 그래도 일주일 내로 편지를 발송하도록 노력하겠습니다. 그런 다음에 어쩌면 알바노로 가게 될지도 모릅니다. 그곳에선 정말 열심히 자연을 스케치할 겁니다. 지금은 무언가를 산출해 내고 내 감각을 제대로 훈련시키는 일 이외에는 관심이 없습니다. 나는 젊은 시절부터 앓아온 병을 아직도 앓고 있습니다. 제발 언젠가는 그 병이 낫게 되었으면 좋겠습니다.

9월 22일

어제는 여기저기 성 프란체스코의 성혈을 봉송하며 돌아다니는 행렬이 있었습니다. 나는 교단 성직자들의 행렬이 지나가는 동안 그들의 머리와 얼굴을 뚫어지게 바라보았습니다.

최상급의 고대 모조 보석 이백 점을 수집해 놓은 것을 구입했습니다. 고대 유물 가운데서 가장 아름다운 것인데, 어떤 면에서는 사랑스러운 착상 때문에 선택하기도 했습니다. 그 모조품들은 대단히 아름답고 정교하며 로마에서 이보다 더 소중한 것을 구할 수 없을 정도입니다.

작은 배를 타고 돌아갈 때 좋은 물건을 얼마나 많이 가져가게 될는지요. 그러나 뭐니 뭐니 해도 소중한 것은 사랑과 우정을 가져다주는 행운을 더욱 누리게 해주는 즐거운 마음일 겁니다. 능력이 모자란 탓에 스스로를 지치게 만들고 아무런 결실도 낳지 못하는 일은 다시는 시도하지 말아야겠습니다.

9월 22일

그리운 벗들이여, 우편 마차 편에 급히 또 한 통의 편지를 보내지 않을 수 없습니다. 오늘은 나에게 무척 뜻 깊은 날이었지요. 많은 친구들과 대공 모친의 편지와 내 생일을 기념하는 축하 파티가 있었다는 소식, 그리고 마침내 내 작품들을 받았습니다.

나의 반평생을 결산하는 네 권의 사랑스러운 책들이 로마로 나를 찾아오다니 정말 묘한 기분이 드는군요. 글자 하나하나마다 내가 체험하지 않고, 느끼지 않고, 즐기지 않고, 괴로워하지 않고, 생각하지 않은 것은 하나도 없다고 감히 말할 수 있습니다. 이제 이것들이 더욱 생생히 살아 움직이며 나에게 말을 걸어옵니다. 뒤이어 나올 네 권의 책이 이에 미치지 못하면 어떨지 우려와 함께 기대도 됩니다. 이 책들이 나오는 데 많은 도움을 주신 노고에 감사드리고, 여러분도 아울러 기쁨을 누릴 수 있기를 바랍니다. 또 앞으로 나올 책에 대해서도 성원을 베풀어주기를 진심으로 부탁드립니다.

여러분은 내가 '속주(屬州)'라는 표현을 쓴 것을 두고 나를 놀리는데, 그 표현이 매우 부적절함을 솔직히 고백합니다. 하지만 이 표현으로 로마에서는 모든 것을 거창하게 생각하는 습관이 생기는 것을 알 수 있습니다. 아닌 게 아니라 나도 로마 사람이 다 된 것 같습니다. 아주 대단한 것에만 관심을 갖고 말하는 것이 로마인의 기질이니까 말입니다.

나는 언제나 부지런히 일하고 있으며, 이제는 인체에 관심을 갖기 시작했습니다. 아, 예술이란 얼마나 광대하고 유구한 것이며, 세상은 얼마나 무한한 것일까요. 그런데도 사람들은 그저 유한한 것에만 신경을 쓰고 있습니다.

화요일인 25일에는 프라스카티로 가서 그곳에서도 힘써 노력하고 일할 겁니다. 곧 떠날 준비를 시작할 겁니다. 만사형통하면 좋겠습니다.

대도시나 넓은 지역에서는 아무리 가난하고 보잘것없는 자라도 자신의 존재를 느끼는 반면, 작은 마을에서는 아무리 훌륭하고 부유한 자라도 자신의 존재를 느끼지 못하며 제대로 기를 펴고 숨을 쉴 수 없다는 사실에 주목하게 됩니다.

1787년 9월 28일, 프라스카티

이곳에 와서 무척 행복하게 지내고 있습니다. 종일 밤늦게까지 스케치하고 또 먹칠하고 붙이면서 손기술과 기량을 제법 전문적으로 연마하고 있습니다. 우리의 주인인 추밀 고문관 라이펜슈타인이 말동무가 되어줘서 유쾌하고 흥겹습니다. 우리는 저녁이면 달빛에 잠긴 별장들을 찾아가서 어둠 속에서도 눈에 확 띄는 모티프들을 따라 그렸습니다. 내가 한 번이라도 완성해 보고 싶은 몇몇 모티프들을 찾아냈던 것입니다. 이제 완성의 시간이 오기를 희망합니다. 완성이란 멀리 있는 것으로 보면 너무 멀게 느껴질 뿐입니다.

어제 알바노로 갔다가 돌아왔습니다. 이번 길에도 하늘을 나는 새들을 많이 사냥했습니다. 꽤 풍요로운 생활을 할 수 있는 이곳에선 뭐든지 마음대로 즐길 수 있고, 모든 것을 내 것으로 하겠다는 열정으로 마음이 불타오르기도 합니다. 그리고 영혼이 더 많은 대상들을 파악할 수 있을 정도로 미적 감각이 순화되어 감을 느낍니다. 이렇게 말로만 하지 않고 언젠가 훌륭한 것을 보낼 수 있기를 바랍니다. 한 동향인 편에 보잘것없는 소품 몇 점을 여러분에게 보냅니다.

기쁘게도 로마에서 카이저를 만나볼 수 있을 것 같습니다. 그렇게 되면 내 주위를 둘러싸는 예술들의 원무(圓舞)를 마무리하기 위해 음악이 덧붙여질 겁니다. 이는 마치 친구들과의 만남을 예술들이 방해하려는 것 같습니다. 그렇지만 내가 얼마나 자주 외로움을 느끼고, 여러분 곁에 있고 싶은 그리움에 사로잡히는지 이러쿵저러쿵 말하지 않겠습니다. 나는 사실 몽롱한 상태에서 살아갈 뿐이라서 더 이상 생각하려 하지 않고 생각할 수도 없습니다.

모리츠와는 제법 궁합이 잘 맞아서 나의 식물 체계를 설명해주고 그때마다 우리가 어느 단계에 와 있는지 그의 면전에서 글로 기록하기 시작했습니다. 이런 식으로 혼자서도 내 생각의 일단을 종이에 옮길 수 있게 되었습니다. 이러한 사고방식 가운데 아무리 추상적인 내용이라도 제대로 전달이 되고 준비가 된 사람을 만난다면 아주 수월하게 파악된다는 것을 새로운 제자를 통해 알게 됩니다. 그는 이런 대화에서 큰 즐거움을 느끼고, 스스로 결론을 내리며 늘 앞으로 성큼성큼 나아갑니다. 하지만 어쨌거나 이를 글로 옮기기는 어려운 문제이고, 비록 모든 글이 그렇게 치밀하고 정확하게 쓰였다 하더라도 단순히 읽어서 파악하기란 불가능합니다.

이렇게 나는 우리 아버지의 거소에 있기 때문에 행복하게 지내고 있습니다. 나에게 호의를 베풀어주고 직간접적으로 도와주고 후원하고 지원하는 모든 사람들에게 안부를 전해 주십시오.

9월의 보고

오늘 9월 3일은 이중 삼중으로 축하할 만한 날이었습니다. 오늘은 머리 숙여 충성을 바치면 여러모로 보답을 아끼지 않는 우리 공작의 생신이었고, 내가 카를스바트에서 몰래 빠져나온 지 꼭 일 년째 되는 기념일이기도 합니다. 그런데 이렇게 뜻 깊은 체험을 하게 된 완전히 낯선 상황이 나에게 어떤 영향을 미쳤고, 무엇을 가져다주었으며, 무엇을 부여해 주었는지 되돌아볼 형편이 아니었습니다. 또한 여러모로 곰곰 따져볼 여유도 남아 있지 않았습니다.

로마가 예술 활동의 중심지로 간주되는 것은 로마 특유의 큰 장점이 있기 때문입니다. 교양 있는 여행자들이 이곳에 들르게 되면, 체류 기간이 짧든 길든 아주 많은 것을 빚지게 됩니다. 이들은 계속 이동하고 활동하며 수집합니다. 그러다가 성숙해져서 집으로 돌아가면 획득한 것을 펼쳐놓고, 멀리 떨어져 있는 당대의 스승들에게 감사의 제물을 바치는 것을 명예롭고도 기쁘게 생각합니다.

카사라는 이름의 프랑스 건축가가 동방 여행을 마치고 돌아왔습니다. 그는 대단히 중요한 고대 기념물들, 특히 아직 책으로 소개되거나 측량되지 않은 기념물과 주변 지역들도 스케치해 왔습니다. 그는 허물어지고 파괴된 적지 않은 고대의 폐허를 그림으로 복구했습니다. 그리고 그들 가운데 일부는 대단히 정밀하고 미적 감각이 뛰어나게 펜으로 스케치하고, 눈앞에 보이듯 생생히 수채화 물감으로 묘사했습니다.

1. 시가지의 일부와 소피아 사원과 함께 바다 쪽에서 바라본 콘스탄티노플 궁전.

유럽에서 가장 매력적인 산정에 술탄의 궁전이 우리의 상상을 뛰어넘는 재미있는 방식으로 축조되어 있습니다. 잘 손질된 껑충한 나무들이 대략 무리를 지어 나란히 서 있습니다. 그 아래에는 커다란 성벽이나 궁전이 아니라 조그만 집들, 격자 구조물들, 보행로, 정자, 펼쳐진 융단들이 가정적인 모습으로 오밀조밀하고 정겹게 뒤섞여 있는 정경이 무척 재미있습니다. 스케치에 더해진 채색이 무척 정겨운 효과를 냅니다. 길게 펼쳐진 바다가 이런 건물들이 서 있는 해안을 씻어주고 있습니다. 맞은편에는 아시아가 자리 잡고 있고, 다르다넬스로 통하는 해협이 보입니다. 스케치는 크기가 가로 7피트에 세로 3~4피트 정도 됩니다.

2. 같은 크기로 그린 팔미라 폐허의 전경.

카사는 마치 폐허에서 찾아낸 듯한 도시의 평면도를 먼저 우리에게 보여주었습니다.

이탈리아식 척도로 일 마일 길이의 열주(列柱)가 성문에서부터 시가지를 지나 태양의 신전까지 이어져 있었습니다. 일직선이 아니라 중간 부분이 약간 굽어 있습니다. 네 열로 이루어진 열주의 기둥 높이는 직경의 열 배 정도였습니다. 기둥의 위쪽이 덮여 있었는지는 알 수 없습니다. 카사는 융단으로 덮여 있지 않았나 생각했습니다. 대형 스케치에는 열주의 일부가 전면에 곧추서 있는 모습이 보입니다. 비스듬히 줄지어 이동해 가는 대상(隊商)을 그린 착상이 자못 훌륭합니다. 뒤편에는 태양의 신전이 서 있고, 오른쪽에는 대평원이 펼쳐져 있습니다. 평원에서는 술탄의 친위병 몇 명이 쏜살같이 말을 달리고 있습니다. 가장 색다른 특징은 수평선 같은 푸른 선으로 그림을 마무리하고 있는 점입니다. 카사는 이에 대해 다음과 같이 우리에게 설명해 주었습니다. 멀리서 보면 사막의 수평선이 푸른색으로 변해서 마치 바다처럼 완전히 시야를 덮어버린다는 것입니다. 그리하여 우리는 팔미라가 바다로부터 제법 멀리 떨어져 있다는 것을 알면서도, 그림을 보고 그랬듯이 자연을 보고도 속는다는 것입니다.

3. 팔미라의 무덤들.

4. 늘어서 있는 폐허의 풍경과 함께 발베크에 소재한 태양의 신전을 복원한 모습.

5. 솔로몬 신전을 토대로 지은 예루살렘의 대형 이슬람 사원.

6. 페니키아의 한 작은 신전 폐허.

7. 레바논 산기슭의 더없이 아기자기한 풍경. 소나무 숲, 호수, 호숫가의 능수버들과 그 밑의 무덤들, 멀리 보이는 산.

8. 터키의 무덤들. 묘비마다 망자의 머리 장식이 있습니다. 터키인들은 머리 장식으로 신분이 구별되므로 묻힌 자에 대해 금방 알 수 있습니다. 처녀들의 무덤에는 꽃들이 아주 정성스럽게 가꾸어져 있습니다.

9. 커다란 스핑크스 머리를 한 이집트의 피라미드. 카사의 말로 그 머리는 석회암을 깎아 만든 것이라고 합니다. 겉에 균열이 생기고 울퉁불퉁해졌기 때문에, 머리 장식의 주름에서 알아차릴 수 있듯이 그 거상에 석고를 입히고 색을 입혔다고 합

니다. 얼굴 부분의 높이만 해도 약 십 피트가량 되어, 그가 얼굴의 아랫입술에서 너끈히 산보를 할 수 있을 정도였다고 합니다.

10. 몇몇 원전, 계기와 추정을 토대로 복원한 피라미드. 사방으로 방이 튀어나와 있고 그 옆에 오벨리스크가 서 있습니다. 방으로 나 있는 복도에는 오늘날에도 북부 이집트에서 볼 수 있는 것과 같은 스핑크스가 자리하고 있습니다. 이 스케치에는 내가 지금까지 본 것 가운데 가장 원대한 건축 이념이 담겨 있습니다. 이보다 더한 것은 있을 수 없다고 생각됩니다.

이 아름다운 그림 전부를 느긋한 마음으로 구경한 후 저녁에는 팔라티노 언덕의 정원으로 발길을 옮겼습니다. 황궁의 폐허들 사이의 공간이 이 정원들로 우아하게 조성되어 있었습니다. 그곳의 탁 트인 사교적인 장소에서 우리는 환상적인 시간을 마음껏 즐겼습니다. 즉 즐거운 모임을 위해서 으레 테이블, 의자 및 벤치를 야외에 배치해 놓듯이, 근사한 나무들 아래에는 장식된 기둥머리의 파편들, 반들반들하고 홈이 파인 기둥들의 파편들, 토막 난 얕은 돋을새김들, 이 밖에도 그 비슷한 것들이 넓은 지역에 이리저리 흩어져 있었습니다. 해가 지는 가운데 금방 씻고 교육받은 눈으로 다채로운 풍경을 굽어보니 오늘 보았던 그 모든 스케치들에 비해 조금도 손색이 없다는 것을 인정하지 않을 수 없었습니다. 카사 정도의 미적 감각으로 스케치를 하고 색칠을 한다면 어디서나 큰 감동을 불러일으킬 수 있을지 모릅니다. 이처럼 예술작품을 통해 우리 눈이 점차 조율되고, 자연을 더 민감하게 인지하며, 자연이 주는 아름다움을 점점 더 솔직히 받아들이게 되었습니다.

다음 날 그 예술가에게서 위대하고 무한한 것을 보았으니 이제는 낮고 보잘것없는 좁은 곳으로 가보자는 이야기를 농담 삼아 하게 되었습니다. 웅장한 이집트의 기념물들이 아우구스투스 황제가 연병장에 세우게 한 거대한 오벨리스크를 생각나게 해준 것이었습니다. 해시계의 바늘로 쓰였던 것이 지금은 여러 조각으로 부서진 채 판자벽으로 둘러싸인 더러운 구석에서 자신을 복원시켜줄 대담한 건축가를 기다리고 있었습니다.(지금 그것은 몬테 치토리오 광장에 다시 세워져 로마 시대처럼 해시계 바늘로 쓰이고 있습니다.) 그것은 이집트의 순수한 화강암을 깎아 만든 것입니다. 잘 알려진 양식이긴 하지만 귀엽고 순수한 형상들이 사방에 알알이 박혀 있었습니다. 보통은 공중 높이 치솟아 있는 오벨리스크 옆에 서서, 전에는 사람의 눈이 아닌 태양 광선만이 도달할 수 있던 뾰족한 꼭대기에 스핑크스들이 더할 나위 없이 귀엽게 모사되어 있는 것을 보니 참으로 신기했습니다. 예술의 제식적인 성격이 사람의 시선에 주는 효과를 고려하지 않은 경우입니다. 평소에는 구름을 향해 우뚝 솟아 있는 신성한 상들을 눈앞 가까이서 편안히 볼 수 있도록 주물로 제작하게 했습니다.

　몹시 싫은 공간에서 대단히 소중한 작품들과 함께 있으려니 우리는 로마를 하나의 혼합체로 보지 않을 수 없었습니다. 하지만 세상에서 유일무이한 곳이지요. 이러한 의미에서도 이런 엄청난 공간은 큰 장점을 지니고 있습니다. 여기에서 우연은 아무것도 만들어내지 못하고 단지 파괴만 했을 뿐이었습니다. 온전하게 서 있는 모든 것이 훌륭하지만 파괴된 것도 전부 소중합니다. 볼품없게 된 폐허는 성당과 궁전의 새롭고 위대한 형식으로 다시 나타난 태곳적의 규칙성을 암시해 줍니다.

막 완성된 모조 주형을 보자 모조 보석들을 통째로 또는 낱개로 팔던 덴의 수집품 가운데서 이집트 것도 몇 개 보았던 기억이 났습니다. 어떤 일의 결과로 또 다른 일이 일어나듯, 나는 마음에 품고 있던 수집물 중에서 가장 뛰어난 것들을 골라 소유주한테 주문했습니다. 그러한 모조품은 최고의 보물들로, 재력이 달리는 애호가가 소장한다면 장차 여러 가지 다양한 이득을 낼 수 있는 토대입니다.

괴센 출판사에서 발행한 내 저서의 일차분 네 권이 도착했습니다. 호화 양장본은 즉시 앙겔리카의 수중에 들어갔습니다. 이를 보고 그녀는 자신의 모국어를 새로이 칭찬할 이유를 발견하게 된다고 생각했습니다.

하지만 나는 예전 활동들을 되돌아보면서 생생히 밀려드는 여러 생각들에 마음을 빼앗겨서는 안 되었습니다. 내가 접어든 길이 얼마나 멀리 이끌고 갈지 알지 못했습니다. 예전의 노력이 어느 정도 성공을 거두었는지, 이러한 동경과 방랑의 성과가 그동안 들인 노고에 얼마만큼 보답이 될지 알 수 없었습니다.

하지만 나에게는 뒤를 돌아보고 생각할 시간도 공간도 없었습니다. 초유기적인 자연, 그것의 형성과 변형에 관한 생각들이 흡사 몸에 밴 것 같아 조용히 멈춰 있을 수 없었습니다. 나같은 사색가에게 발전은 연속적으로 일어나므로 자신의 교육을 위해 이런저런 내용을 전달할 필요가 있었습니다. 나는 이런 일을 모리츠를 상대로 시도했습니다. 내 능력이 미치는 한 식물의 변형에 관해 그에게 강의한 것입니다. 늘 비어 있어 채울 내용물이 필요하고, 자기 것으로 만들 대상을 갈망하는 진기한 그릇 같은 그는 적어도 내가 강의를 계속할 용기를 가질 수 있게 성실히 배움에 임했습니다.

그러다 주목할 만한 책 한 권이 도착했습니다. 그것이 우리에게 유익한가에 대해서는 따지지 않겠습니다만, 커다란 자극제가 된 것은 분명합니다. 그것은 신과 신적인 것들에 관한 다양한 견해를 대화 형식으로 개진한 간단한 제목의 헤르더의 저서였습니다. 이 글은 뛰어난 친구 옆에서 이러한 문제에 대해 자주 대화를 나누곤 했던 옛 시절로 나를 데려다주었습니다. 그렇지만 지극히 신심 깊은 고찰로 이뤄진 이 책이 특별한 성자의 축일에 우리가 보내는 존경심과 대비되는 점이 놀라웠습니다.

9월 21일에는 성 프란체스코를 기념하는 축제가 벌어졌습니다. 시내에서는 수도사와 신자들이 길게 행렬을 지어 그의 성혈을 봉송했습니다. 나는 행렬이 지나갈 때 수많은 수도사들을 주의 깊게 살펴보았습니다. 이들의 의복이 간소해서 나는 머리 부분만 유심히 바라보았습니다. 머리카락과 수염이 남성적 개체를 이해하는 요소에 속한다는 점이 나의 눈길을 끌었습니다. 처음에는 주의 깊게, 그다음에는 놀라운 마음으로 내 앞을 지나가는 행렬을 찬찬히 들여다보았습니다. 머리카락과 수염으로 뒤덮인 얼굴이 수염 없는 군중과 대비되어 확연히 눈에 띄었고 나를 매료시켰습니다. 그런 얼굴들을 그림으로 묘사하면 보는 사람에게 대단한 매력을 풍길 거라는 생각이 들었습니다.

외국인을 안내하고 접대하는 자신의 일을 아주 철저히 연구한 추밀 고문관 라이펜슈타인은 직무를 수행하는 가운데, 그저 관광이나 휴양차 로마에 들른 많은 사람들이 평소와 달리 외지에서는 한가한 시간을 보낼 거리가 없어지므로 때로는 극심한 권태감에 시달리게 된다는 사실을 곧장 알아채게 되었습니다.

세상 물정에 밝으며 실용적인 그는 단순한 구경이 얼마나 피곤한 일인가를 잘 알고 있었습니다. 또한 이런저런 자발적 행동으로 친구들을 즐겁게 해주고 마음을 달래주는 일이 얼마나 필요한지도 잘 알고 있었습니다. 그래서 그는 두 가지 일거리를 정하여 그들이 몰두할 수 있도록 했습니다. 그것은 납화(蠟畵)와 모조 보석 만들기였습니다. 밀랍 비누를 색의 접합제로 사용하는 납화술은 얼마 전에야 다시 성행하게 되었습니다. 이 방면의 예술계에서 뭐라고 해도 중요한 점은 어떻게 해서든 예술가들이 몰두하게 만드는 것입니다. 그러므로 기존의 것에 새로운 방식을 도입하여 예술가들로 하여금 새롭게 주의를 기울일 생생한 동기를 부여해 줍니다. 그리하여 종래의 방식으로는 흥미를 잃었지만 새로운 방식으로 시도해 볼 마음이 생기게 해줍니다.

카타리나 여제를 위해서 라파엘로 풍의 방을 그대로 모방하고, 온갖 장식품으로 가득 찬 건축 양식을 통째로 페테르부르크에 재현하려는 대담한 계획은 새로운 기술을 통해 추진되었습니다. 이러한 기술이 없었으면 어쩌면 실행될 수 없었을지도 모릅니다. 내구성이 강한 밤나무 널빤지와 통나무로 이와 같은 판벽들, 벽면, 받침대 벽기둥, 기둥머리, 돌림띠를 만든 후 아마포를 씌웠습니다. 토대를 굳히기 위해 여기에 초벌 칠을 한 다음 납화술이 쓰였습니다. 라이펜슈타인의 지도로 특히 운터베르거가 수년간 몰두하여 정성스럽게 만든 이 작품은 내가 도착했을 때 이미 발송된 뒤였습니다. 그래서 이 거대한 계획이 뒤에 남긴 것을 보고서야 구체적으로 알 수 있었습니다.

이 계획을 실현한 덕분에 납화술은 대단한 인기를 누리게 되었습니다. 약간의 재능이라도 있는 외지인들은 이 작업을 접할 수 있었습니다. 미리 준비된 색칠 도구들은 저렴한 가격에 구할 수 있었고, 비누는 직접 구워 만들 수 있었습니다. 그러므로 한가하거나 비는 시간이 나면 무언가를 하면서 만들어낼 게 있었습니다. 중급 수준의 예술가들이 교사나 보조자로 일하기도 했습니다. 나는 외국인들이 로마의 납화술로 직접 제작한 작품을 짐에 꾸려 넣고는 대단히 흡족해하며 고국으로 돌아가는 것을 여러 번 보았습니다.

또 다른 일인 모조 보석 제작은 남자들에게 더 적합한 작업이었습니다. 라이펜슈타인 댁의 크고 낡은 지하실 부엌이 최고로 좋은 작업 장소였습니다. 이곳은 작업에 필요한 것보다 더 넓었습니다. 불에 녹지 않는 덩어리를 아주 부드럽게 빻아서 체로 친 다음 반죽을 만듭니다. 이를 보석 모형으로 찍어내서 정성스레 말린 후 쇠고리를 두르고 나서 불덩어리 속에 집어넣습니다. 그러고서 유리 덩어리 녹인 것을 그 위에 부으면 조그만 예술작품이 생겨났습니다. 누구나 자신의 손으로 만들었다는 생각에 뿌듯한 기쁨을 느끼지 않을 수 없었습니다.

추밀 고문관 라이펜슈타인이 이 일을 기꺼이 열성적으로 가르쳐주었습니다. 그렇지만 이런 작업을 계속하는 것이 나에게 맞지 않고, 자연과 예술품을 모사하여 손기술과 안목을 높이는 것이 내 본래의 바람이라는 사실을 금방 깨닫게 되었습니다. 또한 그는 찜통더위가 가시기 무섭게 몇 명의 예술가와 함께 나를 프라스카티로 데리고 갔습니다. 우리는 시설이 좋은 어떤 사저에서 숙소와 당장 필요한 것들을 발견했습니다. 그런 뒤에 낮에는 종일 야외에 머물다가 저녁이면 커다란 단풍나무 탁자 주위에 모여들었습니다. 프랑크푸르트 출신의 게오르크 쉬츠는 탁월한 재능은 없어도 솜씨가 좋았습니다. 그는 지속적으로 예술 활동을 하진 않지만 점잖고 대하기 편한 사람이라서 로마인들도 그를 남작이라 불렀습니다. 그는 나의 산책길에 동행해 여러모로 도움을 주었습니다. 이곳에서는 수백 년 동안 최고의 건축 양식이 지배하고 있으며, 아직까지 남아 있는 거대한 토대 위에 걸출한 인물들의 예술적 사고가 두드러져 보이는 까닭에 정신과 눈이 황홀경에 빠지지 않을 수 없음을 알게 될 겁니다. 이처럼 다채로운 수평선과 수천 개의 수직선이 나름대로 조명을 받으면서 소리 없는 음악처럼 중단되거나 장식되면서 우리 눈에 포착될 때면 말입니다. 그리고 우리 마음속의 사소하고 편협한 모든 것이 고통을 불러일으키며 내몰리는 것을 알게 될 겁니다. 특히 달빛에 형상이 충만해지는 광경은 어느 누구의 상상을 뛰어넘습니다. 여기서는 개별적인 즐거움을 주는 것이나 뭐라고 이름 붙이기 곤란한 것이 전적으로 물러나고, 빛과 그림자의 거대한 덩어리만이 엄청나게 우아하며 균형 잡힌 거대한 물체가 눈에 들어오게 할 뿐입니다. 반면에 저녁에는 교육적이지만 때로는 짓궂은 대화도 빠지지 않았습니다.

  젊은 예술가들이 호인인 라이펜슈타인의 약점으로 이야기되는 성격을 눈치 채고 가끔 우스개 삼아 은밀히 조롱 조의 대화를 나눈 사실을 숨기지는 않겠습니다. 그러던 어느 날 저녁 예술적 대화의 무궁무진한 원천인 벨베데레의 아폴로 상이 다시 화제에 오르게 되었습니다. 탁월한 두상에 비해 귀 모양이 별로 대단치 않다는 발언이 나오자 화제는 아주 자연스럽게 이러한 신체 기관의 품격과 아름다움으로 옮아갔고, 자연 상태의 아름다운 귀를 찾아 이를 예술적으로 균형 있게 모사하기 어렵다는 문제로 흘러갔습니다. 그런데 쉬츠의 귀가 보기 좋은 것으로 유명해서 나는 아주 잘생긴 그의 오른쪽 귀를 꼼꼼이 다

그릴 때까지 등불 옆에 앉아달라고 부탁했습니다. 그러자 그는 바로 추밀 고문관 라이펜슈타인 옆에 앉아 그에게서 눈을 돌릴 수도 없고 돌려서도 안 되는 부동 자세를 취해 주었습니다. 그러자 라이펜슈타인은 예의 명성이 자자한 강연을 시작했습니다. 그는 우리에게 단도직입적으로 최고의 예술품에 다가가지 말고, 먼저 파르네세 화랑의 카라치 유파에서 시작하여 라파엘로로 넘어간 다음, 마지막으로 벨베데레의 아폴로 상에 도달해야 한다고 말했습니다. 더 이상의 것은 바랄 수도 없기 때문에 외울 수 있을 때까지 부지런히 스케치해야 한다는 겁니다.

착한 쉬츠는 안에서 터져 나오는 웃음을 도저히 감출 수 없었습니다. 그래서 움직이지 말고 가만히 있으라고 내가 요구할수록 그의 고통은 커져만 갔습니다. 이렇게 교사이자 자선가인 라이펜슈타인은 부당하게 수용된 자신의 개인적인 상태 때문에 강의한 보람도 없이 늘 조롱을 받는 처지가 되곤 합니다.

예상치 못한 것은 아니었지만 알도브란디니 공의 별장에서 창밖으로 내다보이는 전망은 참으로 훌륭했습니다. 마침 시골에 와 있던 그는 친절하게도 우리와 함께 고용 성직자와 식솔들에게 푸짐한 성찬을 대접했습니다. 그 성채는 언덕과 평지의 아름다운 광경을 '한눈에' 굽어볼 수 있도록 설계되었다고 생각하면 되겠습니다. 별장에 관해 많은 이야기를 나누었는데, 이리저리 사방을 둘러보아도 더 멋진 곳에 집을 짓기가 쉽지 않으리란 확신이 들었습니다.

여기서 하나의 고찰을 덧붙이지 않을 수 없다고 느낍니다. 심상치 않고 중대한 것이라 권해도 될 것 같습니다. 이러한 고찰은 이미 제시한 것에 빛을 비추고, 앞으로 제시할 것에 빛을 퍼뜨릴 겁니다. 또한 자기 수양에 힘쓰는 많은 훌륭한 사람들은 이로써 성찰의 계기를 얻을 겁니다.

힘차게 나아가는 사람들은 향락에 만족하지 않고 지식을 갈구합니다. 이러한 지식은 이들을 활동적으로 만듭니다. 이 같은 활동이 성공을 거둘지라도 사람들은 결국 스스로 만들어낼 수 있는 것 말고는 어떤 것도 올바르게 평가할 수 없음을 깨닫게 됩니다. 그렇지만 인간은 이 문제에 대해 쉽게 이해하지 못합니다. 그리고 이로 인해 이런저런 잘못된 노력을 하게 됩니다. 그러한 노력은 그 의도가 바르고 순수할수록 한층 불안해집니다. 그런데 요즘 들어 의구심과 억측이 피어나기 시작하여 편안하게 지내던 나를 불안하게 만들었습니다. 이곳에 머무는 애당초의 소망과 의도를 이루기 쉽지 않다는 느낌이 들었기 때문이었습니다.

그 후 며칠 동안 즐거운 시간을 보낸 후 로마로 돌아왔습니다. 이곳에서 우리는 사람들이 가득 찬 밝은 홀에서 아주 우아한 새로운 오페라를 구경함으로써 그리운 야외 생활을 보상받아야 했습니다. 1층 맨 앞쪽에 마련된 독일 예술가 좌석은 여느 때처럼 빈자리가 없었습니다. 현재와 과거에 즐거움을 누린 데 대한 우리의 빚을 갚기라도 하듯이 이번에도 박수갈채와 환호성이 부족하지 않았습니다. 그렇습니다. 우리는 의도적으로 처음에는 좀 나지막한, 다음에는 좀 더 센, 마지막으로는 명령하듯 '쉭쉭' 소리를 내지름으로써 인기를 얻기 시작하는 아리아나 그 밖의 경쾌한 곡을 리토르넬로*로 연주하게 하여 와자지껄 떠드는 관중을 조용하게 만들 수 있었습니다. 이 때문에

---

* 17~18세기 오페라 등의 노래에서 전주, 간주, 후주로 여러 차례 반복되는 기악곡.

무대 위의 친구들은 우리를 위해 가장 흥겨운 연주가 되도록 공손한 자세를 보여주었습니다.

10월의 편지

10월 2일, 프라스카티

여러분이 제때에 받아 볼 수 있도록 늦지 않게 편지를 써야 합니다. 할 이야기가 많기도 하지만, 또한 많지 않기도 합니다. 줄곧 스케치를 하고 있습니다. 그러면서 남몰래 친구들 생각을 합니다. 최근 들어 다시 진한 향수를 느꼈습니다. 이곳에서 잘 지내고 있지만 사실은 가장 사랑하는 대상이 없다는 걸 느끼기 때문이겠지요.

나는 꽤 기묘한 상황에 처해 있습니다만 이제는 마음을 가다듬고 하루하루를 유익하게 보내고 해야 할 일을 하면서, 이번 겨울 내내 이런 식으로 지낼 겁니다.

여러분은 일 년 내내 전혀 모르는 사람들 틈에서 지내는 것이 참으로 유익한 반면 무척 힘든 일이라는 것을 모르실 겁니다. 특히 티슈바인이 ─ 이건 우리끼리 하는 이야기입니다만 ─ 나에게 딱 맞는 사람은 아니었기 때문입니다. 그는 정말 좋은 사람이지만 그의 편지들에서처럼 그렇게 순수하고 자연스럽고 솔직하지는 않습니다. 그의 성격을 말로만 묘사해야 부당한 대접이 아니게 됩니다. 그런데 그런 식의 묘사가 무슨 의미가 있겠습니까! 한 인간의 삶은 그의 성격입니다. 이젠 카이저와 함께 있고 싶습니다. 그는 나에게 커다란 기쁨을 안겨줄 겁니다. 우리 둘 사이에 아무것도 끼어들지 않기를 진심으로 빕니다!

나의 최우선 관심사는 스케치 실력을 어느 정도 향상시키는 일입니다. 내가 그림을 수월하게 그릴 수 있어 다시 배우지 않아도 될 정도까지, 유감스럽게도 내가 인생의 가장 아름다운 시기를 헛되이 보냈듯이 그렇게 오랫동안 정체되지 않을 정도로 말입니다. 그렇지만 누구나 자신을 용서해야 합니다. 그리기 위해 그리는 것은 말하기 위해 말하는 것과 같을 겁니다. 나에게 표현해야 할 것이 없고, 자극을 주는 것도 없으며, 값진 대상을 악전고투해야 겨우 찾아낼 수 있고, 아니 아무리 찾아도 거의 발견하지 못한다면 어디서 그런 모방 욕구가 생겨나겠습니까? 이 고장에선 예술가가 되지 않을 수 없습니다. 모든 것이 끈질기게 달라붙어, 점차로 더 차고 넘치게 되어 무언가를 만들지 않을 수 없게 됩니다. 나의 소질과 그동안 얻은 지식으로 미루어 보아 이곳에서 몇 년간 더 머무르면 괄목상대할 만큼 성장할 것임을 확신합니다.

그리운 벗들이여, 여러분은 나 자신에 관한 글을 쓰라고 했는데, 이제 내가 처한 상황을 잘 아실 겁니다. 다시 만나면 시시콜콜 죄다 이야기해 드리겠습니다. 나는 자신과 다른 사람들, 세상과 역사에 대해 심사숙고할 기회를 가졌습니다. 비록 새로운 것은 아닐지라도 좋은 이야기를 많이 내 식으로 전해 드릴 겁니다. 결국 모든 것은 『빌헬름 마이스터의 수업 시대』에 집약되어 마무리될 겁니다.

모리츠는 지금까지 가장 사랑스러운 말동무였습니다. 그렇지만 그에 대해 우려했고, 지금도 우려하는 것은 그가 나와 교제함으로써 더 올바르고 나아지고 행복해지려는 것이 아니라 다만 더 현명해지려고 한다는 점입니다. 이런 염려 때문에 완전히 마음을 터놓기가 꺼려지기도 합니다.

대체로 여러 사람들과 같이 지내는 것이 아주 좋습니다. 나는 그들 각각의 기질과 행동 양식을 볼 수 있습니다. 어떤 사람은 자신의 본분을 다하는데, 또 어떤 사람은 그렇지 못합니다. 전자는 앞으로 전진하겠지만, 후자는 그러기가 어려울 겁니다. 어떤 사람은 모으고, 또 어떤 사람은 흐트러뜨립니다. 어떤 사람은 모든 것에 만족하는데, 또 어떤 사람은 아무것도 만족하지 못합니다. 어떤 사람은 재능은 있지만 노력을 하지 않고, 또 어떤 사람은 재능은 없어도 열심히 노력합니다. 이 모든 것을 관찰하면서 그 안에서 나 자신도 봅니다. 그래서 마음이 흡족하고, 내가 그들에게 어떤 부분도, 아무것도 책임질 일이 없다는 사실에 기분이 무척 좋습니다. 그리운 벗들이여, 다만 그럴 때 각자 방식대로 행동하다가 결국에는 하나의 전체가 되어야 하고, 그렇게 계속 머물러야 한다고 요구한다면, 무엇보다도 나에게 그런 요구를 한다면 떠나거나 미쳐버리는 수밖에 없을 겁니다.

1787년 10월 5일, 알바노

이 편지를 내일 로마로 떠나는 우편 마차 편에 보낼 수 있도록 하렵니다. 여기에 하고 싶은 말의 천분의 일이라도 담을 수 있을지 모르겠습니다.

어제 여러분의 편지와 함께 '흩어진'이라기보다는 '모아진' 기록들*, 『고찰』** 및 네 권의 모로코 가죽 장정본***을 받았습니다. 프라스카티로 막 출발하려던 참이었습니다. 그것은 앞으로 별장에서 지내는 내내 나의 보물이 될 겁니다.

어제는 『페르세폴리스』****를 읽고 기쁨을 가눌 길이 없었습니다. 그런데 그곳의 양식과 예술이 이곳으로 건너오지 않았기에 나는 어떤 말도 덧붙일 게 없습니다. 인용된 책들은 여러 도서관에서 찾아보겠습니다. 다시 한 번 감사의 말을 전합니다. 부탁건대 계속 정진하십시오! 그것이 여러분의 의무이기 때문입니다! 그리고 여러분의 빛으로 온 세상을 비추십시오!

『고찰』과 시들은 아직 손대지 못했습니다. 나의 저서가 도착하면 착실히 정진하렵니다. 후반부 전집에 사용할 네 점의 동판화는 이곳에서 제작할 예정입니다.

그대가 언급한 사람들*****과 우리의 관계는 선의의 휴전 상태에 불과했습니다. 나는 뭔가가 될 만한 것만이 그렇게 될 수 있음을 잘 알고 있었습니다. 사이가 점점 멀어지다가 일이 잘 되면 결국 조용히 관계가 끊어질 겁니다. 그중에 한 명은 우둔한 자만심으로 가득 차 있는 바보입니다. '내 어머니에겐 거위가 있다'******라는 노래를 '하늘에 계신 하느님에게만 영광 있으라'보다 더 편안하고 순진하게 부를 수 있습니다. '그대는 건초와 짚, 건초와 짚을 구별할 줄 알아요' 등을 부르는 자도 그

---

* 헤르더의 저서 『흩어진 기록들』을 가리킴.
** 헤르더의 저서 『인류 역사의 철학적 고찰』을 가리킴.
*** 괴테가 앙겔리카에게 증정하려 한 괴테 전집을 가리킴.
**** 『흩어진 기록들』의 제3부 4장.
***** 마티아스 클라우디스, 프리드리히 하인리히 야코비, 라파터.
****** 민요 시인 클라우디우스(1740~1817)의 자장가.

런 바보 가운데 하나입니다. 이런 인간과는 상종하지 마십시오! 최초의 배은망덕이 최후의 배은망덕보다 낫습니다. 또 다른 사람은 자기가 낯선 땅에서 자신의 땅으로 왔다고 생각합니다. 자기만을 찾으면서도 이를 인정하려 들지 않는 사람들한테 그는 갑니다. 거기서 그는 낯선 느낌을 받겠지만 그 이유를 알지 못할 겁니다. 내가 크게 착각한 것이거나 또는 알키비아데스의 아량이 그 취리히 예언자*의 눈속임 요술에 불과하거나 둘 중 하나입니다. 그 예언자는 자신의 신학적인 시인 기질에 따라 진실과 거짓을 내세우거나 사라지게 하기 위해, 큰 구슬과 작은 구슬을 아주 빠른 속도로 바꾸거나 섞을 정도로 충분히 영리하고 기민한 자입니다. 애초부터 거짓과 악령, 예감과 동경 등의 친구인 악마가 왜 그런 자를 데려가거나 잡아가지 않는지 모르겠습니다!

새로 편지 한 장을 써야겠는데, 내가 손보다는 영혼으로 쓰듯이 눈보다는 정신으로 읽어주기를 부탁드립니다.

그리운 형제여, 다른 사람들은 개의치 말고 사유하고 발견하고 통합하고 시와 글을 쓰는 일에 계속 정진해 주십시오. 살아가는 모습 그대로 글을 써야 합니다. 처음에는 자신을 위해 살아가지만, 그런 다음에는 마음이 통하는 사람들을 위해서도 존재하게 됩니다.

플라톤은 자신의 학파에서 '기하학을 모르는 자'를 용납하려 들지 않았습니다. 내가 학파를 하나 만들 수 있다면 자연 연구를 진지하고 본격적으로 선택하지 않는 자는 용납하지 않겠습니다. 최근에 나는 사도와 카푸친 교단의 듣기 싫은 가르침

---

* 스위스의 신학자이자 철학자인 라파터(1741~1802)를 가리킴.

같은 그 취리히 예언가의 장황한 연설에서 어처구니없는 말을 발견했습니다. "생명을 가진 모든 것은 자신의 바깥에 있는 무언가로 인해서 살아간다."는 말이거나 대략 그런 울림의 말이었습니다. 이교도로 개종한 자라면 그런 글을 쓸 수 있겠습니다. 그 말을 정정하더라도 수호신이 그의 소매를 잡아당기지 않을 겁니다. 이들은 가장 초보적이고 단순한 자연의 진실마저도 파악하지 못하면서도, 다른 사람들의 자리나 아무에게도 속하지 않은 옥좌 주변의 자리에 앉고 싶어 안달입니다. 이제는 홀가분한 마음으로 살아가는 나처럼 이 모든 것을 그냥 내버려 두십시오.

너무나 흥겨운 내 생활에 대해서는 이러쿵저러쿵 쓰지 않겠습니다. 무엇보다 나는 풍경 그리기에 푹 빠져 있습니다. 이곳의 하늘과 땅의 부름에 응하지 않을 수 없기 때문입니다. 더군다나 목가적인 풍경도 몇 군데 발견했습니다. 내가 무슨 일인들 못하겠습니까. 우리 같은 사람은 주위에 늘 새로운 대상이 있어야 마음이 편안해진다는 것을 잘 알고 있습니다.

즐거운 마음으로 안녕히 계십시오. 마음 아픈 일이 있더라도 여러분은 '함께' 있음을, 서로에게 어떤 존재인지를 상기하십시오. 반면에 나는 마음대로 나그네 길에 올라, 의도적으로 방황하고 일부러 어리석은 척도 하고, 어디서나 낯설어 하면서도 또한 집과 같은 느낌을 갖기도 하고, 내 삶을 이끈다기보다는 흘러가는 대로 내맡겨둔다고 할 수 있습니다. 나의 삶이 어디로 흘러갈지 알지 못하고서 말입니다.

안녕히 계시고, 공작 부인께도 안부를 전해 주십시오. 추밀고문관 라이펜슈타인과 함께 부인이 프라스카티에서 묵을 계획을 다 세워놓았습니다. 만사가 순조롭게 풀린다면 그 일은 걸작품이 될 겁니다. 지금 우리는 어떤 별장을 빌리기 위한 교섭을 하고 있습니다. 말하자면 압류를 당한 상태에서 세를 놓게 된 집입니다. 다른 집들은 예약이 되어 있거나, 또는 대가족이 호의를 베풀어 내주려는 것입니다. 그런 집에 묵다가는 신세를 지고 불가피하게 관계를 맺게 될지도 모릅니다. 좀 더 상세하게 전할 말이 있을 때는 지체 없이 편지를 띄우겠습니다. 로마에도 정원이 딸리고 사방이 탁 트인 아름다운 숙소가 부인을 위해 마련되어 있습니다. 그래서 어디서나 부인이 집에서처럼 편안한 기분을 느끼기를 바라마지 않습니다. 그렇지 않으면 아무것도 즐기지 못한 채 시간은 흘러가고 돈은 허비될 테니까요. 그러면 손에서 달아나 버린 새를 허망하게 쳐다보는 신세가 될 겁니다. 부인의 발길에 돌부리가 밟히지 않도록 준비해야 할 것이 있다면 무슨 일이든 하겠습니다.

아직 여백이 남아 있지만 이만 글을 마치겠습니다. 이렇게 서둘러 펜을 놓는 것을 용서해 주시고, 안녕히 계십시오.

10월 8일, 카스텔 간돌포, 실제로는 12일.

이번 주는 편지를 쓰지도 못하고 한 주가 훌쩍 지나가 버렸습니다. 그래서 이 편지를 여러분이 받을 수 있도록 급히 로마로 보내겠습니다.

우리는 이곳에서 마치 온천장에서 지내듯이 생활하고 있습니다. 스케치를 하기 위해 아침 시간만은 남겨 두고 있습니다. 그런 다음에는 종일 사람들과 어울려야 합니다. 나로서는 이 짧은 시간에 전적으로 그럴 수밖에 없습니다. 나는 사람들을 만나는 데 많은 시간을 들이지 않고, 여러 사람들을 한꺼번에

만납니다.

앙겔리카도 이곳에 와 부근에서 지내고 있습니다. 그 밖에 몇 명의 쾌활한 소녀들, 몇몇 부인들, 영주인 폰 마론, 그의 동서인 폰 멩스가 식구들과 함께 일부는 나와 같은 숙소에, 나머지는 인근의 숙소에 묵고 있습니다. 모임은 흥겨우며 늘 웃음거리가 있습니다. 저녁에는 어릿광대 풀치넬라가 주인공으로 등장하는 코미디를 보러 갑니다. 그런 다음 낮에는 간밤에 본 익살극을 화제로 이야기꽃을 피웁니다. 맑고 멋진 하늘 아래에 있는 것만 다를 뿐 마치 '우리 집에 있는 것처럼' 말입니다. 오늘은 바람이 불어 그냥 집 안에 틀어박혀 있습니다. 누군가 나로 하여금 마음을 털어놓게 하려면 이런 날에 해야 할 겁니다. 하지만 나는 번번이 다시 스스로의 내면으로 되돌아갑니다. 그리고 내 모든 관심은 예술을 향해 있습니다. 날마다 나에게 새로운 빛이 나타나는 것으로 보아, 최소한 관찰하는 법은 배운 것 같습니다.

『에르빈과 엘미레』는 끝마친 거나 다름없습니다. 구상은 다 되었으니 글을 쓰고 싶은 날 아침에 몇 번 쓰기만 하면 됩니다.

헤르더가 나에게 세계 일주 여행을 떠나는 포르스터를 위해 여러 문제점과 예상되는 결과를 일러주라고 부탁했습니다. 진심으로 그렇게 해주고 싶어도 시간을 내어 정신을 가다듬을 수 있을지 모르겠습니다. 알아보도록 하겠습니다.

그곳은 이미 날씨가 춥고 우중충할지도 모르겠습니다만, 여기는 아직 한 달 내내 산책을 할 수 있을 것으로 기대됩니다. 헤르더의 『고찰』이 나를 얼마나 기쁘게 해주는지 이루 다 말할 수 없습니다. 나에게는 기다릴 구세주가 없으므로 이 책이 나의 가장 사랑스러운 복음서인 셈입니다. 모든 사람들에게 안부를 전해 주십시오. 나는 항상 여러분 생각을 하고 있으니 나를 사랑해 주십시오.

그리운 벗들이여, 여러분은 지난번 우편 마차 편에 편지를 부치지 못했습니다. 결국 카스텔로에서 너무 심하게 움직였나 봅니다. 그래도 그림은 계속 그리려고 했습니다. 우리 집은 마치 온천장 같았습니다. 늘 사람들이 북적대는 집에 살다보니 나도 그 속에 휩쓸리지 않을 수 없었습니다.

이런 기회에 최근 일 년 동안 만난 이탈리아인보다 더 많은 이탈리아인들을 만났습니다. 그리고 이러한 체험에 만족하기도 합니다.

이곳에 여드레 머문 한 밀라노 여자가 나의 관심을 끌었습니다. 그녀의 자연스러운 성격, 협동심, 착한 심성이 로마 여자들에 비해 단연 돋보였습니다. 앙겔리카는 늘 그렇듯이 사리를 분별하고 선량하고 친절하고 상냥했습니다. 그래서 친구가 되지 않을 수 없습니다. 그녀로부터 많은 것을 배울 수 있고, 특히 일하는 법을 배울 수 있습니다. 모든 일을 마무리짓는 솜씨가 너무나 훌륭하기 때문입니다.

최근 들어 며칠 동안 날씨가 서늘했습니다. 그래서 다시 로마로 돌아온 것이 꽤나 흡족합니다.

어젯밤 잠자리에 들었을 때 이곳에 있다는 사실에 정말 흐뭇했습니다. 넓고 안전한 땅에 누워 있는 듯한 생각이 들었기 때문입니다.

헤르더가 말하는 '신'에 대해 그와 대화를 나누고 싶습니다. 내가 볼 때 짚고 넘어가야 할 주된 문제는 이것입니다. 사람들은 책이란 무릇 하나의 그릇이기 때문에 그 소책자 역시 다른 음식들과 마찬가지로 음식을 담기 위한 것으로 간주합니다. 담을 음식이 없는 사람은 그릇이 텅 비어 있다고 생각합니다. 좀 더 비유적으로 표현을 하겠습니다. 헤르더가 내 비유를 가장 잘 설명할 겁니다. 우리는 지렛대와 굴대를 이용하여 상당히 무거운 짐을 나를 수 있습니다. 오벨리스크의 조각들을 움직이게 하기 위해서는 기중기와 도르래 등이 필요합니다. 짐이 클수록, 또는 목적이 섬세할수록(이를테면 시계의 경우에서처럼) 기계장치는 더욱 복잡하고 정교할 거고, 내부적으로는 아주 큰 통일성을 갖고 있을 겁니다. 모든 가설, 아니 더 나아가서 모든 원리가 이러할 겁니다. 움직일 게 많지 않은 사람은 지렛대를 잡으면서 나의 도르래를 물리칠 겁니다. 무한 나사를 지닌 석공이 무슨 일을 하겠습니까? 만일 L*이 꾸민 이야기를 진짜처럼 보이기 위해 전력을 기울이고, J**가 어린이의 텅 빈 뇌수 감각을 극구 칭찬하기 위해 안간힘을 쓴다면, 그리고 C***가 전령인 주제에 복음 전도사가 되려고 한다면, 이들은 자연의 심오함을 상세히 해명해 주는 모든 존재를 혐오한다는 것이 분명합니다. 누군가가 "생명을 가진 모든 것은 자기 밖에 있는 무언가로 인해서 살아간다."라고 말하고도 벌을 받지 않을까요? 다른 사람은 개념에 혼란을 일으키고, 즉 지식과 신앙, 전통과 체험이라는 말을 혼동하고서 부끄러움을 느끼지 않을까요? 세 번째 사람은 두서너 자리 밑에 내려가야 되지 않을까요? 어린양의 옥좌 주위에 자리를 잡으려고 온갖 무리수를 두면서도 노력을 하지 않는다면, 그리고 태어난 장소나 신분을 막론하고 우리

---

* 라파터.
** 야코비.
*** 클라우디스.

모두 동등한 권리를 갖는 자연의 견고한 토대를 디디면서 주의 깊게 조심하지 않는다면 말입니다.

반면에 『고찰』의 제3부와 같은 책을 집어 들고 그것이 무슨 책인지 먼저 읽어본 다음, 저자가 신에 대한 개념이 없이 그런 책을 쓸 수 있었을지 물어볼까요? 결코 그렇지 않습니다. 바로 그 책이 담고 있는 진정한 것, 위대한 것, 내면적인 것은 신과 세계에 관한 개념 속에, 밖에 그리고 그 개념을 통해 존재하기 때문입니다.

그러므로 어딘가에 부족한 점이 있다면 이는 물품의 문제가 아니라 구매자에게 있는 것이고, 기계에 있는 것이 아니라 이를 사용하는 당사자에게 있는 것입니다. 이들이 나를 형이상학적인 대화를 나눌 만한 사람이 아니라고 무시할 때마다 나는 늘 잔잔한 미소를 띠며 그냥 지켜보았습니다. 나는 예술가이기 때문에 그런 것은 아무래도 상관없습니다. 그보다는 오히려 내가 토대로 삼고 작업하는 원리가 드러나지 않는다는 사실이 중요합니다. 나는 누구나 각자 나름의 지렛대를 사용하는 것을 인정하며, 나 자신은 벌써 오래전부터 무한 나사를 사용하고 있습니다. 그래서 이젠 더욱 즐겁고 편리하게 지냅니다.

1787년, 10월 12일, 카스텔 간돌포, 헤르더에게
급히 몇 자 올립니다. 우선 『고찰』을 보내주신 데 대단히 감사를 드립니다. 그 책은 나에게 더없이 소중한 복음으로 다가왔습니다. 내가 살면서 가장 흥미 있게 연구한 것이 모두 그 속에 담겨 있더군요. 그토록 오랫동안 악전고투하며 찾으려 한 것이 완벽하게 제시되어 있습니다. 아직은 반밖에 읽지 못했지

만, 이 책이 나에게 모든 선에 대해 얼마나 큰 희열을 가져다주었으며, 나를 얼마나 새롭게 해주었는지 모르겠습니다! 캄퍼가 그리스의 예술가 이념에서 어떤 규범을 찾아냈는지 알 수 있게, 그대가 159쪽에서 인용한 그의 글을 전부 베껴서 되도록 빨리 보내주기를 부탁드립니다. 기억나는 것은 그가 동판화의 측면을 실증적으로 보여주는 대목밖에 없습니다. 이러한 사변으로 다다를 수 있는 궁극적인 한계가 어디인지 알 수 있도록, 그에 대해 글을 써서 보내주시고, 그 밖에 유익하다고 생각하는 부분을 발췌해 보내주십시오. 난 언제나 갓 태어난 아이와 같으니까요. 라파터의 『인상학』에는 무슨 현명한 내용이 있을까요? 포르스터를 평해 달라는 그대의 요구에 대해서는 가능할지 아직은 잘 알 수 없지만 기꺼이 응하도록 하겠습니다. 이에 대해서는 개별적인 질문으로는 소용없고, 나의 가설을 완전히 설명하고 제시할 수밖에 없기 때문입니다. 그 내용을 글로 옮긴다는 것이 얼마나 성가신 작업인지 잘 아실 겁니다. 이를 언제까지 마쳐야 할지, 어디로 보내야 할지를 알려주십시오. 나는 지금 갈대밭에 앉아 있는데, 그것을 꺾어 피리를 만들지 않고는 피리를 불 수 없습니다. 내가 그 일을 시도한다면 구술시킬 수밖에 없을 겁니다. 실은 이 일을 하나의 암시로 보기도 하니까요. 이제 집 안 여기저기를 정리하고 책들을 덮어야 할 것 같습니다.

가장 어려운 점은 이 모든 것을 모조리 내 머리에서 짜내야 한다는 사실입니다. 그렇지만 나에겐 한 장의 스크랩도, 한 점의 스케치도, 수중에는 가진 것이 하나도 없습니다. 그리고 이곳에선 새로 나온 책을 전혀 구할 수 없습니다.

아직 두 주일은 카스텔로에 머물면서 온천 생활을 할 겁니다. 아침에는 스케치를 하고, 그런 다음에는 계속 사람들을 만납니다. 이들을 한꺼번에 만나서 다행입니다. 한 명씩 만난다면 대단히 성가신 일일지도 모르지요. 앙겔리카가 이곳에서 나를 도와 이 모든 일을 처리해 주고 있습니다.

암스테르담이 프로이센 군에 점령당했다는 소식을 교황이 접했다고 합니다. 다음번 신문이 오면 확실한 내용을 알게 되겠지요. 이는 우리 세기의 위대함을 보여주는 최초의 출정일지도 모르겠습니다. 나는 그것을 '소데차'*라고 부르겠습니다! 칼을 쓰지 않고 몇 발의 포탄으로 이루어낸 일이니까요. 누가 이런 일을 해낼 수 있겠습니까. 안녕히 계십시오. 평화의 아들인 나는 일찍이 나 자신과 평화조약을 맺었기에 온 세상 사람들과 함께 영원히 평화를 지킬 겁니다.

1787년 10월 27일, 로마

나는 마술이 지배하는 이곳에 돌아와서, 곧장 다시 마법에 걸린 듯 만족한 마음으로 조용히 일에 매진하며 바깥의 일을 깡그리 잊고 살아가고 있습니다. 찾아오는 친구들의 얼굴도 평화롭고 다정합니다. 처음 며칠 동안은 편지 쓰기에 몰두했고, 시골에서 그린 그림들을 유심히 살펴보았습니다. 다음 주에는 새로운 일에 착수할 예정입니다. 모종의 조건은 달았지만 앙겔리카가 나의 풍경화에 대해 희망적인 칭찬을 해주어서 차마 말씀드리기가 낯간지러울 지경입니다. 어쩌면 결코 도달하지 못할지도 모르는 단계에 근접하기 위해 적어도 계속 정진할 생각

---

* '단호함' 또는 '견실함'이라는 뜻의 이탈리아 말.

입니다.

『에그몬트』가 도착했는지, 여러분이 그 작품을 어떻게 생각하는지 몹시 궁금합니다. 카이저가 이곳으로 온다는 소식을 지난번에 말했던가요? 그가 이제 완성된 스카피네라*의 총보(總譜)를 가지고 며칠 내로 도착하기를 기다리고 있습니다. 얼마나 멋진 잔치가 될지 상상할 수 있겠지요! 곧장 새로운 오페라를 집필하는 일에 착수할 것이고, 그의 조언을 받아 『클라우디네』와 『에르빈』을 손볼 겁니다.

헤르더의 『고찰』을 막 다 읽고 벅찬 기쁨에 사로잡혔습니다. 결론이 훌륭하고 진실하며 힘을 솟게 해줍니다. 그는 이 책과 함께 세월이 흘러서야 비로소, 어쩌면 생소한 이름으로 사람들에게 기쁨을 줄 겁니다. 이러한 사고방식에 더 많은 이가 동참할수록 사색적인 사람은 더 행복해질 겁니다. 내가 올해 낯선 사람들 틈에서 발견한 것도 정말 현명한 이들은 다소 정교하든 투박하든 모두 다음과 같은 결론에 도달하고 주장한다는 사실입니다. 순간이 전부이며, 이성을 가진 인간의 유일한 특권은 스스로의 삶을 주도할 수 있는 한 분별 있고 행복한 순간을 최대한 많이 가질 수 있도록 처신하는 데에 그 본령이 있다고 말입니다.

내가 그 책을 읽고 생각한 것을 말하려면 책 한 권을 또 써야 할지도 모르겠습니다. 나는 각 페이지마다 즐거움을 맛보기 위해 아무렇게 펼치는 대로 나오는 구절들을 지금 다시 읽고 있습니다. 이 책에는 아주 소중한 생각과 문장이 담겨 있기 때문입니다.

---

* 몰리에르의 작품에 나오는 인물인 스카팽을 본떠 만든 조어.

나는 특히 그리스 시대가 멋지다고 생각합니다. 이런 말을 하면 어떨지 모르지만 로마 시대에는 어딘가 구체성이 결여되어 있기 때문입니다. 어쩌면 내가 말하지 않더라도 사람들이 그렇게 생각할지 모릅니다. 그 말은 지극히 당연하기도 합니다. 현재 내 마음속에는 국가라고 하는 집단 자체가 자리하고 있습니다. 그 국가가 마치 나의 조국처럼 무언가 배타적인 것으로 여겨집니다. 그러므로 여러분은 거대한 세계 전체와 관련지어 이 개별적인 존재의 가치를 규정해야 할 겁니다. 물론 그럴 경우 많은 것이 본래의 의미를 잃고 연기 속으로 사라질지 모르지만 말입니다.

콜로세움은 볼 때마다 위풍당당하다는 생각이 듭니다. 비록 그때마다 그것이 언제 지어졌는지 헤아리고, 이 어마어마한 공간을 가득 메웠던 사람들이 더 이상 고대의 로마인이 아니라는 생각이 들지만 말입니다.

로마의 회화와 조각술을 다룬 책도 전해졌습니다. 고약하게도 독일인이 그 책을 펴냈는데, 더욱 나쁜 점은 독일의 기사가 펴낸 책이라는 것입니다. 그는 정력적이지만 자만심이 가득 찬 젊은이 같습니다. 그는 이리저리 돌아다니며 기록하고 듣고 귀 기울이고 책을 읽으면서 애썼다는 인상을 풍깁니다. 그의 책은 총체적인 상을 담고 있음을 드러내려고 합니다. 그 속에는 진실하고 훌륭한 것도 많지만, 이와 함께 그릇되고 하찮은 것, 꾸민 것이나 남의 생각을 재탕한 것, 터무니없고 지엽적인 것도 수두룩합니다. 거리감을 갖고 두루 살펴본 독자라도 짜깁기한 책과 독자적으로 사고한 책 사이의 흉물스러운 잡종이 이처럼 두꺼운 작품이 되었음을 금세 알아챌 겁니다.

『에그몬트』가 도착했다니 반갑고 안심이 됩니다. 그 책에 대한 평가를 부탁드립니다. 어쩌면 지금 오고 있는 중일지도 모르겠네요. 모로코 가죽 장정본이 도착해서 그걸 앙겔리카에게 주었습니다. 카이저의 오페라에 대해서는 사람들이 조언한 이상으로 한 수 가르쳐줄 작정입니다. 여러분이 제안한 내용은 무척 훌륭합니다. 카이저가 오면 더 많은 이야기를 전해 드리겠습니다.

비평은 너무 지나치기도 너무 부족하기도 해서 노인네의 글에나 적합합니다. 지금 나의 주된 관심은 '창작'에 있을 뿐입니다. 비록 완전무결한 작품은 아니라 해도, 수천 년 동안 '창작품'에 대해 비평을, 즉 그 작품의 현존재에 대해 이러쿵저러쿵 말들을 한다는 사실을 알고부터는 말입니다.

내가 공물을 바치지 않고도 어떻게 무사히 살아왔는지 다들 의아하게 생각합니다. 하지만 내가 어떻게 처신해 왔는지는 알지 못합니다. 비록 천국 같은 나날들이긴 했지만 우리의 10월이 가장 아름다운 날은 아니었습니다.

이제 나에게 새 시대가 시작되고 있습니다. 수많은 관찰과 인식으로 관심의 폭이 너무 넓어져서 이런저런 일에 국한할 수밖에 없습니다. 인간의 개성이란 실로 이상야릇한 것이라서 이제야 내 개성을 제대로 알게 되었습니다. 올해 들어 한편으로는 오로지 자신에게만 매달리면서도, 다른 한편으로는 생판 모르는 사람들과 어울려야 했기 때문입니다.

10월의 보고

이달 초 온화하고, 티 없이 맑으며 화창한 날씨에 우리는 카스텔 간돌포에서 본격적으로 별장 생활을 즐겼습니다. 그러는 가운데 비할 데 없는 이 고장에 흠뻑 빠져 들어가 마치 이곳 사람이 된 듯한 착각이 들었습니다. 부유한 영국인 예술품 상인인 젠킨스 씨가 예전에 예수회 총회장의 거처였던 으리으리한 저택에 살고 있었습니다. 이곳에서 많은 친구들이 편안히 지낼 수 있는 방, 유쾌한 모임을 위한 홀, 유유히 거닐 수 있는 아케이드를 제공받을 수 있었습니다.

온천장에 묵을 때를 생각하면 가을날의 이곳 생활을 가장 잘 이해할 수 있습니다. 서로 아무런 관계도 없던 사람들이 우연한 계기로 금세 죽고 못 사는 절친한 사이가 됩니다. 아침 식사와 점심 식사를 나누고, 산책과 피크닉을 하고, 진지하고도 익살맞은 대화를 주고받으면서 순식간에 서로 알게 되고 친해지게 됩니다. 특히 요양을 하거나 자신의 질병에 대해 이야기해도 기분 전환이 되지 않는 이곳에서, 아무 일도 안 하고 빈둥거리는 가운데 끈끈한 친화력이 생기지 않는다면 그게 오히려 이상한 일일지도 모릅니다. 추밀 고문관 라이펜슈타인은 우리가 산속을 산책하거나 그 밖의 예술 여행에 필요한 시간을 내기 위해 일찌감치 떠나겠다고 하자 좋은 생각이라며 맞장구를 쳤습니다. 그렇지 않으면 사람들이 벌 떼처럼 몰려들어 자기들 대화에 참여해 달라고 성화를 부릴 거라는 말입니다. 그래서 우리는 지체하지 않고 득달같이 길을 떠나서 노련한 안내자의 안내를 받으며 이 지방을 효과적으로 둘러보았고, 굉장한 즐거움과 교훈을 얻을 수 있었습니다.

그리고 나서 얼마 후에 아주 어여쁜 로마 여인이 어머니와 함께 다가오는 모습을 보았습니다. 그녀는 코르소 가에 있는 우리 숙소에서 그리 멀지 않은 곳에 살고 있었습니다. 이 두 여성은 지난번 우리 숙소에서 연주회가 있은 이후로 내 인사에 더욱 다정하게 답례했습니다. 하지만 이들이 저녁에 집 앞에 앉아 있을 때 나는 몇 번이나 그 옆을 지나갔지만 말을 걸지는 않았습니다. 그런 관계로 인해 나의 주된 목적에서 이탈하지 않겠다는 맹세를 충실히 지키려고 했기 때문이었습니다. 그런데 느닷없이 우리가 서로 잘 아는 사이처럼 생각되었습니다. 그날의 연주회가 우리의 첫 대화를 이끌어내는 좋은 소재가 되었습니다. 사실 그녀보다 더 유쾌한 로마 여자는 없을 것 같습니다. 그녀는 자연스러운 대화로 분위기를 명랑하게 이끌어가면서, 문자 그대로 현실에 대한 생생한 관심, 즉 그녀 자신과 은근히 관계되는 일에 대해 낭랑한 로마어로 속사포처럼, 하지만 또박또박 말을 쏟아냅니다. 더군다나 그녀의 고상한 방언은 중간 계급을 그 이상으로 격상시켜 주고 가장 자연스러운 신분, 그러니까 비천한 신분에 일종의 귀족적인 면모를 부여합니다. 나는 이러한 특성과 특질을 잘 알고 있었지만, 그렇게 애교 넘치는 말은 지금까지 들어본 적이 없었습니다.

이들은 함께 데려온 밀라노 여자에게 나를 소개시켜 주었습니다. 그녀는 젠킨스 씨의 점원으로 일하는, 능력 있고 성실해서 주인의 총애를 받고 있는 어떤 젊은이의 여동생이었습니다. 이들은 서로 밀접한 관계를 맺고 있는 친구 사이인 것 같았습니다.

가히 절세가인이라 할 만한 두 미인은 극단적은 아니라 해도 현저한 대조를 이루고 있었습니다. 로마 여자는 머리카락이 암갈색이었고 밀라노 여자는 담갈색이었으며, 전자의 얼굴색이 갈색인데 후자는 부드러운 피부에 투명한 얼굴색이었습니다. 로마 여자의 눈은 갈색인데 밀라노 여자의 눈은 거의 푸른색을 띠고 있었습니다. 로마 여자는 다소 진지하고 수줍어하는 성격인데 밀라노 여자는 서슴없이 말을 걸 뿐만 아니라 이것저것 물어보는 개방적인 성격이었습니다. 나는 일종의 복권 놀이를 하면서 두 여자 사이에 앉아 로마 여자와 함께 돈을 많이 땄습니다. 놀이가 진행되면서 공교롭게도 밀라노 여인과도 내기나 그 밖의 일로 나의 행운을 시험하는 일이 생겼습니다. 그리하여 결국 이 여자와도 일종의 동반자 관계 같은 게 생겨났습니다. 그렇지만 나는 순진하게도 이렇게 이해관계를 공유하는 것을 양쪽 다 달가워하지 않음을 곧바로 눈치 채지 못했습니다. 이윽고 놀이가 끝난 후 옆에서 나를 지켜보던 로마 여자의 어머니가 공손하면서도 진정 귀부인다운 진지한 모습으로 친애하는 이방인에게 다음 사실을 주지시켜 주었습니다. 내가 일단 그녀의 딸과 협력 관계를 맺었기 때문에 다른 여자에게 똑같은 의무를 진다는 것은 온당치 못한 일이라는 겁니다. 일단 어느 정도 친분을 맺은 사람들은 이러한 교제를 계속하면서 서로 담담하게 품위 있는 호의를 베푸는 것이 별장 생활의 예의라는 겁니다. 나는 극히 정중하게 사과를 하면서도 다음과 같은 말을 덧붙이는 것을 잊지 않았습니다. 즉 외국인으로서는 이 같은 의무를 인정하는 것이 사실 불가능하다고 말입니다. 그리고 사교 모임에 참가한 모든 숙녀들에게 똑같이 정중하고 공손하게 대하는 것이 우리 독일의 관습이며, 이 경우에는 둘이 서로 절친한 친구 사이이므로 더욱 그래야 마땅하다고 말입니다.

하지만 유감스럽게도 그렇게 둘러대는 중에 정말 이상하게도 이미 내 마음이 완전히 밀라노 여자에게 가 있음을 느꼈습니다. 자아도취적이고 차분한 믿음 속에서 두려워할 것도 원하는 것도 없는 무위도식하는 사람이 아무것도 원하지 않다가 갑

자기 더없이 소망스러운 것에 성큼 다가섰을 때처럼, 이는 정말이지 전광석화 같고 인상적인 마음의 변화였습니다. 하지만 우리는 이처럼 기분이 그만인 순간에 우리를 위협하는 위험을 간과하게 됩니다.

다음 날 아침에는 우리 셋만 있게 되었습니다. 그러자 밀라노 여자가 더욱 중요한 의미로 다가왔습니다. 그녀의 발언에 무언가 열심히 노력하는 모습이 엿보여서 그녀의 친구보다 단연 돋보였습니다. 그녀는 교육이 등한시되는 것이 아니라 사람들이 교육을 걱정스럽게 생각하는 점에 대해 불평을 털어놓더군요.

"우리는 쓰는 법을 배우지 않아요. 연애편지나 쓸까 봐 걱정된다나요. 우리가 기도서를 읽을 필요가 없다면 읽는 법도 가르쳐주지 않을 거예요. 아무도 우리에게 외국어를 가르칠 생각은 하지 않을 겁니다. 저는 영어를 배우고 싶어 안달이지만 말이에요. 젠킨스 씨가 제 오빠나 앙겔리카 부인, 추키 씨와, 그리고 볼파토 씨와 카무치니 씨가 가끔씩 서로 영어로 대화를 하는 것을 들으면 저는 질투 비슷한 감정을 느껴요. 내 앞 탁자에 기다란 신문들이 잔뜩 있잖아요. 전 세계의 소식이 그 안에 담겨 있는 것으로 보이는데 저는 무슨 내용인지 모르고 있어요."

"그것 참 안타까운 일이군요."라고 나는 대꾸했습니다. 그러면서 주위에 나뒹굴고 있는 수많은 영자 신문들 가운데 한 장을 집어 들고 계속 말을 이었습니다. "영어 배우기는 식은 죽 먹기예요. 금방 뜻을 파악하고 이해할 수 있어요. 우리 당장 시험해 봅시다."

나는 재빨리 신문을 들여다보다가 한 기사를 발견했습니다.

한 여성이 물에 빠졌다가 다행히도 구조되어 가족에게 넘겨졌다는 내용이었습니다. 사건을 읽어보니 복잡미묘하고도 흥미있는 정황들이 발견되었습니다. 그녀가 자살하려고 물에 뛰어들었는가, 또한 그녀를 용감하게 구해 낸 사람이 그녀를 숭배하는 남자들 가운데 그녀의 사랑을 받는 자인가 아니면 그녀에게 실연당한 자인가 하는 것도 미심쩍은 사항이었습니다. 나는 그녀에게 이 대목을 가리키면서 주의 깊게 살펴보라고 일렀습니다. 그런 다음 먼저 모든 명사들을 번역해 주고, 그녀가 그 의미를 잘 받아들였는지 시험해 보았습니다. 곧바로 그녀는 주요한 말과 기본어의 위치를 죽 살펴보더니 그것들이 문장 속에서 차지하는 의미를 알게 되었습니다. 그리고 나서 나는 영향을 끼치고 동기를 부여하고 규정지어 주는 말로 넘어가, 이것들이 전체 문장에 어떻게 활기를 주는지를 확연히 깨닫게 해주었습니다. 이렇게 오랫동안 문답식 수업을 실시한 결과 마침내 그녀는 시키지 않았는데도 마치 이탈리아어로 씌어져 있기라도 하듯 문장 전체를 술술 읽을 수 있게 되었습니다. 이를 해내자 그녀의 귀여운 얼굴에 감격하는 표정이 역력했습니다. 이러한 새로운 장에 눈을 뜬 것에 그녀가 말할 수 없는 감사의 표현을 전할 때, 진심으로 가슴 벅찬 그 표정은 일찍이 보기 쉽지 않은 것이었습니다. 그토록 간절히 바라던 소망이 거의 이루어지고 시험을 통해 달성될 수 있음을 보자 그녀는 기쁨을 거의 주체하지 못했습니다.

모임의 규모가 점점 더 커져갔고 앙겔리카도 도착했습니다. 식탁보가 덮인 커다란 식탁에서 나는 그녀의 오른쪽에 앉게 되었습니다. 나의 여제자는 식탁 맞은편에 서 있다가 다른 사람들이 서로 정중히 좌석을 권하는 동안 이것저것 생각할 것 없이 식탁을 돌아 내 옆자리에 앉아버렸습니다. 진지한 앙겔리카는 그녀의 이런 모습을 보고 적이 놀란 것 같았습니다. 여자의 뛰어난 직감으로 그녀는 무슨 일이 일었는지를 금방 눈치 챌 수 있었습니다. 그리고 지금까지 무례하다 할 정도로 무뚝뚝하게 여자를 멀리해 온 내가 결국엔 여자에게 사로잡혀 고분고분해진 모습에 스스로도 놀라움을 감추지 못하고 있다는 것을 그녀가 알아차렸습니다.

나는 겉으로는 태연한 모습을 취했지만 양옆의 여자와 대화를 나누면서 당황해하는 모습을 보임으로써 속으로는 동요하고 있음을 여지없이 드러내고 말았습니다. 평소엔 다정다감하지만 지금은 말수가 적어진 중년의 여자 친구와는 내가 활기차게 대화를 나눈 반면, 아직까지도 외국어에 빠져 있어서인지 갈망하던 빛의 세례를 받고 눈이 부셔 자신이 처한 주변 상황을 금방 파악하지 못하고 있었던 밀라노 여자에게는 내가 다정하고 차분하게 대하면서도 꺼리는 태도를 보임으로써 그녀의 흥분을 좀 가라앉히려고 했기 때문입니다.

하지만 이러한 흥분된 상태가 이내 색다르게 전환되는 순간을 겪어야 했습니다. 저녁 무렵에 젊은 여자들을 찾아갔다가 기막히게 전망이 좋은 정자에 중년 부인들이 있는 것을 발견했습니다. 나는 주위 사방을 둘러보았습니다. 눈앞에서는 풍경화와는 무언가 다른 모습이 펼쳐졌습니다. 일몰이나 저녁의 대기 때문만은 아닌 어떤 색조가 그 지역을 뒤덮고 있었습니다. 높은 곳에서 이글거리는 광채와 낮은 곳에 어른거리는 서늘하고 푸르른 그늘은 일찍이 본 어떤 유화나 수채화보다 더 근사해 보였습니다. 충분히 감상하지는 못했지만 이곳을 떠야겠다는 기분을 느꼈습니다. 관심이 지대한 소모임에서 태양의 마지막 시선에 경의를 표하기 위해서 말이지요.

하지만 유감스럽게도 나는 자기들 옆에 와 앉으라는 밀라노 여자의 어머니와 그 주위의 여자들의 초대를 거절할 수 없었습니다. 전망이 제일 좋은 창가 자리를 나에게 내주었기 때문입니다. 이들의 대화에 귀 기울여보니 혼수 이야기를 나누고 있음을 알 수 있었습니다. 언제나 되풀이해서 듣게 되는, 하고 또 해도 이야깃거리가 무진장한 소재이지요. 다양한 혼수품의 수와 품질, 집안의 기본 선물, 남녀 친구들의 여러 가지 선물과 같은 온갖 종류의 필수 품목이 조목조목 짚어졌습니다. 어떤 부분은 비밀에 부쳐지기도 했습니다. 이처럼 시시콜콜한 이야기를 듣느라 멋진 시간이 마냥 지나갔지만, 부인들이 나중에 산책을 하자며 계속 붙잡았기 때문에 참을성 있게 듣지 않을 수 없었습니다.

마침내 이들의 화제는 신랑의 점수를 매기는 데로 옮겨갔습니다. 신랑을 좋게 평하긴 했지만 그의 결점들도 숨김없이 공개되었습니다. 앞으로 결혼해 살아가면서 신부가 우아하고 지혜롭고 사랑스럽게 이러한 결점을 줄여주고 고쳐줄 거라는 확신에 찬 희망을 품고서 말입니다.

바야흐로 태양이 먼 바다 쪽으로 가라앉고, 기다란 그림자를 통해, 누그러지긴 했지만 그래도 강렬한 빛줄기를 통해 태양이 지극한 눈길을 보여주자 마침내 나는 더는 참지 못하고 아주 겸손하게 도대체 그 신부가 누구냐고 물어보았습니다. 그러자 누구나 다 아는 사실을 모른다는 게 기막힌다는 표정으로 나에게 대답했습니다. 그제야 내가 집안사람이 아니라 이방인이라는 사실이 이들의 뇌리에 떠올랐습니다.

과연 그 신부가 누구였을까요? 신부는 바로 내 마음을 야금 야금 앗아간 그 여제자였습니다. 물론 이 말을 듣고 내 정신이 얼마나 아득했는지는 굳이 말할 필요가 없겠지요. 태양은 이미 가라앉았더군요. 아무 사정도 모르는 채 나에게 그토록 잔인하게 사실을 일러준 그 모임에서 빠져나갈 이런저런 핑계를 대서 겨우 그 자리를 뜰 수 있었습니다.

한동안 경솔히 쏟았던 애정이 꿈에서 깨어나 보니 고통스러운 상황으로 변하는 것은 예로부터 흔히 있는 일이고 누구나 익히 아는 일입니다. 하지만 이번의 경우는 서로 커져가던 호감이 싹트는 순간 깨져버리고, 이로써 그러한 감정이 앞으로 끝없이 발전하여 눈앞에 아련히 떠오를 거라는 모든 행복한 예감이 사라져버린 특이성으로 관심을 끌지도 모르겠습니다. 나는 밤늦게야 집으로 돌아왔습니다. 그리고 다음 날 아침 식사에 참석하지 못해서 미안하다는 말을 하고 가방을 옆구리에 낀 채 홀연히 또 다른 길을 떠났습니다.

나는 비록 고통스러웠지만 즉시 정신을 차릴 수 있을 정도의 충분한 연륜과 경험을 갖고 있었습니다. 베르테르와 유사한 운명이 로마에 있는 나를 찾아와 지금까지 잘 가꿔온 그토록 중요한 상황을 망치려고 한다면 참으로 놀라운 일일 거라고 나는 외쳤습니다.

나는 그동안 소홀히 해온 자연 풍경에 서둘러 다시 눈길을 돌리고 되도록 충실히 모사하려고 했습니다. 하지만 그리는 일보다 관찰하는 일에서 더 큰 성과를 거두었습니다. 보잘것없는 기량으로 눈에 띄지 않는 윤곽을 파악하기는 역부족이었습니다. 하지만 바위와 나무, 오르막길과 내리막길, 잔잔한 호수, 활기차게 흐르는 시냇물이 선사하는 풍부한 구체성이 이전보다 한결 눈에 잘 띄게 되었습니다. 그래서 나의 내적, 외적인 감각을 그 정도로 예리하게 해주는 그 고통을 마냥 싫어할 수는 없었습니다.

그런데 이제부터는 간단히 기술해야겠습니다. 수많은 손님들이 우리 숙소와 이웃집들에 가득 차 있어서 여러 핑계를 대지 않고도 자리를 피할 수 있었습니다. 그러한 성향은 우리에게 어울리는 공손한 태도로 여겨져서 어느 모임에서나 호감을 얻었습니다. 나의 그러한 태도는 주인인 젠킨스 씨가 딱 한 번 문제를 제기한 것 말고는 어느 누구와도 불편한 일이나 불화를 겪지 않았습니다. 하루는 멀리 산과 숲으로 산책을 나갔다가 아주 탐스러워 보이는 버섯을 따다가 요리사에게 가져다준 적이 있었습니다. 그는 귀하고 그 지방에서 유명한 버섯을 보고 아주 흡족해하면서 군침이 돌 만큼 훌륭하게 요리해 식탁에 올렸습니다. 모두들 버섯 요리를 맛있게 먹었습니다. 그런데 누군가 나에게 감사의 뜻을 나타내기 위해 숲에서 버섯을 캐온 주인공이 나라는 사실을 누설했습니다. 그런데 그 영국인 주인은 비록 남의 눈에 띄게 하진 않았지만 이방인이 접대용 요리를 제공했다는 사실에 속으로 단단히 화가 난 모양이었습니다. 집주인인 자기가 명령하거나 지시하지도 않았는데 자신도 알지 못하는 요리를 만든 것에 대해서 말입니다. 자신이 경위를 해명할 수 없는 음식을 식탁에 내놓아 손님을 놀라게 한 것은 온당치 않은 일이라는 겁니다. 식사가 끝난 후 추밀 고문관 라이펜슈타인은 이 모든 사실을 나에게 완곡하게 알리지 않을 수 없었습니다. 버섯으로 벌어진 일과는 전혀 다른 고통을 속으로 감내해야 했던 나는 요리사가 주인에게 당연히 알릴 것으로 생각했다고 대답했습니다. 그리고 다시 그런 식물을 길에서 얻게 되면 우리의 훌륭한 주인에게 직접 검사를 맡기고 허락받도록 하겠다고 약속했습니다. 솔직히 말해서 주인이 진노한 이유는 이처럼 의심스러운 음식이 적당한 검사를 거치지 않고 식탁에 올라간 것이기 때문이었습니다. 물론 요리사는 이러한 계절에는 그 같은 음식이 언제나 별미로 대환영을 받는다는 사실을 나에게 자신 있게 말해 주었고, 주인에게도 일깨워 주었습니다.

음식을 둘러싸고 일어난 이 사건은 남몰래 유머러스한 생각을 떠올리게 해주었습니다. 즉 독에 감염된 내가 부주의한 처사로 모든 사람들을 해치려고 한다는 의심을 받게 된다는 이야기였습니다.

내가 굳게 결심한 바를 지키는 것이 어렵지 않았습니다. 나는 아침에 집을 떠나서, 여러 사람이 함께 만나는 경우를 제외하고는 내가 은밀히 사랑하던 제자에게 가까이 다가가지 않음으로써 영어 가르치는 일을 즉각 피했습니다.

이러한 관계도 얼마 못 가 여러 가지 일로 바쁜 내 마음속에서 제자리를 찾게 되었습니다. 그것도 아주 우아한 방식으로 말입니다. 그녀를 신부, 즉 장차 남의 아내가 될 여자로 생각하자 내 눈에 그녀가 그저 평범한 소녀로 비쳤기 때문이었습니다. 이제 이기적이 아닌 좀 더 고상한 의미에서 그녀에게 애착을 보내게 되면서 나는 더 이상 경솔한 청년이 아니었고 이내 그녀에게 아주 다정하게 대할 수 있었습니다. 공공연한 관심이라고 불러도 좋을 나의 헌신은 치근덕거림과는 전혀 다른 성질의 것이었습니다. 그리고 그녀를 만날 때 일종의 외경심을 갖고 대했습니다. 그런데 자신의 처지가 나에게 알려졌다는 것을 알게 된 그녀는 나의 처신에 완전히 만족할 수 있었습니다. 하지만 나는 어느 누구와도 환담을 나누었기 때문에 다른 사람들은 아무것도 눈치 채지 못했거나 알더라도 곡해하지 않았습니다. 이리하여 하루하루와 매 순간이 조용하고 별 탈 없이 흘러갔습니다.

온갖 재미있는 일에 대해서 말하려면 한이 없을지도 모르겠습니다. 그렇습니다. 이곳에도 극장이 하나 있었습니다. 사육제 동안 그렇게 자주 우리의 갈채를 받았던 어릿광대는 평소에는 구두수선 일을 했습니다. 그래서 그런지 연극에서도 행실 바른 소시민 역을 했습니다. 그는 말도 안 되는 간결한 팬터마임 익살극으로 우리를 더없이 즐겁게 해주었고, 우리로 하여금 번잡한 현실을 잊고 최고의 기분으로 망아(忘我)의 상태에 빠지게 해주었습니다.

그러는 동안 고향에서 오는 편지들로 다음 사실을 깨닫게 되었습니다. 그토록 오랫동안 계획했지만 계속 미뤄오다가 마침내 이렇게 신속하게 이탈리아 여행을 실행에 옮기자 뒤에 남은 사람들은 적이 불안하고 초조하게 된 모양입니다. 그러니까 심지어 이들도 나를 쫓아와서 나의 유쾌하고 어쩌면 유익하다고 할 수 있는 편지들이 더없이 친절하게 전해 준 것과 똑같은 행복을 누리고 싶은 소망을 품게 된 모양입니다. 물론 대공의 모친 아말리에 부인을 중심으로 재기 발랄하고 예술을 사랑하는 사람들은 진작부터 이탈리아를 진정한 교양인의 새로운 예루살렘으로 간주하면서, 미농만이 표현할 수 있었던 그곳에 대한 강렬한 열망을 늘 마음과 의식 속에 간직하고 있었습니다. 드디어 둑이 무너지고야 말았습니다. 그러다가 한편으로는 대공비 아말리에 부인과 그녀의 측근이, 다른 한편으로는 헤르더와 좀 더 젊은 달베르크가 알프스를 넘을 계획을 진지하게 세운 것이 점차 분명히 밝혀졌습니다. 나는 겨울을 넘긴 다음에 출발해서 여름쯤 로마에 당도한 다음 세계적인 고대 도시의 주변이나 이탈리아 남부 지방이 제공할 수 있는 모든 좋은 것을 하나하나 즐기라고 충고했습니다.

내 충고는 사실 그대로 솔직하고 객관적이긴 했지만 나 자신의 편의를 고려한 것이기도 했습니다. 나는 내 인생의 기억할 만한 나날을 낯설기 그지없는 상태에서 생판 모르는 사람들과 함께 보냈습니다. 그리고 엄밀히 말하자면 그런 인간적인 상태를 다시 새로운 기분으로 즐겼습니다. 나는 이러한 상태를 우연이지만 그래도 자연스러운 관계 속에서 오래전부터 느껴왔고 드디어 다시 깨닫게 되었습니다. 고향의 폐쇄적인 모임, 익히 잘 알고 친밀한 사람들 사이의 생활은 우리를 결국 극히 이상야릇한 상황으로 옮겨놓기 때문입니다. 이곳은 서로의 인내와 부담, 참여와 아쉬움을 통해 일종의 체념과 같은 중간적 감정이 생겨나고, 고통과 기쁨, 불만과 만족이 종래의 관습 속에서 서로를 없애버리는 곳입니다. 그리하여 마치 각각의 결과의 성격을 전적으로 지양하는 중간 단계 같은 것이 생겨남으로써 결국 편안함을 추구하는 가운데 홀가분한 마음이 되어 고통이나 기쁨 어느 쪽에도 빠지지 않게 됩니다.

이러한 감정과 예감에 사로잡힌 나는 벗들이 이탈리아에 도착하는 것을 기다리지 않기로 굳게 마음먹었습니다. 나 자신도 일 년 전부터 북국의 음울한 생각과 사고방식에서 벗어나려고 애쓰면서, 푸른 하늘의 둥근 천장 아래에서 조금 더 자유롭게 주위를 둘러보고 호흡하는 데 익숙해짐에 따라 사물을 보는 내 방식이 이내 이들과 같아질 수 없음을 한층 또렷이 알 수 있었기 때문입니다. 그러는 사이에 독일에서 오는 여행객들이 계속해서 나를 무척 성가시게 했습니다. 그들은 잊어야 할 것을 찾아다녔고, 오랫동안 소망해 온 것이 눈앞에 있는데도 알아보지 못했습니다. 나 자신은 사고와 행동을 통해 스스로 옳다고 인정하고 선택한 길을 지켜가는 것이 여전히 무척 힘들다고 생각했습니다.

나를 모르는 독일인들은 피할 수 있었지만 긴밀한 관계를 맺고 있고 존경하고 사랑하는 사람들은 자신의 오류와 설익은 깨달음을 가지고, 그러니까 나의 사고방식에 개입함으로써 괴롭히고 방해했을지도 모릅니다. 북방의 여행객은 자기 존재의 보충을 위해, 자신에게 부족한 것을 메우기 위해 로마에 온다고 생각합니다. 하지만 시간이 지나면 비로소 생각을 깡그리 바꾸고 처음부터 새로 시작해야 한다는 사실을 깨닫고 대단히 언짢은 기분을 갖게 됩니다.

나에게도 이러한 상황이 나타날 것이 명백했지만, 나는 매일 매 순간마다 슬기롭게 불확실한 상태를 유지하면서, 시간을 철두철미하게 이용하느라 부단히 노력했습니다. 독자적으로 깊이 생각하고 남의 말에 귀 기울이며, 예술적으로 노력한 작품을 감상하고 자신이 실제로 시험해 보는 일을 끊임없이 반복하거나 이런 일을 동시에 행했던 것입니다.

취리히 출신의 하인리히 마이어가 함께하면서 나는 더욱 분발하게 되었습니다. 그리 자주 있는 것은 아니지만 그와 나눈 대화가 커다란 도움이 되었습니다. 자기 자신에 엄격하고 부지런한 예술가인 그는 개념과 기량의 비약적인 발전을 급속하고 흥겨운 삶과 수월하게 결합시킬 수 있다고 생각한 젊은 예술가들 무리보다 시간을 더 잘 활용할 줄 알았기 때문입니다.

11월의 편지

1787년 11월 3일, 로마

카이저가 도착했습니다. 이에 대해선 일주일 내내 알리지 않았군요. 그는 우선 피아노를 조율하는 중인데, 차차 오페라를 들려줄 겁니다. 그가 이곳에 옴으로써 다시 색다른 시기가 이어지고 있습니다. 나는 사람들이 그저 자신의 길을 조용히 가야 한다는 것을 알고 있습니다. 세월이란 최상의 것뿐만 아니라 최악의 것도 가져다주거든요.

나의 『에그몬트』를 호평한다니 기쁘군요. 다시 읽으면서 색이 바래지 않기를 바랍니다. 그 안에 담아놓은 것을 한 번 읽어서는 파악해 낼 수 없다는 것을 나는 알고 있기 때문입니다. 여러분이 칭찬하는 대목은 내가 그렇게 하려고 마음먹은 부분입니다. 그 부분이 잘 되었다고 하니 나는 최종 목적을 달성한 셈입니다. 생활과 마음에 무한한 자유가 없었더라면 결코 이룰 수 없었을 정도로 그것은 말할 수 없이 어려운 과제였습니다. 십이 년 전에 쓴 작품을 고치지 않고 완성해서 내놓는 것이 무슨 의미가 있느냐고 생각하는 사람이 있을 겁니다. 시대의 특수한 상황 때문에 그 일이 어렵기도 했고 쉽기도 했습니다. 내 앞에는 이제 『파우스트』와 『타소』라는 바위가 두 개 더 있습니다. 자비로운 신들이 시시포스의 형벌을 미래에나 면하게 해줄 것 같으니 이 바위들도 산 정상으로 옮길 작정입니다. 일단 그걸 정상으로 올리고 나면 다시 새로운 일에 착수해야겠지요. 별다른 업적도 없는데 변함없는 사랑을 보내주시는 여러분의 찬사에 답하기 위해 힘닿는 데까지 노력할 겁니다.

그대가 클레르헨에 관해 말하는 것이 완전히는 이해되지 않아서 다음 편지를 기다리겠습니다. 아마 순진한 소녀와 여신 사이의 미묘한 차이를 놓친 것 같습니다. 나는 에그몬트에 대한 그녀의 관계를 절대적인 것으로 설정했기 때문입니다. 나는 그녀의 사랑을 관능으로 파악하기보다는 연인의 완전무결함이라는 개념으로, 그녀의 황홀감은 이 남자를 차지함으로써 믿지 않는 것을 향유하는 데서 비롯한다고 보았습니다. 나는 그녀를 여주인공으로 내세우고 있습니다. 그녀는 사랑이 영원하다는 감정을 가슴에 품은 채 애인을 뒤따르며, 결국에는 그의 영혼 앞에서 변용하는 꿈을 통해 찬미됩니다. 그래서 중간의 미묘한 차이를 어디에 설정해야 할지 모르겠습니다. 솔직히 말해서 판지나 판자와 같은 연극 장치가 부실해서 내가 위에서 언급한 음영들이 어쩌면 폐기되어 중단되거나, 아니면 너무 미약한 암시들을 통해 연결될지도 모르겠습니다. 작품을 다시 한 번 읽어보면 도움이 될지도 모르겠습니다. 다음 편지에선 아마 좀 더 자세한 내용을 이야기해 주겠지요.

앙겔리카가 『에그몬트』의 표지 동판화를 그렸고, 립스가 이를 동판에 새겼습니다. 적어도 독일에선 이런 동판화를 그린 적이 없었고, 립스처럼 새기지도 못했을 겁니다.

11월 3일, 로마

유감스럽게도 지금 조형 예술은 완전히 접어두어야 되겠습니다. 그렇지 않으면 희곡 작품을 끝마칠 수 없을 것이기 때문입니다. 무언가 제대로 된 작품을 만들어내기 위해서는 특유의 집중력과 차분한 집필 작업이 필요합니다. 이제 쓰고 있는 『클라우디네』는 말하자면 전혀 새로운 방식으로 집필할 것이며, 나의 존재의 오랜 찌꺼기가 빠져나올 겁니다.

11월 10일, 로마

이제 카이저가 왔습니다. 음악이 끼어들면서 삼중의 생활이 펼쳐지고 있습니다. 그는 더없이 훌륭한 남자라서, 이 지상의 어떤 특별한 지역에서나 가능할 것 같은 자연스러운 생활을 실제로 영위하는 우리와 잘 맞습니다. 나폴리에서 티슈바인이 돌아옵니다. 그러면 두 사람의 숙소며 모든 것이 달라져야 하겠지만 우리의 좋은 천성으로 볼 때 일주일 후면 전부 다시 본궤도를 찾게 되겠지요.

나는 대공의 모친께 이백 체키노의 돈으로 그녀를 위해 자그만 예술품들을 하나하나 사들이는 걸 허락해 달라고 제안했습니다. 이 편지를 보는 대로 나의 제안을 지지해 주십시오. 그 돈이 당장 필요한 것은 아니고, 한꺼번에 필요하지도 않습니다. 자세한 설명을 하지 않더라도 그대가 전모를 짐작할 만큼 이것은 중요한 일입니다. 그대가 손금 들여다보듯 이곳의 상황을 잘 아신다면 나의 충고와 제안이 얼마나 절실히 필요하고 유익한가를 더욱 실감하실 겁니다. 나는 작은 예술품으로 공작의 모친께 커다란 기쁨을 안겨드릴 겁니다. 내가 조금씩 구입한 예술품들을 그녀가 본다면 이곳에 온 사람이면 누구나 갖게 되는 소유욕을 진정시킬 수 있습니다. 그녀가 욕심을 억누르려면 고통스럽게 체념해야 할 것이고 반대로 욕심을 충족시키려면 막대한 비용을 들이고 손해를 보아야 할 겁니다. 이 점을 자세히 이야기하려면 여러 페이지에 빼꼭히 채워 넣어야 할지도 모릅니다.

11월 10일, 로마
나의 『에그몬트』가 호평을 받고 있다니 진심으로 기쁩니다. 이 작품을 완성할 때보다 더 많은 정신적 자유와 양심을 지닌 적이 없었습니다. 그렇지만 이전과 다른 작품을 써서 독자를 만족시킨다는 것은 어려운 일입니다. 독자는 늘 전과 같은 작품을 쓰라고 요구합니다.

11월 24일, 로마
그대는 지난번 편지에서 이 지방 풍경의 색상에 대해 물으셨습니다. 그것에 대해 이렇게 말할 수 있겠습니다. 맑은 날, 특히 맑은 가을날에는 색상이 너무 다채로워서 어떤 그림이든 '알록달록하게' 빛날 수밖에 없을 겁니다. 지금 나폴리에 있는 한 독일인이 그린 스케치 몇 점을 조만간 보내드릴 생각입니다. 수채화용 물감이 자연의 광채에야 훨씬 못 미치겠지만, 여러분도 그게 불가능하다고 생각할 겁니다. 이곳 경치에서 가장 아름다운 점은 약간만 떨어져서 보아도 선명한 색상이 대기의 색조로 부드러워진다는 사실입니다. 그리고 (사람들이 흔히 말하는) 차가운 색조와 따뜻한 색조의 대조가 현저하게 드러난다는 점입니다. 맑고 푸른 음영이 모든 녹색, 황색, 붉은색, 갈색의 빛과 매력적인 대조를 이루면서, 푸르스름한 빛을 띤 아득히 먼 곳과 연결됩니다. 이는 하나의 광채인 동시에 조화이며, 전체적으로 하나의 음영입니다. 북쪽에서는 도저히 생각할 수 없는 광경이지요. 여러분이 있는 독일에선 모든 것이 칙칙하거나 흐릿하며, 알록달록하거나 단조롭습니다. 적어도 나에게는 날마다 시시각각 눈앞에 펼쳐지는 색조를 맛보게 해준 개별적인 효과를 본 기억이 별로 나지 않습니다. 여기서 눈이 단련이 되었으니 어쩌면 북쪽에서도 더 많은 아름다움을 발견할지도 모릅니다.

어쨌거나 나는 이제 모든 조형 예술로 이르는 올바르고 반듯한 길들을 눈앞에서 보고 인식하고 있으며, 이제 그 길들의 폭과 거리도 더욱 분명하게 측량할 수 있다고 할 수 있겠습니다. 나는 이미 너무 나이가 많아 이제부터는 일을 날림으로밖에는 할 수 없을 것 같습니다. 다른 사람들이 어떻게 작업하는지 보고 있노라면, 좋은 오솔길을 가는 사람은 몇몇 있습니다만 커다란 발걸음을 옮기는 사람은 찾지 못합니다. 행운이나 지혜에 관해서도 마찬가지로 말할 수 있습니다. 그것의 원형만이 우리 눈앞에 아른거릴 뿐이고, 기껏해야 그것의 옷깃이나 만져볼 수 있을 따름입니다.

카이저가 옴으로써 집 안을 정리할 게 약간 있어서 일이 좀 지연되고 중단되었습니다. 이제 다시 일에 착수해서 나의 오페라가 거의 끝나갑니다. 그는 무척 착실하고 분별력이 있고 단정하고 신중합니다. 자신의 예술에 있어서는 더없이 확고하고 자신에 차 있습니다. 그런 사람과 가까이 사귄다면 우리는 더욱 건전해질 겁니다. 동시에 그는 마음이 착할 뿐만 아니라 올바른 인생관과 사회관을 지니고 있습니다. 이러한 성품을 지닌 덕에 평소에 엄격한 그의 성격이 보다 유연해지고, 그의 교제는 특유의 품위를 얻게 됩니다.

11월의 보고

조용히 생각에 몰두하느라 차츰 사람들과 멀어졌지만, 활달한 성격의 옛 친구 크리스토프 카이저가 이곳에 오면서 새로운 유대 관계가 맺어졌습니다. 프랑크푸르트 출신인 그는 클링어나 우리와 같은 사람들과 비슷한 시기에 이곳에 왔었습니다. 천성적으로 독특한 음악적 재능을 타고난 그는 「농담, 술수, 복수」라는 작품의 작곡에 착수하면서, 이미 수년 전에 『에그몬트』에 맞는 음악도 내놓기 시작했습니다. 나는 로마에서 그에게 편지를 보내, 그 작품은 이미 발송했으며 수중에 사본이 있다고 알렸습니다. 이에 대해 그는 장황한 서신 교환 대신 지체 없이 이곳에 오는 게 상책이라고 생각했습니다. 그리하여 그는 꾸물대지 않고 특급 마차를 타고 이탈리아를 가로질러 곧바로 우리 앞에 나타난 것입니다. 론다니니 가 맞은편의 코르소 가에 그의 숙소를 마련해 두었던 예술가 그룹이 다정하게 그를 맞이했습니다.

하지만 이곳에서 절실히 필요한 정신 집중과 통일성 대신 곧 정신이 산만해지고 시간을 허비하는 일이 생겨났습니다.

우선 피아노를 마련하고 시험하고 조율하며 고집스러운 예술가의 의지와 의욕에 따라 온전히 바로잡는 데 며칠이 소요되었습니다. 그럴 때마다 여전히 새로운 바람과 요구 사항이 남아 있었습니다. 그럼에도 그런 노고와 시간 낭비는 당시로서는 극히 까다로운 작품을 아주 능숙하게, 완전히 그의 시대에 발맞추어 쉽게 연주하는 그의 재능을 발휘함으로써 즉각 보답을 받았습니다. 음악사에 정통한 사람이 여기서 무슨 이야기를 하는지 알기 쉽게 말하자면, 나는 당시에 슈바르트가 최고로 인정받았음을 지적하는 바입니다. 또한 숙련된 피아노 연주자를 시험할 때는 변주곡 연주를 중요시했습니다. 이때 단순한 테마를 기교 넘치게 연주한 다음 그것이 자연스럽게 다시 나타나게 함으로써 청중으로 하여금 숨을 돌리게 했습니다.

그는 『에그몬트』에 덧붙일 교향곡을 가지고 왔습니다. 그리하여 나는 필요와 애착 때문에 여느 때보다 악극에 지대한 관심을 가지게 되었고 요즘 들어 더욱 고조되었습니다.

『벨라 별장의 클라우디네』뿐만 아니라 『에르빈과 엘미레』도 이제 독일로 보내야 합니다. 하지만 『에그몬트』를 개작하면서 나 자신에 대한 요구가 더욱 많아져서 그것들을 도저히 맨 처음의 형태 그대로 내버려둘 수 없었습니다. 나에게는 그것들에 담겨 있는 일부 서정적인 요소가 사랑스럽고 소중했습니다. 그것은 젊은 시절 아무런 조언도 받지 못한 채 자유분방하게 살다가 겪게 되는 고통이나 걱정과 같은, 사실 어리석지만 그래도 행복하게 보낸 수많은 순간들을 증거하는 것이었습니다. 반면에 산문체 대화는 너무나도 프랑스 오페레타를 연상하게 해 주었습니다. 처음에는 그것들이 우리의 연극에 경쾌한 음악적인 성격을 부여해 주어서 그 작품들에 친근한 인상을 갖게 되었습니다. 하지만 이탈리아 사람이 다 된 지금의 나에겐 더 이상 만족스럽지가 않습니다. 이탈리아에서는 선율이 아름다운 노래가 낭독조나 낭송조의 노래와 연결되는 것을 선호하기 때문입니다.

두 오페라는 이러한 방향으로 작곡될 겁니다. 그러한 작곡은 때때로 기쁨을 안겨줄 것이고, 그리하여 희곡의 조류를 타고 대중의 인기도 끌게 될 겁니다.

이탈리아의 가극 대본은 흔히 비난을 받고 있습니다. 그것도 아무 생각 없이 사람들의 입에서 입으로 전해질 법한 상투어로 말입니다. 그 대본은 물론 쉽고 경쾌하지만 작곡가나 가수가 흥겨워서 하는 것 이상을 요구하지 않습니다. 이에 대해서는 많은 말이 필요 없이 「비밀 결혼」의 대본을 떠올리면 됩니다. 작자는 알려져 있지 않지만 누구든 간에 이 분야에서 활동한 가장 숙련된 인물들 가운데 한 명이었습니다. 이러한 의미에서 행동하고 동일한 자유를 누리며 특정한 목표에 도달하려고 애쓰는 것이 나의 의도였습니다. 이 목적에 얼마나 근접했는지는 나 자신도 알지 못합니다.

나는 친구 카이저와 함께 제법 오래전부터 어떤 계획에 사로잡혀 있었지만 유감스럽게도 시간이 흐름에 따라 점점 더 의구심이 들고 실행이 어려울 것 같았습니다.

독일 오페라의 성격이 무척 소박했던 시대를 떠올려 봅시다. 페르골레시의 「하녀 마나님」과 같은 단순한 간주곡이 유행하고 갈채를 받던 시대를 말입니다. 당시에는 베르거라는 희극 가수가 등장해 예쁘고 당당하고 기민한 여성들과 함께 활동했습니다. 이들은 독일의 여러 도시와 시골에서 보잘것없는 의상과 빈약한 음악으로도 여러 가지 경쾌하고 흥분할 만한 공연을 실내에서 보여주었습니다. 물론 이런 공연들은 항상 사랑에 빠진 멋쟁이 노인이 사기를 치다가 창피를 당하는 것으로 끝나곤 했습니다.

나는 이것들에 더해 쉽게 대체할 수 있는 제3의 중간 음역의 목소리를 생각했습니다. 그리하여 벌써 수년 전에 「농담, 술수, 복수」라는 오페라가 만들어진 것입니다. 나는 취리히에 있는 카이저에게 이 작품을 보냈는데, 그는 진지하고 양심적인 남자라서 너무 곧이곧대로 작품을 파악하고 지나치게 상세히 다루었습니다. 나 자신은 이미 간주곡의 수준을 넘어섰는데 말입니다. 하찮아 보이는 주제가 여러 가지 가곡으로 펼쳐지기 때문에 스쳐 지나가는 불충분한 음악으로는 세 사람이 끝까지 공연을 계속하기가 어려울지도 모릅니다. 그런데 카이저가 옛날 방식으로 아리아를 상세하게 다루었기 때문에 전체적으로 품위가 없는 것은 아니라서 부분적으로는 나름대로 성공을 거두었다고 할 수 있겠습니다.

하지만 이를 어디서 어떻게 상연한단 말입니까? 불행하게도 예전의 적당주의 원칙 때문에 가수 부족에 시달리고 있습니다. 삼중창곡 이상은 소화할 수 없었기에 합창단을 하나 만들기 위해서는 급기야 의사의 만병통치용 약상자를 구해 오고 싶을 정도였습니다. 이 때문에 작품을 단순하고 간결하게 마무리하려던 우리의 온갖 노력은 모차르트가 등장함으로써 수포로 돌아가고 말았습니다. 「후궁에서의 유괴」가 모든 것을 짓밟아버리는 바람에 우리가 그토록 공들여 만든 작품이 연극에서 두 번 다시 거론되지 않게 되었습니다.

카이저가 온 덕분에 지금까지 연극 공연에만 국한되었던 음악에 대한 사랑이 고조되고 확대되었습니다. 그는 정성을 다해 교회 축제를 연구했습니다. 이를 계기로 우리는 그런 날들에 연주되는 장엄한 음악에 함께 귀 기울이기도 했습니다. 아직은 합창이 우세하긴 하지만 그러한 형식이 완벽한 오케스트라와 어울리면 너무 세속적으로 들린다고 생각했음은 물론입니다. 나는 성 체칠리아의 날에 처음으로 웅장한 합창을 동반한 탁월한 아리아를 들은 기억이 납니다. 그러한 곡이 오페라에 등장한다면 관중을 매료시킬 것처럼, 나에게도 엄청난 영향을 끼쳤습니다.

이것 외에도 카이저에게는 또 다른 미덕이 있었습니다. 이를테면 그는 고대 음악에 지대한 관심을 보였고, 음악사 연구에도 진지하게 매진한 까닭에 여러 도서관들을 둘러보기도 했습니다. 특히 그는 성실한 근면성 덕택에 '미네르바' 도서관에서 환대와 지원을 받을 수 있었습니다. 이와 함께 그의 서적 연구의 성과로 우리는 비교적 오래된 16세기의 동판화에 관심을 갖게 되었습니다. 이를테면 『로마의 웅장한 거울』이나 로마초의 『건축술』, 이에 못지않은 이후의 『경이로운 로마』 등등 유사한 것들에 새삼 관심을 기울이게 되었습니다. 우리가 다른 도서관들도 돌아다니면서 찾아낸 이러한 서적과 동판화 수집물은 인쇄 상태가 좋은 경우 특히 커다란 가치를 지닙니다. 이것들은 진지하게 외경심을 갖고 고대를 보게 하고, 남아 있는 유물을 유용한 문자로 표현한 옛 시절을 떠올리게 해줍니다. 이를테면 사람들은 콜로나 정원의 옛터에 아직도 그대로 서 있는 거대한 석상에 다가갑니다. 절반쯤 폐허가 된 세베루스의 7중 열주 건축물은 사라져버린 이 건축물의 모습을 대략이나마 그려볼 수 있게 해줍니다. 정면이 없는 베드로 성당, 원형 지붕이 없는 거대한 중앙 부분, 아직도 뜰에서 마상 무술 시합을 벌일 수 있는 옛 바티칸, 이 모든 것이 우리를 옛 시절로 되돌아가게 해줍니다. 그리고 이와 동시에 그 후 이백 년 동안 어떤 변화들이 일어났으며, 파괴된 것을 복구하는 데 여러 커다란 장애물이 있음에도 소홀히 보수한 것을 만회하려고 어떤 노력을 기울였는지를 아주 또렷이 살펴볼 수 있습니다.

내가 기회 있을 때마다 언급하곤 했던 취리히의 하인리히 마이어는 혼자서 틀어박혀 열심히 작업에 몰두해 왔지만 중요한 것을 어디서 구경하고 경험하며 배울 수 있는지 모르는 것이 없었습니다. 그가 모임에서 겸손하고 박식한 모습을 보이자 다른 사람들이 찾아가 만나기를 원했기 때문입니다. 그는 빙켈만과 멩스가 개척한 안전한 오솔길을 묵묵히 걸어갔습니다. 그가 세피아를 포함한 고대 흉상을 자이델만의 방식으로 서술한 것은 극찬을 받았습니다. 전기와 후기 예술의 미묘한 차이를 그보다 더 많이 검토하고 파악하는 기회를 가진 사람은 아무도 없었습니다.

모든 외국인과 예술가, 전문가나 문외한이 횃불을 비추면서 바티칸과 카피톨리노 박물관을 방문하기를 원했고 우리도 이를 추진하려고 하자 마이어가 함께 가겠다고 했습니다. 내가 갖고 있는 자료들 중에서 그의 논문 하나를 찾아봅니다. 이에 따르면 예술이 남긴 가장 훌륭한 유물을 즐거운 마음으로 살펴보는 것은 지식과 통찰력에 유익한 영향을 끼치면서 영속적인 의미를 간직하게 됩니다. 이러한 교제는 대체로 처음에는 황홀감을 주다가 점차 스러져가는 꿈처럼 우리 영혼 앞에 맴돌게 된다고 합니다.

로마의 대형 박물관들, 예를 들면 바티칸의 피오 클레멘티노 박물관과 카피톨리노 박물관 등을 횃불을 비추면서 구경하는 관습은 지난 세기의 80년대까지만 해도 꽤 새로운 일이었던 모양이다. 그런 일이 언제 시작되었는지는 알 수 없지만 말이다.

횃불을 비추면서 구경할 때의 장점은 이렇다. 각각의 예술품을 다른 것과는 별개로 하나하나 관찰하게 된다는 점이다. 그래서 감상하는 사람의 관심은 오로지 하나의 작품에 쏠리게 되는 것이다. 그리고 강렬한 빛을 내는 횃불 아래서는 작품의 모든 섬세한 뉘앙스가 훨씬 뚜렷이 부각되는 반면, 방해가 되는 모든 반사 광선(특히 반들반들하게 광택을 내는 조상의 경우에 성가신 광선)이 사라진다. 그리하여 그림자는 더욱 짙어지고, 빛을 받는 부분은 더욱 밝게 부각된다. 불리한 위치에 자리 잡은 작품이 이로 인하여 자신에게 걸맞은 권리를 얻게 되는 주된 장점은 논란의 여지가 없는 사실이다. 예를 들어 벽감에 자리 잡은 라오콘 군상은 횃불을 비춰야만 제대로 볼 수 있었다. 그 위로 직접 빛이 떨어지지 않고 주랑식 홀로 둘러싸인 벨베데레의 작고 둥근 뜰에서 나오는 반사광만 비쳤기 때문이다. 아폴로 상과 흔히 말하는 안티노우스(메르쿠어)의 경우도 마찬가지였다. 나일 상과 멜레아거를 보고 가치를 평가하기 위해서는 횃불 조명이 더욱 필요했다. 이른바 포치온 상만큼 횃불 조명으로 장점이 크게 부각되는 고대 유물은 아마 없을 것이다. 불리한 위치에 자리하고 있어서 평범한 빛으로는 감지할 수 없지만, 횃불을 비추면 간소한 의복을 통해 놀랍도록 섬세하게 들여다보이는 신체의 각 부분들을 감지할 수 있기 때문이었다. 앉아 있는 바쿠스 신의 훌륭한 흉의(胸衣)뿐만 아니라 머리가 아름다운 바쿠스 조상의 윗부분과 트리톤의 반신상도 두드러진다. 그렇지만 누가 뭐래도 예술의 기적은 아무리 칭찬해도 지나침이 없을 저 유명한 토르소라 할 수 있다.

    대체로 카피톨리노 박물관의 기념물이 피오 클레멘티노 박물관의 그것에 비해 떨어지긴 하나, 그래도 몇몇은 대단히 중요하다. 그리고 그 가치를 제대로 인식하기 위해서는 횃불 조명으로 감상하는 것이 좋다. 이른바 피루스는 뛰어난 작품인데도 계단에 자리하고 있어서 전혀 빛을 받지 못하고 있다. 열주 앞 화랑에 서 있는, 옷을 입은 비너스로 간주되는 아름다운 반신상은 삼면에서 희미한 빛을 받을 뿐이다. 로마에서 이런 종류의 입상 가운데 가장 아름다운 나체 비너스는 구석진 방에 세워져 있어서 햇빛으로는 그것의 장점이 드러나지 않는다. 그리고 이른바 아름답게 옷을 입은 주노는 창문들 사이의 벽에 위치해 있어서 약간의 스쳐가는 광선만을 받을 뿐이다. 종합실에 있는 저 유명한 아리아드네 두상도 횃불에 비춰보지 않고는 그다지 훌륭해 보이지 않는다. 이 밖에도 박물관의 몇몇 작품들은 좋지 않은 곳에 자리하고 있어서 제대로 보고 진가를 평가하기 위해서는 반드시 횃불에 비추어 보아야만 한다.

    그런데 덧붙여 말하자면 유행에 따르기 위해 생겨나는 많은 것들이 악용되고 있듯이 횃불 조명도 마찬가지이다. 횃불 조명이 어째서 유용한지 이해되는 경우에만 득이 될 수 있다. 앞에서 몇 가지 예를 든 것처럼 햇빛을 잘 받지 못하는 유물을 보는 데는 횃불이 필수적이다. 그래야만 튀어나온 부분과 들어간 부분, 각 부분들이 서로 연결되는 모양을 좀 더 제대로 인식할 수 있다. 하지만 이러한 방법은 무엇보다 예술의 황금기에 나온 작품들을 관찰하는 데 유리할 것이다.(즉 횃불을 든 자와 감상하는 자가 무엇이 중요한 문제인지 알고 있어야 한다는 말이다.) 횃불은 작품의 질량감을 더욱 잘 보여줄 것이고, 섬세하기 이를 데 없는 작품의 미묘한 차이를 부각시켜 줄 것이다. 반면에 웅대하고 고상한 양식의 고대 예술 작품들은 밝은 햇빛을 받지 않고는 소기의 효과를 거둘 수 없다. 당시의 예술가들만 해도 아직 빛과 그림자의 효과에 정통하지 못했는데, 이들이 작품을 만들 때 그것을 어떻게 고려할 수 있었겠는가? 예술가들이 주의를 게을리 하기 시작하면서 나중에 만들어진 작품의 경우도 마찬가지이다. 그들은 이미 미적 감각이 현저히 떨어져서 조형 작품에서 빛과 그림자에 더 이상 신경 쓰지 않았고 질량의 법칙도 잊고 말았다. 이런 종류의 유물에 횃불 조명이 무슨 소용이 있겠는가?

이처럼 경사스러운 때에는 여러모로 우리 모임에 유익하고 쓸모 있는 존재였던 히르트 씨도 기억에 떠오릅니다. 1759년 퓌르스텐베르크에서 태어난 그는 고대 저술가들의 연구를 끝마친 후 로마에 가보고 싶은 충동을 억누를 수 없었습니다. 그는 나보다 몇 년 앞서 이곳에 도착했습니다. 그리고 극히 진지한 태도로 고대와 근대의 각종 건축물과 조각품들을 익혔기 때문에, 지식욕에 불타는 우리 같은 외국인에게 전문적인 지식을 소개하는 안내자로 적격이었습니다. 그는 나에게도 관심을 가지고 성심성의껏 호의를 베풀어주었습니다.

그의 주된 연구 분야는 건축술이었습니다. 그렇다고 해서 고전적인 장소와 다른 수많은 명승지에 대해서도 주의를 게을리 하지 않았습니다. 예술에 대한 그의 이론적인 견해로 말미암아 논쟁과 편 가르기를 좋아하는 로마에서 열띤 토론이 벌어지는 다양한 계기가 마련되었습니다. 언제 어디서나 예술이 화제에 오르는 로마에서는 상이한 관점으로 온갖 종류의 갑론을박이

횡행합니다. 그 덕에 그토록 중요한 대상들을 가까이에서 접하는 우리의 정신은 아주 생생한 자극을 받아 발전하게 됩니다. 히르트의 이론은 그리스와 로마의 건축술이 태곳적에 필수 불가결하던 목조 건축술에서 유래했다는 설을 토대로 하고 있었습니다. 그는 이를 바탕으로 최근의 건축술을 칭찬하거나 비난하면서 역사와 실례들을 요령 있게 이용할 줄 알았습니다. 반면에 다른 사람들은 그 밖의 모든 예술처럼 건축술에서 예술가가 결코 포기할 수 없는 세련된 취향의 허구가 생겨나는 거라고 주장했습니다. 그는 자신에게 일어나는 극히 다양한 경우들에서 때에 따라 이런저런 방식으로 대처할 수 있어야 하며, 엄격한 규칙에서 벗어날 각오가 되어 있어야 한다고 합니다.

그는 때때로 미에 관해서 다른 예술가들과 상이한 견해를 보이기도 했습니다. 미의 원천이 특성에 있다는 그의 말에, 물론 특성이 모든 예술작품의 토대가 되어야 한다고 동의하면서도 그 처리 방식은 각각의 특성을 적절하고 우아하게 표현해야 하는 미적 감각과 취향에 걸맞아야 한다고 확신하는 사람들이 있었기 때문입니다.

예술의 본질은 말이 아니라 실천에 있지만, 그럼에도 항시 실천보다 말이 더 많기 때문에 당시에 그와 같은 논쟁이 한이 없었음을 쉽게 알 수 있습니다. 최근까지도 그런 현상이 남아 있듯이 말입니다.

예술가들이 견해를 달리함으로써 여러 가지 불미스러운 일이 생기는 경우, 그러니까 서로의 관계가 멀어지는 경우가 드물긴 하지만 그 때문에 재미있는 일들이 벌어지기도 했습니다. 다음 사건이 일례가 될지도 모르겠습니다.

한 무리의 예술가들이 바티칸에서 오후 나절을 보내고 밤늦게 집으로 돌아가는 길이었습니다. 이들은 시내를 지나 숙소까지 가는 먼 길을 피하려고 주랑 옆의 성문으로 나가 포도밭을 지나 테베레 강까지 갔습니다. 이들은 가는 도중에도 논쟁을 그치지 않았고, 그런 채로 강가에 도착했습니다. 그리고 강을 건너면서도 열띤 토론은 중단되지 않았습니다. 이제 리페타에 도착해 배에서 내리면 헤어지게 되므로, 양측에 아직도 잔뜩 남아 있는 논쟁 거리들이 해결되지 않은 채 조기에 봉합될 참이었습니다. 그래서 이들은 배에서 내리지 않고 다시 강을 왔다 갔다 하면서 흔들리는 거룻배 위에서 토론을 계속하기로 의견 일치를 보았습니다. 하지만 한 번 왕복하는 것으로는 충분치 않다는 생각이 들었습니다. 그래서 이들은 뱃사공에게 여러 번 왕복해 달라고 요구했습니다. 한 번 왕복할 때마다 한 사람당 일 바조코를 받을 수 있었기에 뱃사공으로서도 마다할 까닭이 없었습니다. 그렇게 늦은 시각에는 도저히 기대할 수 없는 짭짤한 수입이었기 때문입니다. 뱃사공은 이들의 요구에 묵묵히 응했습니다. 그러자 그의 어린 아들이 의아하다는 듯 물었습니다.

"대체 저 아저씨들은 왜 저러는 거죠?"

그러자 그는 아주 차분히 대답했습니다.

"나도 잘 모르겠지만, 아마도 정신들이 나간 모양이다."

대략 이 무렵 고향에서 온 소포 중에 다음과 같은 편지가 있었습니다.

선생님, 저는 선생님에게 좋지 않은 독자가 있다는 데에 놀라지 않습니다. 남의 말을 듣는 것보다 말하기를 좋아하는 사람들이 훨씬 많으니까요. 하지만 이들은 가련한 존재이며, 우리는 이들을 닮지 않은 것을 다행으로 생각해야 합니다. 그렇습니다, 선생님. 저는 선생님 덕분에 제 인생에서 가장 훌륭한 행위인 동시에 결과적으로 다른 훌륭한 행위들의 원천이기도 한 것을 발견했습니다. 그래서 선생님이 쓰신 책은 저에게 더없이 소중합니다. 운 좋게도 선생님과 같은 곳에서 산다면 달려가 선생님을 부둥켜안고 저의 비밀을 털어놓았을 겁니다. 하지만 저는 유감스럽게도 그렇게 결심한 동기를 아무도 믿어주지 않는 곳에 살고 있습니다. 선생님, 선생님과 삼백 마일이나 떨어진 곳에 있는 한 젊은이가 성실하고 착하게 살도록 해주셨다는 것에 흡족해하시기를 바랍니다. 그로 인해 온 가족이 시름을 덜게 되었고, 저도 선행을 베풀면서 즐겁게 살고 있습니다. 저에게 어떤 재능이 있거나, 많은 사람들의 운명에 영향을 끼칠 수 있는 지위가 있다면 선생님께 제 이름을 밝힐 수 있겠지요. 하지만 저는 보잘것없는 존재이며 앞으로 어떻게 될지도 잘 알고 있습니다. 선생님, 부디 젊음을 유지하시고 왕성한 창작욕을 잃지 마시며, 베르테르를 알지 못하는 샤를로테와 같은 여성의 남편이 되시기를 바랍니다. 그러면 이 세상에서 가장 행복한 사람이 되실 겁니다. 저는 선생님께서 미덕을 사랑하신다는 것을 믿기 때문입니다.

12월의 편지

1787년 12월 1일, 로마
 자신 있게 말하건대 나는 대단히 중요한 논점에 대해 확신을 갖고 있습니다. 그리고 인식이 무한히 확대될 수 있음에도 유한하고 무한한 것에 대한 확실한 개념, 그러니까 남에게 전할 수 있는 명료한 개념을 갖고 있습니다.
 나는 매우 불가사의한 일을 계획하면서도 활동력만 어느 정도 키울 뿐 인식 능력은 아직 억누르고 있습니다. 이는 멋진 일들이 많기 때문이며, 마음만 먹는다면 손바닥을 뒤집듯 수월한 일이기 때문입니다.

1787년 12월 7일, 로마
 글 쓰는 일이 되지 않아서 이번 주는 스케치를 하며 보냈습니다. 우리는 어느 시대라도 이용할 수 있게 살펴보고 찾아보아야 합니다. 우리 숙소의 예술 모임은 늘 잘 되고 있습니다. 우리는 늙은 아간티르*를 잠에서 깨우려고 애씁니다. 저녁마다 원근법에 몰두하고 있으며, 그러면서 나는 늘 인체의 몇몇 부분을 더 잘 스케치하는 법을 배우려고 노력합니다. 모든 일의 기초를 쌓기란 어려운 법이며 실제로 많이 적용해 보는 것이 필요합니다.

너무나 사랑스럽고 착실한 앙겔리카는 나로 하여금 여러모로 신세지게 합니다. 우리는 일요일을 함께 지내며 평일에는 저녁에 한 번씩 만납니다. 그녀가 어떻게 그렇게나 많은 일을 훌륭하게 처리하는지 도무지 알 수가 없습니다. 그러면서도 그녀는 언제나 그런 것은 별일 아니라고 생각합니다.

12월 8일, 로마

나의 자그마한 노래가 마음에 들었다니 기쁜 마음 금치 못하겠습니다. 그대**의 마음에 드는 노래를 만드는 게 얼마나 즐거운 일인지 알지 못할 겁니다. 『에그몬트』에 대해서도 똑같은 말을 듣고 싶은데 이에 대해서는 별말이 없군요. 그 작품이 그대 마음에 들기보다는 오히려 아프게 하지 않았는지 걱정됩니다. 아, 그렇게 구성이 복잡한 작품은 순수하게 조화를 이루기 어렵다는 사실을 우리는 익히 잘 알고 있습니다. 근본적으로 예술가 자신 말고는 예술의 어려움을 제대로 이해하는 사람은 아무도 없습니다.

예술에는 우리가 흔히 생각하는 것 이상으로 '긍정적인' 요

---

* 아이슬란드 전설의 영웅으로 딸 헤르보에 의해 잠에서 깨어났다고 함. 헤르더가 이 테마를 취해 '아간티르와 헤르보의 마법 대화'란 제목으로 『민요집』에 실음.

** 샤를로테 폰 슈타인 부인을 말함.

소, 즉 '교훈적'인 요소와 '전승될 수 있는' 요소가 있습니다. 그리고 지극히 정신적인 효과(늘 정신으로 이해되는)를 불러일으킬 수 있는 기술적인 장점들이 많습니다. 우리가 이런 사소한 요령을 알고 있다면 기적처럼 보이는 많은 것이 하나의 장난에 불과하게 됩니다. 그리고 고상한 것이든 미천한 것이든 로마에서보다 더 많은 것을 배울 수 있는 곳은 어디에도 없습니다.

12월 15일, 로마

몇 자 적기 위해 늦은 밤에 편지를 씁니다. 금주는 무척 유쾌하게 보냈습니다. 지난주는 이런저런 일이 제대로 되지 않았습니다. 그러다가 월요일엔 무척 날씨가 좋았고, 천기를 조금 아는 내가 볼 때 며칠 동안은 날씨가 좋을 것으로 예상되어서 카이저와 제2의 프리츠*를 대동하고 길을 떠나, 화요일부터 오늘 저녁까지 내가 아는 장소와 아직 가보지 못한 여러 곳들을 두루 돌아다녔습니다.

화요일 저녁에는 프라스카티에 도착했고, 수요일에는 몬테 드라고네에 있는 그림처럼 아름다운 별장들, 그중에서도 특히 더없이 훌륭한 안티노우스 별장을 찾아갔습니다. 목요일에는 프라스카티를 떠나 로카 디 파파를 지나 몬테 카보로 갔습니다. 그곳의 풍경은 말과 글로 도저히 전할 수 없으니 일단 스케치들을 보내드리겠습니다. 그런 다음에는 알바노로 내려갔습니다. 금요일에는 카이저가 몸이 좀 불편해서 우리와 헤어졌습

---

* 샤를로테 폰 슈타인 부인의 아들 프리츠와 이름이 같은 프리츠 부리를 일컬음.

니다. 그리고 나는 제2의 프리츠와 함께 아리치아, 젠차노, 네미 호수를 지나서 다시 알바노로 돌아왔습니다. 오늘은 카스텔 간돌포와 마리노로 갔다가 로마로 되돌아왔습니다. 날씨는 상상할 수 없을 정도로 좋았습니다. 일 년 중에 아마도 가장 멋들어진 날씨라 할 수 있었습니다. 상록수 이외에 몇 그루의 떡갈나무가 잎을 달고 있으며, 잎사귀가 누렇긴 해도 어린 밤나무도 아직 잎을 달고 있습니다. 풍경의 색조는 더없이 아름답습니다. 밤의 어둠 속에 드러나는 형태들이 얼마나 근사하고 훌륭한지 모르겠습니다! 무척 즐거웠음을 멀리서나마 전하는 바입니다. 아주 흡족하고 기분이 좋았습니다.

12월 21일, 로마

그림을 그리고 예술을 연구하는 것은 나의 문학적 재능에 장애가 되기는커녕 도움이 됩니다. 글을 적게 쓰고 그림을 많이 그리는 것이 바람직하기 때문입니다. 내가 지금 갖고 있는 조형 예술에 대한 개념만을 그대에게 전달할 수 있기를 바랍니다. 아직은 하위 개념이긴 하나 진실하고 점차로 폭넓어지고 있음을 알려주니 무척 기쁩니다. 위대한 거장의 오성과 철두철미함은 가히 믿기 어려울 정도입니다. 이탈리아에 도착했을 때 새로 태어난 기분이었다면 지금은 새로 교육을 받기 시작한 느낌입니다.

지금까지 보내드린 것은 그저 아무렇게나 그린 습작에 불과합니다. 투르나이센 편에 두루마리를 하나 보내는데, 그 가운데 그대를 기쁘게 해드릴 이국적인 물건들은 최상의 것입니다.

12월 25일, 로마

올해에는 천둥과 번개가 치는 가운데 아기 예수가 탄생했습니다. 자정 무렵에는 정말 비바람이 심했습니다.

나는 더없이 위대한 예술품의 광휘에도 더는 현혹되지 않습니다. 이제는 대상을 관조하면서, 이를 구별해 주는 진정한 인식 속에서 거닐고 있습니다. 이런 점에서 내가 마이어라는 스위스인에게 얼마나 커다란 은덕을 입었는지 말로 표현할 수 없습니다. 그는 차분하고 부지런하며 고독한 사람입니다. 그는 세부적인 것이나 개별적인 형태의 특성에 대해 내 눈을 뜨게 해주었고 본격적인 '제작 비결'을 전수해 주었습니다. 그는 작은 것에도 만족하는 겸손한 사람입니다. 예술품을 이해하지도 못하면서 잔뜩 소장하고 있는 사람이나, 자신이 도달할 수 없는 것을 모방하느라 허덕거리는 다른 예술가보다 훨씬 더 예술을 즐기고 있습니다. 그는 개념을 명확하게 이해하며 천사처럼 마음이 선량합니다. 그와 대화할 때마다 적어두고 싶을 정도로 말이 분명하고 올바르며, 유일하게 참된 길을 가리키고 있습니다. 그의 가르침은 어떤 사람도 줄 수 없었던 것입니다. 그가 떠나간다면 아무도 그 자리를 대신할 수 없을 겁니다. 그와 함께하면서 시간을 보내는 가운데 내 그림 솜씨가 지금으로서는 거의 불가능하다고 생각되는 수준에 이르기를 바라고 있습니다. 내가 독일에서 배우고 시도하고 생각하던 모든 것을 그의 가르침과 비교해 보면 나무껍질과 열매의 알맹이 같습니다. 이제 예술품을 관찰하면서 얻게 되는 잔잔하고도 생생한 기쁨을 어떻게 표현해야 할지 모르겠습니다. 나의 정신은 예술품을 파악할 만큼 넓어졌고, 이를 제대로 평가할 수 있을 정도로 점점 더 수련되고 있습니다.

이곳에 새로 온 외국인들과 함께 간혹 화랑을 구경하기도 합니다. 이들이 내 방의 말벌 같다는 생각이 듭니다. 투명한 유리창을 허공으로 착각하고 창가로 날아왔다가 튕겨 나가서는 다시 벽 가장자리를 붕붕거리며 날아다니는 말벌 말입니다.

나는 적이 침묵하며 뒤로 물러서는 상태를 바라지 않습니다. 그리고 으레 '병적'이고 '고루한' 것으로 치부되는 것은 더욱 나에게 맞지 않습니다. 그러므로 친애하는 벗이여*, 나를 생각해 주시고, 나를 위해 최선을 다해 주시고, 나의 삶을 온전하게 유지하도록 해주십시오. 그렇지 않으면 나의 삶은 아무에게도 도움을 주지 못한 채 파멸해 버릴 테니까요. 그렇습니다. 일 년 동안 나는 도덕적으로 취향이 너무 까다로워졌다고 말할 수 있겠습니다. 모든 세상으로부터 완전히 동떨어진 채 한동안 혼자 지냈던 겁니다. 그런데 이제 다시 주위에 긴밀한 모임이 형성되었습니다. 모두 선량한 사람들이며, '올바른' 길을 걷고 있습니다. 이는 이들이 생각과 행동 면에서 올바른 길을 걸을수록 나와의 관계를 견뎌낼 수 있고, 나를 좋아하고, 나와 함께하면서 기쁨을 얻을 거라는 징표입니다. 자기의 길을 가는 동안에 어슬렁거리거나 헤매고, 그러면서 자신을 심부름꾼이나 뜨내기로 자처하는 모든 사람을 나는 가차 없이 대하고 참지 못하기 때문입니다. 그럴 때면 나는 농담이나 조롱으로 일관하며 이들이 자신의 삶을 바꾸거나 아니면 나에게서 떠나가게 합니다. 물론 선량하고 반듯한 사람들에게 해당되는 이야기이고, 얼치기나 뻐딱한 사람과는 인정사정 볼 것 없이 당장에 관계를 끊어버립니다. 벌써 두 사람, 아니 세 사람이 자신의 심경과 삶

---

* 헤르더를 말함.

을 변화시켜 주었다며 고마워하고 있습니다. 이들은 일평생 나를 고맙게 생각할 겁니다. 나라는 존재가 영향력을 행사하는 순간 내 천성의 '건강함'과 그것의 '전파력'을 느낍니다. 하지만 꼭 끼는 신발을 신으면 내 발만 아플 뿐이고, 앞에 장벽을 세우면 나는 아무것도 보지 못합니다.

12월의 보고

12월은 쾌청하고 꽤 고른 날씨로 시작되었습니다. 그리하여 선량하고 즐거운 모임에 유쾌한 나날이 계속될 거라는 생각이 들었습니다. 이를테면 사람들은 이렇게 말했습니다.
"우리가 로마에 갓 도착해, 갈 길이 바쁜 외국인으로서 더없이 훌륭한 유적들을 신속하게 보고 배운다고 생각합시다. 그런 마음으로 익히 아는 것이라도 정신과 감각 속에서 다시 새롭게 피워낼 수 있도록 순회 여행을 시작합시다."
이러한 생각은 곧장 실행되어 어느 정도 지속적으로 그럭저럭 관철되었습니다. 그런데 애석하게도 이러한 기회에 언급하고 생각한 유익한 것 가운데 일부만이 남았습니다. 이 기간에 나온 편지, 메모, 그림 및 초안이 거의 다 사라져버렸지만, 여기서 간략히 몇 가지만 알려드리겠습니다.
로마의 아래쪽, 테베레 강에서 멀지 않은 구역에 '세 개의 분수'라고 불리는 제법 큰 성당이 있습니다. 전하는 말에 의하면 이 분수는 성 바울이 참수당할 때 흘린 피로 생겨나서 오늘날까지 샘솟고 있다고 합니다.
성당은 낮은 곳에 위치해 있어서 그러지 않아도 솟아 나오는 샘물로 인해 당연히도 안개가 낀 듯 습기를 머금고 있습니다. 그 내부는 별 장식도 없이 거의 방치된 채로 있습니다. 그러나 간혹 예배를 드리기 위해 비록 이끼가 끼어 있긴 하지만 깨끗이 보존되고 손질되어 있습니다. 성당의 장식물 중에서 특별히 눈길을 끄는 것은 본당의 기둥들에 나란히 그려진 그리스도와 사도의 그림들입니다. 이것들은 라파엘로의 그림에 따라 색을 칠해 실물 크기로 그려진 것입니다. 그는 다른 데서는 신심 깊은 남자들을 똑같은 옷을 입고 무리 지어 모여 있는 모습으로 묘사했습니다. 그런데 여기서는 이들이 따로따로 등장하기 때문에 이 걸출한 거장은 각각을 대단히 탁월하게 모사했습니다. 즉 그들이 주님을 따라 살아가는 것이 아니라 주님이 승천하신 후 스스로 독립하여 각자의 성격에 따라 꿋꿋이 살아가야 한다는 듯 말입니다.

이곳을 떠난 후에도 이 그림들의 탁월한 점을 배울 수 있도록 성실한 안톤 마르크로 하여금 원화를 복제하게 했습니다. 이로써 때때로 우리의 기억을 새롭게 하고, 우리의 소견을 적을 수 있게 기회와 계기가 마련되었습니다. 1789년 《도이체 메르쿠어》에 실렸던 논문을 발췌하여 여기에 첨부하도록 하겠습니다.

    그는 스승의 말씀과 삶을 전적으로 따르다 소박한 삶의 최후를 대부분 순교로 장식한 그지없이 고귀한 최초의 열두 제자와 함께 환히 빛나는 얼굴의 스승을 적절히 묘사해야 할 과제를 단순성, 다양성, 성실성 및 예술에 대한 풍부한 이해로 해결했다. 그래서 우리는 이 그림들을 그의 행복한 삶이 빚어낸 가장 아름다운 기념물 중의 하나로 간주할 수 있을 것이다.

그는 이들의 성격, 신분, 활동, 삶, 죽음에 관해서 글이나 전승으로 남아 있는 것을 아주 섬세하게 이용했다. 그럼으로써 서로 다르면서도 각기 내적인 관계를 지니는 일련의 형상들을 빚어냈다. 우리는 독자들이 흥미로운 수집물에 관심을 가질 수 있도록 하나하나 살펴보기로 하겠다.

베드로. 화가는 그를 앞쪽에 세워놓았고, 체구를 단단하고 다부지게 그려놓았다. 다른 몇몇 인물들과 마찬가지로 손발을 다소 크게 그려놓아서 신체가 좀 짧아 보인다. 목은 짧고, 열세 명의 인물 중에서 짧은 머리카락은 제일 심한 곱슬이다. 의복의 굵은 주름은 몸통의 가운데로 모여들고, 얼굴은 다른 인물처럼 완전히 정면으로 그려져 있다. 확고하고 속 깊은 모습으로, 무거운 하중을 견딜 수 있는 기둥처럼 우뚝 서 있다.

바울. 그도 서 있는 모습으로 그려져 있지만 걸어가려다가 뒤를 바라보는 사람처럼 고개를 돌리고 있다. 외투는 벗어서 책을 들고 있는 팔 위에 걸치고 있다. 두 발은 마냥 자유로워서, 앞으로 나아가려는 동작을 방해하는 것은 아무것도 없다. 머리카락과 수염이 불꽃처럼 흔들리고, 상기된 얼굴에는 꿈꾸는 듯한 표정이 어려 있다.

요한. 고상한 젊은이인 그는 길고 탐스러운 머리카락의 끝부분만 곱슬이다. 종교의 징표인 성서와 성배를 조용히 지니고 보여주는 것에 만족하는 표정이다. 독수리가 날개를 펼쳐 그의 의복을 높이 치켜 올리게 하는 방법으로 멋지게 접힌 주름이 그야말로 완벽한 상태에 이르게 하는 것은 아주 멋들어진 기법이다.

마태. 유복하고 안락해 보이는 그는 자신의 삶에 만족해하는 남자이다. 지나치게 차분하고 편안해 보이는 모습은 진지하고, 수줍은 듯한 시선으로 균형을 이루고 있다. 몸통에 잡혀 있는 주름과 돈주머니는 말할 수 없이 편안하고 조화로운 모습을 보여준다.

도마. 그는 지극히 소박한 가운데 더없이 멋지고 표정이 풍부한 인물들 중의 하나이다. 외투를 걸친 그는 정신을 집중하며 서 있다. 외투의 양쪽은 거의 대칭을 이루며 주름이 잡혀 있지만 아주 미세한 변화가 있어서 서로가 똑같지는 않다. 이보다 더 차분하고 조용하며 겸손한 형상을 만들어낼 수 없을 것 같다. 머리의 자세와 진지한 표정, 슬픈 듯한 눈길과 섬세한 입 모양이 차분한 몸 전체와 극히 아름답게 조화를 이루고 있다. 부드러운 외모 속에 감추어진 마음의 동요를 드러내는 듯이 머리카락만은 흩날리고 있다.

야고보. 그는 외투를 걸치고 조용히 지나가는 순례자의 모습을 하고 있다.

빌립. 이 사람을 앞의 두 사람 사이에 놓고, 세 사람의 주름을 관찰해 보면 이 남자의 주름이 얼마나 풍부하고 굵으며 넓은지 금방 알 수 있을 것이다. 그의 의복은 이처럼 풍성하고 고상하다. 그는 확신에 찬 모습으로 십자가를 단단히 쥐고 꿰뚫는 듯한 시선으로 바라보고 있다. 그래서 몸 전체가 내적인 위대함, 차분함 및 확고함을 암시하는 것 같다.

안드레. 그는 십자가를 들고 있다기보다는 껴안고 어루만지고 있다. 외투의 단순한 주름들이 대단히 교묘하게 잡혀 있다.

다대오. 편력 중의 수도사들처럼 보행에 지장을 주지 않게 기다란 웃옷을 높이 치켜들고 있는 젊은이다. 이러한 단순한 행동으로 아주 멋진 주름이 생겨난다. 그는 순교의 징표인 쌍 갈

고리의 창을 지팡이 삼아 손에 들고 있다.

마티아스. 선명한 주름이 잔뜩 난 수수한 옷을 입은 쾌활한 노인인 그는 창에 몸을 기대고 있고, 외투가 뒤쪽으로 드리워져 있다.

시몬. 그는 옆모습보다는 뒷모습을 더 많이 보여주고 있다. 외투뿐만 아니라 그가 입고 있는 다른 옷이 빚어내는 주름이 모든 인물들 중에서 가장 멋지다. 자세와 표정과 머리 모양이 형언할 수 없을 정도로 조화를 이루어 놀라움을 안겨 준다.

바돌로메. 그는 아무렇게나, 하지만 대단히 기술적으로 자연스럽게 외투에 감싸인 채 서 있다. 그의 자세며 머리카락, 손에 칼을 쥐고 있는 모양은 그가 수술을 참아내고 있다기보다는 누군가의 피부를 벗기려는 게 아닌가 하는 생각이 들게 한다.

마지막으로 그리스도는 이 그림에서 주님의 불가사의한 면모를 찾으려고 하는 사람을 만족시키지 못할 것이다. 그는 사람들을 축복하기 위해 소박하고 차분하게 모습을 드러낸다. 의복의 아랫부분이 치켜 올라가서 멋진 주름을 만들며 무릎이 드러나 보이게 한다. 하지만 옷이 몸에 맞지 않아서 한순간도 견디지 못하고 금방이라도 흘러내릴 것만 같다. 라파엘로의 추정에 따르면 필경 오른손으로 옷자락을 들어 올리고 있다가, 축복을 하기 위해 팔을 드는 순간 옷자락을 놓는 바람에 그만 흘러내렸음이 분명하다. 이는 남아 있는 주름의 상태로 방금 전에 일어난 동작을 암시하는 멋진 기법의 일례일지도 모른다.

이 작고 보잘것없는 성당에서 그리 멀지 않은 곳에 고귀한 사도에게 바쳐진 좀 더 큰 기념물이 있습니다. '벽 앞의 성 바울' 성당이라고 불리는 그것은 고대의 훌륭한 유물 중에서 예술적으로 세워진 위대한 기념물입니다. 이 성당에 들어서면 숭고한 느낌을 받게 됩니다. 웅장하게 늘어선 열주들이 그림이 그려진 높은 벽들을 지탱하고 있습니다. 위쪽은 짜 맞춘 목조 건축 방식으로 지붕이 되어 있어서, 미적 감각이 까다로워진 오늘날 우리의 눈으로 볼 때는 헛간과 같은 인상을 줍니다. 축제일에 나무 대들보가 융단으로 덮이면 전체가 믿을 수 없을 만큼의 효과를 내겠지만 말입니다. 이곳에는 기둥머리가 잘 장식된 거대한 건축물 일부의 놀라운 잔해가 우아하게 보존되어 있습니다. 예전에는 인근에 있었지만 이제는 거의 사라져버린 카라칼라 궁전의 폐허에서 빼내어 구해 낸 것들입니다.

대부분 붕괴되긴 했지만 지금도 이 카라칼라 황제의 이름으로 불리는 경마장은 과거 엄청나게 넓었을 공간을 짐작하게 해줍니다. 화가가 경주가 시작되는 곳의 왼편에 자리를 잡으면 허물어진 관람석 너머로 오른쪽 언덕에 위치한 체칠리아 메텔라의 묘와 최근의 주변 경관을 볼 수 있을 겁니다. 이곳에서 옛 관람석의 줄이 아스라이 뻗어나가고, 멀리에는 중요한 별장과 정자 들이 보입니다. 그러다가 시선을 거두어들이면 스피나의 폐허가 바로 눈앞에 보입니다. 건축학적 상상력이 풍부한 사람이라면 그 시절의 위용을 어느 정도나마 머릿속에 그려볼 수 있을 겁니다. 지금 우리 눈앞에 펼쳐져 있는 이 폐허는 재기 발랄하고 숙련된 예술가가 시도한다면 여전히 훌륭한 그림이 될 수 있을 겁니다. 물론 폭이 높이보다 두 배는 되어야 할 것 같습니다.

다음으로 체스티우스의 피라미드 바깥쪽을 두 눈으로 바라보았습니다. 피라네시가 여러 인상적인 점을 우리에게 꾸며내 그려준 안토니우스 목욕탕이나 카라칼라 목욕탕의 폐허는 직접 대면해 보니 그림에 익숙한 사람에게도 별로 만족감을 주지 못했습니다. 하지만 이러한 기회에 헤르만 폰 슈바네펠트에 대한 기억이 새록새록 떠올랐습니다. 그는 극히 순수한 자연관과 예술관을 표현해 주는 자신의 섬세한 침(針)으로 이러한 과거를 생생하게 되살려 생생한 현재의 극히 우아한 전달자로 변형시킬 줄 알았던 사람입니다.

몬토리오의 성 베드로 광장에서 아쿠아 파올라 분수의 물이 용솟음치는 것을 볼 수 있었습니다. 그것은 개선문의 크고 작은 문을 지나 다섯 개의 물줄기를 이루며 흘러가 비교적 큰 저수지를 가득 채웁니다. 이 많은 물은 교황 바오로 5세가 복원한 수로를 통해 브라차노 호수 뒤편의 이십오 마일이나 되는 길을 지나, 이런저런 수많은 언덕으로 인해 갈지자형의 독특한 흐름을 보이며 이 지점까지 흘러옵니다. 그러면서 다양한 물방앗간과 공장 들에 물을 공급해 주면서 곧바로 트라스테베레로 흘러듭니다.

건축 애호가들은 이처럼 물줄기를 개선문으로 끌어들여 일반 대중이 볼 수 있게 한 훌륭한 착상에 찬사를 아끼지 않았습니다. 원주와 아치, 돌림띠와 지붕 장식을 통해 한때 전쟁에 승리한 군인들이 행진하곤 했던 화려한 성문을 떠올립니다. 그런데 이곳에 마찬가지의 힘과 권력을 지닌 극히 평화로운 부양자인 물이 들어와, 먼 길을 흘러온 노고에 감사와 찬탄을 아울러 받습니다. 또한 비문들이 전하는 바에 따르면 보르게세 가문 출신의 한 교황의 뜻과 선행이 이곳에서 마치 영원히 중단되지 않는 것 같은 힘찬 발걸음을 계속한다고 합니다.

그런데 얼마 전에 북쪽에서 온 사람 하나가 이 물줄기가 자연스럽게 햇빛을 받을 수 있도록 천연 암석을 쌓아올리는 게 낫지 않았을까 하는 견해를 밝혔습니다. 그러자 다른 사람들은 이것은 자연스러운 유수가 아니라 인위적인 흐름이므로, 들어오는 물을 동일한 방식으로 치장하는 것이 적합했을 거라고 대꾸했습니다.

이것뿐만 아니라 얼마 후 바로 인근 수도원에서 보고 경탄을 금치 못한 훌륭한 변용 그림에 대해서도 사람들은 의견 일치를 보지 못하고 갖가지 의견이 분분했습니다. 말수가 적은 사람들은 그림에 이중적 의미가 있다는 옛 비난이 반복되는 것을 보고 화를 냈습니다. 하지만 이는 무가치한 주화가 쓸모 있는 주화와 세상에서 어느 정도 함께 유통되는 거나 다름없습니다. 조만간 거래를 끊을 생각인 경우나 이것저것 계산하거나 주저하지 않고 얼마간의 결손액을 청산할 생각인 경우에 특히 그러합니다. 이때 그러한 구상의 위대한 통일성을 일찍이 트집을 잡아도 되었다는 사실이 늘 신기할 따름입니다. 주님이 계시지 않자 절망한 부모가 귀신 들린 소년을 주님의 사도 앞으로 데려갑니다. 이들은 이미 귀신을 쫓아내기 위해 온갖 시도를 해보았을 겁니다. 사람들은 이런 몹쓸 병에 효험이 있다고 전해져 내려오는 주문(呪文)이 있지 않을까 알아보기 위해 책을 찾아보기도 했습니다. 바로 이 순간 유일무이한 힘을 가진 존재가 나타납니다. 그것도 그의 위대한 선조들로부터 인정을 받은 변용한 모습입니다. 그러자 사람들은 일제히 위를 바라보며 그러한 비전이 구원의 유일한 원천임을 암시합니다. 그러면 이제 사람들은 그림의 윗부분과 아랫부분을 어떻게 구분하려고 할까요? 양자는 하나입니다. 아래쪽엔 고통과 궁핍이, 위쪽엔 구원과 자비가 그려져 있어, 양자가 연관을 맺으며 서로에게 영향을 끼칩니다. 그 의미를 다른 식으로 말하자면, 현실적인 것에 대한 관념적인 것의 관계와 마찬가지가 아닐까요?

이번에도 같은 생각을 가진 사람들은 자신의 확신을 견지하면서 서로에게 이렇게 말했습니다.

"사실 라파엘로는 올바른 사고를 한다는 점에서 탁월합니다. 이 그림을 보면 그가 천부적인 재능의 소유자임을 인정하지 않을 수 없습니다. 그런 그가 인생의 절정기를 맞아 잘못 생각하고 잘못 행동했을까요? 그렇지 않습니다! 자연이 그러하듯 그의 생각은 언제나 옳습니다. 그리고 우리가 자연을 전혀 파악하지 못한 바로 그때 그는 가장 철저하게 이를 이해하고 있는 것입니다."

서로 마음이 맞는 사람들끼리 잠깐이나마 로마를 둘러보기로 한 우리의 약속은 애당초 계획대로 이뤄지지 못하고 완전히 따로따로 실행되었습니다. 우연히 불가피한 일이 생겨서 그랬는지는 모르나 하나둘 모임에 빠졌고, 또 어떤 이들은 이런저런 명소를 둘러보는 데 합류했습니다. 그래도 핵심 멤버*는 굳게 뭉쳐서 때로는 받아들이고, 때로는 내보내고, 때로는 뒤로 처지다가, 때로는 앞서 나갈 줄 알았습니다. 물론 간혹 가다 이상한 말을 들을 때도 있었습니다. 얼마 전부터 특히 영국인과 프랑스인 여행자들 사이에 유행한 일종의 경험적 판단이라는 게 있습니다. 예술가란 모두 자신의 특수한 재능, 선구자와 거장, 장소와 시간, 후원자와 주문자로 인해 갖가지 방식으로 제약을 받는다는 사실을 전혀 고려하지 않고서 이들은 순간적이

---

* 괴테를 포함하여 모리츠, 마이어, 립스, 부리, 쉬츠, 카이저를 말함.

고 즉흥적인 판단을 내놓습니다. 순수하게 가치를 평가하기 위해 필요할지도 모를 모든 것이 하나도 고려되지 않습니다. 그 결과 칭찬과 비난, 긍정과 부정이라는 흉측한 혼합물이 생겨나는 겁니다. 이 때문에 문제가 되는 예술품의 독특한 가치가 말살되고 맙니다.

평소에 아주 주의 깊고 안내자로서 무척 쓸모 있는 우리의 훌륭한 폴크만은 저 외국인들의 판단에 전적으로 동조하는 것 같습니다. 그러자 그 자신의 평가는 아주 이상야릇하게 들립니다. 이를테면 그가 마리아 델라 파체 성당에서 한 말보다 더 형편없는 표현이 있을 수 있을까요?

"라파엘로는 첫 번째 예배당 위쪽에 커다란 고통을 당한 무녀(巫女)를 몇 명 그렸습니다. 스케치는 잘됐지만 구성은 좀 떨어집니다. 어쩌면 장소가 불편한 탓일지도 모르지요. 두 번째 예배당은 미켈란젤로의 스케치에 따라 아라베스크 무늬로 장식되어 있습니다. 이는 높은 평가를 받고 있지만 단순성이 부족합니다. 둥근 천장 아래에 세 점의 그림이 보입니다. 카를로 마라타가 성모마리아의 강림을 묘사한 첫 번째 그림은 차갑게 그려졌지만 배치가 좋습니다. 두 번째 그림은 기사 반니가 피에트로 다 코르토나의 화풍으로 성모마리아의 탄생을 그리고 있습니다. 그리고 세 번째 그림은 마리아 모란디가 성모마리아의 죽음을 묘사하고 있습니다. 배치가 다소 뒤죽박죽이고 조잡합니다. 성가대석 위의 둥근 천장에는 알바니가 옅은 색조로 성모마리아의 승천 장면을 그려 넣었습니다. 그러나 둥근 천장 밑의 기둥들에 그린 그림들이 더 잘되었습니다. 이 성당의 부속 수도원의 뜰은 브라만테가 설계한 겁니다."

이와 같은 불충분하고 불확실한 평가는 그런 책을 길잡이로 선택하는 구경꾼을 완전히 혼란에 빠뜨립니다. 그렇지만 여러 부분이 얼토당토않습니다. 이를테면 무녀에 관해 말한 대목이 그렇습니다. 라파엘로는 건축물이 제공하는 공간 때문에 방해를 받은 적이 한 번도 없었습니다. 오히려 어떤 공간이든 극히 우아하게 채우고 장식할 줄 알았다는 것이 그의 위대한 천재성에 속합니다. 그는 이런 점을 파르네시나에서 확연히 보여주었습니다. 「볼세나의 미사」, 「붙잡힌 베드로의 석방」, 「파르나세스」와 같은 훌륭한 그림들조차도 유달리 공간의 제약을 받지 않았더라면 비할 데 없는 재기 발랄한 착상을 할 수 없었을지도 모릅니다. 여기 무녀들의 경우에도 구성에서 문제의 관건이 되는 은밀한 대칭이 매우 천재적인 방식으로 이루어져 있습니다. 자연의 유기체에서 그렇듯이 예술에서도 아주 빠듯하게 제약을 받는 가운데 삶이 완전하게 표현되기 때문입니다.

하지만 어찌 됐든 예술품을 받아들이는 방식은 각 개인에게 완전히 내맡겨져 있을지도 모릅니다. 이렇게 돌아다니며 구경하는 가운데 나는 지극히 고상한 의미에서 고전적인 토양의 현재라도 불러도 좋을 것에 대한 감정, 개념 및 직관을 얻었습니다. 나는 여기가 과거에 위대한 곳이었고, 지금도 위대한 곳이며, 앞으로도 그러할 거라는 사실을 감각적이고 정신적인 확신이라고 부르겠습니다. 그지없이 위대하고 훌륭한 것이 사라지는 것은 시간의 속성이며, 상호간에 무조건적으로 영향을 미치는 윤리적, 물질적 요소의 속성입니다. 우리는 전반적인 관찰을 하고 파괴된 유적을 스쳐 지나가면서 그리 슬퍼하지는 않았습니다. 오히려 이렇게 많은 것이 보존되고 복구되어 있으며, 예전보다 더 화려하고 웅장하게 서 있는 것에 기뻐해야 했습니다.

성 베드로 성당은 정말로 너무나 위대하다고, 어쩌면 고대의 어떤 신전보다도 더 위대하고 대담하다는 생각이 들었습니다. 그것은 이천 년 동안이나 파괴되지 않고 우리 눈앞에 버티고 있을 뿐만 아니라 고도의 문화를 드러내 보여주었으니까요.

단순하고 거대한 것을 추구하다가 다양하고 좀 더 작은 것으로 되돌아오는 예술적 취향의 변모조차도 죄다 삶과 움직임을 암시해 주었습니다. 즉 예술사와 인류사가 동시적으로 우리 눈앞에 펼쳐져 있었던 겁니다.

위대한 것은 무상하다는 생각이 갑자기 떠오른다고 낙담해서는 안 됩니다. 오히려 지나간 것이 위대한 것이라고 생각한다면 스스로 중요한 일을 하고 있다는 사실에서 힘을 얻어야 합니다. 비록 그것이 이미 산산조각이 나버렸다고 해도, 우리의 선조들이 그랬듯이 앞으로 후손들이 고귀한 행위를 할 수 있도록 자극을 줄 것이라고 생각하면서 말입니다.

하지만 지극히 교훈적이고 정신을 고양하는 이러한 직관들이 어딜 가나 나를 따라다니는 고통스러운 감정의 올로 짜여 있음을 뼈아픈 심정으로 말할 수 있습니다. 말하자면 나는 저 얌전한 밀라노 아가씨의 약혼자가 어떤 이유인지 모르지만 혼약을 파기하고 결별을 선언했음을 알게 되었습니다. 나는 한편으로 연정에 빠져들지 않고 사랑스러운 그 아가씨와 이내 관계를 끊은 것이 퍽이나 다행스럽게 여겨졌습니다. 그리고 자세히 사정을 알아본 후에도 별장 생활을 한다는 구실로 조금도 그녀 생각을 하지 않았습니다. 그런데 지금까지 아주 쾌활하고 다정하게 나를 따라다녔던 그 얌전한 아가씨가 앞으로는 슬프고도 일그러진 모습으로 지낼 거라 생각하니 한없이 가슴이 아팠습니다. 얼마 후에 들려온 소식에 의하면 그 사랑스러운 아가씨는 이 사건으로 인한 충격과 경악 탓에 생명에 위협을 줄 수도 있는 심각한 열병에 시달리고 있다고 하기 때문입니다. 그러자 처음에는 날마다 두 번씩 그녀의 용태를 문의하면서 내 상상력이 무언가 불가능한 것을 끄집어내려고 애쓴다는 생각에 고통스러웠습니다. 맑고 즐거운 날에 어울리는 명랑한 용모, 차분히 앞으로 나아가며 자유롭게 살던 표정이 이젠 눈물에 젖고 병으로 일그러진 채 싱싱하던 젊음이 안팎으로 시달리느라 그처럼 때 이르게 창백하고 여윈 모습을 떠올리는 것이 고통스러웠던 것입니다.

물론 이러한 감정 상태에서 가장 중요한 일의 순서로, 일부는 자신의 존재를 통해 눈에 두고, 일부는 결코 사라지지 않는 품위를 통해 상상력에 두어야 하는 상반되는 큰 힘이 극히 요망되었습니다. 그리고 그 대부분을 내적인 슬픔으로 바라보는 것이 가장 자연스러운 일일 겁니다.

고대의 기념물들이 수많은 세월이 흐른 후 대개 볼품없는 형체로 무너져버렸듯이, 최근에 번듯하게 세워진 화려한 건물들도 마찬가지로 나중에 수많은 가문이 몰락할 것을 애석하게 생각하지 않을 수 없었습니다. 그러니까 아직 싱싱하게 생명을 유지하고 있는 것도 속으로는 벌레에 갉아먹히고 있는 듯이 생각되었습니다. 아무런 물리력도 없는 세속적인 것이 윤리나 종교적인 버팀목 없이 홀로 어떻게 우리 시대를 버텨나가려 한다는 말입니까? 즐거운 마음은 죽지 않는 싱싱한 식물처럼 무너진 벽이나 흩어진 돌덩이 같은 폐허에도 다시 생기를 불어넣을 수 있듯이, 슬픈 마음은 살아 있는 생명체의 아름답기 그지없는 장식을 벗겨내 버립니다. 그래서 그 생명체는 해골바가지처럼 보이게 되는 것입니다.

 겨울이 되기 전에 즐거운 모임을 만들어서 떠나려고 했던 산악 여행도 나는 갈 마음이 아니었습니다. 그녀가 많이 회복되었다는 것을 확신하거나 정성스럽게 조치하여 마음이 놓일 때까지는 그렇습니다. 그지없이 아름다운 가을날에 명랑하고 사랑스러운 그녀를 알게 되었던 바로 그 장소에서 그녀가 완쾌되었다는 소식도 받아야 했습니다.

 바이마르에서 온 최초의 편지들에서 벌써 『에그몬트』에 대해 이런저런 비난의 목소리들이 들어 있었습니다. 그러자 시민적인 안락에 빠져 시적 정취가 결여된 예술 애호가는 보통 작가가 어떤 문제점을 해결하거나 미화하거나 은폐하려고 하는 대목을 못마땅해한다는 옛말이 새삼스레 떠올랐습니다. 안락한 독자가 그런 것을 바란다고 하더라도 모든 것은 자연스럽게 진행되어야 합니다. 비범한 것도 자연스러울 수 있지만 자신의 견해를 고집하는 사람에겐 그런 것 같지 않습니다. 이러한 내용이 담긴 편지가 왔기에 그것을 들고 보르게세 별장으로 갔습니다. 거기서 읽어보니 몇몇 장면은 너무 길게 여겨질지도 모르겠다는 생각이 들었습니다. 곰곰 생각해 보았지만 그렇다고 이제 와서 아주 중요한 모티프를 빠뜨리지 않으면서 분량을 줄이는 방도를 알 수 없었습니다. 그러나 여자 친구들이 가장 비난했을 것으로 짐작되는 부분은 에그몬트가 클레르헨을 페르디난트에게 맡기는 간결한 유언장이었습니다.

 당시에 내가 보낸 답장을 발췌한 다음의 글이 내 신념과 상태를 가장 잘 설명해 줄 겁니다.

여러분의 바람도 충족시키고 에그몬트의 유언장도 조금 고치고 싶은 생각이 얼마나 간절한지 모르겠습니다! 화창한 어느 날 아침 나는 여러분의 편지를 들고 보르게세 별장으로 득달같이 달려갔습니다. 거기서 두 시간 동안이나 작품의 진행 과정, 인물 및 상황들을 면밀히 검토해 보았지만 어디를 줄여야 할지 도무지 알 수 없었습니다. 그동안 깊이 생각한 것들, 나의 찬성과 반대를 모두 적어 보내고 싶은 생각이 간절했습니다. 그러자면 책 한 권은 족히 될 것 같고, 내 작품의 경제성에 대한 학위 논문이 생겨날지도 모릅니다. 일요일에 앙겔리카에게 가서 이 문제를 털어놓았습니다. 그녀는 작품 사본이 있어서 그것을 연구해 왔습니다. 그녀가 모든 것을 여성적으로 얼마나 섬세하게 분석하고 결론을 내렸는지 그대가 한번 보셨더라면 하는 생각입니다. 그녀의 결론으로는 여러분이 주인공의 입으로 해명되기를 바라는 것이 이미 환상 속에 넌지시 암시되어 있다는 겁니다. 앙겔리카가 말하기를 환상은 잠자는 주인공의 마음속에 일어나는 것만 묘사하므로, 그는 자신이 그녀를 얼마나 사랑하고 소중히 여기는지 어떤 말로도 이 꿈을 통해서보다 더 강력하게 표현할 수 없다는 겁니다. 그 꿈은 사랑스러운 존재를 그에게가 아니라 그의 너머로 들어 올립니다. 그렇습니다. 평생 동안 깨어 있으면서 꿈꾸었던 그가 삶과 사랑을 더욱 소중히 생각했거나, 오히려 향락을 통해서만 소중히 생각했다는 사실이 그녀의 마음에 들지도 모른다는 겁니다. 결국 이 남자가 마치 꿈꾸면서 깨어 있고, 사랑하는 여자가 그의 마음에 얼마나 깊이 자리하고 있으며, 그녀가 거기서 얼마나 고귀하고 높은 위치를 차지하고 있는지 우리에게 조용히 들려주는 것이 그녀의 마음에 들지도 모른다는 겁니다. 그 밖에도 더욱 자세하게 고찰한 내용이 있었습니다. 즉 그렇지 않아도 이 순간 아무것도 들을 수도 인식할 수도 없는 젊은 친구와 헤어지는 장면에 대한 관심을 유지시키기 위해, 페르디난트와 함께 있는 장면에서 클레르헨이 단지 종속적인 처지에 놓이는 것으로 생각되기도 한다는 겁니다.

어원학자 모리츠

오래전에 어떤 현명한 사람이 다음과 같은 진실한 말을 남겼습니다.

"필수 불가결하고 유익한 일에 힘이 미치지 못하는 사람은 불필요하고 무익한 일에 몰두하기를 좋아할지도 모른다!"

다음 내용은 어쩌면 여러 면에서 이런 식으로 평가될 수 있겠습니다.

우리의 동료 모리츠는 그지없이 고상한 예술과 아름다운 자연의 영역에서 인간의 내면성과 자신의 소질 및 발전에 대해 끊임없이 생각하고 골똘히 궁리하는 것을 멈추지 않았습니다. 그 때문에 주로 언어의 보편성 연구에 몰두했습니다.

그 당시는 헤르더의 수상 논문인 「언어의 기원론」*의 영향과 당시의 보편적인 사고방식에 따라서 이런 생각이 널리 퍼져 있었습니다. 즉 인류는 동방 고지대 출신의 '한' 쌍에 의해 전 지구로 퍼져나가게 된 것이 아니라, 자연이 온갖 종류의 동물들을 단계적으로 만들어내려고 한 뒤로 지구에서 눈에 띄게 생산력이 높았던 시대에 여러 가지 면에서 극히 유리한 상황을 맞

---

* 1771년 베를린 학술원에서 상을 받은 논문임.

아 완성도에서는 다소 차이가 있었지만 세계 곳곳에서 인류가 출현했다는 겁니다. 인간의 정신적 능력뿐만 아니라 그 기관과 아주 긴밀한 관계를 맺으며 인간에게 언어가 생겨났다는 것입니다. 그러기 위해서는 전승이나 초자연적인 지도가 필요 없을지도 모릅니다. 그리고 이러한 의미에서 어떤 토착 종족이든 드러내고자 하는 보편적인 언어가 존재한다는 겁니다. 모든 언어의 유사성은 관념의 일치에 기인한다고 합니다. 이에 따라 인류의 종족과 그 유기체를 형성해 낸 것은 창조력이라고 합니다. 그리하여 일부는 내적인 본능으로, 일부는 외적인 계기로 인하여 옳든 그르든 간에 극히 제한된 수의 모음과 자음이 감정과 생각을 표현하는 데 사용되었다는 겁니다. 즉 극히 다양한 종족이 일부는 합치고 일부는 서로 흩어져서 이런저런 언어가 결과적으로 악화되거나 개선되는 일은 자연스러운, 아니 필수 불가결한 현상입니다. 그리고 어간에 적용되는 것은 파생어에 대해서도 적용된다고 봅니다. 이를 통해서 개별적인 개념과 생각의 관계들이 표현되고, 보다 분명하게 표명된다고 합니다. 이는 대저 중요한 사항인데도 규명할 수 없는 대상, 결코 확실하게 규정할 수 없는 대상으로 치부되어 방치되고 있다는 겁니다.

이에 대해 나의 글에서 다음과 같은 좀 더 자세한 사항을 발견합니다.

모리츠가 망상에 잠기는 나태한 버릇과 자신에 대한 불만이나 회의에서 벗어나 활동적인 일을 하니 다행스럽다. 그리하여 그는 극히 사랑스러운 사람이 될 것이기 때문이다. 그렇게 되면 그의 망상은 진정한 토대를 갖게 되고, 그의 몽상은 목적과 의의를 갖게 된다. 이제 그는 나 역시 빠져들었고 우리를 몹시 즐겁게 해주는 이념에 몰두하고 있다. 정신 나간 소리처럼 들릴 것이므로 이를 전하기는 어렵다. 그래도 한번 이야기해 보기로 하겠다.

그는 오성적이고 감각적인 알파벳을 고안해 냈다. 이를 통해 그는 글자란 제멋대로인 것이 아니라 인간의 본성에 토대를 두고 있으며, 모든 문자란 언어로 명백히 표현되는 마음속 생각의 일정한 영역에 속한다는 것을 보여준다. 이러한 알파벳에 따라 언어들이 평가될 수 있게 된다. 그리하여 모든 민족이 마음속의 생각에 따라 자신의 의사를 표현하려고 했음이 발견된다. 그렇지만 모든 언어는 자의(恣意)와 우연으로 인해 올바른 길에서 벗어나게 되었다. 이에 따라 다행히도 우리는 언어들에서 가장 적절한 말들을 찾아낸다. 때로는 이런 언어가, 때로는 다른 언어가 그에 부합된다. 우리는 그 말들이 옳다고 생각될 때까지 그것들을 변화시켜 보고 새로운 말들을 만들어 본다. 그렇다. 정말 재미있는 놀이를 하고 싶다면 사람들의 이름을 지어서 그것이 누구에게 알맞은 것일지 맞혀보자.

수많은 사람들이 이러한 어원학적 유희를 하고 있으며, 우리에게도 흥겹게 할 수 있는 비슷한 놀이가 많이 있다. 우리는 모이기가 무섭게 체스 게임을 하듯 그런 놀이를 한다. 그러면서 수백 개의 말들을 조합해 보기 때문에, 어쩌다 우리가 하는 말을 엿들은 사람이 있다면 아마 정신 나간 자들이라고 생각했을 것이다. 그래서 나도 이 놀이를 아주 가까운 친구들에게만 털어놓고 싶다. 세상에서 가장 기발한 이 놀이는 정말이지 놀라우리만치 언어 감각을 단련시켜 준다.

유머 넘치는 성자, 필리포 네리

1515년 피렌체에서 태어난 필리포 네리는 어릴 때부터 뛰어난 재능을 보인 착하고 예의 바른 소년이었습니다. 다행스럽게도 그런 모습을 담은 초상화가 피단차의 『초상화 전집』 제5권의 서른한 번째 도판에 실려 있습니다. 그보다 더 유능하고 건강하고 정직한 소년은 생각할 수 없을지도 모릅니다. 귀족 가문의 후손인 그는 시대 조류에 따라 훌륭하고 배울 만한 것을 모두 교육받았습니다. 그러다가 몇 살 때인지는 알려져 있지 않지만 그의 연구를 완성하도록 드디어 로마로 보내집니다. 그곳에서 그는 완전무결한 청년으로 성장합니다. 수려한 외모와 탐스러운 곱슬머리가 그를 돋보이게 합니다. 그에게는 매력적인 면과 아울러 사람들이 쉽게 다가서지 못하는 면이 있고, 어디서나 우아함과 기품이 배어납니다.

이 도시에서 무자비한 약탈 행위*가 일어나고 몇 년이 흐른 후, 비통하기 그지없는 이 시기에 그는 많은 귀족들의 모범과 선례에 따라 신앙심을 단련하는 데 전념합니다. 그리고 그의 열정은 푸릇푸릇한 젊음의 힘으로 고조됩니다. 그는 성당들, 그중에서도 특히 일곱 군데의 중앙 성당을 열심히 다니면서 도움을 간구하는 열렬한 기도, 정성 들인 고해와 영성체 배령, 정신적인 보화를 얻기 위한 간구와 노력을 게을리 하지 않았습니다.

이러한 열정을 바치던 어느 날 그가 제단의 계단에서 굴러 떨어져 갈비뼈 몇 개가 부러지는 사건이 일어납니다. 그런데

---

* 1527년 황제 카를 5세의 독일과 스페인 용병들이 저지른 약탈 행위를 말함.

상처가 잘 낫지 않아 그는 평생 동안 심계 항진증에 시달리고 감정이 격하게 고조되는 증세를 보이게 됩니다.

그의 주위에는 덕행과 신앙심을 행동으로 옮기기 위한 젊은 남자들이 모여듭니다. 이들은 한결같이 열성을 다해 가난한 자들을 보살피고 병자들을 간호하느라 정작 자신들의 공부는 소홀히 하는 듯이 보일 정도입니다. 이들은 집에서 오는 지원금을 자선적인 목적에 사용하는 게 분명합니다. 늘 남에게 베풀고 도와주느라 정작 자신들은 가진 게 하나도 없습니다. 그러다가 나중에는 자선 단체에서 배분받는 것까지 궁핍한 사람들에게 돌리고, 자신들은 더 궁핍하게 살아가기 위해 식구들의 보조금마저 단호히 거부합니다.

이러한 경건한 행위들은 진심에서 우러나온 것이었고 열의에 차 있었습니다. 이들은 지극히 중요한 문제들에 대해 종교적이고도 정감이 넘치는 방식으로 대화를 나눌 필요성을 절감하게 되었습니다. 이 작은 모임에는 아직 집회 장소가 없어서 때로는 이 수도원, 때로는 저 수도원에 간청하며 어디든 빈 장소를 찾아다녔습니다. 짧고 잔잔한 기도가 끝나면 성서의 한 구절을 낭독했고, 이런저런 사람들이 해설하거나 실제 사례에 적용하면서 짤막한 강론을 펼쳐 나갔습니다. 강론에서도 그들은 모든 것을 직접적인 행동과 관련지어 말했습니다. 변증법적으로 논하거나 궤변을 늘어놓는 행위는 엄하게 금지되었습니다. 그 나머지 일과는 언제나 병자들을 정성껏 돌보고, 병원에서 봉사하고 가난하고 고통을 겪는 사람들을 돕는 데 바쳤습니다.

이 모임에는 아무 제한이 없었고 가입과 탈퇴가 자유로웠기 때문에 참여자의 수가 부쩍 늘어났고, 모임의 활동도 더욱 진지하고 광범위해졌습니다. 성인들의 생애도 낭독되었고 교부들과 교회사가 부분적으로 언급되기도 했습니다. 이때는 참여자 가운데 네 명이 각기 삼십 분씩 말할 권리와 의무를 갖고 있었습니다.

지고한 영혼의 문제에 대한 이러한 매일의 경건한 논의, 즉 허물없고도 실용적인 논의는 점점 더 개인뿐만 아니라 모든 단체들의 주목을 끌었습니다. 이런저런 성당의 회랑이나 빈 장소로 옮겨 다니며 모임을 개최했고 몰려드는 사람들의 수가 점점 늘어났습니다. 특히 도미니크 교단이 이러한 자기 교화 방식에 지대한 관심을 보여, 엄격하게 자신을 수련하는 이 집단에 점차 수많은 사람들이 합류했습니다. 이 집단은 여러 가지 성가신 일로 시련을 겪었음에도 지도자의 역량과 고매한 뜻으로 일치단결하여 같은 길로 매진해 나갈 수 있었습니다.

탁월한 지도자의 높은 뜻에 따라 모든 사변이 금지되고 모든 정규 활동이 실생활에 연결되었지만, 즐거움이 없는 생활은 생각할 수 없었습니다. 그렇기 때문에 그 남자는 자기 회원들의 순진무구한 욕구와 소망에도 귀 기울일 줄 알았습니다. 봄이 오자 그는 회원들을 산 오노프리오로 데려갔습니다. 그곳은 높은 지대에 넓게 자리하고 있어서 봄날에 모임을 갖기에는 그만이었습니다. 생동하는 봄날에 만물이 파릇파릇 돋아나기 시작하는 곳에서 조용한 기도가 끝나자 귀엽게 생긴 소년이 앞으로 나와서 설교 내용을 암송했습니다. 그리고 기도가 뒤따랐고 특별히 초대한 합창단의 노래가 즐겁고도 인상적으로 대미를 장식했습니다. 당시만 해도 그런 음악은 널리 퍼지거나 보급되지 않았는데, 어쩌면 이곳의 야외에서 처음으로 종교적인 합창이 전해졌다는 점이 더욱 의의 있는 일이겠습니다.

이런 식으로 영향을 끼치는 가운데 그 집회는 세를 늘려갔고, 인원수나 의의 면에서 크게 성장했습니다. 이를테면 피렌체 사람들은 자기들에게 예속되어 있는 산 지롤라모 수도원과 관계를 맺으라고 동향인에게 요구했습니다. 그래서 그곳에서 조직은 수가 점점 더 늘어났고, 꾸준히 계속 활동을 했습니다. 그리하여 마침내는 교황이 나보나 광장 가까이에 있는 한 수도원을 이들의 소유로 지정해 주기에 이르렀습니다. 완전히 새로 지은 그 수도원은 상당한 수의 독실한 회원들을 받아들일 수 있었습니다. 이곳에서도 이전 조직과 마찬가지로 평범한 오성뿐만 아니라 일상생활에 다가가서 자기 것으로 삼으라는, 성스럽고 고귀한 신념과 하느님의 말씀을 고수하고 있었습니다. 회원들은 여전히 모임을 갖고 기도하고 성경 말씀과 이에 대한 강론을 듣고 또 기도했습니다. 그리고 마지막으로 음악을 들으면서 즐거워했습니다. 이런 모임은 당시에 자주, 그러니까 매일 열렸으며, 지금도 일요일이면 이런 행사가 개최되고 있습니다. 이 성스러운 창시자에 대해 비교적 상세히 알고 있는 여행자라면 앞으로 이러한 순진무구한 행사에 동참하여 우리가 언급한 내용을 마음과 생각 속에 담아 넣는다면 분명 깊은 감화를 받을 겁니다.

    여기서 우리는 이 모든 조직이 여전히 세속적인 것과 경계를 접하고 있음을 기억에 떠올릴 필요가 있습니다. 이들 가운데 정식 사제로 헌신한 사람은 극소수였기 때문에 조직에는 고해를 받고 미사성제를 집전하는 데 필요한 만큼의 성직자밖에는 없었습니다. 그리하여 필리포 네리 자신도 서른여섯 살이 되도록 정식 성직자가 아니었습니다. 있는 그대로 사는 것이 자유롭고, 성당의 굴레에 얽매이는 것보다 훨씬 더 자기 뜻대로 할 수 있다고 생각했기 때문입니다. 또한 거대한 위계질서의 일원이 되면 큰 존경은 얻겠지만 제약을 받을지도 모른다고 생각했기 때문입니다.

하지만 상부에서는 그의 뜻대로 가만히 내버려두지 않았습니다. 그의 고해신부는 서품식을 치르고 성직자 신분이 되는 것을 그의 양심의 문제로 삼았습니다. 그래서 결국 다음과 같은 일이 일어났습니다. 교계는 현명하게도 지금까지 독립적인 정신으로 성스럽고 고결한 것을 세속적이고 일상적인 것과 합일시키고 화합시키는 데 몰두해 온 한 남자를 그 영향권으로 끌어들였던 것입니다. 성직자가 됨으로써 신분에 변화가 생겼지만 그의 외적인 행동에는 조금도 영향을 미치지 못한 것 같습니다.

그는 이전보다 더욱 엄격하게 모든 것을 포기하며 지내고, 볼품없는 조그만 수도원에서 다른 사람들과 궁핍하게 살아갑니다. 그러다가 대기근이 닥치자 자신에게 할당된 빵을 궁핍한 사람들에게 나누어주며, 불행한 사람들을 위한 봉사 활동을 변함없이 계속합니다.

하지만 성직자라는 신분이 그의 내면에 눈에 띄게 강력한 영향을 끼칩니다. 미사성제를 드릴 땐 열광적인 상태, 즉 망아의 상태에 빠져서 지금까지 그토록 자연스럽던 모습을 완전히 잃어버리게 됩니다. 그는 자신이 어디로 향하는지도 잘 모르는 채 비트적거리며 나아가 제단 앞에 이릅니다. 그는 성체*를 높이 들어 올리고는 다시 팔을 내리지 못합니다. 마치 눈에 보이지 않는 어떤 힘이 그의 팔을 위로 끌어올리는 것 같습니다. 포

---

* 그리스도의 육체를 상징하는 성찬용 떡.

도주를 들이부을 때 그는 몸서리를 치며 몸을 부르르 떱니다. 그리고 화체(化體)*를 마친 후 이 신비로운 공물을 음미할 때는 형언키 어려울 정도로 기이하게 탐닉하는 행동을 보여 줍니다. 그러고는 조금 전에 탐욕스럽게 꿀떡 삼킨 성체처럼 성혈을 어떤 예감에 가득 차 마실 생각으로 열정에 사로잡혀서 성배를 입에 갖다 댑니다.

하지만 이러한 도취의 순간이 지나면 늘 정열적이고 지극히 분별 있는 실용적인 인간으로 되돌아옵니다.

이처럼 활기차면서도 기이하게 보이는 이 젊은이, 이 남자는 사람들에게 이상하게 비쳤고, 때로는 그의 덕행으로 인하여 거북스럽고 성가신 생각이 들게 하였습니다. 전에도 분명 그는 살아가면서 이런 일을 자주 겪었을 겁니다. 하지만 그가 서품식을 치른 후에도 빈궁한 수도원에서 마치 뜨내기처럼 옹색하고 궁핍하게 지내자 그를 비웃고 조롱하는 적대자들이 끊임없이 생겨나게 됩니다.

하지만 조금만 자세히 알아보면 그가 정말 탁월한 사람이었음을 발견하게 됩니다. 그는 이러한 부류의 사람들이 타고나는 교만함을 다스리며, 체념하고 없이 지내는 가운데서도 자선을 베풀고, 멸시와 치욕을 당하면서도 자신에게서 나오는 광채를 은폐하려고 애썼습니다. 자신을 세상 사람들에게 어리숙하게 보이게 함으로써 신과 신성한 일에 제대로 몰입하고 몰두하려는 의지를 끊임없이 추구해 온 것이었습니다. 이러한 가운데 그는 오로지 자신을, 그다음은 제자들을 교육하는 일에 착수했습니다. 그는 성 베른하르트의 다음과 같은 원칙을 철저하게

---

* 성찬의 빵과 포도주가 예수의 살과 피로 화하는 일.

지킨 것 같습니다. 아니 오히려 그로 말미암아 다시 생생하게 발전한 것 같았습니다.

> 세상을 멸시하라,
> 아무도 멸시하지 마라,
> 너 자신을 멸시하라,
> 멸시받는 것을 멸시하라.

이와 비슷한 의도와 상태가 인간들로 하여금 같은 원칙 속에서 스스로를 교화하도록 만듭니다. 그지없이 숭고하고 속으로 자긍심이 충만한 사람들만 이러한 원칙을 외로이 따른다고 확신할 수 있습니다. 이들은 훌륭하고 위대한 인물에 늘 적의를 품는 세상 사람들의 반감을 미리 맛보고, 체험의 쓴잔이 아직 건네지기도 전에 마지막 한 방울까지 마셔버릴 각오를 한 사람들입니다. 그가 자신의 제자들을 시험한 이야기들 가운데 많은 것이 우리에게까지 전해져 왔습니다. 삶을 즐기는 사람이라면 누구나 할 것 없이 그 이야기를 듣고 정말 한없이, 그리고 끊임없이 조바심을 내지 않을 수 없습니다. 이러한 계율들은 이를 지켜야 하는 사람들을 아주 고통스럽고 거의 참을 수 없는 지경에 빠뜨린 것이 분명했습니다. 그렇기에 모두가 이런 가혹한 시련을 견뎌낸 것은 아니었습니다.

그렇지만 이처럼 놀랍고 독자들에게 달갑지 않은 이야기를 늘어놓는 대신에 차라리 다시 한 번 동시대인들이 인정하고 높이 칭찬해 마지않는 저 위대한 재능에 눈을 돌려보기로 합시다. 사람들의 말에 따르면 그는 교육과 가르침을 통해서라기보다는 오히려 천성의 결과로 자연스럽게 지식과 교양을 얻었다고 합니다. 다른 사람들은 힘들여 구하는 모든 것이 그에게는 마치 쏟아 부어진 것 같았다고 합니다. 더구나 그는 사람들을 분별하고, 그들의 특성과 능력을 인정하고 평가할 수 있는 큰 재능이 있었다고 합니다. 동시에 지극히 위대한 통찰력으로 세상사를 꿰뚫어 보아 그에게 예언의 영이 있다고 할 정도였습니다. 또한 그는 이탈리아인들이 '아트라티바'라는 아름다운 말로 표현하는, 강렬한 매력이 있었습니다. 이러한 재능은 사람들뿐만 아니라 동물들에게도 힘을 미쳤습니다. 실례로 한 친구의 개가 그를 주인으로 삼더니 그만 졸졸 따라다니더라는 이야기가 있습니다. 개를 도로 되찾고 싶은 생각이 간절해진 원래 주인이 갖은 방법을 동원해 다시 개의 마음을 사로잡으려고 했습니다. 하지만 개는 친구 곁에 머무르려고 하지 않고 항상 매력적인 그 남자에게 되돌아가 절대로 떨어지려 하지 않았습니다. 그러다가 결국은 몇 년 후에 자기가 선택한 주인의 침실에서 생을 마감했다고 합니다. 이 동물은 앞서 이야기한 시련을 우리에게 상기시켜 줍니다. 잘 알려진 것처럼 중세엔 개를 끌고 다니거나 안고 다니는 일이 정말로 치욕스러운 일이었는데, 필경 로마에서도 마찬가지였을 겁니다. 이러한 점을 고려하면 그 경건한 남자가 개를 줄에 매고 온 시내를 돌아다니곤 했고, 그래서 그의 제자들도 개를 팔에 안고 거리를 활보했을 테니 뭇사람들의 웃음거리가 되고 조롱을 받았을 것임을 알 수 있습니다.

또한 그는 제자와 동료 들에게 체면이 손상되는 외모를 갖추라고 무리하게 요구했습니다. 교단의 회원이 되는 명예를 누리고 싶어 한 어떤 젊은 영주는 꽁무니에 여우 꼬리를 달고 시내를 돌아다닐 것을 요구받았습니다. 그가 이런 요구의 이행을 거부하자 그의 교단 가입이 거부되었습니다. 또 어떤 사람에게는 상의를 입지 않은 채, 또 다른 사람에게는 소매를 갈기갈기 찢어버리고 시내를 돌아다니라고 요구했습니다. 어떤 귀족이 불쌍히 여겨 새로운 소매를 한 짝 건네주었지만 젊은이는 이를 물리쳤습니다. 나중에 그 젊은이는 스승의 명령에 따라 감사의 뜻을 전하고 그것을 받아서 입고 다녀야 했습니다. 그리고 그는 새로운 성당을 지을 때 제자들로 하여금 일용 근로자들처럼 자재들을 지고 날라서 인부들에게 넘겨주도록 했습니다.

그는 또한 사람들이 스스로에게서 느끼고 싶어 하는 정신적 안락함도 방해하고 없애버릴 줄 알았습니다. 젊은 제자가 설교에 성공을 거두고 우쭐거릴 것 같으면 네리는 그의 말을 중간에 가로막고 대신해서 말을 이어갔습니다. 그리고 다소 능력이 떨어지는 제자들에게 머뭇거리지 말고 연단에 올라가 설교를 시작하라고 시키기도 했습니다. 그러면 뜻하지 않은 격려에 고무된 이들은 숨은 실력을 즉석에서 드러낼 행운을 잡게 되었습니다.

여러 교황들을 맞이하면서 로마가 마치 흥분의 도가니에 빠진 것처럼 보였던 16세기 후반부의 황폐한 상황에 우리가 처해 있다고 생각해 봅시다. 그러면 네리의 그러한 조치가 효과적이고 강력했음을 쉽게 이해하게 될 겁니다. 그것이 애착과 경외, 헌신과 복종을 통해 외양과 상관없이 자신을 유지시키고, 무슨 일이 일어나도 굳건히 대처할 수 있게 사람들의 마음속 깊은 의욕에 강력한 힘을 부여해 주기 때문입니다. 그리고 그 조치가 합리적이고 이성적이며, 전래적이고 관습적인 것조차도 무조건 버릴 수 있는 힘을 실어주기 때문입니다.

익히 잘 알려져 있지만 이상야릇한 시험 이야기를 이곳 사람들이 즐겨 되풀이하는 까닭은 그것이 지닌 유별난 매력 때문일 겁니다. 시골의 한 수도원에 기적을 행하는 수녀가 나타났다는 소식이 교황의 귀에 들어가게 되었습니다. 우리의 네리는 교계에 무척 중요한 이 일을 좀 더 자세히 조사하라는 임무를 부여받습니다. 명령을 수행하기 위해 노새에 몸을 싣고 갔던 그는 교황이 생각했던 것보다 훨씬 일찍 되돌아옵니다. 이상하게 여긴 교황에게 그는 이렇게 답합니다.

"교황이시여, 그녀는 기적을 행하는 게 아닙니다. 그녀에게는 기독교에서 제일로 꼽는 덕목인 겸손함이 부족하기 때문입니다. 길도 험하고 날씨도 궂어서 초라한 행색으로 수도원에 당도한 저는 교황의 이름으로 그녀를 내 앞에 불러달라고 요구했습니다. 그녀가 나타나자 인사를 주고받는 대신에 벗겨 달라는 시늉을 하면서 장화를 그녀 앞에 내밀었습니다. 그러자 그녀는 기겁을 하면서 뒤로 물러나더니, 나의 무리한 요구에 비분강개하며 자기를 뭘로 보느냐고 소리쳤습니다. 자기가 주님의 종이긴 하지만 누가 오더라도 자기에게 종의 일을 요구할 수는 없다는 겁니다. 그래서 나는 아무 일도 없다는 듯이 툭툭 털고 일어나서는 다시 노새의 등에 올라타 돌아와서 이렇게 교황 성하 앞에 서게 된 것입니다. 확신하건대 더는 시험이 필요 없다고 생각되는 바입니다."

교황도 미소를 띠고 그의 말을 경청했습니다. 그 후로 필시 그녀는 더는 기적을 행하지 못하도록 금지당했을 겁니다.

이와 같은 시험들을 다른 사람들에게 치르게 했던 그도 똑같은 생각을 품고 소위 자기 부정의 길을 가는 사람들로부터 그런 시험을 당해야 했습니다. 역시 성덕이 높다는 평판을 받고 있던 탁발 수도승이 번잡한 거리에서 그를 만나자 정성스럽게 갖고 다니던 포도주 한 병을 꺼내어 그에게 한 모금을 권했습니다. 그러자 필리포 네리는 조금도 생각할 겨를 없이 머리를 뒤로 젖히고 목이 긴 술병을 호기 있게 입에 갖다 댔습니다. 경건한 두 남자가 그런 식으로 서로 술을 마시는 것을 본 주위의 사람들은 큰 소리로 웃고 비웃었습니다.

그러자 경건하고 공손한 네리도 다소 심기가 불편해져서 이렇게 말했습니다. "여러분이 날 시험했으니, 이젠 내 차례요." 이 말과 동시에 그는 자신의 사각모를 탁발승의 대머리에 씌워 주었습니다. 이제 마찬가지로 뭇사람들의 비웃음의 대상이 된 탁발승은 유유히 자리를 뜨며 이렇게 말했습니다. "누구든 내 머리에게 이걸 벗겨 내면 가져도 좋소." 네리는 그에게서 모자를 벗겨 냈고, 이들은 헤어졌습니다.

물론 그런 일을 감행하고도 도덕적으로 큰 영향력을 행사할 수 있는 것은 때때로 불가사의한 일로 간주될 수 있었던 네리 같은 사람이기에 가능했겠습니다. 고해신부로서 그는 경외의 대상이었기에 더없이 두터운 신뢰를 받을 수 있었습니다. 그는 고해자들이 숨기고 있던 죄와 이들이 유의하지 않던 결점들을 집어내었습니다. 그의 열렬하고 망아(忘我)적인 기도는 초자연적인 현상처럼 주위 사람들을 놀라게 했습니다. 사람들은 상상력이 감정의 자극을 받아 만들어내는 것을 이러한 망아의 상태에서 그들의 감각을 통해서 체험한다고 생각합니다. 더욱이 불가사의한 일, 그러니까 불가능한 일이 거듭 이야기되는 바람에 마침내는 그것이 현실적이고 일상적인 것으로 바뀌게 됩니다. 이를테면 그가 제단 앞에서 미사성제를 드리는 동안 여러 번 공중으로 떠오르는 것을 보았다는 주장이나, 그가 무릎을 꿇고 목숨이 위독한 환자를 위해 기도하는 동안 그의 머리가 거의 방 천장에 닿을 만치 공중으로 떠오르는 것을 보았다는 증언들도 그러한 예들입니다.

전적으로 감정과 상상력에 바쳐진 그러한 상태에서는 고약한 악령이 개입하지 않았다고 장담할 수 없는 노릇이었습니다.

어느 날 이 경건한 남자는 원숭이 같은 몰골을 한 어떤 흉측한 존재가 안토니오 목욕탕의 허물어진 벽들 사이를 이리저리 깡충거리며 뛰어다니는 것을 봅니다. 그가 명령하자 녀석은 벽과 틈 사이로 곧장 사라져버립니다. 하지만 이러한 개별적인 사건보다 더 중요한 것은 성모마리아와 다른 성인들에게서 은혜를 받고 황홀한 심정으로 이런 축복된 현상들을 보고하는 제자들을 대하는 그의 태도입니다. 그는 모든 현상 가운데서 가장 나쁜 고집스러운 종교적 망상이 보통 그와 같은 자부심에서 생겨나는 것을 잘 알고 있었습니다. 그래서 그는 이런 절묘한 명징성과 아름다움의 배후에는 틀림없이 악마적이고 추악한 어둠이 숨겨져 있음을 자신 있게 제자들에게 말했습니다. 그는 제자들에게 다음과 같이 시험해 보라고 분부합니다. 아리따운 아가씨를 만나면 다짜고짜 그녀의 얼굴에 침을 뱉어보라는 것입니다. 제자들이 그대로 따라 해보니 그녀의 얼굴이 곧바로 악녀의 얼굴로 바뀌어 그의 주장이 입증됩니다.

그 위대한 남자는 의식적으로, 또는 다분히 무의식적 본능으로 그렇게 명령했을지도 모릅니다. 그렇습니다. 환상적인 사랑과 그리움을 불러일으키는 형상이라도 가차 없이 증오와 멸시를 보내면 즉각 추하고 역겨운 얼굴로 변할 것임을 그는 확신했던 겁니다.

하지만 그처럼 기이하게 교육하도록 그에게 자격을 부여한 것은 지극히 정신적인 것과 육체적인 것 사이를 넘나들며 나타나는 더없이 비범한 천부적 재능이었습니다. 즉 아직 보이지는 않지만 누가 다가오는 것을 감지하는 능력, 멀리서 일어난 일을 예감하는 능력, 앞에 서 있는 사람의 생각을 알아맞히는 능력, 다른 사람들이 자신과 같은 생각을 하도록 이끄는 능력 등이 그것입니다.

사실 이와 같은 재능을 지닌 사람이 몇몇 있습니다. 그리고 어떤 사람들은 재능을 이런저런 기회에 뽐내기도 합니다. 하지만 이러한 능력을 끊임없이 보이고, 매번 놀랄 만한 효력을 발휘하는 것은 어쩌면 하나로 뭉쳐지고 결집된 정신력과 체력이 놀라운 에너지를 뿜낼 수 있는 세기에나 생각할 수 있을 겁니다.

이렇듯 독립적으로 무한한 정신적 활동을 갈망하고 추진해 가던 그 인물이 엄격하게 통제하는 로마 교계의 굴레에 다시 결속되는 것을 살펴보기로 합시다.

우상을 숭배하는 이교도들 사이에서 성 사베리우스*가 행한 활동은 당시의 로마에서 대단한 주목을 끈 모양입니다. 이에 자극을 받은 네리와 그의 몇몇 친구들 역시 인도로 가고 싶은 생각에 교황에게 청원했습니다. 하지만 상부의 지시를 받은 것이 분명한 고해신부는 이들을 만류했습니다. 그러면서 이웃을 선도하고 포교에 힘쓰는 독실한 사람이라면 로마에서도 얼마든지 인도를 찾을 수 있으며, 그러한 활동을 위한 보람찬 무대가 지천에 널려 있음을 상기시켜 주었습니다. 그리고 이 대도시에도 얼마 안 있어 커다란 재앙이 들이닥칠 수 있음을 알려

---

* 프란치스쿠스 사베리우스(1506~1552). 브라질, 인도, 일본 등지에서 포교 활동을 한 예수회원.

주었습니다. 성 세바스티안 성문 앞의 세 분수에서 얼마 전부터 탁하고 핏빛 같은 물이 솟아오르는 게 틀림없는 그런 징조라고 했습니다.

이 말을 듣고 마음을 가라앉힌 품위 있는 네리와 그의 동료들은 로마 내에서 자선 활동과 불가사의한 활동을 계속했을 겁니다. 그런 만큼 해가 갈수록 남녀노소 할 것 없이 모든 사람들의 신임과 존경을 한몸에 받았을 것이 분명합니다.

이제 인간 본성의 기묘하게 얽히고설킨 복합성에 대해 생각해 보기로 합시다. 이러한 본성 속에서 물질적인 것과 정신적인 것, 평범한 것과 불가능한 것, 성가신 것과 황홀한 것, 제한적인 것과 무한한 것 같은 극단적인 대립적 요소들이 합일됩니다. 열거하자면 기다란 목록을 만들 수도 있을 겁니다. 그런 대립되는 요소가 어떤 걸출한 사람에게서 생겨나서 드러나는 경우를 생각해 봅시다. 납득할 수 없는 요소가 자신에게 들이닥쳤을 때 그가 어떻게 오성을 현혹시키고, 상상력을 풀어헤치고, 믿음을 뛰어넘고, 미신을 정당화하고, 그럼으로써 자연적인 상태를 극히 초자연적인 상태와 직접 이어주는가, 즉 합일시키는가를 생각해 봅시다. 이렇게 고찰하면서 널리 사람들의 입에 오르내린 우리 주인공 네리의 삶을 살펴보면, 거의 한 세기 동안 그렇게 엄청난 영역의 넓은 무대에서 시종일관 부단히 활동해 온 사람이 어느 정도의 영향력에 도달했는가를 상상할 수 있을 것 같습니다. 그를 존경하는 마음이 너무 커서 사람들은 그의 건강하고 힘찬 활동에서 유익하고 행복한 감정을 얻었을 뿐만 아니라 그의 병조차도 사람들의 신뢰를 높여 주었습니다. 말하자면 사람들은 그의 병을 신과 극히 신성한 것에 내적으로 긴밀한 관계를 맺은 징표로 보았기 때문입니다. 여기서 우리는 그가 살아 있을 때 이미 거의 성인의 위엄을 지니고 있었고, 그의 죽음이 동시대 사람들이 용인하고 인정한 것을 더욱 강화시켜 주었을 뿐임을 이해하게 됩니다.

그 때문에 살아 있을 때보다 서거 후에 더 많은 기적이 일어난 그에 대해, 시복식(諡福式)을 행하기 전에 소위 심리 절차를 시작해도 되겠느냐고 사람들이 교황 클레멘스 8세에게 질문을 하자 교황은 이렇게 대답했습니다.

"나는 그분을 항상 성자로 생각해 왔으므로 교계가 그를 일반적으로 성자 그 자체로 선언하고 소개한다면 아무런 이의를 제기하지 않겠습니다."

그가 레오 10세 때 태어나 클레멘스 8세 때에 생을 마감할 때까지 열다섯 명의 교황을 겪으면서 오랫동안 활동할 수 있었다는 사실이 주목할 만한 가치가 있을 것 같습니다. 이 때문에 그는 교황에게조차 감히 독립적인 지위를 주장할 수 있었습니다. 그리고 교계의 구성원으로서 일반적인 지시에는 전적으로 따랐지만 개별적으로는 구속을 받지 않았습니다. 심지어는 교계의 수장에게 고압적인 태도를 보이기도 했습니다. 그가 추기경의 권위를 조금도 인정하지 않고, 고성에 틀어박힌 고집 센 기사처럼 자신의 누오바 성당*에서 최고의 보호자인 교황에게 불손한 행동을 보인 점도 이해될 수 있을 것 같습니다.

하지만 16세기 말에 들어 이전의 조야한 시대로부터 기이하게 물려받은 것 같은 관계들의 성격은 네리가 죽기 직전 신임 교황 클레멘스 8세에게 발송한 청원서에서 가장 뚜렷이 드러나고 인상적으로 뇌리에 아로새겨집니다. 이에 대해 교황은 마

---

* 필리포 네리가 1575년에 세운 '새 성당'이란 뜻의 성당.

찬가지로 기묘한 결정을 내렸습니다.

우리는 이 청원서를 통해 여든이 다 되어 가는, 성인의 반열에 한 걸음씩 다가가는 한 남자가, 교황이 되고 나서 수년 동안 지극히 존경을 받았던 로마 가톨릭 교회의 중요하고 유능하며 권위 있는 수장과 뭐라 말할 수 없는 독특한 관계를 맺고 있었음을 알게 됩니다.

필리포 네리가 클레멘스 8세에게 보내는 청원서

교황이시여! 제가 도대체 어떤 존재이기에 추기경들께서 저를 찾아오시는 걸까요? 특히 어제저녁에는 피렌체와 쿠사노의 추기경들이 저를 찾아오셨습니다. 그리고 잎사귀에 든 만나 액이 조금 필요하다고 하자 피렌체의 사려 깊은 추기경께서는 이미 구빈원에 상당한 양을 보내주셨는데 또다시 산 스피리토 성당에서 2온스를 갖다 주게 하셨습니다. 그분은 밤에 두 시간이나 머물면서 필요 이상으로 교황님의 훌륭한 점에 대해 말씀하셨습니다. 당신은 교황이기 때문에 겸손 그 자체여야 합니다. 그리스도께서는 저녁 7시에 오셔서 저와 한 몸이 되므로, 교황께서도 우리 성당에 한번 오실 수 있을 겁니다. 그리스도께서는 인간이자 하느님이므로 무척 자주 저를 찾아주십니다. 교황께서는 성스럽고 성실한 남자에게서 태어난 한낱 인간에 불과합니다만, 그리스도께서는 하느님 아버지의 아들입니다. 교황님의 어머니는 아주 독실한 아그네시나 부인이시지만, 그리스도의 어머니는 성녀 중의 성녀이십니다. 제가 울분을 터뜨리려고 한다면 무슨 말인들 못하겠습니까? 부탁하건대 제가 토레 데

스페키로 보내려고 하는 소녀를 제 뜻대로 하게 해주십시오. 그녀는 교황께서 그의 자녀들을 보호해 주시겠노라고 약속한 클라우디오 네리의 딸입니다. 교황께서 약속을 지키시는 것이 얼마나 아름다운 일인지를 상기시켜 드리는 바입니다. 그러니 약속하신 일을 저에게 넘겨주시고, 부득이한 경우 교황의 존함을 사용할 수 있게 해주십시오. 제가 그 소녀의 뜻을 알고 있고, 그녀가 하느님의 계시에 따라 움직이고 있음을 확신하기에 더욱 그렇습니다. 더없이 공경하는 마음으로 교황님의 발치에 엎드려 비옵니다.

청원서에 대한 교황의 친서

추기경들이 그토록 자주 그대를 찾아간다니 내가 보기에 이 글의 앞부분에 다소 으스대는 마음이 담겨 있다고 사료됩니다. 그러지 않아도 그분들이 종교적인 성향의 사람들임은 세상 사람들이 다 아는 일이니까요. 내가 그대를 찾아가지 않은 까닭은 그토록 간절히 요망했음에도 그대가 추기경 직을 받아들이려고 하지 않으니 그래 봤자 소용없으리라 생각해서입니다. 그대가 지시한 일에 관해서 말하자면, 명령조에 익숙한 그대의 뜻에 따르지 않는 선량한 어머니들을 호되게 꾸짖어도 개의치 않겠습니다. 하지만 그대에게 분부하건대 교황의 허락 없이는 고해성사를 받지 마십시오. 우리의 주님이 그대를 찾아가시거든 우리와 말할 수 없이 궁핍한 교계를 위해 부탁을 드려주십시오.

1월의 편지

1788년 1월 5일, 로마

오늘은 몇 자밖에 적지 못하는 것을 용서해 주십시오. 올해는 시작부터 진지하고도 바쁘게 보내는 바람에 주위를 둘러볼 틈이 없을 지경입니다.

몇 주 동안 정체 상태에 시달리다가 다시 아주 멋진 나날을 보내고 있습니다. 말하자면 깨달음의 나날들이라 할 수 있을지도 모르겠습니다. 이제 사물들의 본질과 그 관계들을 꿰뚫어 볼 수 있게 되었습니다. 이러한 관계들은 나를 무한히 풍요롭게 해줍니다. 늘 배우고, 그것도 다른 사람들한테서 배우기 때문에 이러한 작용들이 내 마음속에 일어나는 것입니다. 혼자서 공부를 하면 공부하고 소화하는 데 힘이 갑절로 들어서 그만큼 진척이 미약하고 속도가 더딜 수밖에 없습니다.

지금은 오로지 인체 연구에 매진하고 있습니다. 그 밖의 모든 것은 봄눈 녹듯이 사라져버립니다. 평생토록 관심을 가졌던 이 일이 지금은 색다른 의미를 갖게 되었습니다. 이에 대해선 뭐라고 할 말이 없습니다. 내가 또 무슨 일을 하게 될는지는 세월이 말해 줄 수밖에 없겠지요.

오페라는 즐거움을 주지 못합니다. 나에게 기쁨을 주는 것이라곤 내적이고 영원히 진실한 것밖에 없습니다.

내 느낌으로는 부활절 무렵까지 긴박한 시기가 될 것 같습니다. 그렇지만 무슨 결실을 맺게 될지는 알지 못하겠습니다.

1월 10일, 로마

이 편지와 함께 『에르빈과 엘미레』를 보내니, 이 소품도 그대들에게 즐거움을 안겨 주기를 바랍니다. 그렇지만 오페레타란 아무리 잘되었다 하더라도 읽어서는 제 맛을 느낄 수 없습니다. 작가가 생각한 개념을 완전히 표현하려면 우선 음악이 곁들여져야 하니까요. 『클라우디네』도 곧 보내드리겠습니다. 두 작품은 보기보다 더 손을 댄 것들입니다. 먼저 카이저와 함께 창가극의 형식을 상당히 연구했으니까요.

저녁에는 원근법을 공부하듯이 인체를 열심히 계속 스케치하고 있습니다. 마음 놓고 헌신할 수 있도록 신들께서 부활절 무렵까지 말미를 주신다면 헌신적으로 노력할 작정입니다. 그러면 좋은 결과가 있겠지요.

이제 인간의 형상에 대한 관심이 다른 어느 것보다 우선합니다. 나는 이런 사실을 잘 느끼고 있었지만, 찬란한 햇빛으로부터 눈을 돌리듯이 늘 그러한 사실을 외면해 왔습니다. 로마 이외의 다른 곳에서 이를 연구한다는 것도 부질없는 일입니다. 오직 이곳에서 자아내는 법을 배운 실이 아니고서는 이러한 미궁에서 빠져나갈 도리가 없습니다. 유감스럽게도 아직 나의 실이 그리 길지는 않지만 그래도 첫 번째 통로는 빠져나갈 정도가 됩니다.

    이 같은 상황에서 저술 작업을 계속하려면 두 가지 다 별로 내키지는 않지만 『타소』를 쓰기 위해서는 올해 중에 공주와 사랑에 빠져야 할 것 같고, 『파우스트』를 쓰기 위해서는 악마에 영혼을 팔아야 할지도 모르겠습니다. 지금까지 그랬듯이 말입니다. 나 스스로가 『에그몬트』에 흥미를 가질 수 있게 로마의 황제가 브라반트인과 교역을 시작했고, 내 오페라를 한결 완성된 작품으로 만들기 위해 취리히의 카이저가 로마로 왔습니다. 이것이 헤르더가 말하는 '고상한 로마인'을 의미할 테지요. 나와는 전혀 상관없는 일이 행위와 사건들의 최종 원인이 되는 게 꽤나 재미있게 생각됩니다. 나에게 굴러온 행운이라 불러도 좋겠지요. 그러니 공주와 악마를 참고 기다려볼 작정입니다.

    1월 10일, 로마

    이곳 로마에서 다시 한 번 독일적인 양식과 예술의 작은 표본이라 할 수 있는 『에르빈과 엘미레』가 생겨납니다. 『클라우디네』보다 먼저 완성되었지만 인쇄는 나중에 되었으면 합니다.

    이 모든 것이 이곳에 와서야 공부할 기회를 가진 서정적인 무대의 요구 사항을 고려한 결과임을 그대들은 곧 알게 될 겁니다. 가수들이 숨 돌릴 시간을 충분히 갖도록 모든 인물들을 일정한 순서에 따라, 일정한 분량으로 배치할 겁니다. 이탈리아인은 시의 모든 '의미'를 희생시켜 가면서까지 온갖 사항을 준수합니다. 그러나 나는 가당치 않은 소품으로 음악적이고 연극적인 요구 사항을 충족시킬 수 있기를 바랍니다. 또한 두 오페레타가 읽히는 동시에 그 이웃사촌 격인 『에그몬트』에 먹칠 하지 않도록 주의를 기울였습니다. 이곳에서는 공연 날 저녁이 되어서야 이탈리아어 오페라 대본을 읽습니다. 그리고 독일어로 노래를 부르는 것은 불가능하다고 생각하듯, 비극을 '한' 권의 책으로 엮을 수 없다고 여길지도 모릅니다.

『에르빈』의 경우에는 특히 2막에서 강약격의 운율을 자주 발견하게 되리라는 것을 말씀드리지 않을 수 없습니다. 이는 우연이나 습관 때문이 아니라 이탈리아적인 예에서 따온 것입니다. 이러한 운율은 특히 음악에 잘 어울립니다. 그리고 작곡가는 청중이 이를 결코 알아채지 못하게 박자와 리듬에 몇 가지 변화를 줄 수 있습니다. 대체로 이탈리아인들은 매끄럽고 간단한 운율과 리듬이 절대적이라고 생각합니다.

젊은 캄퍼는 아는 게 많고 이해가 빠르지만 사물을 건성으로 대하는 경솔한 사람입니다.

『고찰』의 제4부가 잘 되어가기를 빕니다. 제3부는 우리에게 성스러운 책과 같아서 고이 간직하고 있습니다. 이제야 그 책을 읽게 된 모리츠는 인류를 교화하는 이 시대에 살고 있는 게 행복하다고 말합니다. 그 책에 흠뻑 빠져든 그는 결말 부분에 가서는 거의 넋을 잃을 지경이었습니다.

내가 카피톨리노 언덕에서 한 번만이라도 그대에게 톡톡히 한 턱 낼 수 있으면 얼마나 좋겠습니까! 그것이 나의 가장 커다란 소원 중의 하나입니다.

나의 거대한 이념은 보다 진지한 시대가 오기를 예감하는 환상에 불과했습니다. 나는 지금 그야말로 인간의 모든 지식과 행위의 극치인 인간 형상의 연구실에 와 있습니다. 자연의 모든 분야를 다루는 연구실에서 열심히 준비하고 특히 골상학에 몰두하면 비약적인 발전을 하게 될 것입니다. 나는 고대의 유물인 조각품들을 보면서 이제야 최상의 즐거움을 만끽하고 있습니다. 그렇습니다. 사람들이 평생을 연구에 몰두한 후 마지막에 가서 "이제 보이고, 이제야 만끽한다."라고 외치고 싶은 마음이 충분히 이해가 됩니다.

부활절 무렵에는 내 안목이 어느 한 시대를 마감하도록 있는 힘을 다해 노력할 작정입니다. 마지못해 로마를 떠나지 않도록 말입니다. 그리고 비록 더딜지라도 독일에 가서 몇 가지 연구를 편안하고도 철저히 계속할 수 있기를 희망합니다. 이곳에선 조그만 배에 올라타기가 무섭게 그만 물결에 휩쓸려 버리거든요.

1월의 보고

큐피드, 이 고집스러운 철부지 소년아,
넌 나에게 몇 시간 묵게 해달라고 부탁했지!
얼마나 허구한 밤낮을 묵었는지,
넌 이제 당당한 주인이 되었구나.

난 널찍한 내 침상에서 쫓겨나
이젠 땅에 쪼그리고 고통스러운 밤을 보내는구나,
넌 멋대로 화덕에 불을 지펴,
겨울 비축품을 태우며, 가련한 내 마음을 태우누나.

넌 내 가재도구를 옮겨놓고 밀쳐놓아,

난 그것들을 찾아다니느라 장님처럼 헤매었지.
네가 그토록 마구 소란을 피우니 두렵구나,
영혼이 너에게서 벗어나려 움막을 비울까 봐.

위와 같은 소곡*을 문자 그대로의 의미로 받아들이거나 흔히 아모르로 불리는 악령을 떠올리지 않고, 사람의 깊디깊은 마음속에 속삭이고 촉구하고 이리저리 유인하고 관심을 공유하며 혼란을 유도하는 활발한 정령들의 모임으로 생각한다면, 사람들은 내가 처해 있었던 상황, 즉 편지 발췌문이나 지금까지의 이야기에서 충분히 서술한 상황에 상징적인 방식으로 참여하게 될 것입니다. 이렇게 많은 것에 맞서 자신의 견해를 유지하고 쉼 없이 활동하면서 선뜻 수용할 수 있으려면 많은 노력이 요구된다는 사실도 인정할 겁니다.

아르카디아 협회에 가입함

지난해 말부터 나는 어떤 제안에 시달리게 되었습니다. 그것도 그만 우리의 익명 생활을 경솔하게 드러내버린 저 불운한 연주회의 결과로 여겼습니다. 하지만 '아르카디아'**에 저명한 목자(牧者)로 가입시키려고 여러 면에서 나를 점찍은 데는 다른 이유가 있었을지도 모릅니다. 오랫동안 이 제의를 고사했지

---

*「벨라 별장의 클라우디네」 제2막에 나오는 루칸티노의 소야곡. 프라스카티에서 지은 이 시는 밀라노 여인과의 만남을 묘사하고 있음.
**그리스의 펠레폰네스 반도의 한 지방으로 목가적 이상향을 뜻하는 말로 쓰임.

만, 무언가 특별한 일을 하는 것 같은 친구들에게 결국 굴복하지 않을 수 없었습니다.

아르카디아 협회의 성격은 일반적으로 잘 알려져 있지만 자세히 들어보는 것도 과히 나쁘지는 않을 겁니다.

17세기가 흘러가는 동안 이탈리아의 시문학은 여러 방식으로 악화 일로를 걸었는지 모릅니다. 17세기 말경에 교양 있고 양식 있는 시인들이 이렇게 비난을 하기 때문입니다. 즉 시문학이 당시에 내적 아름다움이라 불리던 내실을 완전히 소홀히 했다는 겁니다. 또한 형식적인 면, 즉 외적 아름다움이라는 면에서도 비난받아 마땅하다는 겁니다. 이탈리아 시문학은 야만적인 표현, 참기 힘든 딱딱한 시구, 결점투성이의 문체와 비유적 표현, 특히 끊임없이 지나치게 등장하는 과장, 환유 및 은유로 사람들이 중시하는 우아함과 감미로움을 깡그리 잃어버렸기 때문입니다.

하지만 이러한 오류에 사로잡힌 사람들은 으레 그렇듯이 진정한 것과 탁월한 것을 비난했습니다. 게다가 자신들의 언어 남용에 아무런 잘못이 없음을 주장했습니다. 급기야 교양 있고 분별 있는 사람들이 더는 참을 수 없어서 1690년 사려 깊고 영향력이 있는 이들을 모아 다른 길을 모색하기에 이르렀습니다.

하지만 자신들의 모임이 주목을 끌거나 역작용을 불러일으키지 않도록 이들은 야외, 즉 시골의 정원 지대로 발길을 돌렸습니다. 그곳은 로마가 널찍한 구역을 정해 성벽으로 에워싼 곳입니다. 이로써 이들은 자연과 가까워지고 신선한 공기를 맡으며 시문학의 원초적인 정신을 느끼는 이점도 동시에 누리게 되었습니다. 이들은 아무 데나 발길 닿는 대로 잔디밭에 자리를 잡고 유적의 잔해나 돌 더미 위에 앉았습니다. 추기경이 참석하는 경우라도 존경의 의미에서 좀 더 푹신한 방석을 제공하는 정도였습니다. 여기서 자신들의 확신, 원칙 및 계획에 관해 서로 이야기를 나누었습니다. 그리고 시를 낭송하면서 보다 고귀한 고대의 정신과 고상한 토스카나 파의 의미에 다시 생기를 불어넣으려고 애썼습니다. 그러다가 한 사람이 감격에 겨워 "이곳이 우리의 아르카디아다!"라고 외쳤습니다. 이 일로 협회의 이름이 생겨났고, 아울러 조직의 목가적 성격이 정해졌습니다. 이 협회는 영향력이 있는 명망가의 보호에 의존해서는 안 되었습니다. 또한 수장이나 의장도 인정하려고 들지 않았습니다. 한 명의 간사가 아르카디아 모임을 열고 마쳤으며, 부득이한 경우에는 연장자로 구성된 위원회가 도와주도록 했습니다.

이 모임에서는 크레심베니라는 사람이 존경받을 만합니다. 모임의 공동 발기인 가운데 한 명인 그는 초대 간사로서 자신의 직분을 성실히 수행했습니다. 보다 훌륭하고 순수한 미적 감각을 잃지 않도록 주시하며 야만적인 요소를 점차 몰아냈습니다.

민중 문학은 가령 민족 문학이라고 번역할 수 없지만 어떤 민족에게 적합한 문학입니다. 이는 줏대 없는 사람들의 엉뚱한 생각이나 괴벽으로 왜곡되지 않고, 진정한 재능을 가진 탁월한 사람들에 의해 씌어질 때 그러합니다. 민중 문학에 대한 그의 지론들은 실로 아르카디아 협회의 결실이라 하겠습니다. 이는 우리의 새로운 미학적 노력과 비교해 볼 때 아주 중요합니다. 그가 발간한 시집 『아르카디아』도 이러한 의미에서 대단히 주목을 받을 만합니다. 이와 관련해서 다음과 같은 소견을 들려드리도록 하겠습니다.

아닌 게 아니라 소중한 목자들은 야외에서 잔디밭에 앉아 자연과 좀 더 가까워졌다고 생각했습니다. 그럴 때 어쩌면 사랑과 열정이 이들의 마음에 들이닥치곤 했을지도 모릅니다. 하지만 이제 그 협회는 성직자와 그 밖의 품위 있는 사람들로 구성되었습니다. 이들은 로마의 세 연애 시인들*과는 일절 관계를 맺어선 안 되었으므로 그들을 단호히 배격했습니다. 그렇지만 사랑이란 시인에게 없어서는 안 될 요소이므로 숭고하고 순수한 정신적인 그리움에 관심을 기울이며, 다소 우의적인 표현에 기댈 수밖에 없었습니다. 그 때문에 이들의 시는 극히 존경받을 만한 독자성을 띠게 됩니다. 어쨌거나 이리하여 이들은 위대한 선구자인 단테와 페트라르카의 족적을 따라갈 수 있었습니다.

내가 로마에 도착했을 때 이 협회는 발족한 지 바야흐로 백 년 쯤 되었습니다. 비록 커다란 명성을 얻지는 못했지만 모임 장소와 성향을 여러모로 바꿈으로써 외형상 늘 품위를 지켜왔습니다. 그리고 좀 이름이 알려진 외국인은 로마에 오면 이 협회에 가입하라는 권유를 받았습니다. 더군다나 이러한 시적인 소유지의 수호자가 이로써 쏠쏠한 수입을 얻을 수 있는 경우라면 더욱 그러했습니다.

나의 입회 절차는 다음과 같이 진행되었습니다. 나는 으리으리한 건물의 응접실에서 한 고위 성직자에게 소개되었습니다. 그는 나를 안내할 사람으로, 보증인이나 대부 같은 역할을 맡아줄 것이라고 소개되었습니다. 우리는 벌써 사람들이 제법 붐비는 커다란 홀로 들어가 연단 바로 맞은편에 위치한 첫 번째 열의 한가운데 걸상에 앉았습니다. 점점 사람들의 수가 늘어났

---

* 카툴루스, 티불루스, 프로페르티우스를 말함.

습니다. 내 오른편 빈자리에는 초로의 위풍당당한 노인장이 와서 앉았습니다. 옷차림이나 사람들이 받드는 것으로 보아 추기경인 모양이었습니다.

연단 아래쪽에서 간사가 일반적인 인사말로 서두를 꺼내면서 몇 사람을 호명하자 그중 일부는 시를, 일부는 산문을 낭송했습니다. 이런 일들을 하며 꽤 시간이 흐르자 연설이 시작됐습니다. 연설의 내용은 내가 받은, 여기서 알려드리려고 하는 증서와 대체로 일치하므로 상세한 설명은 넘어가도록 하겠습니다. 이어서 내가 협회 회원이 되었다고 공식적으로 선언되었고, 우레와 같은 박수를 받으면서 가입이 승인되었습니다.

그러는 동안 이른바 나의 대부와 나는 자리에서 일어서서 여러 차례 고개 숙여 인사하며 감사의 뜻을 표했습니다. 그리고 그는 사려 깊지만 그리 길지 않은 아주 적절한 연설을 했습니다. 그러자 다시 한 번 우레와 같은 박수갈채가 터져 나왔습니다. 이윽고 박수 소리가 멎고 나서야 나는 여러 사람들에게 개별적으로 감사의 인사를 하고 나를 소개할 기회를 가졌습니다. 다음 날 받은 입회 증서를 여기에 원문 그대로 싣고자 합니다. 다른 나라 언어로 옮기면 고유한 특색이 사라질지도 모르니 우리말로 번역은 하지 않았습니다. 그러는 동안 나는 새로운 동지로서 간사의 뜻을 최대한 충족시키려고 했습니다.

전 회원의 뜻에 따라
아르카디아 협회 간사
니빌도 아마린치오

현재 작센-바이마르 공국의 존귀하신 대공 전하의 추밀 고문관이자 오늘날 독일에서 명성이 드높은 최고위층 인사 가운데 한 분인, 저 박식하고 고명한 괴테 씨가 생각지도 않게 테베레 강변을 찾아와 우리를 기쁘게 해주었다. 그는 이곳에서 자신의 출신과 직위 및 솔직한 재능을 감추었지만, 문단 전체에 이름을 떨치며 산문과 운문 분야에서 거둔 예술적 광채를 숨길 수는 없었다. 이 저명한 괴테 씨가 고맙게도 아르카디아 공개 회합에 참석하여 낯선 이국 땅 숲 속에서 열린 우리의 즐거운 모임에 마치 밤하늘에 빛나는 샛별처럼 나타나니, 모임에 함께한 수많은 아르카디아 회원들은 허다한 기념비적 작품을 저술한 그분을 만나는 기쁨에 진심으로 환호와 갈채를 보냈다. 아울러 만장일치로 그를 메갈리오라는 이름으로 목자 공동체의 고귀한 일원으로 받아들이며, 비극의 뮤즈에게 헌사했던 멜포니아 땅을 그에게 위임하고, 그를 아르카디아 협회의 정회원으로 선언하였다. 이와 동시에 모든 회원들은 열렬한 박수와 함께 치러진 이 장엄한 공개 입회식 내용을 아르카디아 연감에 기록하도록 간사에게 위임하였다. 또한 이 고결한 신입 회원 메갈리오 멜포메니오 목자에게 우리의 문인 목자 공화국이 오래전부터 그 고매한 인품에 대해 품어온 최고의 경의를 표하고자 이 입회 허가서를 증정하도록 의뢰했다. 이에 따라 제641올림피아력 2년, 아르카디아 재건일로부터 헤아려 제24올림피아력 4년, 포시데오네의 초승달이 뜰 즈음에, 파라시아 숲 속의 겨울집에서 수여한다. 우리 총회의 더없이 경사스러운 날이다.

간사 니빌도 아마린치오
부간사 코림보, 멜리크로니오, 플로리몬테, 에지레오

인장의 둥근 화관 안에는 월계수와 소나무가 절반씩 차지하고 가운데에는 목양신의 피리가 있으며 그 아래 '글리 아르카디'라는 글자가 새겨져 있습니다.

로마의 사육제

우리가 로마의 사육제를 기록할 때 과연 그런 축제를 제대로 묘사할 수 있겠느냐는 반론을 우려하지 않을 수 없습니다. 감각적인 대상이며 생동감 넘치는 저 커다란 집단은 직접 눈앞에서 보아야 하고, 각자의 방식대로 구경하고 파악해야 합니다.

우리 자신이 다음 사실을 인정하지 않을 수 없다면 그러한 반론은 더욱 예사롭지 않게 됩니다. 즉 로마의 사육제는 처음 보고 그저 구경거리로나 생각하는 외국인에게는 전체적인 인상도 즐거운 인상도 주지 못하며, 딱히 눈을 즐겁게 해주지도 마음을 충족시켜 주지도 못한다는 겁니다.

수많은 인파가 북적대며 이리저리 몰려다니는 길고 좁다란 길은 제대로 굽어볼 수 없습니다. 사람들이 우글거리는 곳에서는 뭐가 뭔지 분간이 잘 안 되거든요. 움직임은 단조롭고, 소음은 귀를 멀게 하며, 하루의 끝은 짜증나게 합니다. 하지만 우리가 좀 더 상세히 설명하면 이러한 우려는 봄눈 녹듯 사라져버립니다. 그리고 주된 문제는 그러한 묘사가 우리의 정당성을 인정해 주느냐의 여부일 겁니다.

로마의 사육제는 사실 민중에게 주어지는 것이 아니라 민중 스스로 주최가 되는 축제입니다.

나라에서는 이 축제를 위해 별반 준비를 하지 않으며 돈도 별로 들이지 않습니다. 기쁨의 무리가 저절로 움직이고, 경찰은 느슨하게 통제할 뿐입니다.

여기서는 로마의 많은 종교적인 축제처럼 구경꾼의 눈을 현혹시키지 않습니다. 성 안젤로 성채에서처럼 어디에서도 볼 수 없는 놀라운 불꽃놀이도 없고, 각지의 수많은 외국인을 끌어들이고 만족시키는 성 베드로 성당과 원형 지붕의 조명 장식도 없습니다. 가까이 다가올 때마다 사람들이 기도를 올리고 탄성을 지르는 화려한 행렬도 없습니다. 오히려 누구나 마음대로 바보처럼 굴고 미친 듯이 행동해도 된다는 하나의 묵시적인 약속만 있을 뿐입니다. 주먹질이나 칼부림 말고는 거의 금지되는 게 없다고 합니다. 높고 낮은 신분상의 차이도 일시적으로 사라진 듯 보입니다. 누구나 서로 가까워지고, 자신에게 일어나는 일을 쉽게 받아들입니다. 그리고 서로에게 무례하게 굴거나 아무렇게나 행동해도 일반적인 좋은 분위기 때문에 유야무야 되고 맙니다.

요즈음 로마인은 우리 시대에도 그리스도의 탄생이 농신제와 그 특전의 축제를 몇 주일 연기는 했어도 없애버지는 않았음을 기뻐하고 있습니다.

우리는 이러한 축제의 기쁨과 흥분을 독자들의 상상력에 맡기도록 애쓸 겁니다. 또한 우리는 로마의 사육제를 직접 본 적이 있는 사람들이 그때의 생생한 추억에 잠기고자 하는 데 도움을 준다고 자부하고 있습니다. 그리고 얼마 안 있어 로마를 찾아오려는 사람들에게 이 몇 쪽의 글이 왁자지껄한 도취의 물결을 보고 즐길 수 있게 도와준다고 자부합니다.

코르소 가

로마의 사육제는 코르소 가에서 열립니다. 축제 기간 동안 공식적인 행사를 치르기 위해 거리가 통제됩니다. 다른 장소에서는 각기 다른 축제가 열릴지도 모릅니다. 그래서 우리는 무엇보다도 코르소 가의 축제를 묘사해야겠습니다.

이탈리아 도시들의 여러 기다란 거리가 그렇듯이 이 거리의 이름은 경마에서 유래합니다. 다른 도시들에선 수호신 축제나 성당 축성식 같은 의식들이 경마로 끝나는 반면, 로마에선 사육제의 밤마다 경마로 끝납니다.

이 거리는 포폴로 광장에서 시작하여 베네치아 궁까지 반듯하게 나 있습니다. 거리의 길이는 대략 삼천오백 보 정도이고, 길 양편으론 대체로 호화로운 고층 건물들이 늘어서 있습니다. 거리의 폭은 거리의 길이나 건물의 높이에 비해 균형이 맞지 않습니다. 길 양쪽에는 보행자용 포장도로가 육 내지 팔 피트 정도 도톰하게 마련되어 있습니다. 길 가운데는 마차 통행로가 나 있는데, 가장 넓은 곳이라야 십이 보에서 십사 보 정도밖에 안 됩니다. 그래서 이 정도 너비라면 기껏해야 석 대의 마차가 나란히 지나갈 수 있을 것으로 보입니다.

사육제가 열릴 때 포폴로 광장의 오벨리스크가 거리의 제일 아래쪽 경계선이고, 베네치아 궁이 위쪽 경계선입니다.

코르소 가에서의 마차 나들이

일 년 내내 일요일이나 축제일의 코르소 가는 사람들로 붐빕니다. 로마의 귀족이나 부자 들은 밤이 깃들기 전 한 시간이나 한 시간 반 전 아주 길게 늘어선 열을 이루며 마차를 타고 다닙니다. 마차들은 베네치아 궁에서 내려와 좌측 통행을 지키며 달립니다. 날씨가 좋은 날이면 오벨리스크를 지나 성문 밖 플라미니아 길까지 나가며, 가끔은 폰테 몰레까지 가기도 합니다.

앞서거니 뒷서거니 하면서 돌아오는 마차들은 다른 쪽 길을 달리므로 두 개의 마차 행렬이 아주 질서정연하게 이어져 있습니다.

사절에게는 두 행렬 사이로 오갈 수 있는 권리가 있습니다. 알바니아 공작의 이름으로 로마에 체류하고 있던 왕위 계승 요구자*에게도 같은 권한이 부여되었습니다.

그러나 밤의 종소리가 울리자마자 이러한 질서는 무너졌습니다. 각자 내키는 대로 방향을 틀며 지름길을 찾는 바람에 다른 마차들의 통행에 불편을 주는 일도 적지 않습니다. 그 때문에 마차들은 좁은 길에 막혀 옴짝달싹 못하게 되지요.

이탈리아의 모든 대도시에서 화려하게 벌어지는, 소도시에서도 마차 수는 얼마 되지 않지만 따라 벌어지는 이러한 저녁의 마차 나들이를 보러 많은 보행자들이 코르소 가로 몰려듭니다. 모두들 구경하기 위해, 또는 누군가에게 보여주려고 몰려드는 겁니다.

우리가 이내 알아차릴 수 있듯이 이 사육제는 일상적인 일요일과 축제일의 즐거움이 단순히 연장된 것이 아니라 오히려 그 절정인 셈입니다. 이는 새로운 것, 낯선 것, 유일무이한 것이 아니며 로마의 생활 방식에 아주 자연스럽게 합류된 것입니다.

---

* 영국의 제이콥 2세의 손자인 찰스 에드워드 스튜어트(1720~1788). 1745년 왕위를 되찾고자 했지만 실패로 끝남.

기후와 성직자 복장

밖에서 가면을 쓴 한 무리의 사람들을 보게 되더라도 우리는 별로 낯설지 않을 겁니다. 맑고 쾌청한 하늘 아래에서 일 년 내내 그러한 모습을 보는 데 익숙해져 있기 때문이지요.

축제 때마다 융단을 내다 걸고 사방에 꽃을 뿌리고 천을 깔아놓아 거리는 흡사 커다란 홀이나 화랑처럼 변합니다.

시신을 무덤으로 운구할 때는 늘 교구 신도들의 가장 행렬이 뒤따릅니다. 수도승들의 갖가지 복장들이 낯설고 색다른 형상들에 우리 눈을 익숙하게 만듭니다. 일 년 내내 사육제가 벌어지는 것 같습니다. 검은 복장을 한 재속 신부들이 여타의 성직자 가장복 가운데서 보다 고상한 타바로*를 보여주는 것 같습니다.

첫날

새해 벽두부터 극장들이 열리고 사육제가 시작되었습니다. 이따금 관람석에서 보이는 미인이 장교로 가장을 하고 사람들에게 의기양양하게 견장을 보여줍니다. 코르소 가를 달리는 마차의 수가 점점 더 늘어납니다. 그렇지만 사람들의 대체적인 기대는 마지막 일주일에 쏠려 있습니다.

마지막 며칠을 위한 준비

여러 가지 준비 작업들이 천국처럼 더없이 기쁜 순간들을 사

---

* 검은 비단으로 만든, 소매가 없는 둥근 외투.

람들에게 예고해 줍니다.

로마에서 일 년 내내 깨끗하게 유지되는 몇 안 되는 거리 가운데 하나인 코르소 가가 더욱 말끔히 치워지고 정리됩니다. 사람들은 사각형 모양으로 깎은, 거의 같은 크기의 현무암 조각으로 간 아름다운 포장도로에서 다소 어긋나 보이는 부분을 들어내고 새 조각을 다시 까는 작업에 몰두하고 있습니다.

이것 말고도 생생한 조짐들이 드러납니다. 앞서 말했듯이 사육제 기간에는 밤마다 경마로 끝이 납니다. 이러한 목적으로 키우는 말들은 대개 몸집이 작으며, 이들 중 최고 경주마는 외국종이라서 바르베리라고 불립니다.

그러한 말이 머리, 목 및 몸통으로 이어진 흰 아마포로 덮개를 하고, 아마포의 이음새에 알록달록한 리본을 단 채 오벨리스크 앞의 출발 지점으로 끌려 나옵니다. 기수들은 익숙한 동작으로 말머리를 코르소 가로 향한 채 한동안 조용히 서 있다가, 이윽고 천천히 달리기 시작합니다. 그러다가 자기 코스를 좀 더 빨리 달려야겠다는 기분이 들도록 위쪽 베네치아 궁에서 말에게 약간의 귀리를 먹입니다.

대부분의 말들이 이러한 연습을 반복하는데, 그 수가 열다섯 내지 스무 마리에 이를 때도 있습니다. 그럴 때면 한 무리의 소년들이 와자지껄 흥겹게 소리지르며 따라다니기 때문에 곧 들려올 더 커다란 소음과 환호성을 미리 맛보게 되는 겁니다.

전에는 로마의 일급 가문들이 이런 말을 마구간에서 키웠습니다. 자신의 말이 경주에서 상을 받으면 가문의 영광으로 생각했습니다. 경마 결과를 놓고 내기를 하거나 우승한 말을 위해 향연이 베풀어지기도 했습니다.

그러다가 최근 들어서는 이러한 도락이 크게 줄어들었답니다. 경마로 명예를 얻으려는 소망이 중류 계층, 아니 하류 계층으로 내려갔던 겁니다.

그 시절부터 내려오는 것으로 보이는 관습이 아직 하나 남아 있습니다. 한 무리의 기수들이 나팔수를 데리고 우승 상패를 보여주며 온 로마를 돌아다니다가, 귀족의 저택으로 들어가 나팔을 힘껏 불어 젖히고는 술값을 얻어 가는 겁니다.

상은 약 2.5엘레 길이에, 폭이 채 1엘레가 못 되는 금이나 은으로 짠 천입니다. 그것은 알록달록한 막대기에 고정된 채 깃발처럼 나부끼고 있으며, 그 아래쪽 끝에는 달리는 몇 마리 말들의 형상이 비스듬히 새겨져 있습니다.

이 상패는 팔리오라는 이름으로 불립니다. 사육제가 오래 지속될수록 많은 수의 비슷한 깃발들이 앞서 말한 기수들에게 의해 거리를 돌아다니는 겁니다.

그러는 사이에 코르소 가의 모습도 바뀌기 시작합니다. 이제 오벨리스크가 거리의 경계선이 됩니다. 바로 그 앞에는 코르소 가가 한눈에 들어오고, 수많은 열이 늘어선 관람석이 층층이 설치됩니다. 관람석 앞에는 장차 그 사이로 말을 출발시켜야 하는 울타리를 만들어놓습니다.

더구나 거리의 양쪽에는 코르소 가의 첫 번째 집들에 이어지는 커다란 관람석이 지어져 이런 식으로 거리가 광장까지 연장됩니다. 울타리의 양옆에는 말의 출발을 통제하는 사람들을 위해 지붕을 얹은 작은 아치형 건물이 높게 서 있습니다.

코르소 가를 따라 올라가다 보면 몇몇 집들 앞에도 역시 관람석이 설치된 것이 보입니다. 성 카를로 광장과 안토니우스 기념주가 서 있는 광장이 울타리로 인해 거리와 격리됩니다. 이 모든 것으로 보아 전체 축제가 길고 좁은 코르소 가에 제한

될 것임이 능히 짐작됩니다.

　마지막으로 거리 한복판에는 달리는 말들이 매끄러운 도로에서 쉽게 미끄러지지 않도록 푸초라네*가 뿌려집니다.

　사육제의 완전한 자유를 누리기 위한 신호
　이렇게 사육제에 대한 기대가 하루하루 무르익고 고조되다가, 마침내 정오가 되어 카피톨리노 성의 종이 울리자마자 자유로운 하늘 아래서 아무렇게나 바보처럼 굴어도 좋다는 허락이 내려진다는 겁니다.
　일 년 내내 실수할까 전전긍긍하던 조심스러운 로마인도 이 순간만은 진지함과 신중함을 단번에 날려버립니다.
　마지막 순간까지 포석을 갈아 끼우던 도로 포장공들이 공구를 챙기고 농담을 나누면서 일을 마칩니다. 점차 발코니와 창문마다 융단들이 내걸리고, 거리 양쪽의 약간 돋운 인도에는 의자들이 놓입니다. 신분이 낮은 주민들과 아이들이 모두 거리로 나와, 이제 거리는 더 이상 거리가 아니게 됩니다. 마치 거대한 무도회장이나 온갖 치장을 한 화랑과 같아집니다.
　창문마다 융단이 내걸려 있듯이 관람석에도 오래된 느낌이 드는 융단들이 온통 깔려 있습니다. 수많은 의자들은 실내에 있는 느낌을 더해 주고, 정겨운 하늘은 지붕이 없다는 생각이 별로 들지 않습니다.
　이렇게 하여 거리는 점점 더 살기 좋은 인상을 풍깁니다. 집 밖에 나와 있어도 야외에서 낯선 사람들 틈에 있는 게 아니라, 친지들과 같이 홀 안에 있다는 생각이 드는 것입니다.

---

* 이탈리아 화산 응회암.

위병(衛兵)

코르소 가가 점점 더 붐비게 되고, 평상복을 입고 산보를 하는 사람들 사이 여기저기에 어릿광대가 모습을 드러내는 동안 병사들이 포폴로 성문 앞에 모입니다. 말을 탄 장교의 인솔하에 새 제복을 입은 이들은 악기를 연주하며 질서정연하게 코르소 가를 올라갑니다. 그러면서 이내 거리의 모든 입구를 장악하고, 주요 광장에 위병을 몇 명씩 세워 모든 시설의 질서 유지 업무를 맡습니다.

의자와 관람석을 빌려주는 상인들은 지나가는 행인들에게 열심히 소리칩니다. "자리요! 자리! 여러분! 자리 있어요!"

가장(假裝)

이제 가장한 사람들의 수가 늘어나기 시작합니다. 최하층 여인네들의 축제복으로 치장한 젊은 남자들이 가슴을 드러내놓고 뻔뻔스러울 정도로 득의만만한 표정을 지으며 맨 먼저 나타납니다. 이들은 마주치는 남자들을 애무하고, 여자들을 동성 사이인듯 친밀하고 허물없이 대합니다. 그 밖에도 기분 내키는 대로 행동하고 익살을 부리거나 짓궂은 짓을 해댑니다.

그 가운데서 어떤 젊은이가 기억이 납니다. 그는 정열적이고 욕설을 마구 퍼붓는 도저히 못 말리는 여자 역을 훌륭히 해냈습니다. 같은 패거리들이 그를 달래려는 듯 애쓰는 척하는 동안 그는 코르소 가를 내려가면서 마주치는 사람마다 다툼을 벌이고 욕지거리를 해댔습니다.

이때 어릿광대 한 명이 허리에 알록달록한 줄을 두르고 거기에 큰 뿔을 매달아 달랑거리며 달려 나옵니다. 그는 여자들과 담소를 나누면서 별 동작을 않고도 감히 신성 로마 제국의 정원들에 있는 고대 신의 모습을 흉내 낼 줄 압니다. 그의 경박한 동작이 사람들의 기분을 언짢게 하기보다 흥겹게 해줍니다. 이때 좀 더 겸손하고 만족해 보이는 다른 어릿광대 한 명이 아름다운 아내를 데리고 나타납니다.

남자들이 여장을 하고 싶어 하듯 여자들도 남장을 원하기 때문에 그녀들은 관중에게 인기 있는 어릿광대 복장을 하기를 좋아했습니다. 그래서 이들이 남녀 양성적 면모를 보일 때 종종 더없이 매력적이란 사실을 인정하지 않을 수 없습니다.

변호사 한 명이 법정에서처럼 열변을 토하며 잰걸음으로 군중 속을 헤집고 들어옵니다. 그는 창문을 올려다보며 소리치기도 하고, 가장을 했든 하지 않았든 행인들을 붙잡고 모조리 법정에 세우겠다고 으름장을 놓습니다. 그러면서 때로는 누군가 우스꽝스러운 범죄를 저질렀다고 장광설을 늘어놓기도 하고, 때로는 어떤 사람에게 자세한 부채 명세서를 들이대기도 합니다.

유부녀에게는 정부와 바람을 피운다고 야단치고, 아가씨에게는 연애를 한다고 질책합니다. 그리고 자신이 갖고 다니는 책에 의거해서 서류를 작성합니다. 이 모든 것을 그는 통렬한 목소리와 달변으로 해냅니다. 누구에게나 창피를 주고 난처하게 만들 궁리를 합니다. 그만두려나 생각하면 다시 시작하고, 가버리는가 생각하면 다시 발걸음을 돌립니다. 누군가에게 다가가서 말을 거는 게 아니라, 이미 지나가 버린 사람을 붙잡아 세웁니다. 이때 그의 동료까지 가세하면 어릿광대 짓은 최고조에 이릅니다.

하지만 이들이 언제까지나 사람들의 주목을 끌 수는 없습니다. 다양한 볼거리가 나타나면서 그런 터무니없는 짓거리는 금세 관심에서 사라집니다.

특히 퀘이커 교도들은 그리 오두방정을 떨지 않고서도 변호사 못지않게 주목을 끕니다. 이들의 가장복은 고물상에서 쉽게 볼 수 있는 고풍스러운 복장이라서 대대적인 관심을 받게 된 것 같습니다.

이러한 가장복의 주된 요건은 의상이 고풍스럽더라도 옷감의 질이 좋아야 한다는 겁니다. 이들은 흔히 우단이나 비단으로 만든 의상에 금란으로 짜거나 수놓은 조끼를 입고 다닙니다. 체격으로 볼 때 퀘이커 교도는 모두 뚱보였던 모양입니다. 얼굴을 덮은 가면에서 포동포동한 뺨과 작은 눈이 드러나 보입니다. 가발은 멋지게 땋아 내려져 있고, 모자는 작으며 대체로 가장자리에 레이스가 달려 있습니다.

이런 모습은 이탈리아의 코미디 오페라에 등장하는 광대 역의 가수와 무척 흡사해 보입니다. 그가 대체로 칠칠맞고 사랑에 빠지고 잘 속는 바보로 등장하듯이 이들도 황당무계한 멋쟁이로 등장합니다. 이들은 대단히 경쾌하게 발끝으로 깡충거리며 이리저리 뛰어다니기도 하고, 오페라 글라스 대신에 유리알이 없는 크고 검은 고리를 들고 마차 속을 일일이 들여다보거나 창문을 올려다보기도 합니다. 이들은 보통 뻣뻣한 자세로 큰절을 올립니다. 특히 한패를 만나면 두 발로 여러 번 깡충깡충 뛰면서 '브르'라는 알아듣기 힘든, 밝고 날카로운 소리를 내면서 기쁨을 표시합니다.

이들은 걸핏하면 이런 소리를 내며 신호를 보냅니다. 그리고 인근의 패거리가 같은 소리로 신호를 보내다 보면 귀청을 찢는 듯한 소음들이 삽시간에 온 코르소 가에 진동하게 됩니다.

반면에 배짱 좋은 소년들은 비비 꼬인 커다란 고둥을 불어 젖혀 참을 수 없는 소리로 사람들의 귀를 괴롭힙니다.

공간이 협소하고 많은 가장복들이 비슷해서(늘 수백 명의 어릿광대와 약 백 명의 퀘이커 교도들이 코르소 가를 오르내리기 때문에) 주목을 끌거나 관심의 대상이 될 수 있는 것은 소수에 불과함을 사람들은 이내 알게 됩니다. 그러므로 이들은 일찌감치 코르소 가에 나타나야 합니다. 아니 오히려 누구나 즐거움을 맛보고 광기를 발산하고 이러한 날들의 자유를 마음껏 누리기 위해 거리로 나온다고 할 수 있습니다.

특히 이 기간에 소녀와 부인 들은 나름대로 즐길 방도를 찾아 즐길 줄 압니다. 이들은 집을 빠져나가 어떻게 변장할까 궁리합니다. 많은 돈을 들일 수 있는 사람들은 아주 드물므로 이들은 치장보다는 자기 모습을 감추는 데 갖은 꾀를 짜냅니다.

남녀 거지로 가장하는 게 가장 수월한 방법입니다. 그러기 위해서는 무엇보다도 아름다운 머리카락이 필요합니다. 그리고 새하얀 가면을 쓰고, 몸에 두른 색깔 띠에 토기 항아리를 매달고, 손에는 지팡이와 모자를 들면 됩니다. 이들은 굽실거리면서 창 아래나 사람들 앞으로 다가가 돈 대신 사탕이나 호두 따위의 먹을거리를 얻습니다.

다른 여자들은 더욱 편하게 가장을 합니다. 이들은 모피를 걸치거나 평소 집에서 입는 복장에 가면만 쓰고 나타납니다. 이들은 대체로 남자 없이 다니며, 갈대 꽃잎으로 엮은 작은 빗자루를 공격과 방어용 무기로 달고 다닙니다. 성가시게 구는 사람이 있으면 이걸로 막아내기도 하고, 알든 모르든 가면을 쓰지 않고 다가오는 사람이 있으면 막무가내로 얼굴을 공격합니다.

만일 공격 목표가 된 한 남자가 네다섯 명의 이런 소녀들에게 에워싸이면 도저히 빠져나갈 수 없습니다. 이들은 그가 달아나지 못하게 하면서, 그가 몸을 돌리면 코밑에 빗자루를 갖다 댑니다. 이런저런 희롱을 받았다고 심하게 저항하다가는 낭패를 볼지도 모릅니다. 가면을 쓴 사람은 절대 건드려서는 안 되는데, 위병이 이들을 도우러 즉각 달려오기 때문입니다.

모든 계층의 평상복이 가장 의상으로 쓰이는 것이 분명합니다. 커다란 솔을 든 마부들이 마음에 드는 사람의 등에 묻은 먼지를 털어주러 옵니다. 사륜마차의 마부들은 평소처럼 넉살 좋게 봉사를 합니다. 시골 처녀, 프라스카티의 여인네, 어부, 나폴리 선원, 나폴리 경관, 그리스인의 가면이 비교적 멋진 축에 듭니다.

간혹 연극에서 본뜬 가면도 있습니다. 몇몇 사람들은 융단이나 아마포로 몸을 감싸고 머리 위에서 동여매고는 아주 편안한 표정을 짓고 있습니다. 하얀 형상을 한 사람은 대개 다른 사람의 길을 가로막고는 이들 앞에서 깡총깡총 뛰는데, 이런 식으로 자신이 유령이라고 자처합니다. 몇몇은 색다른 구성으로 이채를 띠기도 합니다. 타바로는 눈에 두드러져 보이지 않아서 언제나 제일 고상한 변장으로 꼽힙니다

익살스럽고 풍자적인 가장 의상은 매우 드뭅니다. 그런 것은 미리부터 최종적인 목적인 주목을 원하기 때문입니다. 하지만 기둥서방으로 가장한 어릿광대가 눈에 띄었습니다. 그는 움직일 수 있는 뿔을 달팽이처럼 끼웠다 뺐다 할 수 있었습니다. 그가 신혼부부 집의 창 아래로 다가가 뿔 '하나'를 약간 보이게 하거나 또는 다른 집 앞에 가서 두 뿔을 길게 빼서는 위쪽 끝에 달려 있는 방울을 아주 요란스럽게 울려대면 구경꾼들은 흥미

진진하게 그 광경을 바라보다가 때로 폭소를 터뜨리기도 했습니다.

마술사 한 명이 무리 틈에 끼어들어 숫자가 적힌 책을 사람들에게 보여주고는 자신이 복권 놀이에 얼마나 열성인지 상기시켜 줍니다.

얼굴 앞뒤로 두 개의 가면을 쓴 사람이 군중 속에 끼어듭니다. 사람들은 어떤 것이 앞이고 뒤인지 분간하지 못하고, 그가 오는 건지 가는 건지도 알지 못합니다.

이 기간에는 외국인도 조롱받을 각오를 해야 합니다. 북구인들의 기다란 의복과 커다란 단추, 이상하게 생긴 둥근 모자가 로마인들의 눈길을 끕니다. 그래서 이들에겐 외국인도 가장한 격이 됩니다.

외국 화가들, 특히 풍경화와 건축물을 연구하는 화가들은 로마 곳곳에 앉아 그림을 그리기 때문에 사육제 군중들 사이에서도 열심히 일하는 것으로 비칩니다. 기다란 프록코트를 입은 이들은 커다란 도화지와 엄청나게 큰 제도용 펜을 들고 무척 분주한 모습을 보여줍니다.

여기서는 독일의 빵 가게 점원이 걸핏하면 취한 모습으로 등장하는 게 이채롭습니다. 이들은 정식 복장을 하거나 또는 약간 치장을 하고 포도주 병을 들고 비틀거리는 모습으로 소개됩니다.

유일하게 풍자적인 의미를 담고 있는 가장이 하나 생각납니다.

트리니타 데 몬티 성당 앞에 오벨리스크가 하나 설치될 예정이었습니다. 이에 대해 불만의 목소리가 높았습니다. 한편으로는 광장이 너무 좁기 때문이고, 다른 한편으로는 작은 오벨리스크를 일정한 높이로 올리기 위해선 아주 높다란 받침대를 밑에 세워야 하기 때문이었습니다. 그리하여 어떤 사람이 쓰고 다닌 큰 받침대 모양의 흰 모자 위에는 아주 작고 불그스름한 오벨리스크가 달려 있었습니다. 그 받침대에는 뜻을 알아차릴 사람이 거의 없는 커다란 글자들이 적혀 있었습니다.

마차

가장한 사람들이 늘어나는 동안 마차들이 하나둘씩 코르소 가로 들어옵니다. 앞서 일요일이나 축제일의 마차 나들이에 대해 기술했던 대로 질서정연한 모습이었습니다. 다만 다른 점이 있다면 베네치아 궁에서 왼쪽으로 내려오는 마차들이 현재 코르소 가가 끝나는 지점에서 방향을 바꾼 즉시 오른쪽으로 다시 거슬러 올라간다는 사실입니다.

보행자를 고려해 약간 높게 만든 인도를 제외하면 그 거리는 대부분의 장소에서 마차 석 대가 겨우 지나갈 너비라고 이미 언급한 바 있습니다.

양편의 인도는 벌써 관람석으로 온통 막혔고, 의자들이 들어차 있습니다. 그리고 많은 구경꾼들이 이미 자리를 잡고 있었습니다. 관람석과 의자 바로 옆에는 마차 행렬이 위아래로 오르내리고 있습니다. 보행자들은 두 행렬 사이의 기껏해야 팔 피트밖에 안 되는 공간에서 움직이고 있습니다. 모두들 떠밀리다시피 이리저리 오가고 있습니다. 창문과 발코니마다 수많은 사람들이 나와 몰려다니는 군중을 내려다보고 있습니다.

처음 며칠 동안은 대체로 평범한 마차들만 눈에 띕니다. 어쨌거나 우아하고 화려한 마차는 다들 다음 날들을 위해 아껴두기 때문입니다. 사육제가 끝날 때쯤 덮개 없는 육인승 마차가 조금씩 나타납니다. 두 명의 숙녀가 높다란 자리에 앉아 있어서 전신이 다 보입니다. 그리고 네 명의 신사들이 구석의 네 자리에 앉아 있습니다. 마부와 하인은 가장을 했으며, 말들은 얇은 천과 꽃들로 장식했습니다.

장미색 리본으로 치장한 귀엽고 하얀 푸들이 마부의 발 사이에 서 있는 모습이 흔히 눈에 띕니다. 마구에서 방울 소리가 나서 사람들의 관심이 잠시 쏠립니다.

아름다운 여자들이 과감하게 일반 군중보다 높은 곳에 자리하고, 최고의 미인이라면 홀로 가면을 쓰지 않고 맨 얼굴을 드러내리라는 것을 쉽게 생각할 수 있습니다. 보통 느린 속도로 다닐 수밖에 없는 마차가 다가오면 모든 시선이 쏠리게 됩니다. 그러면 미인은 사방으로부터 "와, 정말 예쁜데!"라는 탄성을 듣는 기쁨을 누립니다.

전에는 이러한 의장(儀裝) 마차가 훨씬 자주 다녔고, 더 화려했으며, 또한 신화적이고 비유적인 공연으로 한층 흥미를 끌었다고 합니다. 하지만 최근 들어서는 어떤 이유에서인지 귀족들이 대체로 이런 장엄한 행사에 대한 즐거움을 잃어버리고 다른 사람들 앞에 모습을 드러내기보다는 즐기려고 하는 것 같습니다.

사육제의 열기가 고조될수록 마차의 모양이 더 재미있어집니다.

가장을 하지 않고 마차에 앉아 있는 진지한 사람조차도 마부나 하인은 가장을 하게 허락합니다. 마부들은 대개 여장을 택하므로 마지막 며칠 동안은 온통 여자들만 마차를 모는 것 같습니다. 이들은 대개 단정한, 그러니까 매력적인 옷차림을 하고 있습니다. 반면에 최신식 복장을 한 어깨가 벌어지고 못생긴 하인 한 명이 높이 올린 머리에 깃털을 꼽고 우스꽝스러운 행색을 하고 있습니다. 아까 그 미인들이 칭찬의 말을 듣듯이 사람들이 그의 코앞에 다가와 이렇게 외치는 소리를 참을 수밖에 없습니다. "오, 형제여, 지독히도 못생겼네!"

마부는 인파 속에서 자기가 아는 여자들을 한두 명 만나면 보통 들어 올려 마부석에 앉혀줍니다. 이들은 으레 남장을 하고 그의 옆에 앉습니다. 그러고는 굽 높은 신발을 신은 어릿광대의 작고 귀여운 발을 지나가는 사람들 머리 위에다 흔들어 댑니다.

하인들도 마찬가지로 남녀 친구들을 마차 뒤에 태우고 다닙니다. 마치 영국의 시골 마차에 탄 듯이 그들은 상자 위에 올라타고 있어도 세상에서 부러울 게 없습니다.

주인들은 자기들 마차에 사람들이 빼곡히 차는 것을 보고 싶어 하는 것 같습니다. 이러한 축제 기간에는 모든 일이 허용되고 용납됩니다.

인파

기다랗고 좁은 거리로 시선을 돌려보겠습니다. 모든 발코니와 창문들에서는 길게 드리워져 있는 융단들 너머로 빼곡히 들어찬 구경꾼들이 나와 만원인 관람석과, 거리 양편에 기다란 열을 이룬 의자에 앉은 사람들을 내려다보고 있습니다. 두 열의 마차가 거리 중앙에서 느릿느릿 움직이고 있습니다. 그리고 어쨌거나 제3의 마차가 다니도록 된 공간에는 사람들로 가득 차 있습니다. 이들은 어느 한 방향으로 가는 게 아니라 이리저리 떠밀리고 있는 형국입니다. 마차들은 멈출 때 서로 부딪히는 것을 막기 위해 어느 정도 간격을 유지하기 때문에, 많은 보행자들은 숨을 좀 돌리기 위해 한복판의 인파에서 벗어나 위험을 무릅쓰고 앞서 가는 마차의 바퀴와 뒤따르는 마차의 수레채와 말 사이로 가야 합니다. 이때 보행자들의 위험과 고생이 클수록 이들의 기분과 대담성이 고조되는 것 같습니다.

양쪽 마차 행렬 사이에서 움직이는 대부분의 보행자들은 자신의 몸과 의상을 보호하기 위해 바퀴와 차축을 조심스레 피하기 때문에 이들과 마차 사이에는 보통 필요 이상의 공간이 생깁니다. 그런데 느릿느릿 움직이는 인파와 함께 나아가는 것을 도저히 참지 못하고 바퀴와 보행자 사이, 위험과 이를 두려워하는 사람 사이를 빠져나갈 용기가 있다면 또 다른 장애물에 부닥칠 때까지 삽시간에 먼 거리를 나아갈 수 있습니다.

어느덧 이야기가 자못 믿기 어려운 내용에까지 이르는 것 같습니다. 로마의 사육제에 참가하는 수많은 사람들이 우리가 정확히 실상을 묘사하고 있음을 증언할 수 없다면, 또한 그것이 매년 되풀이되는 축제가 아니라면, 그리고 이 책으로 많은 사람들이 축제의 성격을 한눈에 알아볼 수 없다면 우리는 이 글을 계속 써나갈 엄두가 나지 않을지도 모릅니다.

지금까지 이야기한 모든 내용이 인파, 혼잡, 소음 및 자유분방의 첫 번째 단계에 불과하다면 우리 독자들은 대체 무슨 말을 할까요?

총독과 원로원 의원의 행렬

마차들이 느릿느릿 앞으로 나아가는 와중에 정체가 생기면 보행자들은 여러모로 불편을 겪게 됩니다.

우연히 벌어진 무질서와 마차들이 막히는 상황을 타개하기 위해 교황의 친위병이 말을 타고 인파 속을 헤집고 다닙니다. 마차의 말을 피했다 싶은 순간 어느 틈엔가 친위병이 탄 말 머리가 목덜미에 닿는 것을 느낍니다. 하지만 뒤이어 더 큰 불편한 일이 생깁니다.

총독은 대형 관용 마차를 타고 몇 대 마차의 호위를 받으며 다른 마차들의 두 행렬 사이 한가운데를 뚫고 나아갑니다. 교황의 근위병과 앞서 가는 시종들은 비키라고 소리치며 마차가 지나갈 공간을 확보합니다. 그 순간 이 행렬이 방금 전까지 보행자들이 차 있던 넓은 공간을 차지하게 됩니다. 이들은 갖은 방법으로 다른 마차들을 이리저리 옆으로 밀치면서 헤집고 나아갑니다. 배가 나아가면 물살이 일순간 갈라지다가 금세 다시 키 뒤에서 한데 모이듯이, 가장 행렬과 여타의 보행자 무리도 마차 행렬이 지나가기 무섭게 다시 '한' 덩어리로 뭉쳐집니다. 그렇지만 얼마 안 가 새로운 행렬이 나타나 혼잡한 인파를 방해합니다.

원로원 의원이 이와 비슷한 행렬을 이루며 접근합니다. 그의 대형 관용 마차와 호위 마차들이 입추의 여지없이 들어찬 인파의 머리 위를 통과하듯 유유히 나아갑니다. 만약 모든 주민과 외국인들이 현재 원로원 의원인 레초니코 왕자에게 애정을 갖고 매료되어 있다면, 어쩌면 그가 멀어져갈 때가 군중들이 행복해하는 유일한 경우일지도 모릅니다.

로마의 대법원장과 경찰총장이 탄 두 개의 마차 행렬이 사육제를 성대히 열기 위해서 개막 첫날에만 코르소 가를 뚫고 간 반면, 알바니아 공작은 매일 역시나 대단히 고생하며 인파를 뚫고 이 길을 지나갔습니다. 그는 모두들 가장을 하고 나타나는 이때 왕들의 옛 여군주로 하여금 그의 왕위 계승을 요구하는 사육제극을 생각나게 해주었습니다.

외교 사절들도 마찬가지의 권한이 있지만 인도적인 배려 차원에서 좀처럼 그 권한을 행사하지는 않습니다.

루스폴리 궁전 주변의 미인들

하지만 이러한 행렬만으로 코르소 가의 소통이 막히거나 지장을 받는 것은 아닙니다. 길이 더 넓어지지 않는 루스폴리 궁과 그 부근은 양쪽의 포장도로가 좀 더 높습니다. 거기에 아름다운 여자들이 자리를 잡습니다. 모든 좌석은 곧 사람들로 채워지거나 예약이 됩니다. 매력적인 가장을 하고 남자 친구들에게 둘러싸인 채, 중류 계층의 더없이 아름다운 여인들이 모습을 드러내면 지나가는 행인들은 호기심 어린 눈길을 보냅니다. 이 지역에 오면 누구나 이 멋진 대열을 구경하기 위해 발걸음을 멈춥니다. 사람들은 호기심을 보이며 남장을 하고 앉아 있는 수많은 사람들 가운데서 누가 여자인지를 가려냅니다. 어쩌면 귀엽게 생긴 장교에게서 자기가 동경하는 대상을 찾으려는 경우도 있을지 모릅니다. 이 지점에서 행렬의 움직임이 일단 막힙니다. 마차들이 되도록 오래 머물려고 하기 때문입니다. 그리고 어차피 멈추어 있을 바에야 이처럼 멋진 사람들과 함께 어울리고 싶은 겁니다.

콘페티*

우리는 지금까지 코르소 가의 비좁은 상태, 그러니까 불안스러운 상황에 대해 기술했습니다. 그런데 사람들로 붐비는 이러한 축제가 대체로 익살맞지만 가끔 아주 심각한 작은 싸움으로 소란이 벌어지기도 한다면 무척이나 특이한 인상을 줄 것입니다.

언젠가 어떤 미인이 우연히 옆을 지나가는 남자 친구를 보고 자신이 무리 속에서 가장을 하고 있다는 것을 알리기 위해 설탕을 바른 알사탕을 던졌던 모양입니다. 그것에 맞은 남자 친구가 고개를 돌리자 여자 친구를 발견하게 됩니다. 이것이 이제 일반적인 관행이 됩니다. 그리하여 알사탕을 던지는 곳에는 어김없이 한 쌍의 정다운 얼굴들이 만나는 광경이 목격됩니다. 하지만 사람들이 너무 알뜰해서 진짜 사탕은 잘 사용하지 않습니다. 더러 진짜를 마구 사용할 경우에는 좀 더 값싼 것으로 많이 준비해 둘 필요가 있습니다.

그러다 보니 이제 석고 조각을 깔때기로 빚어 사탕 모양으로 만든 다음 커다란 바구니에 담아 사람들 사이를 돌아다니며 파는 특이한 상인도 생겨납니다.

누구도 알사탕의 공격으로부터 안전하지 않기 때문에 모두 방어 태세를 취하고 있습니다. 그래서 여기저기서 장난으로 또는 불가피하게 일대일의, 소규모 또는 집단적인 싸움이 벌어지기도 합니다. 또한 보행자, 마차 승객, 구경꾼들이 창에서, 관람석이나 의자에서 번갈아가며 공격과 방어를 되풀이하기도 합니다.

---

* 사육제 때 서로 던지는 알사탕이나 색종이.

숙녀들은 금박이나 은박을 입힌 바구니에 그런 알사탕을 가득 담아두고 있습니다. 그리고 남자 파트너들은 자기의 미인들을 아주 씩씩하게 방어할 줄 압니다. 마차 창문을 활짝 열어놓고 공격을 기다리다가 친구들을 만나면 농담을 주고받고, 모르는 사람에겐 완강히 저항합니다.

이러한 싸움이 가장 치열하게 대대적으로 벌어지는 곳은 루스폴리 궁전 근처입니다. 그곳에 진을 치고 있는 모든 가장 인물들은 작은 바구니와 자루를 준비하고 손수건들을 한데 묶은 채 대비하고 있습니다. 이들은 공격받는 경우보다 공격하는 경우가 더 많습니다. 마차가 나타나면 으레 최소한 몇 명의 가장 인물이 달려들어 공격을 합니다. 어떤 보행자도 이들 앞에서 안전하지 않습니다. 특히 검은 법복을 입은 재속 신부가 모습을 드러내면 사방에서 공격합니다. 이들이 던지는 석고나 백묵은 색이 묻어나기 때문에 맞은 사람은 삽시간에 흰색이나 회색으로 온통 도배가 되고 맙니다. 이러한 싸움이 심각한 양상을 띠며 크게 번지는 경우도 자주 있습니다. 그러면 사람들은 질투심이나 개인적인 증오심이 마구 활개를 치는 것을 보고 놀라게 됩니다.

한 가장 인물이 들키지 않게 살금살금 어떤 미인에게 다가가서는 알사탕을 한 줌 가득 집어 휙 내던집니다. 그런데 어찌나 세게 맞았는지 가면에서 둔탁한 소리가 나며 미인의 목덜미에 생채기가 나게 됩니다. 그러자 양편에 있던 그녀 일행들이 바짝 약이 올라서 바구니와 자루에서 알사탕을 꺼내 공격자를 향해 마구 던져댑니다. 하지만 공격자는 얼굴을 잘 가렸고 완전 무장이 되었기 때문에 거듭되는 공격에도 끄떡없습니다. 자신의 안전이 확보될수록 그는 더욱더 격렬하게 계속 공격합니다.

방어자들은 타바로를 벗어 여자에게 덮어줍니다. 공격자가 격렬하게 싸우는 바람에 옆 사람들까지 다치고, 거칠고 사나운 행동 탓에 주위 사람들도 기분이 상합니다. 그리하여 곁에 앉아 있던 사람들이 싸움에 끼어들어 자신들의 석고 알갱이들을 아낌없이 사용합니다. 그리고 대체로 이런 경우를 위해 좀 더 커다란 탄환, 가령 설탕을 입힌 아몬드가 준비되어 있기 때문에 공격자는 결국 사방에서 집중 공격을 받고 퇴각하는 수밖에 없습니다. 특히 자기 알갱이가 바닥났을 때는 그럴 수밖에 없겠지요.

보통 이런 모험을 감행하는 자는 탄환을 슬쩍 집어주는 지원자를 한 명 데리고 있습니다. 한편 석고 콘페티를 파는 사내들은 이럴 때 바구니를 들고 분주하게 돌아다니면서 부르는 게 값인 탄환을 재빨리 팔아치웁니다.

우리는 이러한 싸움을 가까이에서 목격했습니다. 싸우던 사람들은 탄환이 떨어지자 결국 금박을 입힌 바구니를 머리를 향해 집어던졌습니다. 그 와중에 심하게 얻어맞은 위병들의 경고로 겨우 싸움이 끝났습니다.

거리의 몇몇 구석에 감겨 있는 이탈리아 경찰의 유명한 처벌 도구인 오랏줄이 이런 흥겨운 순간에 위험한 무기를 사용하면 몹시 해롭다는 것을 상기시켜 주지 않는다면, 필경 어떤 싸움은 그러다가 칼부림으로 끝날지도 모릅니다.

그래도 수도 없이 벌어지는 이러한 싸움은 대개 심각하기보다는 유쾌하게 끝납니다.

이를테면 어릿광대를 가득 태운 무개(無蓋) 마차가 루스폴리를 향해 다가옵니다. 마차는 구경꾼 사이를 지나면서 죄다 잇달아 맞힐 작정입니다. 하지만 불행히도 입추의 여지가 없는 인파 때문에 마차는 한복판에 갇히고 맙니다. 모든 군중은 일순간 같은 생각을 품고 사방에서 마차를 향해 집중포화를 퍼붓습니다. 어릿광대들도 탄환을 날리지만 사방에서 날아오는 십자포화를 맞고 한동안 속수무책으로 당하고만 있습니다. 결국 마차는 온통 눈과 우박으로 뒤범벅이 된 꼴이 되어 뭇사람으로부터 폭소와 비난을 들으며 서서히 멀어져 갑니다.

코르소 가의 위쪽 끝에서 나눈 대화

코르소 가의 한복판에서 대부분의 미인들이 이러한 활기차고 격렬한 놀이에 몰두하는 동안 다른 구경꾼들은 거리 위쪽 끝에서 다른 종류의 오락거리를 발견합니다.

프랑스 아카데미에서 멀지 않은 곳에, 이탈리아 연극의 소위 장군*이 깃털 달린 모자에 대검을 차고 커다란 장갑을 낀 스페인 풍의 복장을 하고 가장 인물들 사이에 불쑥 나타납니다. 그러면서 산전수전 겪은 자신의 위업을 과장된 어조로 들려주기 시작합니다. 하지만 오래지 않아 어릿광대 한 명이 벌떡 일어나더니 그에게 의혹과 이의를 제기합니다. 그는 장군의 말을 모두 인정하는 척하면서 말장난에다 속어를 섞어가며 그 영웅의 호언장담을 우스꽝스럽게 만들어버립니다.

여기서도 모든 행인은 가던 발걸음을 멈추고 열띤 입씨름에 귀를 기울입니다.

---

* 고대 라틴어 익살극에 나오는 허풍쟁이 군인.

어릿광대 왕

새로운 행렬이 생겨 왕왕 혼잡함을 더하기도 합니다. 열두 명 쯤 되는 어릿광대들이 서로 모여 왕을 뽑고 그에게 관을 씌워줍니다. 그리고 그의 손에 왕홀을 쥐어주고는 음악을 울리고 요란한 환호성을 지르며, 그를 장식한 작은 마차에 태워 코르소 가 상단으로 모시고 갑니다. 행렬이 앞으로 나가는 동안 모든 어릿광대들이 몰려와 따르는 시종들이 늘어납니다. 그리고 함성을 지르고 모자를 흔들면서 공간을 만들어 나갑니다.

이제야 사람들은 이들 각자가 얼마나 다양하게 가장하려고 노력했는지를 비로소 알아차리게 됩니다.

어떤 사람은 가발을 쓰고, 다른 사람은 검은 얼굴에 여자 두건을 두르고, 세 번째 사람은 머리에 모자 대신 새장을 쓰고 있습니다. 새장 속에선 재속 신부와 숙녀 복장을 한 새 한 쌍이 조그만 횃대 위에서 이리저리 깡충거리고 있습니다.

사잇길

우리가 독자에게 되도록 생생하게 전해 드리려고 한 가공할 만한 인파로 인해 일단의 가장 인물들은 당연하게도 코르소 가에서 빠져나와 인근의 사잇길로 접어듭니다. 그곳에선 사랑에 빠진 연인들이 차분히 다정하게 함께 걸어가고, 익살맞은 무리들은 온갖 기막힌 묘기를 펼쳐 보일 장소를 물색합니다.

서민들의 일요일 나들이 복장을 한, 즉 짧은 저고리에 금실 박은 조끼를 받쳐 입고, 길게 늘어뜨린 망사에 머리카락을 엮어 넣은 일군의 남자들이 여장을 한 젊은이들과 함께 이리저리 산책하고 있습니다. 여자들 가운데 한 명은 만삭의 몸으로 보이고, 평화롭게 거리를 이리저리 오르내리고 있습니다. 갑자기 남자들 사이에 불화가 일어나 격렬한 말다툼이 벌어집니다. 여자들이 끼어들어 다툼이 더욱 악화되더니, 급기야는 마분지에 은박을 입힌 커다란 칼을 빼들고 서로를 공격합니다. 여자들은 소름끼치는 비명을 지르며 뜯어말리고, 사람들은 한편은 이쪽으로, 다른 편은 저쪽으로 끌고 갑니다. 주위에 서 있던 사람들은 마치 심각한 일이라도 벌어진 양 참견하며 양편의 흥분을 가라앉히려고 합니다.

이러는 동안 만삭의 여자가 되게 놀란 모양인지 몸 상태가 나빠집니다. 의자 하나를 가져오고, 다른 여자들이 곁에서 보살펴줍니다. 그녀는 딱해 보이는 장면을 연출합니다. 그러다가 갑자기 무언가 볼품없는 형체를 낳음으로써 주위 사람들을 대단히 즐겁게 해줍니다. 연극이 끝나고 이들 무리는 다른 장소에서 이와 같거나 비슷한 연극을 보여 주기 위해 계속 이동합니다.

언제나 살인 이야기가 뇌리에 맴도는 로마인은 기회만 있으면 암살 사건을 가지고 노는 것을 좋아합니다. 심지어 아이들까지 우리 독일의 '구석에서 힘내'라는 놀이와 흡사한 '키에사'(교회 놀이)라는 놀이를 합니다. 이것은 사실 성당의 계단으로 도망친 살인자를 재현하는 놀이입니다. 다른 아이들은 경찰관이 되어 온갖 방법을 동원해 그를 잡으러 다니지만 그 보호소에 들어가서는 안 됩니다.

이처럼 사잇길, 특히 바부이노 거리와 스페인 광장에서는 아주 재미있는 일들이 벌어집니다.

퀘이커 교도들도 떼지어 몰려와 자신들의 정중한 태도를 한결 자유롭게 선보입니다.

이들은 보는 사람이면 누구나 웃지 않을 수 없는 기동훈련을 펼치기도 합니다. 열두 명이 한 조가 되어 발끝을 높이 들고 잽싼 걸음으로 행진하면서 아주 반듯한 대열을 이룹니다. 그러다가 광장에 이르면 느닷없이 좌향좌나 우향우를 하면서 종대를 이루고는 척척 발을 맞추며 나아갑니다. 그리고 갑자기 우향우를 하면서 원래 대형으로 돌아가서는 어떤 거리로 들어갑니다. 어느 틈엔가 다시 좌향좌를 한 종대는 마치 창에라도 찔린 듯이 어떤 집 대문을 향해 돌진해 들어갑니다. 이윽고 그 바보 같은 사람들은 모습을 감춥니다.

저녁

저녁이 가까워지면서 점점 더 많은 사람들이 코르소 가로 몰려듭니다. 마차가 움직이지 못한 지는 벌써 한참 됩니다. 아닌 게 아니라 밤이 되기 두 시간 전이면 어떤 마차도 더는 그곳을 빠져나갈 수 없는 사태가 벌어질 수 있습니다.

교황의 근위병과 도보로 다니는 위병은 모든 마차들이 되도록 한복판에서 벗어나 반듯한 대열을 이루게 하느라 분주합니다. 그리고 군중들 사이에서는 여러 가지 무질서와 짜증이 일어납니다. 이런 가운데 어떤 말이 뒷걸음치다가 떠밀리고 들어 올려집니다. 한 대의 마차가 물러나면 그 뒤의 모든 마차들이 뒤로 밀릴 수밖에 없습니다. 그러다가 결국은 마차 한 대가 오도 가도 못하는 상태에 빠져 말 머리를 가운데로 돌릴 수밖에 없게 됩니다. 그러면 근위병이 야단치고 위병이 욕하고 위협하는 일이 벌어집니다.

난처해진 마부가 어쩔 수 없는 일이라며 아무리 변명을 해봤자 아무 소용이 없습니다. 어쨌거나 그에게 쏟아지는 건 욕설과 위협밖에 없습니다. 따라서 불가피한 상황에 순응하든가, 부근에 샛길이 있으면 아무 잘못이 없더라도 대열을 빠져나가는 수밖에 없습니다. 하지만 그 샛길도 이미 멈추어 서 있는 마차들로 가득 차 있는 게 보통입니다. 마차들의 움직임이 이미 교착상태에 빠져 있거나 더는 옴짝달싹할 수 없는 지경이기 때문입니다.

경마 준비
경마의 순간이 시시각각 다가오면 수천 명의 사람들이 흥미진진하게 기다리고 있습니다.
의자를 빌려주는 사람이나 관람석을 운영하는 사람들은 목청을 한껏 돋워 소리 지릅니다. "자리요! 맨 앞자리! 일등석이오! 자리요, 여러분!" 최후의 순간에 들어선 지금은 돈을 조금 덜 받더라도 자리를 깡그리 채우는 것이 중요하기 때문입니다.
그래도 군데군데 자리가 비어 있는 게 다행스러운 일입니다. 장군이 일부 근위병과 함께 두 열의 마차들 사이에서 코르소가를 내려오면서, 보행자들을 몰아내고 그나마 남아 있던 유일한 공간을 확보하기 때문입니다. 그러면 누구나 의자나 관람석, 마차 위나 마차 사이, 또는 아는 사람 집 창가에 자리를 얻으려고 합니다. 곳곳마다 구경꾼으로 입추의 여지가 없습니다.
그러는 동안 오벨리스크 앞의 광장은 사람들이 말끔히 비켜나고, 어쩌면 오늘날 세계에서 볼 수 있는 가장 멋진 광경이 펼쳐질지도 모릅니다.
앞에서 기술한 관람석들 가운데 융단이 내걸린 세 군데의 정면이 광장을 에워싸고 있습니다. 겹겹이 드러나 보이는 수천의 머리들이 고대의 원형 극장이나 원형 경기장의 정경을 떠올리게 해줍니다. 관람석 한복판 위로는 높다란 오벨리스크가 우뚝 솟아 있습니다. 관람석이 그것의 받침대만을 덮고 있기 때문입니다. 오벨리스크가 그렇게 엄청난 인파를 가늠해 주는 척도가 된다는 사실을 깨달은 사람들은 이제야 그것의 높이가 어마어마하다는 사실을 새삼 인식하게 됩니다.

텅 빈 광장은 사람들의 눈에 아름다운 정적으로 비칩니다. 사람들은 팽팽한 밧줄이 쳐진 텅 빈 울타리를 숨을 죽이고 지켜봅니다.

이윽고 코르소 가가 말끔히 치워졌다는 표시로 장군이 거리를 내려옵니다. 그리고 누구도 마차의 대열에서 빠져 나오지 못하도록 위병이 그의 뒤에서 막습니다. 장군은 어느 관람석에 가서 자리에 앉습니다.

출발

이제 잘 차려입은 마부들이 말들을 추첨 순서에 따라 밧줄로 막아놓은 울타리 안으로 끌고 갑니다. 말들은 몸에 마구나 그 밖의 어떤 덮개도 지니고 있지 않습니다. 마부들은 말의 몸 여기저기에 줄이 있는 가시 달린 공을 매달아 주고, 박차를 가해야 할 부위에 출발 순간까지 가죽으로 덮고, 커다란 금박지도 붙여 줍니다.

말들은 울타리 안으로 끌려 들어가면 대개 참지 못하고 사나워집니다. 그리하여 마부들은 말들을 진정시키기 위해 온갖 힘과 기술을 동원합니다.

말들은 내달리고 싶어 하는 욕구 때문에 제어하기 어렵고, 수많은 사람들이 있어서 겁먹기도 합니다. 간혹 옆쪽 울타리나 밧줄을 뛰어넘기도 합니다. 이러한 동요와 무질서에 관중들은 점점 손에 땀을 쥐게 됩니다.
　출발하는 순간의 예기치 않은 상황이나 말을 풀어주는 기술이 결정적으로 유리하게 작용할 수 있으므로 마부들은 극도로 긴장하며 주의를 기울입니다.
　마침내 밧줄이 내려지고 말들이 달려 나갑니다.
　텅 빈 광장에서 말들이 서로 선두를 차지하려고 안간힘을 쓰지만, 일단 마차의 양 열 사이 좁은 공간으로 들어서면 모든 경쟁은 대개 물거품이 되고 맙니다.
　전력을 다하며 질주하는 몇 마리가 보통 선두에 서게 됩니다. 응회석을 뿌려 놓았지만 포장도로에선 불꽃이 튀고 갈기가 휘날리며 금박지가 쉭쉭 소리를 냅니다. 그리고 말들은 보이기가 무섭게 금세 사라져버립니다. 나머지 말들은 엎치락뒤치락하면서 서로를 방해합니다. 때로는 한 마리가 뒤늦게 뒤쫓아 달리기도 합니다. 말들이 지나간 자리엔 찢어진 금박지 조각들이 하늘하늘 나부낍니다. 말들이 곧 시야에서 사라져버리자 사람들이 몰려나와 다시 경주로를 가득 메웁니다.
　벌써 베네치아 궁에서는 다른 마부들이 말들이 도착하기를 기다립니다. 이들은 좁은 공간에서 말들을 붙잡아 제어할 수 있는 솜씨가 좋습니다. 우승자에겐 상금이 수여됩니다.
　행사는 이처럼 강력하고 전광석화 같고 순간적인 인상을 남기며 끝납니다. 수천의 사람들이 일순간 숨을 죽이며 긴장한 순간입니다. 그들이 왜 이 순간을 기다리고 그것을 보며 흥겨워하는지 속 시원히 설명할 수 있는 사람은 별로 많지 않습니다.

  우리가 기술한 내용을 보면 이러한 경기가 동물과 사람에게 위험을 초래할 수 있음을 금방 알게 될 겁니다. 몇 가지 경우만 예로 들어보기로 하겠습니다. 마차와 마차 사이의 좁은 공간에 뒷바퀴 하나가 약간 옆으로 삐져나와 있으면, 우연히 이 마차 뒤에 다소 넓은 공간이 생기는 일이 있습니다. 다른 말들과 뒤엉켜 내달리던 어떤 말이 이 벌어진 공간을 이용하려 뛰어나오다가 삐져나온 바퀴에 그만 부딪히는 겁니다.

  심지어 우리는 그 충격으로 어떤 말이 나뒹굴자 뒤따라오던 세 마리의 말이 앞의 말을 덮치면서 데굴데굴 구르는 경우를 목격하기도 했습니다. 그래도 천만다행으로 뒤따르던 말들은 쓰러진 말들을 뛰어넘으면서 경주를 계속했습니다.

  말이 현장에서 즉사하는 경우도 간혹 있습니다. 돌발 상황으로 구경꾼들이 목숨을 잃는 경우도 심심찮게 일어납니다. 말들이 방향을 틀어 거꾸로 달리는 경우에도 마찬가지로 커다란 화를 부를 수 있습니다.

  심술궂고 시기심 많은 사람들이 월등히 앞서 달리는 어떤 말의 눈을 외투로 후려치는 일이 생기기도 했습니다. 그러자 그 말은 방향을 바꾸어 그만 옆길로 내달렸습니다. 말들이 베네치아 광장에서 마부들에게 냉큼 붙잡히지 않으면 더욱 큰일입니다. 그런 경우에 말들은 멈추지 않고 오던 길을 되돌아 달립니다. 그런데 경주로는 이미 다시 인파로 가득하기 때문에 이러한 말들은 사람들이 당해 보지 않았거나 대수롭지 않게 여기는 여러 가지 화를 부를 수 있습니다.

포기된 질서

보통 어둑어둑해질 무렵에야 비로소 경주를 마칩니다. 말들이 거리 위쪽의 베네치아 궁에 도착하자마자 몇 발의 예포가 발사됩니다. 이러한 신호는 코르소 가의 한복판에서도 되풀이되고, 마지막 예포는 오벨리스크 부근에서 울립니다.

그러면 위병은 지키던 자리를 떠나고, 마차 대열의 질서는 더 이상 유지되지 않습니다. 자기 집 창가에서 조용히 지켜보던 구경꾼들도 분명 이 순간 불안하고 짜증스러울 겁니다. 이에 대해 몇 가지 지적하는 것도 의의 있는 일일 것입니다.

우리가 앞에서 살펴본 대로 어둠이 깃들기 시작하는 때는 이탈리아에서 많은 일이 벌어지는 순간으로, 보통 일요일과 축제일의 마차 나들이가 시작되는 시점이기도 합니다. 그때에는 위병이나 근위병도 없으며, 응당 질서를 지키며 오르내리는 것이 오랜 관례이자 일반적인 관습입니다. 하지만 아베 마리아가 울리기 무섭게 상황이 돌변하여 언제 어떻게 마차를 몰든 다 제멋대로 할 수 있는 자기 권리라고 생각합니다. 그런데 사육제의 마차 행렬도 같은 거리에서, 같은 규칙에 따라 이루어지므로 어둠이 깃들기 시작하면 다들 질서를 무시하고 제멋대로 행동하려고 드는 겁니다. 물론 사육제 날에는 군중의 수나 여러 상황이 보통 때와 크게 다르긴 하지만 말입니다.

코르소 가에 넘치던 엄청난 인파를 되돌아보고 잠시 텅 비었던 경주로에 다시 사람들이 북적이는 모습을 지켜보면서, 모든 마차는 질서정연하게 제각기 편리한 골목길에 이르러 서둘러 집으로 가는 길을 모색해야 한다는 법칙만이 우리에게 이성과 정의감을 불어넣는 것 같다는 생각이 듭니다.

하지만 예포의 울림이 멎는 것과 동시에 몇 대의 마차가 가운데로 진입하여, 보행자를 방해하고 우왕좌왕하게 만듭니다. 가운데의 좁은 공간에서 한 대는 아래쪽으로, 다른 한 대는 위쪽으로 나아가려고 하다 보니 두 대가 다 그곳을 벗어날 수 없게 되고, 이로 말미암아 대열에 머물면서 비교적 질서를 잘 지키던 마차들도 종종 지나가는 데 애로를 겪게 됩니다.

그런데 되돌아오는 말까지도 이러한 정체에 얽혀들면 상황은 더 위험해지고, 불상사가 일어날 가능성이 증가하며, 사방에서 짜증이 늘게 됩니다.

밤

하지만 이러한 혼란도 시간이 좀 흐르면 대개 아무 탈 없이 해결됩니다. 밤에 접어들면 누구나 나름대로 조용히 쉬기를 바라기 때문입니다.

극장

이 순간부터 사람들은 얼굴에 쓴 가면을 벗어던지고 대부분의 관중은 극장으로 서둘러 갑니다. 특별석에선 아직 타바로를 걸친 신사들과 가장복을 한 숙녀들이 눈에 띄지만 일층 관람석의 모든 관중들은 다시 평상복을 입고 있습니다.

알리베르티 극장과 아르젠티나 극장은 발레를 곁들인 진지한 오페라를 공연합니다. 발레 극장과 카프라니카 극장에서는 막간극으로 코믹한 오페라를 곁들인 희극과 비극을 공연합니다. 파체 극장에서는 불완전하지만 이런 것들을 흉내 내며, 인형극과 줄 타는 광대의 묘기에 이르기까지 여러 가지 부수적인 볼거리들이 있습니다.

한번 불타버린 뒤에 재건한 커다란 토르데노네 극장은 금세 무너져내려 유감스럽게도 이젠 더는 중요한 정치적 사건이나 놀라운 공연으로 사람들을 즐겁게 해주지 못합니다.

연극에 대한 로마인의 열정은 원체 대단하지만 유일하게 사육제 기간에만 그 욕구를 충족할 수 있었기 때문에 전에는 이 즈음에 그 열정이 더욱 불타올랐습니다. 오늘날에는 여름이나 겨울에도 적어도 '한' 극장만은 개관하고 있어서 관중은 거의 일 년 내내 이러한 즐거움을 어느 정도 누릴 수 있습니다.

여기서 극장들을 상세히 묘사하는 데 치중하고, 어쨌거나 로마인들이 무언가 특별한 것을 누리고 싶어 한다는 사실을 부각시키려고 한다면 우리의 목적을 크게 벗어나는 일이 될지도 모릅니다. 다른 곳에서 이 문제가 거론되었음을 우리 독자들은 기억할 겁니다.

페스티네

마찬가지로 이른바 페스티네에 관해서도 약간 이야기해야겠습니다. 이것은 휘황찬란한 조명을 받는 알리베르티 극장에서 여러 번 행해지는 성대한 가장무도회입니다.

여기에서도 신사 숙녀를 막론하고 타바로를 가장 품위 있는 가장복으로 간주합니다. 그래서 홀은 온통 검은 옷을 입은 사람들로 가득합니다. 주인의 개성을 나타내는 알록달록한 가장복은 드문드문 보일 뿐입니다.

비록 드물긴 하지만 다양한 예술 시대 중에서 자신들의 가장복을 선택하고, 로마에 있는 상이한 입상들을 탁월하게 모방한 몇몇 고상한 인물이 모습을 드러내면 호기심이 더욱 커집니다.

이처럼 이곳에는 이집트의 신들, 여사제들, 바쿠스 신과 아리아드네, 비극의 여신, 역사의 여신, 어떤 도시, 베스타의 여사제들, 집정관이 대충은 그럴싸하게 가장복을 입고 모습을 드러내고 있습니다.

춤

이 축제에서는 보통 영국식으로 기다란 열을 이루며 춤을 춥니다. 다른 점이 있다면 대개 몇 번 돌면서 무언가 독특한 것을 몸짓으로 표현한다는 것입니다. 이를테면 두 연인이 토닥토닥 다투다가 화해하고, 헤어지다가 다시 서로를 찾는 식입니다.

로마인들은 무언극 발레로 인하여 강렬한 몸짓에 익숙해져 있습니다. 이들은 사교춤을 출 때도 우리가 볼 때 과장되고 꾸민 것 같은 표현을 좋아합니다. 누군가 예술적으로 춤을 배운 사람이 있을 때는 감히 선뜻 춤추려 들지 않습니다. 특히 미뉴에트*는 그야말로 하나의 예술품으로 간주되므로, 이 춤을 추는 쌍은 얼마 되지 않아 흡사 공연을 하는 것 같습니다. 어떤 한 쌍이 미뉴에트를 출 때 다른 쌍들은 빙 둘러 에워싸서 구경하며, 탄성을 지르다가 마지막엔 박수갈채를 보냅니다.

아침

우아한 세계의 사람들이 이렇게 아침 녘까지 즐기는 반면 동

---

* 17세기 프랑스의 4분의 3박자 민속춤.

이 틀 무렵이면 코르소 가는 벌써 청소하고 정리하느라 분주해집니다. 특히 거리 가운데에 뿌려진 응회석을 고르고 말끔하게 펴느라 신경을 씁니다.

얼마 후 마부들이 어제 성적이 가장 부진했던 경주마를 오벨리스크 앞으로 데리고 나옵니다. 작은 소년을 태운 채, 채찍을 든 다른 기수가 말을 몰고 앞으로 나아갑니다. 그리하여 말이 전력을 다해서 되도록 신속하게 경주로를 주파하도록 합니다.

대략 오후 2시가 되어 종을 울려 신호를 보내면 이미 묘사한 똑같은 축제가 매일 되풀이됩니다. 산책하던 사람들이 모여들고, 위병이 근무를 시작하고, 발코니와 창문 및 관람석엔 융단이 내걸립니다. 가장 인물들이 늘어나서 바보 짓거리를 하고, 마차들이 거리를 오르내립니다. 날씨나 그 밖의 상황이 유리한가 불리한가에 따라 거리의 혼잡도가 다소 달라집니다. 사육제가 끝날 때쯤이면 당연히 구경꾼과 가장 인물, 마차, 치장과 소음이 늘어납니다. 하지만 아무리 그래도 사육제 마지막 날 밤에 인파가 몰리고 아수라장이 되는 것에 비하면 아무것도 아닙니다.

마지막 날

대체로 밤이 되기 두 시간 전이면 벌써 마차 행렬이 멈춰 서 있습니다. 어떤 마차도 그 자리를 벗어날 수 없으며, 다른 마차도 옆길에서 더 이상 끼어들 수 없습니다. 자릿값이 아주 비싼데도 관람석과 의자는 진작부터 만원입니다. 모두들 되도록 빨리 자리를 잡으려고 합니다. 그러고는 예전보다 더욱 애타게 경마가 시작되기를 고대합니다.

마침내 이러한 환희의 순간도 지나가 버리고, 축제가 끝났음을 알리는 신호가 울려 퍼집니다. 하지만 마차도 가장 인물도 구경꾼도 자리를 뜨지 않습니다.

어둠이 소리 없이 내려앉으면서 사위가 조용히 정적에 싸입니다.

모콜리*

이 비좁고 번잡한 거리에 어둠이 깃들기 무섭게 여기저기서 불빛이 보이기 시작합니다. 창문이나 관람석에서 불빛이 일렁이다가 삽시간에 온 거리가 타오르는 촛불로 환히 밝혀지게 됩니다.

발코니는 불빛이 내비치는 종이 등으로 장식되고 모두들 창밖으로 촛불을 들고 있어 관람석이 환히 밝혀집니다. 그리고 마차 속까지 속속들이 들여다보여 이따금 마차의 덮개에 달린 조그만 수정 촛대가 사람들을 비추어줍니다. 다른 마차에선 손에 알록달록한 촛불을 든 숙녀들이 흡사 자신들의 미모를 과시하는 것 같습니다.

하인들이 마차 덮개의 가장자리에 촛불을 매달아 놓았고, 알록달록한 종이 등으로 장식한 무개 마차도 모습을 드러냅니다. 보행자들 중 어떤 이들은 머리 위로 피라미드형 촛불을 높이 들고 있습니다. 또 다른 사람들은 갈대를 여러 개 엮어 촛불을 꽂아놓았는데, 때로는 그러한 막대기가 건물 이삼 층 높이에 이르기도 합니다.

---

* '타다 남은 양초'라는 뜻으로 욕설로 쓰이기도 함.

이제 모두들 촛불을 켜고 손에 들고 다녀야 합니다. 로마인들이 즐겨 쓰는 저주의 말인 "시아 아마차토!(죽여버려라!)"가 어디를 가나 시도 때도 없이 들립니다.

어떤 사람이 "시아 아마차토 키 논 포르타 모콜로!(촛불을 들지 않은 자는 죽여버려라!)"라고 외치면서 다른 이의 촛불을 불어서 끄려고 합니다. 촛불을 켜면 불어서 끄고, "시아 아마차토!"라고 마구 외쳐댑니다. 그럼으로써 이내 살아 움직이는 느낌을 불러일으키고, 엄청난 수의 사람들이 서로에게 흥미를 가지게 됩니다.

앞에 있는 사람을 알든 모르든 상관없이 언제나 제일 가까이 있는 사람의 촛불을 불어서 끄거나, 자기는 다시 켜면서 불을 댕기는 타인의 것은 꺼뜨리려고 합니다. 사방에서 "시아 아마차토!"라고 외치는 소리가 커질수록 그 말은 끔찍한 의미를 한결 잃게 되고, 사람들은 이런 저주의 말이 어떤 사소한 계기로 누구에게 곧이어 실현될 수 있는 로마에 있다는 사실을 더욱 망각하게 됩니다.

이 말에 담긴 의미는 점차 완전히 사라져버립니다. 그리고 다른 나라 말로 들으면 흔히 저주와 비속의 뜻도 경탄과 기쁨의 표시로 들리듯이, "시아 아마차토!"라는 말도 이날 저녁에는 구호나 환호성처럼, 온갖 농담과 놀림 및 칭찬의 후렴처럼 들립니다.

그래서 이렇게 조롱하는 소리가 들립니다. "사랑에 빠진 신부는 죽여버려라!" 또는 옆을 지나가는 선량한 친구에게 "필리포 씨를 죽여버려라!"라고 외치는 소리가 들립니다. 또는 이러한 저주의 말에 아부와 칭찬을 곁들이기도 합니다. "아름다운 공작 부인을 죽여버려라! 금세기 최고의 여류 화가 앙겔리카를 죽여버려라!"

이렇게 외치는 모든 말들은 끝에서 두 번째와 세 번째 음절을 길게 빼면서 격렬하고 빨라집니다. 이렇게 끊임없이 외치는 가운데 촛불 끄기와 켜기도 여전히 계속됩니다. 집에서든 계단에서든 방 안에서든 이웃해 함께 창밖을 내다보든 어디에서 누구를 만나든 간에 자신이 당하기 전에 다른 사람의 불을 먼저 끄려고 합니다.

신분과 나이를 막론하고 죄다 이 일에 미쳐 날뛰면서 마차의 발판에까지 올라갑니다. 샹들리에나 각등(角燈)도 안전하지 못합니다. 아들은 아버지의 촛불을 끄면서 쉬지 않고 "아버지를 죽여버려라!"라고 외쳐댑니다. 아들의 이러한 무례함을 꾸짖어 봤자 아무 소용이 없습니다. 소년은 이날 저녁의 자유를 주장하고 아버지를 더욱더 지독하게 저주할 뿐입니다. 이제 코르소가의 양끝에서 벌어지는 소동이 가라앉기가 무섭게 사람들은 너도나도 한복판으로 몰려듭니다. 그래서 가히 상상을 초월하는 인파가 북적거리게 됩니다. 정말이지 아무리 기억력이 좋다 해도 이런 장면을 다시 생생하게 표현할 수 없을 겁니다.

서 있는 사람이나 앉아 있는 사람이나 누구도 자신이 있는 장소에서 꼼짝도 할 수 없습니다. 수많은 사람들과 촛불에서 뿜어져 나오는 열기, 계속 꺼지는 무수한 촛불에서 나오는 연기, 몸을 움직일 수 없게 될수록 더욱 격렬하게 외쳐대는 많은 사람들의 고함, 이러한 것들로 급기야는 정신이 아주 멀쩡한 사람조차 뭐가 뭔지 모르게 되고 맙니다. 불상사가 일어나지 않고, 마차를 끄는 말이 거칠어지지 않고, 많은 사람들이 눌리고 밀리거나 그 밖에 부상을 당하지 않을 도리가 없어 보입니다.

그렇지만 결국은 누구나 이곳을 어느 정도 벗어나, 어떻게든 옆길에 접어들거나 인근의 광장에서 자유로운 공기를 마시며 숨을 돌리고 싶어 합니다. 그렇기 때문에 이러한 군중도 하나 둘 흩어지면서 거리의 끝에서 가운데로 점차 빈 곳이 생기게 됩니다. 그리하여 이 자유롭고 분방한 축제, 현대판 농신제는 너 나 할 것 없이 죄다 마비된 가운데 막을 내립니다.

이제 곧 자정이 되면 그때부터는 고기를 먹지 못하므로 사람들은 서둘러서 진수성찬을 즐깁니다. 보다 고상한 사람들은 대폭 축소 공연하는 연극 작품과 작별을 고하기 위해 극장으로 향하는데, 자정이 다가오면서 이러한 즐거운 시간도 끝나게 됩니다.

성회(聖灰) 수요일

이리하여 자유분방한 축제는 하나의 꿈처럼, 한 편의 동화처럼 사라져버립니다. 어쩌면 축제에 참가한 사람들보다 우리 독자들 마음속에 더욱 오래 여운이 남을지도 모릅니다. 우리가 전체적인 맥락 속에서 축제 전반의 모습을 독자들의 상상력과 오성 앞에 펼쳐보였으니 말입니다.

이러한 어리석은 짓거리가 진행되는 동안 그 상스러운 어릿광대가 어울리지 않게도 우리가 살아 있음을 고맙게 생각해야 하는 사랑의 기쁨을 상기시켜 줄 때, 어떤 바우보 할머니*가 공개 석상에서 임산부의 비밀을 폭로할 때, 밤에 명멸하던 수많은 촛불들이 우리에게 지난 축제를 기억나게 할 때, 우리는 부

---

* 그리스 신화에서 농업의 여신의 보모. 딸의 죽음을 슬퍼하는 어머니를 위로한다며 음탕한 농담을 늘어놓음.

질없이 살아가면서도 삶의 가장 중요한 장면에 주의를 기울이게 됩니다.

더구나 인파로 가득 찬 그 좁고 기다란 길은 우리에게 인생 행로를 떠올리게 해줍니다. 그곳에선 맨 얼굴이든 가장을 했든, 발코니에서든 관람석에서든 모든 구경꾼은 자신의 앞과 옆의 오직 한 곳만을 바라다봅니다. 마차를 탄 사람이나 걷는 사람이나 한 발 한 발씩만 나아가고, 나아간다기보다는 오히려 떠밀리면서, 자기 뜻으로 멈춘다기보다는 오히려 막히면서 더 볼만하고 재미있는 일이 벌어지는 곳으로 나아가려고 부단히 애를 씁니다. 그러다가 그곳에서도 다시 길이 막히게 되고 급기야는 밀려나고 맙니다.

보다 진지한 주제를 말하자면 이런 것도 약간 언급하고 싶습니다. 즉 그지없이 생생한 최고의 기쁨도 날듯이 질주하는 말처럼 그저 잠시 동안만 우리 앞에 나타나 우리 마음을 뒤흔들어놓고 흔적도 없이 우리 마음속에서 사라져버린다는 겁니다. 그리고 자유와 평등은 광기에 도취된 상태에서만 누릴 수 있고, 더없는 쾌락도 아슬아슬하게 위험을 무릅쓰고 두근거리는 마음으로 두렵고 감미로운 느낌을 가까이서 누릴 때 가장 자극적이라는 사실입니다.

그리고 이런 것을 생각하지 않았다면 우리도 성회 수요일을 관찰하며 우리의 사육제를 끝냈을지도 모릅니다. 그럼으로써 우리는 한 명의 독자도 슬프게 만들지 않았을지도 모릅니다. 하지만 대체로 인생이란 로마의 사육제처럼 한눈에 조망할 수 없고, 마음대로 즐길 수 없으며, 여러 가지로 걱정할 점이 많습니다. 그러므로 오히려 우리와 아울러 모든 사람들은 근심 걱정을 다 잊은 이러한 가장 인물들을 통해, 때로는 보잘것없이 여겨지더라도 각자 순간적으로나마 이렇게 삶을 즐기는 것이 얼마나 중요한 일인가를 마음에 떠올려보기 바랍니다.

2월의 편지

2월 1일, 로마

이제 오는 화요일 저녁이면 어릿광대들도 조용해진다니 얼마나 기쁜지 모르겠습니다. 나 자신은 분위기에 휩쓸리지 못하고 있는데 다른 사람들이 미쳐 날뛰는 모습을 보는 것은 끔찍하게 성가신 일입니다.

나는 되도록 계속 연구에 몰두해『클라우디네』도 진척이 있었습니다. 모든 수호신이 계속 보살펴 준다면 일주일쯤 후면 제3막을 헤르더에게 보낼 수 있을 겁니다. 그렇게 되면 제5권이 끝나는 셈입니다. 그러고 나면 새로운 고통스러운 일에 착수해야 하는데, 그 일에 대해서는 아무도 나에게 충고나 도움을 줄 수 없을 겁니다. 현재 있는 것을 다시 고쳐 써야 하는『타소』는 아무짝에도 쓸모가 없어서 나는 이를 끝낼 수도 모든 것을 던져버릴 수도 없는 처지입니다. 하느님이 인간에게 이런 고생을 안겨주셨다니!

제6권에는 아마도『타소』,『릴라』,『예리와 배텔리』가 수록될 텐데, 이것들을 아무도 알아보지 못할 정도로 완전히 고쳐 써서 보다 낫게 만들 겁니다.

이와 동시에 내 짧막한 시들을 검토해 보았고, 어쩌면 제7권보다 먼저 나올지도 모르는 제8권을 생각해 보았습니다. 자신의 삶을 이처럼 총괄한다는 것은 유난을 떠는 일입니다. 한 인간이 남기는 삶의 족적이란 보잘것없을 테니까요!

이곳 사람들은 나의 『베르테르』 번역본을 가지고 귀찮게 굽니다. 그걸 보여주면서 어떤 부분이 가장 잘됐으며, 모든 내용이 다 진짜인지도 묻습니다! 이들은 내가 인도까지 가더라도 쫓아올지도 모르는 아주 성가신 존재들입니다.

2월 6일, 로마

『클라우디네』의 제3막을 보내드립니다. 내가 이 작품을 끝내고 기뻐한 반만큼이라도 그대 마음에 들기를 바랍니다. 이젠 서정적 연극에 필요한 내용을 전보다 정확히 알고 있어 여러 가지를 희생하면서 작곡가와 배우에 맞서려고 했습니다. 천에 수를 놓으려면 많은 실이 필요하듯, 코믹한 오페라를 만들려면 반드시 말리*처럼 짜야 합니다. 하지만 『에르빈』의 경우처럼 이 오페라에서는 읽는 문제도 고려했습니다. 이 정도면 내가 할 수 있는 한 애쓴 셈입니다.

나는 마음이 꽤 차분하고 맑은 상태이며, 이미 여러분에게 분명히 말했듯이 어떤 부름에도 기꺼이 응할 준비가 되어 있습니다. 조형 예술을 하기에는 내 나이가 너무 많습니다. 그래서 다소 서투른 모습을 보였더라도 별로 개의치 않습니다. 이제

---

* 거즈와 흡사한 직물로 커튼이나 천막을 만드는 데 사용함.

나의 갈증이 진정되었고, 정도(正道)를 걸으며 관찰과 연구를 해나가고, 평화롭고 분수에 맞게 즐기고 있습니다. 이 모든 일이 이루어지도록 여러분이 축복을 빌어주길 바랍니다. 현재로선 나의 마지막 세 부분을 끝내는 일이 가장 시급한 문제입니다. 그런 다음에 『빌헬름 마이스터』를 비롯한 다른 작품에 착수할 예정입니다.

2월 9일, 로마

월요일과 화요일에도 어릿광대들은 한바탕 소동을 벌였습니다. 촛불로 광란이 절정에 달한 화요일이 특히 그러했습니다. 수요일에는 사순절에 대해 신과 교회에 감사의 기도를 드렸습니다. 나는 어떤 가장무도회(이들은 러투어라고 부릅니다.)에도 참석하지 않고, 머릿속에 떠오르는 내용을 부지런히 쓰고 있습니다. 제5권이 끝나므로 여러 가지 예술 연구에 전념하고, 그런 다음에는 즉각 제6권에 착수할 생각입니다. 요 며칠 동안 레오나르도 다 빈치의 회화에 대한 책을 읽었는데, 내가 왜 지금껏 그 내용을 이해하지 못했는지 이제야 알겠습니다.

아, 그림을 단지 구경만 하는 사람은 얼마나 행복할까요! 이들은 현명하다고 자부하고, 자신들이 무슨 대단한 존재인 양 생각합니다. 예술 애호가나 전문가도 이와 다를 바 없습니다. 훌륭한 예술가란 항시 겸허한 자세를 유지할 때가 마음 편하다는 사실을 그대는 알지 못할 겁니다. 하지만 최근에 몹시 언짢게도 자신은 작품을 쓰지 않으면서 내 표현력이 부족하다고 비난하는 소리를 들었습니다. 그러한 말은 마치 담배 연기처럼 즉시 기분을 잡치게 합니다.

앙겔리카는 그림을 두 점 구입하고 기분이 좋아져 있습니다. 하나는 티치아노의 그림이고 다른 하나는 보르도네의 그림인데 둘 다 거금을 주고 샀습니다. 그녀는 연금을 축내기는커녕 매번 재산을 불려가고 있기 때문에 그녀를 기쁘게 해주고 예술에 대한 열정을 드높여주는 작품들을 구입하는 행위는 칭찬할 만합니다. 그녀는 그 그림들을 집으로 가져오기가 무섭게 새로운 기법으로 이를 다시 그리기 시작합니다. 어떻게 하면 그 거장들의 이런저런 장점을 자기 것으로 소화할 수 있을까 알아보기 위해서입니다. 그녀는 그림 그리는 데에도 연구에도 도무지 지칠 줄 모릅니다. 그녀와 함께 미술품을 감상하면 즐겁기 짝이 없습니다.

훌륭한 예술가인 카이저도 작곡에 몰두하고 있습니다. 『에그몬트』에 곁들일 그의 음악이 상당히 진척되었습니다. 아직 다 듣지는 못했지만 모두 최종 목표에 아주 잘 들어맞는 것 같습니다.

그는 「작고 분방한 큐피드」 등도 작곡할 겁니다. 즉시 보내드릴 테니 간혹 내가 생각날 때마다 불러주기 바랍니다. 그것은 내가 좋아하는 노래이기도 합니다.

많이 쓰고 활동하며 생각하느라 나의 머리는 황폐해져 있습니다. 나는 더 현명해지지도 않으면서 자신에게 너무 많은 것을 요구하고 너무 과중한 짐을 지우고 있습니다.

2월 16일, 로마

얼마 전에 프로이센의 전령을 통해 우리 공작이 보낸 편지를 받았습니다. 그렇게 정겹고 사랑스럽고 훌륭하고 기쁨을 주는 편지를 받기란 흔치 않은 일입니다. 그는 허심탄회하게 쓸 수 있었기 때문에 전반적인 정세와 자신의 가족 등에 관해 기술했습니다. 그는 나에 대해서도 그지없이 자비로운 마음을 피력했습니다.

2월 22일, 로마

이번 주에는 우리 예술가 그룹을 슬픔에 잠기게 한 일이 일어났습니다. 자상한 어머니의 외아들인 드루애라는 스물다섯 살가량의 프랑스 젊은이가 천연두에 걸려 목숨을 잃었습니다. 집안이 부유하고 교육을 잘 받아 연구에 매진하는 예술가들 중에서 가장 앞날이 촉망되던 젊은이였습니다. 그의 죽음은 모든 사람들에게 슬픔과 놀라움을 안겨주었습니다. 나는 주인을 잃은 그의 쓸쓸한 화실에서, 죽은 맹금의 날개로 바람을 부치면서 자신의 몸에 난 상처의 고통을 가라앉히고 있는 필록테트의 실물 크기의 상을 보았습니다. 착상이 좋고 뛰어난 솜씨를 보여주는 이 그림은 그러나 미완성으로 끝났습니다.

나는 성실하게 만족스러운 마음으로 살며 앞날을 기약하고 있습니다. 애당초 문학을 하도록 태어났으며, 앞으로 작품 활동을 할 수 있는 기껏해야 십 년 동안 재능을 십분 발휘해서 무언가 명작을 남겨야 한다는 생각이 하루가 다르게 뚜렷해지고 있습니다. 대단한 연구 없이도 젊음의 열기로는 많은 것을 이룩해 낼 수 있으니까요. 로마에 비교적 오래 머물면서 얻은 수확이 있다면 조형 예술 훈련을 단념했다는 겁니다.

앙겔리카는 로마에서 예술에 대한 안목이 나보다 높은 사람을 별로 보지 못했다며 나를 치켜세우고 있습니다. 내가 아직 보지 못한 것이 어떤 곳에 있는 무엇인지 잘 알고 있습니다. 그리고 늘 발전하고 있으며, 점점 더 시야를 넓히기 위해 어떻게 해야 하는지도 충분히 알고 있습니다. 어쨌거나 나는 벌써 소망을 이룩했습니다. 즉 내가 열정을 지니고 있다고 느끼는 일에 눈먼 장님처럼 더 이상 더듬거리지는 않게 되었습니다.

곧 보내드릴 「풍경화가 아모르」라는 시가 마음에 들기를 바랍니다. 나의 짧은 시들을 간추려서 정리해 보니 색다른 느낌이 드는군요. 한스 작스와 미딩의 죽음을 다룬 시들로 제8권을 끝내면 이것으로 나의 집필 작업의 대미를 장식하려 합니다. 이러다가 내가 만약 영원한 안식을 얻게 된다면 이 두 시가 나의 약력과 조사(弔辭)를 대신하게 될 겁니다.

아침 일찍 교황의 성가대가 유명한 옛날 음악들을 연주하기 시작합니다. 이에 대한 관심은 부활절 전주에 최고조에 도달할 겁니다. 이러한 음악 양식과 친숙해지기 위해 이제 일요일 아침마다 예배에 참석할 예정입니다. 음악을 연구하는 카이저가 그 의미를 잘 설명해 줄 겁니다. 우리는 우편물이 올 때마다 그가 취리히에 남겨두고 온 세족 목요일*에 관한 음악 인쇄물이 도착하기를 손꼽아 기다리고 있습니다. 그 악보는 도착하는 대로 먼저 피아노로 연주해 보고, 그런 다음에 성당에서 듣게 될 겁니다.

---

*그리스도가 최후의 만찬 때 사도들의 발을 씻겨준 것을 기념하는 날.

2월의 보고

일단 예술가로 태어난 사람으로서 여러 가지 대상이 예술관을 형성하는 데 도움이 된다면 사육제 때의 어처구니없고 말도 안 되는 짓거리들도 나의 예술관에 유리하게 작용을 했을 것입니다. 내가 사육제를 구경한 것이 이번이 두 번째였습니다. 이러한 민중 축제가 반복되는 다른 삶이나 활동처럼 확고한 절차에 따라 진행된다는 사실이 금방 눈에 띄지 않을 수 없었습니다.

그리하여 나는 이제 그러한 소동과 화해를 하고, 이를 또 하나의 중요한 자연현상이자 국가적 대사로 간주하게 되었습니다. 이러한 의미에서 나는 사육제에 관심을 갖고 어릿광대짓의 진행 과정과, 이 모든 것이 일정한 형식과 예를 갖추며 진행되는 모습을 자세히 지켜보았습니다. 그런 다음 개별적인 사건들을 순서대로 적어두었다가, 나중에 글을 쓸 때 이 원고를 군데군데 활용했습니다. 이와 동시에 같은 숙소에 살고 있는 게오르크 쉬츠에게 가장복들을 하나하나 잽싸게 스케치해서 색칠하라고 부탁했습니다. 그는 여느 때와 다름없이 호의를 보이며 선선히 이런 일을 해주었습니다.

이러한 그림들을 나중에 프랑크푸르트 암 마인 출신의 바이마르 자유 미술원 원장인 멜키오르 크라우스가 4절판 판화로 제작하여 원화처럼 색을 넣었습니다. 웅거가 발간한 이것의 초판본은 현재 희귀본이 된 상태입니다.

앞서 말한 목적을 달성하기 위해서는 평소보다 더 자주 가장인물들 속으로 섞여 들어가야 했습니다. 하지만 아무리 예술적인 시선으로 보려고 해도 그때마다 탐탁찮고 섬뜩한 인상을 풍겼습니다. 일 년 내내 로마에 머물며 품위 있는 대상에 몰두하다 보니 그런 것에 익숙해진 정신이 제자리를 찾지 못하고 있다는 생각이 줄곧 드는 것 같았습니다.

하지만 보다 나은 내적 감각을 위해서 기분 좋고 상큼한 일이 준비되어 있었습니다. 나는 일부 마차들이 움직이는 대열에 끼지 못하고 지나다니는 마차들을 물끄러미 바라보곤 하는 베네치아 광장에서 앙젤리카 부인이 탄 마차를 발견하고 마차 문으로 다가가 그녀에게 인사를 했습니다. 그녀는 다정하게 나에게 몸을 숙이자마자 뒤로 몸을 젖히더니 그녀 옆에 앉아 있는, 완쾌된 밀라노 아가씨를 보여주었습니다. 그녀는 전과 달라진 점이 하나도 없었습니다. 건강한 젊은이라 금방 회복되기 때문인가 봅니다. 정말이지, 그녀의 두 눈은 내 폐부를 찌르는 듯 기쁨에 넘쳐 생기 있게 반짝거리며 바라보는 것 같았습니다. 우리가 한동안 말없이 바라보고 있으려니 앙젤리카 부인이 몸을 숙이고 말문을 열었습니다.

"내 젊은 여자 친구가 그토록 오랫동안 마음속에 품어왔으며 나에게 몇 번이나 털어놓았던 말을 도무지 하려 들지 않으니 제가 통역인 역할을 맡아야겠습니다. 그녀는 자신의 병과 운명에 대해 당신이 보여준 관심에 얼마나 고마워하는지 모릅니다. 생명을 되찾는 데 위안이 되고, 병이 나아 회복되는 데 결정적인 영향을 미친 것은 그녀의 남자 친구들, 특히 당신의 관심이었다고 합니다. 자신도 모르게 깊디깊은 고독감에서 벗어나 지극히 훌륭하고 좋은 사람들에게 둘러싸인 느낌이랍니다."

"그 말은 전부 사실이에요." 밀라노 아가씨는 자기의 여자 친구 너머로 나에게 손을 내밀면서 말했습니다. 나는 그녀의 손을 붙잡았지만, 입술에 갖다 댈 수는 없었습니다.

잔잔한 만족감을 느끼며 나는 다시 어릿광대들 속으로 멀어져 갔습니다. 얼마 전에 불행한 일을 겪은 선량한 소녀를 따뜻하게 위로할 줄 아는 앙겔리카 부인에 대해 한없이 고마운 감정을 느꼈습니다. 로마에서는 지금까지 낯선 여자를 자신의 고상한 무리에 끼워주는 게 드문 일입니다. 그 착한 소녀에 대한 내 관심이 이런 일에 적지 않게 영향을 끼쳤다고 생각하니 더욱 감동적이었습니다.

로마의 원로원 의원인 레초니코 백작이 독일에서 돌아와서 벌써 진작에 나를 찾아왔습니다. 그는 폰 디데 부부와 돈독한 우정을 맺고, 이런 소중한 후원자와 친구들이 보내는 간절한 안부를 나에게 전해 왔습니다. 하지만 나는 으레 그래 왔듯이 의원과 보다 밀접한 관계를 맺기를 거부했는데, 결국 어쩔 수 없이 이러한 무리에 끌려들지 않을 수 없었습니다.

앞에서 말한 친구들, 즉 폰 디데 부부가 그들의 소중한 삶의 동반자를 답방했기 때문에 나는 여러 종류의 초대를 받아들이지 않을 수 없었습니다. 그랜드피아노 연주로 유명한 부인이 카피톨리노 언덕에 사는 의원의 저택에서 연주회를 열면서 나와 함께 뛰어난 솜씨로 명성이 자자한 동료인 카이저를 초대했습니다. 콜로세움 쪽으로 나 있는 의원의 방에서 일몰 때 바라다보이는 빼어난 경치는 다른 쪽으로 연결되는 모든 경관과 아울러 우리 예술가들의 눈에 물론 더없이 훌륭한 장관으로 비쳤습니다. 하지만 모임에 주의를 기울이고 예의를 소홀히 하지 않기 위해 경치에만 빠져 있을 수 없었습니다. 폰 디데 부인은 대단히 우수한 기량을 펼치며 훌륭한 연주를 선보였습니다. 그녀의 연주가 끝나자마자 사람들은 내 친구에게 연주를 부탁했습니다. 그가 받았던 칭찬으로 미루어 볼 때 그도 이에 필적할 만한 연주를 할 것으로 기대되었기 때문입니다. 둘은 한동안 번갈아 가면서 연주를 계속했습니다. 또한 어떤 부인은 사람들이 좋아하는 아리아를 불렀고, 이윽고 다시 카이저의 차례가 오자 그는 우아한 어느 테마를 토대 삼아 다채롭게 이를 변주했습니다.

모든 일이 순조롭게 진행되어 갔습니다. 의원은 나와 대화를 나누며 여러 다정한 말을 해주었지만 그래도 본심을 숨기지 못하고 부드러운 베네치아식으로 반쯤 유감의 뜻을 드러냈습니다. 사실 자신은 그런 변주곡은 별로 좋아하지 않지만 부인의 표현력이 풍부한 아다지오에는 언제나 흠뻑 매료된다는 겁니다.

아다지오와 라르고로 이끌어가는 저 그리움에 찬 가락이 전에는 나에게 거슬렸다고 지금 와서 주장하려는 것이 아닙니다. 그래도 나는 흥분을 안겨주는 음악이 점점 더 좋아졌습니다. 우리 자신의 감정, 상실과 실패에 대한 깊은 생각이 걸핏하면 우리를 끌어내리고 압도하려고 으르기 때문입니다.

하지만 나는 우리의 의원을 결코 원망할 수 없었습니다. 정말이지 나는 그러한 음악을 좋아하는 의원을 극히 친절하게 대하지 않을 수 없었습니다. 세상에서 가장 훌륭한 곳에서 그토록 사랑스럽고 존경해 마지않는 여자 친구를 그가 대접하고 있다는 사실을 그 음악이 새삼 확인시켜 주었습니다.

우리와 같은 외국인, 특히 독일 청중에게는 진작부터 잘 알려진 뛰어난 부인이 극히 섬세한 음으로 피아노 연주하는 것을 들으면서 동시에 창밖으로 세상에 둘도 없는 경치를 바라볼 수 있다는 것이 너무나 소중한 즐거움이었습니다. 고개를 조금만 돌려도 석양을 받으며 빛나는 기막힌 경치를 굽어볼 수 있었습니다. 왼편으로는 셉티미우스 세베루스 개선문에서 캄포 바치노를 따라 미네르바 신전과 평화의 신전까지 뻗어 있었습니다. 그 뒤로는 콜로세움이 시야에 들어오며, 이어서 그 오른쪽으로 눈을 돌리면 티투스 개선문을 지나 팔라티노 폐허, 정원의 초목과 야생식물 들 야생 초목으로 꾸며진 황무지의 미로에 어쩔 줄 몰라 하는 시선이 머물 수밖에 없습니다.

(1824년 프리스와 튀르머가 스케치해서 동판화로 제작한, 카피톨리노 탑에서 바라본 로마 북서쪽의 조감도를 이어서 잠시 살펴보기로 하겠습니다. 이 조감도는 우리가 있는 곳보다 몇 층 높은 곳에서 최근의 발굴 성과를 감안해 작성되었습니다. 그렇지만 우리가 당시에 바라보았던 저녁노을과 음영을 담고 있습니다. 물론 이 그림을 보면서 그 이글거리는 색채를 그것과 대비되는 푸르른 그늘이나 거기서 풍기는 모든 매력과 덧붙여 생각할 수 있을지도 모릅니다.)

그런 다음 우리는 운 좋게도 언젠가 멩스가 그린 것으로 추정되는 아주 훌륭한 그림을 감상하게 되었습니다. 우리가 차분히 구경한 것은 클레멘스 13세 레초니코의 초상화였습니다. 우리의 후원자 레초니코 의원은 그의 조카인 덕분에 현재와 같은 지위에 오를 수 있었습니다. 마지막으로 그것의 가치에 대해서는 우리의 친구*가 일기장에 기록한 내용을 인용해 보기로 하겠습니다.

"멩스가 그린 초상화들 가운데 그의 예술적 기량이 가장 잘

---

* 하인리히 마이어를 말함.

발휘된 것은 교황 레초니코의 초상화이다. 이 작품에서 그 예술가는 색채와 처리 기법에서 베네치아 파를 모방하여 만족할 만한 성과를 거두었다. 색조는 진실하고 따스하며, 얼굴은 생기에 차 있고 재기 발랄하다. 인물의 머리와 다른 부위를 멋지게 부각시켜 주는 금실로 짠 커튼은 대담한 기법으로 생각되지만, 이로써 이 그림이 풍성하고 조화로워지고 우리 눈에 은은히 감동을 주는 탁월한 성공을 거두었다."

3월의 편지

3월 1일, 로마

일요일에 교황이 추기경들과 함께 미사에 참석한 시스티나 성당에 갔습니다. 추기경들은 금식 기간이라 빨간 옷이 아닌 자주색 옷을 입고 있어서 새로운 볼거리를 제공했습니다. 며칠 전에 알브레히트 뒤러의 그림을 보았는데 이젠 실물을 직접 보게 되어 기뻤습니다. 이 모든 의식은 더할 나위 없이 웅장했지만 단순했습니다. 온갖 행사가 동시에 벌어지는 부활절 전주에 이곳에 오는 외국인들은 사실 뭐가 뭔지 정신을 못 차린다는 말이 하등 이상할 게 없습니다. 이 성당 자체에 대해서는 나도 웬만큼은 알고 있습니다. 지난여름 이곳에서 점심을 먹고 교황의 옥좌에서 휴식을 즐겼기에 웬만한 그림은 외우다시피 합니다. 그렇지만 미사를 치르는 데 필요한 모든 것이 다 갖추어져 있어서 무언가 다른 기분이 들고, 다시 어리둥절한 느낌입니다.

스페인 출신의 모랄레스가 작곡한 오래된 모테토*가 울려 퍼졌습니다. 우리는 앞으로 나올 음악을 미리 맛본 셈이었습니다. 카이저도 이러한 음악은 이곳에서만 들을 수 있고, 들어야만 한다는 견해입니다. 한편으로는 오르간과 악기 없이는 가수들이 어디서도 이런 음악을 숙달할 수 없기 때문이고, 다른 한편으로는 그 노래가 교황의 성당의 고풍스러운 분위기와 미켈란젤로의 전체적인 작품들, 즉 「최후의 심판」, 「예언자들」 및 「성서 이야기」와 긴밀하게 잘 어울리기 때문입니다. 언젠가 카이저가 이 모든 것에 대해 확실한 평가를 내려줄 겁니다. 고대 음악의 열렬한 숭배자인 그는 관련되는 것은 죄다 열심히 연구하고 있습니다.

그래서 우리는 색다른 찬송가 한 권을 집에 수집해 두고 있습니다. 이탈리아어로 지어진 시구에 베네치아의 귀족 베네데토 마르첼로가 금세기 초에 곡을 붙인 것들입니다. 그는 많은 곡에서 스페인계와 독일계 유태인의 음조를 모티프로 받아들였습니다. 다른 곡들에서는 고대 그리스 선율을 토대로 삼아 대단한 분별력과 예술에 대한 식견을 가지고 절도 있게 이를 실행에 옮겼습니다. 그것들은 독창곡, 이중창, 합창곡으로 작곡되었는데, 이러한 곡에 대한 이해가 선행되어야 하겠지만 믿기 어려울 정도로 독창적입니다. 카이저가 대단히 높게 평가해 그중에 몇 곡을 베껴놓을 예정입니다. 어쩌면 언젠가는 작품 전체를 수중에 넣을 수 있을지도 모릅니다. 1724년 베네치아에서 출판된 그 책에는 초창기의 찬송가 쉰 편이 수록되어 있습니다. 헤르더가 카탈로그에서 이 흥미로운 작품을 볼 수 있도록 계획을 세워보아야겠습니다.

그러자 나의 마지막 세 권을 곰곰 생각해 보아야겠다는 용기

---

* 성서 구절에 의거하여 작곡한 다성의 무반주 악곡.

가 불쑥 솟아났습니다. 이젠 내가 무엇을 하려는지 정확히 알고 있습니다. 이런 일을 할 수 있도록 하늘에서 영감과 행운을 내려주기를 빌어봅니다.

돌이켜 생각해 보니 마치 한 달이 흘러간 듯 실속 있는 한 주였습니다.

먼저 『파우스트』에 대한 구상이 섰고, 이러한 작업이 성공적으로 수행되길 고대해 봅니다. 물론 이 작품을 지금 끝내든 십오 년 전에 끝냈든 이는 별개의 문제입니다. 그동안에 아무것도 잃은 게 없다고 생각됩니다. 지금 다시 실마리를 잡았다고 생각하니 특히 그러합니다. 작품의 전체적인 어조에 대해서도 적이 위안이 됩니다. 이미 새로운 장면을 하나 완성해 놓기도 했습니다. 내 생각으론 원고가 누렇게 색이 바래져 있다 하더라도 아무도 그 장면이 옛 원고에서 나왔다고 생각지 않을 겁니다. 오랜 휴식과 은거 덕분에 내 원래 수준으로 완전히 되돌아와 내가 나 자신과 무척 흡사해졌고, 마음도 세월과 사건에 그다지 시달리지 않은 것이 신기할 따름입니다. 옛날 원고를 눈앞에서 바라보고 있노라면 간혹 이런저런 생각이 떠오릅니다. 아직 초고나 다름없는 그것은 주요 장면들을 아무 생각 없이 그냥 적어 내려간 것입니다. 세월이 흘러 색이 바랬고, (책으로 철해 놓지 않아서) 가장자리가 닳아 헐고 너덜너덜해져서 마치 조각난 고대 법전처럼 보입니다. 그래서 당시에는 생각과 예감을 가지고 이전의 세계로 들어갔듯이 이젠 직접 체험한 옛 시대로 다시 돌아가야겠습니다.

『타소』의 구상도 순조롭게 되어가고 있으며, 마지막 권에 수록할 잡다한 시들도 대체로 정서가 된 상태입니다. 『예술가의 지상 순례』를 새로 완성하고, 『예술 찬미』를 첨가할 예정입니다다. 젊은 시절에 떠오른 생각을 이제야 시로 옮겼고, 모든 세부 사항이 마음속에 생생하게 떠오릅니다. 나도 손꼽아 기다리며 마지막 세 권에 크나큰 희망을 걸고 있습니다. 벌써 책의 전체 모습이 눈앞에 아른거리는 것 같고, 이제 하나씩 생각한 것을 작품으로 옮기기 위해 여유와 차분한 마음만을 바랄 뿐입니다.

다양한 짧은 시들을 엮을 때 그대의 시 모음 『흩어진 기록들』을 모범으로 삼았습니다. 그리고 너무나 개인적이고 즉흥적인 시들을 어느 정도 즐길 수 있게 하는 방법과 아울러, 이러한 이질적인 작품들을 한데 묶는 좋은 방법을 발견했으면 합니다.

이런 궁리를 하던 참에 멩스가 지은 저서의 신판이 집에 도착했습니다. 지금 그 책에 무한히 흥미를 느끼고 있습니다. 작품의 한 줄이라도 제대로 이해하기 위해서 필수적으로 갖추어야 하는 감각적인 이해력이 나에게 있기 때문입니다. 그것은 모든 의미에서 탁월한 책이라서 한 쪽만 읽어도 대단히 유익합니다. 많은 사람들에게 알 듯 모를 듯이 생각되는 그의 『아름다움에 대한 단상』도 커다란 깨달음을 주어서 고마움을 표하지 않을 수 없습니다.

아울러 색채에 대해서도 온갖 심사숙고를 해보았습니다. 지금까지 전혀 알지 못했던 분야이기 때문에 대단히 중요합니다. 어느 정도 실습을 하고 부단히 생각함으로써 이러한 피상적인 세계도 멋지게 향유할 수 있으리라 생각됩니다.

어느 아침에는 일 년 동안 가보지 못한 보르게세 화랑에 다녀왔습니다. 훨씬 더 분별 있는 안목으로 그림을 볼 수 있게 되었음을 알고 기뻤습니다. 그것들은 영주가 소장하고 있는 너무나 소중한 예술품들입니다.

3월 7일, 로마

　유익하고 풍성하고 조용한 한 주일이 다시 지나갑니다. 일요일에 우리는 교황의 성당에 가는 것을 빼먹고, 앙겔리카와 함께 코레조의 작품으로 보이는 아주 멋진 그림을 구경했습니다.
　또한 라파엘로의 두개골이 안치되어 있는 성 누가 아카데미의 수집품을 보았습니다. 내 눈에는 이 유골이 진짜처럼 생각되더군요. 이런 훌륭한 골격 안에서 아름다운 영혼이 편히 나래를 펼 수 있을 것 같았습니다. 공작께서 원하는 그 주형을 아마 내가 구할 수 있을 겁니다. 같은 전시실에 걸려 있는 라파엘로의 그림은 그의 명성에 걸맞는 작품입니다.
　카피톨리노 성에도 다시 가보았고, 그 밖에 내가 보지 못한 몇몇 다른 것들, 특히 늘 빠뜨리고 보지 못했던 카바체피 저택을 구경했습니다. 수많은 소중한 예술품 중에서 특히 나를 흥겹게 해준 것은 몬테 카발로에 있는 거대한 두상 두 개의 주형이었습니다. 이것들은 부근의 카바체피 저택에서 실물 크기의 아름다운 모습으로 볼 수 있습니다. 유감스럽게도 훌륭한 두상의 매끄러운 얼굴 표면이 세월과 풍상으로 마모되어 거의 지푸라기 두께만큼 떨어져 나갔고, 가까이서 보면 천연두 자국 같은 흉터가 나 있습니다.
　오늘 성 카를로 성당에서는 추기경 비스콘티의 위령 미사가 있었습니다. 교황의 성가대가 대미사를 위해 합창을 했으므로 우리는 내일을 기약하며 귀를 제대로 씻어내기 위해 그곳으로 갔습니다. 두 명의 소프라노가 부른 진혼곡은 들어보기 힘든 아주 진기한 곡이었습니다. 그런데 특이하게도 노래를 부를 때 파이프오르간이나 다른 악기의 반주가 없었습니다.
　어제 저녁 성 베드로 성당의 합창을 듣고서 파이프오르간이 얼마나 성가신 악기인지 절감했습니다. 저녁 예배 합창을 반주한 파이프오르간은 사람의 목소리와 전혀 조화를 이루지 못하고 음이 너무 강렬했습니다. 반면에 사람들의 목소리만으로 이루어지는 시스티나 성당의 합창은 너무나 매력적입니다.

며칠 전부터 날씨가 흐리고 온화합니다. 아몬드 나무는 대부분 꽃이 시들기 시작했고, 지금은 푸릇푸릇한 잎을 내고 있습니다. 가지 끝엔 아직 몇 개의 꽃잎이 보입니다. 이젠 복숭아꽃이 피어나 아름다운 색깔로 정원을 장식할 겁니다. 온갖 폐허에는 비부르눔 티누스가 피어나고, 덤불숲에선 딱총나무와 이름 모를 다른 나무들이 자라고 있습니다. 이제 담벼락과 지붕은 더욱 푸르름을 더해 가고, 어떤 지붕엔 꽃들이 피어 있습니다. 오늘 나폴리에서 티슈바인이 오기 때문에 방을 옮겼는데, 새 방에서는 무수히 많은 정원과 집들의 뒤쪽 복도가 다채롭게 내다보입니다. 정말 흥겨운 정경입니다.

나는 몇 개의 모형을 만들기 시작했습니다. 인식이라는 측면에서 볼 때 나는 매우 순수하고 확실하게 발전하고 있지만, 실제적인 응용의 측면에서는 다소 혼란스럽습니다. 모든 다른 동료들과 마찬가지로 말입니다.

3월 14일, 로마

다음 주에는 이곳에서 아무 일도 생각하거나 할 수 없습니다. 한꺼번에 몰려 있는 축제를 보러 다녀야 하기 때문이지요. 부활절이 지나면 아직 보지 못한 몇 군데를 들를 생각입니다. 하던 일을 잠시 접어두고, 계산을 치르고 여장을 꾸려 카이저와 함께 이곳을 떠나렵니다. 모든 일이 내가 바라고 계획하는 대로 된다면 4월 말에는 피렌체에 가 있을 겁니다. 그러는 사이 틈틈이 소식을 전해 드리겠습니다.

나는 외부적인 요인으로 다양한 조치를 강구함으로써 새로운 상황에 처하게 되었습니다. 그로 인하여 내가 로마에 체류하는 일이 점점 더 멋지고 유익하며 다행스러운 일이 되었다니 신기할 따름입니다. 정말이지 말하자면, 나는 지난 팔 주 동안 인생에서 가장 만족스러운 시간을 즐겼습니다. 그리고 이제는 적어도 내 존재의 온도를 잴 수 있는 최고의 바깥 부위를 알고 있다고 자부합니다.

이번 주에는 궂은 날씨에도 잘 지냈습니다. 일요일에는 시스티나 성당에서 팔레스트리나의 모테토를 들었습니다. 화요일에는 한 외국 여성에게 경의를 표하기 위해 어떤 홀에서 연주되는 부활절 전주의 여러 음악을 듣는 행운을 누렸습니다. 우리는 대단히 홀가분한 마음으로 음악을 들었고, 피아노에 맞춰 자주 불렀던 노래라서 금방 이해할 수 있었습니다. 모테토는 지극히 장중하고 단순한 곡입니다. 어쩌면 이러한 장소와 상황이 아니라면 다른 어디에서도 늘 새로운 표현이 유지될 수 없었을 겁니다. 물론 자세히 들어보면 곡을 놀랍고 생소한 것으로 만드는 여러 가지 어중간한 전통적인 요소들이 사라지고 없으며, 이 모든 것에 무언가 비범하고 아주 새로운 개념이 깃들어 있음을 알 수 있습니다. 언젠가는 카이저가 이 점에 대해 설명을 해줄 겁니다. 그는 보통은 아무에게나 부여되지 않는, 성당의 예행 연습을 들을 수 있는 혜택을 누릴 겁니다.

이번 주에 나는 먼저 뼈와 근육을 연구한 후에 만든 발의 모형으로 스승의 칭찬을 받았습니다. 몸 전체를 그런 식으로 만들었다면 상당히 훌륭한 작품이 되었을지 모릅니다. 로마에서는 온갖 수단을 동원하고 전문가의 여러 조언을 듣는 것이 당연한 일로 여겨집니다. 나는 뼈다귀만 앙상한 발 하나, 자연 그대로 빚어 만든 멋진 해골 하나, 고대 유물에서 나온 그지없이 아름다운 발 여섯 개, 조잡하게 생긴 발 몇 개를 가지고 있습니다. 앞의 것은 모방하기 위해서이고, 뒤의 것은 반면교사로 삼기 위해서입니다. 그리고 자연의 도움을 받을 수도 있기에 별장에 들를 때마다 이러한 부분을 살펴볼 기회를 찾아봅니다. 그림을 보면 화가가 무슨 생각을 했고 무엇을 만들었는지 알 수 있습니다. 날마다 내 방으로 오는 서너 명 예술가들의 조언과 짧은 논평도 활용합니다. 하지만 곰곰이 따져보면 이들 가운데 하인리히 마이어의 충고와 도움이 가장 유익합니다. 이렇듯 순풍이 불어오는데도 배가 그 자리에서 꼼짝도 하지 않는다면 돛이 없거나 조타수가 정신이 나갔기 때문일 겁니다. 내가 만든 예술품을 전반적으로 개관해 보면 지금부터 주의와 열성을 다해 개별적인 부분으로 옮아가는 게 절실히 필요합니다. 끊임없이 발전해 나간다는 것도 흐뭇한 일이니까요.

계속해서 사방을 돌아다니며 미처 보지 못했던 대상들을 구경하고 있습니다. 어제는 처음으로 라파엘로의 별장에 가봤습니다. 그가 모든 예술과 명성보다 삶의 즐거움을 우선시하여 애인과 함께 지냈던 곳입니다. 이 성스러운 기념물을 도리아 후작이 구입하여 그 가치에 걸맞게 보존하려는 것 같습니다. 라파엘로는 온갖 종류의 옷과 의상을 입은 애인의 초상화를 스물여덟 군데나 벽에 그려놓았습니다. 심지어 역사적인 소재를 다룬 그림에서도 여자들은 그의 애인과 닮았습니다. 별장의 지형은 그지없이 아름답습니다. 이에 대해서는 글로 쓰는 것보다는 말로 전하는 것이 더욱 실감이 날 겁니다. 그때 세세한 부분을 다 이야기해야 하겠지요.

그런 다음에는 알바니 별장으로 가서 그 안에 있는 것을 대강 다 둘러보았습니다. 화창한 날이었습니다. 간밤에는 비가 많이 내렸는데, 지금은 다시 태양이 비치니 창밖 풍경은 낙원처럼 보입니다. 아몬드 나무는 완전히 푸른색으로 뒤덮이고, 복숭아나무는 어느덧 꽃이 지기 시작했으며, 레몬 나무는 우듬지 끝에서 꽃을 피우고 있습니다.

내가 이곳을 떠나는 것을 정말 마음 깊이 슬퍼하는 사람이 셋 있습니다. 이들은 나에게서 얻은 것을 다시는 발견하지 못할 겁니다. 이들을 두고 떠나자니 아픈 심정을 가눌 길이 없습니다. 로마에서 나는 맨 먼저 자신을 발견했고, 나 자신과 다행스럽고도 분별 있게 합일을 이루었습니다. 그리고 이 세 사람은 그 의미와 정도는 다를지언정 나를 그런 사람으로 알고, 함께 지내며 즐겼습니다.

3월 22일, 로마

오늘은 성 베드로 성당에 가지 않고 편지를 쓰려고 합니다. 기적과 고난을 동반한 성주간이 지나갔고, 내일은 또 한 번 교황의 축성을 받을 겁니다. 그러고 나면 완전히 다른 생활로 접어들 겁니다.

나는 좋은 친구들의 호의와 노고로 온갖 것을 보고 들었습니다. 특히 밀고 밀리는 엄청난 인파들 틈에서 순례자들의 세족식과 성찬식을 구경할 수 있었습니다.

성당의 합창단이 부르는 노래는 상상을 넘어설 정도로 아름답습니다. 특히 알레그리의 「통회시편」과 이른바 「임프로페리오」, 즉 십자가에 못 박힌 예수가 백성들을 질책하는 노래가 아름답습니다. 이 노래는 그리스도 수난의 날 아침에 불립니다. 모든 화려한 옷을 벗어던진 교황이 십자가를 받들기 위해 옥좌에서 내려오고, 다른 모든 사람들은 각자 제자리에 잠자코 있을 때 "백성들이여, 너희들은 어찌하여 나를 저버리는가?"라는 합창이 시작되는 순간이 온갖 색다른 의식들 가운데 가장 아름다운 의식을 행하는 때입니다. 이 모든 것을 말로 전달해야 하겠고, 음악으로 옮겨갈 수 있는 것은 카이저가 가지고 갈 겁니다. 나는 소망대로 의식에서 즐길 수 있는 것은 죄다 즐겼고, 그 밖의 것도 조용히 관찰했습니다. 그러나 사람들이 흔히 말하는 감명은 받지 못했고, 사실이지 아무런 감동도 느끼지 못했지만, 그래도 모든 것에 찬탄을 금치 못했습니다. 이들이 기독교적인 전통을 철저히 연구했다는 말은 들을 만했기 때문입니다. 특히 시스티나 성당에서 행해지는 교황의 의식에서는 예전이라면 즐겁게 생각되지 않던 가톨릭 예배가 뛰어난 미적 감각과 완전한 위엄을 갖추고 진행됩니다. 하지만 이 또한 수세기 전부터 온갖 예술을 마음대로 동원할 수 있던 곳에서만 가능합니다.

이에 대한 개별적인 사항을 이 자리에서 이야기할 수는 없을 겁니다. 그러는 사이 앞서 말한 요인에 따라 로마에 좀 더 머물 생각이 아니었다면 다음 주에 떠날 수 있겠지요. 하지만 이 또한 나에게 최상의 결과를 가져다주었습니다. 이 기간에 다시 열심히 연구에 임한 결과 희망했던 기간이 끝나면서 잘 마무리되었습니다. 활기차게 앞으로 나아가던 길에서 느닷없이 떠나는 기분은 언제나 이상야릇하긴 하지만 그것에 적응해 가야지 법석을 떨어서는 안 됩니다. 영영 이별할 때는 언제나 광기의 싹이 깃들기 때문에 이를 신중하게 틔워 돌보도록 주의해야 합니다.

나를 따라 시칠리아로 갔던 화가 크니프가 나폴리에서 보내온 아름다운 스케치들을 받았습니다. 그 그림들은 내 여행이 낳은 아름답고 사랑스러운 결실이며, 여러분에게도 더없이 마음에 드는 작품일 겁니다. 제 눈으로 직접 봐야 가장 확실할 테니까요. 그중에 몇 점은 색조가 정말 환상적입니다. 여러분은 시칠리아의 경치가 그토록 아름다운지 도저히 믿기지 않을 겁니다.

내가 로마에 와서 점점 더 행복해지고, 하루가 다르게 즐거움도 커지고 있음을 분명히 말씀드릴 수 있습니다. 가장 머무를 만한 가치가 있을 때 떠나야 한다는 사실이 실로 가슴 아프긴 하지만, 그래도 어떤 목표에 도달할 수 있을 정도로 오랫동안 이곳에 머물 수 있었다는 사실에 적이 안심이 됩니다.

주 예수께서 방금 어마어마한 소음과 함께 부활하십니다. 성채에서 축포를 쏘아대고, 온갖 종이 울려 퍼집니다. 그리고 사방 어디서나 폭약, 폭죽 및 딱총 소리가 들립니다. 현재 오전 11시입니다.

3월의 보고

필리포 네리가 뻔질나게 로마의 7대 본당을 찾아다니는 것을 의무로 삼고 자신의 열렬한 신앙심을 뚜렷이 입증해 보였음을 우리는 기억하고 있습니다. 지금 여기서 주목할 점은 기념제에 참가하는 모든 순례자는 그런 성당들을 찾아다니는 것이 반드시 필요하다는 사실입니다. 하지만 실제로는 성당들이 너무 멀리 떨어져 있어서 하루 만에 순례를 마쳐야 하는 경우 이는 또 하나의 몹시 힘든 여행으로 간주되고 있습니다.

어쨌거나 이 7대 성당은 성 베드로, 산타 마리아 마조레, 성벽 밖의 산 로렌초, 산 세바스티안, 라테란에 있는 산 조반니, 예루살렘에 있는 산타 크로체, 성벽 앞의 성 바울로 성당입니다.

독실한 이곳 사람들도 부활절 전주, 특히 성 금요일에 그러한 순례를 합니다. 하지만 순례를 통해 속죄함으로써 정신적인 이점을 얻고 누릴 뿐만 아니라 육체적인 즐거움도 곁들여 가질 수 있기 때문에 순례의 목표와 목적이 더욱 매력을 갖게 됩니다.

말하자면 순례를 마친 다음 이를 증빙하는 증서를 가지고 다시 성 바울로의 성문으로 들어오는 자는 특정한 날에 마테이 별장에서 행해지는 경건한 주민 축제에 참가할 수 있는 입장권을 얻은 셈이 됩니다. 그곳에 들어간 사람들은 빵, 포도주, 약간의 치즈나 달걀이 나오는 간단한 식사를 대접받습니다. 이때 음식을 즐기는 사람들은 정원 여기저기에 진을 치는데, 주로 그곳에 있는 작은 원형극장에 자리를 잡습니다. 맞은편의 별장 카지오에서는 보다 신분이 높은 사람들, 즉 추기경, 고위 성직자, 영주와 지역 유지들이 모입니다. 축제를 보고 즐기는 것과 동시에 마테이 가에서 제공하는 기부 행사에 일익을 담당하기 위해서입니다.

우리는 열 살에서 열두 살 쯤 되어 보이는 소년들의 행렬이 다가오는 것을 보았습니다. 이들은 성직자 복장이 아니라 축제일에 수공업 도제들에게 어울려 보이는 복장을 하고 있었습니다. 어림잡아 마흔 명쯤 되는 소년들이 똑같은 모양과 색깔의 옷을 입고 짝을 지어 걸어오고 있었습니다. 이들은 노래와 말로써 경건하게 연도(連禱)를 올리며 조용하고 의젓하게 발걸음을 옮겼습니다.

수공업자 같은 외모의 억세 보이는 노인이 이들 옆을 따라가면서 행렬 전체를 질서 있게 이끄는 것 같았습니다. 이렇게 잘 차려입은 행렬 뒤에 맨발에다 누더기를 걸친 거지 차림을 한 여섯 명의 아이들이 따라가는 모습이 눈길을 끌었습니다. 그렇지만 행렬은 이에 아랑곳하지 않고 규율과 법도를 지키며 행진했습니다. 그래서 궁금증을 풀기 위해 물어보니 이 노인은 구두 수선공으로 자식이 없답니다. 그는 일찍이 느낀 바가 있어 불쌍한 소년을 받아들여 도제로 삼고서 부유한 독지가들의 도움으로 옷을 사 입히고 도제 수업을 시켰다고 합니다. 이러한 사례를 통해 다른 장인들도 소년들을 받아들이게 되었다고 합니다. 이러다 보니 조그만 무리가 만들어졌고, 그는 이들이 일요일이나 축제일에 나태에 빠지는 것을 막고 경건하게 행동하도록 부단히 독려했습니다. 심지어는 멀리 떨어져 있는 본당을 하루 만에 순례하라고 요구하기도 했습니다. 이런 식으로 이 경건한 조직은 점점 세를 불려갔습니다. 그는 자신의 업적이라 할 만한 순례 행진을 예나 지금이나 계속 하고 있습니다. 하지만 현재 이용할 수 있는 시설로는 자꾸 밀려드는 인원을 수용할 수 없기 때문에 일반인의 자비심을 불러일으키는 방법을 쓴다고 합니다. 아직 먹을 것이나 입을 것이 필요한 아이들을 행렬의 뒤에 붙이는 방법이 매번 성공을 거두어 아이들을 먹여 살리기에 충분한 희사를 받는다는 겁니다.

우리가 이런 사실을 듣고 있는 동안 옷을 잘 차려입고 나이가 좀 들어 보이는 소년 하나가 우리 쪽으로 가까이 다가왔습니다. 그는 우리 앞에 접시를 내밀고는 정중한 말씨로 헐벗고 신발이 없는 아이들을 위해 적선을 해달라고 겸손하게 청했습니다. 그는 감동을 받은 우리 외국인들뿐만 아니라 평소 인색하기 짝이 없는 주변의 로마인에게서도 헌금을 듬뿍 받았습니다. 그는 이러한 공로를 인정하는 축복의 말을 함으로써 뜻깊은 희사에 경건한 의미를 부여하는 것을 잊지 않았습니다.

앞서 말한 순례를 통해 감화받은 자신의 제자들을 그 경건한 양아버지가 매번 이러한 희사 행사에 참가시키는지 궁금했습니다. 행렬을 지어 행진하면서 얻은 상당한 수입으로 자신의 고상한 목적을 달성하는 데 결코 부족함이 없어 보이기에 말입니다.

미의 조형적인 모형에 관하여
카를 필립 모리츠. 1788년 브라운슈바이크

이와 같은 제목으로 전지 넉 장 분량의 책자가 인쇄되었습니다. 모리츠는 이 원고를 독일의 출판업자에게 보내 이탈리아 여행기를 쓰기로 하고 선불을 받은 것에 어느 정도 보답을 했습니다. 물론 그런 여행기는 영국을 위험하게 도보로 여행하고 여행기를 쓰는 것만큼이나 그리 쉬운 게 아닙니다.

하지만 그 책자에 대해 언급을 하지 않을 수 없습니다. 그는 우리 사이의 대화를 그 나름대로 이용하여 갈고 닦아 책자를 만들었습니다. 어찌 됐든 그것은 당시 우리에게 어떤 생각이 떠올랐는가를 살펴보기 위한 역사적인 관심의 대상이 될 수 있습니다. 그리고 그러한 생각이 나중에 발전되고 시험되고 적용되고 확산되면서 다행히도 그 세기의 사고방식과 일치하게 되었는지를 살펴보는 데도 도움이 될 겁니다.

그 글 가운데 몇 쪽 분량의 내용을 여기에 끼워 넣고자 합니다. 어쩌면 이것으로 전문이 다시 인쇄되는 계기가 될지도 모르겠습니다.

하지만 조형 예술의 천재의 경우에는 활동력의 폭이 자연 자체만큼이나 광범위해야 한다. 즉 정교하게 체계가 짜여야 하고, 온 주위에 넘쳐나는 자연과의 무한히 많은 접점을 나타내야 한다. 그리하여 대체로 자연의 온갖 관계들 가운데 가장 외부의 끝이, 여기서는 하나하나를 서로 나란히 세우면서, 서로를 몰아내지 않도록 충분한 공간을 가지게 해야 한다.

이러한 보다 정교한 조직의 어떤 체계가 완전히 발전하면서, 그 활동력을 어렴풋이 예감하는 가운데 눈이나 귀, 상상력이나 사고에도 잡히지 않은 어떤 전체를 느닷없이 파악한다면 서로를 재보는 힘들 사이에 불안정하고 불균형한 상태가 어쩔 수 없이 오랫동안 지속되다가 다시 그 힘들이 균형 상태로 돌아오게 된다.

자신의 활동력을 어렴풋이 예감하는 가운데 이미 자연의 고상하고 위대한 전모를 파악한 사람의 경우에는 명확히 인식하는 사고력, 보다 생생하게 서술하는 상상력, 가장 명료하게 반영하는 외적인 감각이 자연과 관련하여 세부적으로 고찰하는 것에 더 이상 만족할 수 없다.

활동력에서 어렴풋이 예감될 뿐인 저 거대한 전체의 모든 상황은 어떤 방식으로든 불가피하게 눈에 보이고 귀에 들리거나 상상력으로 파악되어야 한다. 그리고 이렇게 되기 위해서는 그 상황의 토대가 되는 실행력이 이러한 상황을 자체적으로, 자신의 외부에 형성해야 한다. 실행력은 거대한 전체의 모든 상황과 그 속의 지고한 아름다움을 광선의 끝에서처럼 하나의 초점으로 파악해야 한다. 이러한 초점에서 눈의 측정 범위에 따라 지고한 아름다움의 섬세하지만 충실한 상이 마무리되어야 한다. 또한 이러한 상은 자연이라는 거대한 전체의 완전무결한 상황을 자연 그 자체만큼이나 진실하고도 올바르게 자신의 좁은 범위에서 파악해야 한다.

하지만 이런 지고한 아름다움의 각인은 불가피하게 무언가에 흔적으로 남아 있어야 하므로 각자의 개체성으로 규정되는 조형력은 지고한 아름다움의 광채를 점점 축소시켜 전달하는, 눈에 보이고 귀에 들리거나 또는 상상력으로 파악되는 대상을 선택한다. 그리고 이러한 대상이 다시금 자신이 나타내는 실제 모습 그대로라면, 자신의 외부에서 사실상 독자적인 전체를 용납하지 않는 자연과 관련해서는 더 이상 존속할 수 없기 때문에 이는 우리가 이미 한번 처했던 상황으로 이끌고 간다. 즉 내적인 본질은 그때마다, 그것이 예술을 통해 독자적으로 존재하는 전체로 형성되기 전에, 자연이라는 거대한 전체의 상황을 아무런 방해 없이 완전한 규모로 반영할 수 있기 전에 일단 현상으로 모습을 바꾸어야 한다는 것이다.

하지만 이제 완전한 규모로 아름다움을 함유하고 있는 저 거대한 상황은 더 이상 사고력의 영역에 속하지 않으므로 아름다움의 조형적 모방이라는 생생한 개념도 그것이 발생하는 최초의 순간에 그 아름다움을 낳는 활동력이라는 감정에서만 생겨날 수 있다. 이때 작품은 서서히 형성되어 가는 온갖 단계를 거치면서 어렴풋이 예감하는 가운데 느닷없이 이미 완성된 모습으로 영혼 앞에 모습을 드러내며, 처음 만들어지는 이러한 순간에 마치 자신의 실제적인 현존재 앞에 나타나듯이 불쑥 모습을 드러내는 것이다. 이를 통해 창조적인 천재로 하여금 끊임없이 작품 활동을 하도록 부추기는 이루 형언키 어려운 매력도 이때 생겨나는 것이다.

아름다운 예술품 자체를 순수하게 즐기는 것과 한데 묶어, 아름다움의 조형적 모방에 대한 우리의 고찰을 통하여 아름다운 예술품을 더욱 잘 즐길 수 있게 해주는, 무언가 저 생생한 개념과 보다 유사한 것이 우리 마음속에 생길 수 있다. 하지만 그럼에도 우리가 아름다움을 향유할 때 그 형성 과정을 우리 자신의 힘으로는 함께 파악할 수 없으므로 예술품을 직접 산출하는 창조적인 천재만이 이를 최고로 향유할 수 있다. 이 때문에 아름다움은 그것이 생성되고 형성되는 가운데 이미 지고한 목적을 달성한 셈이다. 그래서 우리가 나중에 그러한 아름다움을 향유하는 것은 자체적인 현존재의 결과일 뿐이다. 이 때문에 조형 예술의 천재는 자연의 위대한 구상 속에서 우선은 자기 자신을 위해, 그다음은 우리들을 위해 존재하는 것이다. 그 천재 외에도 창조하고 형성하지는 못하지만 일단 만들어지면 자신의 상상력으로 포괄할 수 있는 존재, 즉 교양인이 있기 때문이다.

사실 아름다움의 본질은 그것의 내적인 본질이 사고력의 경계 밖에서 그 자신의 생성과 형성 과정에 깃들어 있다는 데 있다. 사실 사고력이 아름다움이란 무엇인가에 대해 더는 의문을 품을 수 없기 때문에 아름다운 것이다. 사고력에는 아름다움을 판단하고 고찰할 수 있는 비교점이 결여되어 있기 때문이다. 사고력으로 포괄할 수 없는 자연이라는 거대한 전체의 모든 조화로운 상황의 진수와 더불어 진정한 아름다움을 위한 비교점으로 어떤 것이 있는가? 자연에 여기저기 흩어져 있는 모든 개별적인 아름다움은 저 거대한 전체의 모든 상황의 이러한 진수가 다소간 그 속에서 드러나는 한에만 아름다운 것이다. 따라서 아름다움은 조형 예술의 아름다움을 위한 비교점이 될 수 없듯이, 아름다움의 진실한 모방을 모범으로 삼을 수도 없다. 개별적인 자연 속의 최고의 아름다움이라 하더라도 모든 것을 포괄하는 자연이라는 전체의 거대하고 장엄한 상황을 의기양양하게 모방하기에는 아직은 충분히 아름답지 않기 때문이다. 이 때문에 아름다움은 인식될 수 없으며, 그것은 산출되거나 느껴져야 한다.

비교점이 완전히 결여되어 있는 경우에는 아름다움이란 사고력의 대상이 아니므로 우리 자신이 아름다움을 산출해 낼 수 없는 한 아름다움을 향유하는 일도 완전히 단념해야 할 것이기 때문이다. 이때 사고력과 유사하면서도 사고력 자체는 아닌, 아름다움을 산출하는 힘을 대신하는 그 무엇이 우리 마음에 생기지 않는다면, 비교적 덜 아름다운 것보다 아름다운 것에 더 가까이 다가가는 무언가를 우리가 결코 고수할 수 없는 것이다. 사고력이 한계를 보일 때, 아무런 방해를 받지 않고 조용히 관찰함으로써 아름다움을 산출할 때 더 고상하게 즐기지 못하는 상황을 대체할 수 있는 것을 우리는 미적인 감각이나 감지 능력이라고 부른다.

말하자면 우리의 기관(器官)이 주위에 널려 있는 자연이라는 전체에, 거대한 상황을 완전히 하나하나 반영하는 데 필요한 만큼 수많은 접점을 제공할 수 있을 정도로 정교하게 짜여져 있지 않다면, 그리고 이러한 순환을 완전히 마무리하는 한 점이 우리에게 아직도 결여되어 있다면, 우리는 조형력 대신에 아름다움에 대한 감지 능력만 지닐 수 있다. 그리하여 우리의 바깥에서 아름다움을 다시 나타내려는 모든 시도는 실패로 돌아갈 것이며, 아름다움에 대한 우리의 감지 능력이 우리에게 부족한 조형력과 가까이 경계를 접할수록 우리는 우리 자신을 더욱 불만족스럽게 생각할 것이다.

이를테면 아름다움의 본질은 자체적인 아름다움의 완성에 있기 때문에 최종적으로 부족한 점이 아름다움을 말할 수 없이 훼손시킨다. 그 점이 다른 모든 점을 자신이 속하는 자리에서 밀쳐내기 때문이다. 그리고 이러한 완성점이 일단 결여되어 있다면 예술품은 애당초 애써 시작할 가치가 없고, 만들어지는 시간도 무의미하게 될 것이다. 그러한 작품은 나쁜 것에서 무익한 것으로까지 떨어질 것이다. 그리고 그 작품의 존재는 불가피하게 그것이 망각의 상태로 떨어짐으로써 다시 지양되어야 한다.

이와 마찬가지로 아름다움을 완성하는 데 최종적으로 부족한 점은 체계의 보다 정교한 조직에 심긴 조형 능력에도 말할 수 없는 해를 끼친다. 아름다움이 감지 능력으로서 가질 수 있는 최고의 가치가 조형력의 경우에는 가장 하찮은 것으로 간주될 수도 있다. 감지 능력이 자신의 한계를 넘게 되는 지점에서 필연적으로 자기 자신의 수준 이하로 떨어지고 지양되어 폐기될 수밖에 없는 것이다.

일정한 부류의 아름다움에 대한 감지 능력이 완벽할수록 이를 조형력으로 착각할 위험성이 더욱 커진다. 그리고 이런 식으로 수없이 실패를 거듭함으로써 자기 자신과의 평화를 방해하게 된다.

예를 들어 감지 능력은 어떤 예술 작품의 아름다움을 향유할 때 마찬가지로 작품의 생성 과정을 통하여 그것이 창조한 조형력을 꿰뚫어 보고, 작품을 자신의 외부로 산출해 낼 정도로 강력한 힘을 느끼면서 어렴풋이나마 바로 이러한 아름다움을 보다 고도로 향유함을 예감한다.

이미 존재하는 작품에서는 도저히 그 정도로 누릴 수 없는 아름다움을 고도로 향유하기 위해서 한번 너무도 생생하게 감동받은 감각이 무언가 유사한 것을 자신의 외부로 산출하려고 애를 쓰나 허사로 돌아간다. 그리하여 이 감각은 자기 자신의 작품을 싫어해서 이를 내팽개치고 그 감각의 외부에 이미 존재하는, 감각과 무관하게 존재하기 때문에 거기에서 아무런 기쁨을 발견하지 못하는 모든 아름다움의 향유를 싫어하게 된다.

감각의 유일한 소망과 노력은 자신에게 거부된 향유, 감각이 어렴풋이만 예감할 뿐인 보다 고차원의 향유를 하게 되는 일이다. 즉 감각의 덕분으로 존재의 의미가 있는 어떤 아름다운 작품에 자신의 조형력을 의식하면서 스스로를 투영하는 것이다.

하지만 감각은 자신의 소망을 영원히 존속시키지는 못한다. 왜냐하면 사적인 욕심으로 그러한 소망이 잉태되는 것이며, 아름다움이란 예술가의 손에 의해 자기 자신을 위해서만 파악되는 것이고, 그에 의해 선뜻 순순히 형성될 수 있기 때문이다.

아름다움이 완성될 때 아름다움은 이를 향유할 수 있게 해주어야 한다. 아름다움을 향유하고 싶은 생각이 이제 창작 의욕이 있는 조형적 충동과 즉시 섞이는 곳, 이러한 생각이 우리의 실행력의 첫째가는, 가장 강력한 자극이 되는 곳에서는 조형 충동이 확실히 순수하지 않다. 즉 아름다움의 초점이나 완성점은 작품을 넘어서서 작용하게 되고, 광선은 분산될 것이고, 작품은 자체적으로 마무리될 수 없을 것이다.

자신이 스스로 산출해 낸 아름다움을 최고로 누릴 수 있는 상태에 근접했다고 생각하면서도 이를 포기하는 것은 물론 어려운 투쟁처럼 보인다. 그렇지만 그것의 본질을 고상하게 하기 위해 우리가 일단 지니고 있다고 자처하는 이러한 조형 충동에서, 아직도 발견되는 사적인 욕심의 흔적을 다 없애고, 우리가 산출하는 아름다움이 이제 존재하게 될 때 우리 자신의 힘의 감각을 통해 아름다움이 우리에게 가져다주는 아름다움에 관한 모든 생각을 되도록 몰아내려고 한다면 이러한 투쟁은 아주 쉬워질 것이다. 그리하여 우리가 마지막 숨을 거두면서 비로소 아름다움을 완성할 수 있다 하더라도 이를 완성하려고 노력한다면 이러한 투쟁은 극히 쉬워질 것이다.

그런 다음 우리가 예감하는 아름다움이 자체적으로 형성되는 가운데 우리의 실행력을 움직일 정도로 충분한 매력이 아직 있다면 우리의 조형 충동이 진정하고 순수하기 때문에 안심하고 이를 따라도 된다.

하지만 아름다움의 향유와 효과를 완전히 무시함으로써 그 매력도 사라지게 된다면 더 이상 투쟁이 필요하지 않을 것이고, 우리 마음속의 평화가 살아나게 된다. 그리하여 이제 다시 본연의 모습으로 돌아간 감지 능력은, 자신의 한계 속으로 겸허히 되돌아간 것에 대한 보답으로 자기 존재의 본성과 공존할 수 있는 아름다움의 지극히 순수한 향유에 눈을 뜨게 된다.

물론 이제 조형력과 감지력이 갈라지는 지점을 그만 놓쳐버리고 지나치는 경우도 그리 놀랄 일은 아니다. 그릇된 조형 충동을 통해 진정한 조형 충동에 반(反)하는 지고한 아름다움의 수없이 많은 그릇되고 부당한 각인이 예술작품들에서 생겨난다면 말이다.

왜냐하면 진정한 조형력은 작품이 처음 생겨나는 순간에 즉각 확실한 보상으로 자체적으로 작품을 맨 먼저 최고로 향유하게 해주고, 이를 통해서만이 그릇된 조형 충동과 구별되어, 자극의 첫 순간을 작품을 향유한다는 예감을 통해서가 아니라 자기 자신을 통해 얻기 때문이다. 그리고 이러한 열정적인 순간에 사고력은 스스로 올바른 판단을 내릴 수 없기 때문에, 무수한 실패를 거듭하는 이러한 자기기만으로부터 벗어나지 않고는 거의 불가능하다.

그리고 이처럼 실패한 시도조차도 아직은 조형력이 부족함을 늘 증명하는 것은 아니다. 조형력이 진정한 것일 경우에도 이는 눈앞에 있는 것을 상상력 앞에, 또는 귀에 들리는 것을 눈앞에 제시하려고 하면서 간혹 그릇된 방향을 취하기도 하기 때문이다.

정말이지 자연이 내재하는 조형력을 언제나 완전히 성숙시키거나 발전시키지는 않으며, 조형력이 결코 발전할 수 없는 그릇된 방향으로 접어들게 하기 때문에 진정한 아름다움이란 좀처럼 존재하지 않는다.

그리고 또한 자연은 주제넘은 조형 충동에서도 평범하고 조악한 것을 마구 생겨나게 하므로 이러한 사실로 인해 진정한 아름다움과 고상함은 그 희소성으로 평범하고 조악한 것과 구별된다.

그러므로 감지 능력에는 항시 조형력의 성과를 통해서만 채워지는 틈이 있다. 조형력과 감지 능력은 남자와 여자 같은 관계이다. 조형력은 작품이 처음 생길 때 고도로 향유하는 순간엔 동시에 감지 능력이 되기도 하고, 자연과 마찬가지로 자기 존재의 각인을 자기 자신으로부터 끌어내기 때문이다.

따라서 감지 능력뿐만 아니라 조형력도 조직의 보다 정교한 체계에 근거하고 있다. 자연이란 거대한 전체의 상황이 관련을 맺는 모든 접점에서 이 조직이 완전하거나 거의 완전한 각인이 되는 한에서 말이다.

감지 능력뿐만 아니라 조형력도 사고력 이상의 것을 포괄하고 있다. 이 양자의 토대가 되는 활동력은 사고력이 파악하는 모든 것을 동시에 파악한다. 활동력은 우리가 가질 수 있는 모든 개념들 중에서 최우선적인 동기들을 늘 자기 밖으로 내놓으면서 자신 속에 함유하고 있기 때문이다.

이제 이러한 활동력이 사고력의 영역에 속하지 않는 모든 것을 밖으로 밀어내면서 자체적으로 파악하는 한 이것은 조형력이라 불린다. 그리고 활동력이 사고력의 경계 바깥에 위치하고 있는 것을 밖으로 내놓는 것에 이끌리면서 자체적으로 이해하는 한 이것은 감지 능력이라 불린다.

조형력은 감각과 활동력이 없이는 존재할 수 없는 반면, 활동력은 자신을 토대로 해서만 존재하는 감지 능력과 조형력이 없이도 독자적으로 존재할 수 있다.

이제 이러한 활동력도 조직의 보다 정교한 체계를 토대로 하는 한 그 기관은 무릇 모든 자신의 접점에서 거대한 전체 상황의 각인일 수 있다. 사실 이때 감지 능력과 조형력을 전제로 하는 완성도는 요구되지 않을지도 모른다.

우리를 에워싸는 거대한 전체 상황 중에서 말하자면 우리 기관의 모든 접점에서 수많은 접점이 늘 서로 만나고 있어서 우리는 우리가 사실 그 자체는 아니면서도 이러한 거대한 전체를 어렴풋이나마 마음속으로 느끼게 된다. 우리의 본질 속에 들어온 저 전체 상황은 사방으로 다시 뻗어나가려고 애쓴다. 즉 기관은 사방으로 무한대까지 뻗어나가기를 원한다. 그 기관은 주변을 에워싸는 전체를 자체적으로 반영할 뿐만 아니라, 되도록이면 스스로 주위를 에워싸는 전체가 되려고 한다.

   이 때문에 보다 고차원적인 모든 조직체는 본성에 따라 자기보다 열등한 조직체를 사로잡아 자신의 본질 속에 옮겨놓는다. 식물은 단순한 생성과 성장을 통해 무기질을 섭취하고, 동물은 생장, 성장 및 향유를 통해 식물을 섭취한다. 그리고 인간은 생장, 성장 및 향유를 통해 동물과 식물을 자신의 내적 본질로 변화시킬 뿐만 아니라, 동시에 자신의 조직체에 종속되는 모든 것을, 그의 본질 가운데서 가장 밝게 윤을 내고 비추어주는 표면을 통해 자신의 존재 영역 안으로 받아들인다. 그리고 그의 기관이 스스로를 형성하면서 자체적으로 완성될 때, 이를 미화하면서 자신의 바깥으로 다시 나타낸다.

   그렇지 않을 경우에 인간은 자기 주위에 있는 것을 파괴하여 자신의 현실적인 존재 영역 안으로 끌어들이고, 자기가 할 수 있는 한 무한정 주위에 퍼지게 해야 한다. 순수하고 순진무구한 관찰만으로는 확장된 현실적 실존에 대한 갈증을 대체할 수 없기 때문이다."

4월의 편지

4월 10일, 로마

몸은 아직 로마에 있지만 마음은 이곳을 떠났습니다. 떠날 결심을 굳히고 나니 이젠 흥미도 사라졌습니다. 이미 보름 전부터 마음은 떠났을지도 모릅니다. 내가 아직 이곳에 있는 이유는 무엇보다도 카이저와 부리 때문입니다. 카이저는 로마에서만 할 수 있는 연구를 아직 몇 가지 끝마쳐야 하고, 악보도 몇 편 수집해야 합니다. 부리는 내가 구상한 그림의 스케치를 마무리해야 하는데, 그러기 위해선 내 조언이 필요합니다.

어떻든 4월 21일이나 22일을 출발 날짜로 확정했습니다.

4월 11일, 로마

시간은 하루하루 흘러가는데 나는 더 이상 아무것도 할 수 없습니다. 더 보고 싶은 것도 거의 없습니다. 성실한 마이어가 아직 도와주고 있어서 마지막 순간에도 그의 가르침을 받으며 즐겁게 지내고 있습니다. 카이저가 내 곁에 없다면 나는 그를 데리고 왔을지도 모릅니다. 우리가 일 년만 그의 지도를 받았더라도 상당한 진척을 보았을 겁니다. 특히 그는 두상 스케치의 온갖 의문점을 해소하는 데 많은 도움을 주었습니다.

오늘 아침에는 선량한 마이어와 함께 프랑스 아카데미를 방문하여 극히 훌륭한 고대 입상의 주조품을 구경했습니다. 이곳에서 느꼈던 작별의 순간과 같은 느낌을 어떻게 말로 표현할 수 있겠습니까? 이러한 대상을 직접 대하면 우리들은 실제 이상의 존재가 됩니다. 즉 우리가 다루어야 하는 가장 존엄한 대상이 인체라는 사실을 느끼게 됩니다. 이곳에선 이러한 인체를 아주 다양하면서도 근사한 모습으로 감지하게 됩니다. 그러한 대상을 바라보면서 자신이 얼마나 불충분한 존재인지 곧장 느끼지 못하는 자는 참담한 상태에 빠질 준비를 해야 합니다. 인체의 균형과 구조, 동작의 규칙성에 대해 어느 정도 확실한 설명을 하려고 했지만 '형태'가 결국 모든 것, 즉 인체의 유용성, 균형, 성격 및 아름다움을 포괄한다는 사실만 너무나 강하게 부각될 뿐이었습니다.

4월 14일, 로마

나의 혼란이 이보다 더 클 수 있을까요! 발의 모형을 계속 만들면서 앞으로는 『타소』를 손봐야겠다는 생각이 들었습니다. 어쨌거나 내 생각도 임박한 여행의 반가운 동반자가 될 그 작품에 쏠려 있습니다. 그러는 사이 짐을 하나하나 꾸리기 시작합니다. 그리고 그제야 비로소 여기저기서 수집하고 끌어 모았던 것이 눈에 들어옵니다.

4월의 보고

지난 몇 주 동안 보낸 내 편지에는 중요한 내용이 별로 없습니다. 내 처지는 예술과 우정, 소유와 노력, 익숙한 현재와 다시 새로 익숙해져야 할 미래 사이에서 너무나 혼란스러웠습니다. 이러한 상황에서 편지에 많은 내용을 담을 수 없었습니다. 정다운 옛 친구들을 다시 만나는 기쁨은 그저 적당히 토로했던 반면, 이별의 고통은 거의 감추려 들지 않았습니다. 그래서 덧붙이는 이 보고에서 몇 가지를 간추려볼 작정입니다. 그래서 그동안 다른 메모지나 비망록에 기록해 둔 것이나 기억을 더듬어 다시 떠올린 것을 기록해 보겠습니다.

봄이 오면 다시 돌아오겠다고 누누이 밝혔던 티슈바인은 아직 나폴리에 머물러 있습니다. 평소에는 그와 함께 지내기가 편했지만, 특이한 버릇이 있어서 오랫동안 같이 지내기는 좀 힘들었습니다. 말하자면 그는 자신이 하기로 마음먹은 모든 일을 불확실한 상태로 내버려두곤 했습니다. 그로 인해 간혹 악의는 아니지만 다른 사람들에게 폐를 끼치거나 불쾌감을 안겨주기도 했습니다. 이번에도 나는 이런 경우를 당하게 되었던 것입니다. 그가 돌아오면 우리 모두가 편안히 생활할 수 있도록 내 숙소를 바꾸어야 했습니다. 우리 집 2층이 마침 비어 있었기 때문에 나는 곧장 그곳에 세를 들어 이사했습니다. 그가 1층을 쓰도록 하기 위해서였습니다.

2층의 공간은 아래층과 똑같았지만, 뒤편으로 우리 집과 이웃집의 정원이 내려다보여 전망이 기막히게 좋다는 이점이 있었습니다. 우리 집이 구석에 있어서 사방으로 집들이 늘어서 있었습니다.

　이곳에서 보니 정원들의 모습이 무척 다채로웠습니다. 한결같이 담장으로 나누어진 정원은 무척 다양하게 관리되고 있었고, 갖가지 식물이 심어져 있었습니다. 푸르른 나무가 자라고 꽃이 피어난 낙원을 찬미하려는 듯 퍽이나 단순한 건축물이 사방에 솟아 있었습니다. 즉 정원으로 난 대청마루, 베란다와 테라스, 또한 보다 높은 곳에 위치한 뒤채의 야외 휴게실, 그리고 그 사이에 이 지역의 온갖 나무와 식물들이 보였습니다.

　연로한 교구 성직자 한 분이 우리 집 정원에서 흙을 구워 장식한 화분에 적당한 크기의 레몬 나무들을 많이 심어 잘 기르고 있었습니다. 여름에는 집 밖에서 자유로운 공기를 쐬게 했지만, 겨울에는 정원으로 난 대청마루에 옮겨 보관했습니다. 열매가 다 익으면 정성스레 따서 하나하나 부드러운 종이에 싸고 함께 포장해서 내다 팔았습니다. 그것들은 특히 품질이 뛰어나서 사람들의 인기를 끌었습니다. 이러한 레몬 재배는 시민 가정에서 작은 자산으로 간주되고, 해마다 짭짤한 수입을 올려 줍니다.

　날씨가 맑을 때면 아름다운 경치를 마음껏 구경하게 해주는 창문들은 또한 미술품을 감상하는 데 필요한 환한 빛도 제공해 주었습니다. 마침 크니프는 우리가 시칠리아를 여행할 때 그려 두었던 스케치를 완성시킨 수채화 여러 점을 약속대로 보내주었습니다. 이 그림들은 빛이 좋을 때면 구경하는 사람들에게 기쁨과 경탄을 불러 일으켰습니다. 바로 이러한 점에 애착을 갖고 작업한 그보다 밝고 투명한 색조를 내는 데 더 성공을 거둔 사람은 아마 없을 겁니다. 정말 이 그림들은 보는 사람을 매료시켰습니다. 바다의 축축함, 암석의 푸른 그림자, 산들의 황적색 색조, 더없이 밝게 빛나는 하늘 아래 아스라이 펼쳐지는 수평선을 다시 보고 느끼는 것 같았기 때문입니다. 이러한 그림들은 그런 면에서 훌륭했을 뿐만 아니라, 바로 이 방, 이와 같은 화가(畵架)에 세워놓았을 때 더욱 효과적이고 눈에 띄는 것 같았습니다. 내가 그 방으로 몇 번 들어갔을 때 어떤 그림이 나를 매혹적으로 사로잡은 기억이 납니다.

유리하든 불리하든, 직접적이든 간접적이든 간에 대기의 빛에 담긴 비밀이 당시만 해도 아직 밝혀지지 않았습니다. 그저 우연한 현상이거나 설명하기 어려운 일로 치부되긴 했지만 그래도 확연히 느낄 수 있어 놀라움을 안겨주었습니다.

이 새로운 거처는 하나둘 모으기 시작한 수많은 석고상들을 흐뭇한 기분으로 정리하고 밝은 빛에 진열하는 기회를 마련해 주었습니다. 이제야 너무나 소중한 소장품을 제대로 즐길 수 있었습니다. 로마에 있으면 그렇듯이 고대 조형 예술품과 함께 있으면 자연 속에 들어온 것처럼 무한하고 불가사의한 대상 앞에 있는 느낌이 듭니다. 숭고하고 아름다운 것은 그에 대한 인상이 아무리 좋다 하더라도 우리를 불안하게 해서, 우리는 감정과 견해를 말로 표현하길 원합니다. 하지만 그러기 위해서는 먼저 인식하고 통찰하고 파악하지 않을 수 없습니다. 그리하여 우리는 분류하고 선별하고 정리하기 시작합니다. 그런데 이것도 불가능하지는 않지만 대단히 어렵다는 사실을 알게 됩니다. 그래서 결국 구경하고 즐기며 감탄하는 자세로 되돌아오는 것입니다.

이러한 예술품은 만들어진 시대와 작가들의 상황으로 우리를 데려가 준다는 점에서 가장 결정적인 영향을 끼칩니다. 고대의 입상들에 둘러싸여 있으면 생동하는 자연의 삶 속에 있는 느낌을 받게 됩니다. 사람들은 인간상의 다양함을 알게 되고, 지극히 순수한 상태의 인간으로 돌아가게 되며, 이를 통해서 구경하는 사람 자신이 그야말로 생기에 넘치고 순수하게 인간적으로 됩니다. 어느 정도는 인물을 돋보이게 해주는 자연스러운 의상조차도 일반적인 의미에서 즐거움을 안겨줍니다. 로마에서 이러한 분위기를 날마다 즐기다 보면 동시에 이것을 갖고 싶은 욕심이 들고, 그러한 형상물을 옆에 세워두고 싶은 욕망이 생기게 됩니다. 이럴 때는 원형 그대로 빚어낸 훌륭한 석고상을 구하는 게 제일 좋습니다. 아침에 눈을 뜰 때마다 우리는 그러한 걸작품으로 감동을 받게 됩니다. 우리의 모든 생각과 의식이 그러한 형상과 함께하기 때문에 우리가 다시 야만 상태로 되돌아가는 일은 없을 겁니다.

우리 방에서 최고의 위치를 차지하는 루도비시의 주노 여신상은 그 원형을 드물게, 우연히 보게 되는 만큼 높은 평가와 존중을 받았습니다. 그러니 이를 눈앞에 두고 늘 즐길 수 있다는 사실을 행운이라 여기지 않을 수 없었습니다. 이 상을 처음으로 구경한 우리 동시대인들 가운데 어느 누구도 이를 소화할 만큼 성숙하다고 주장할 사람은 없기 때문입니다.

이것과 비교라도 하려는 듯 몇 개의 보다 작은 주노 상들이 서 있었습니다. 주피터의 흉상도 돋보였습니다. 다른 작품으로 넘어가 보면 론다니니의 오래된 메두사 주상(鑄像)이 훌륭하고 경이로웠습니다. 죽음과 삶, 고통과 쾌락 사이의 알력을 표현하면서 우리한테 다른 문제뿐만 아니라 이루 말할 수 없는 매력을 던져주고 있었습니다.

또한 힘차고 거대한 동시에 분별 있고 부드러운 아낙스의 헤라클레스 상과 사랑스럽기 그지없는 메르쿠어 상을 언급하지 않을 수 없는데, 이 두 작품의 원형은 현재 영국에 있습니다.

반쯤 양각된 작품들, 흙을 구워 만든 여러 가지 아름다운 작품의 주상, 거대한 오벨리스크를 모방한 이집트의 주상, 그리고 그중에 대리석 상도 몇 개 섞여 있는 미완성 작품들이 주위에 나란히 세워져 있었습니다.

불과 몇 주 동안 나의 새로운 거처에 자리 잡고 있었던 이러한 보물들에 대해 이야기하자니, 유언장을 작성하기 위해 주위의 소유물을 담담하면서도 감동 어린 눈길로 바라보는 사람처럼 느껴집니다. 이러한 물건들을 운송하기가 힘들고 번거로우며, 비용이 많이 들 뿐만 아니라 다루는 데 서툴러서 이 걸작품을 곧장 독일로 가져가는 것을 주저할 수밖에 없었습니다. 그래서 루도비시의 주노 상은 고상한 앙겔리카에게 주기로 마음먹었고, 다른 몇 작품은 주변의 화가들에게, 또 일부는 티슈바인에게 넘기기로 했습니다. 그리고 다른 작품은 그대로 남겨두었다가, 내 방으로 거처를 옮기는 부리의 뜻에 따라 이용하도록 했습니다.

이 글을 쓰면서 내 생각은 아주 어린 시절로 돌아갔습니다. 이런 대상들을 처음으로 접하게 해주었고, 관심을 갖게 해주었으며, 생각은 일천하기 짝이 없었지만 넘치는 열정을 불러일으켰고, 이탈리아에 대한 무한한 동경을 갖게 해준 시절이 뇌리에 떠올랐습니다.

어린 시절 조국 독일에서 나는 조형적인 것에 대해서는 아무것도 몰랐습니다. 라이프치히에서 흡사 춤을 추며 심벌즈를 치는 듯한 목양신 상을 처음으로 보고 깊은 인상을 받았습니다. 그래서 나는 지금도 그 주형의 세부적인 모습과 분위기를 생각해 낼 수 있을 정도입니다. 그 뒤로 오랫동안 이런 작품을 구경하지 못하다가, 위에서 빛이 드는 만하임의 박물관에서 느닷없이 수많은 소상(小像)들에 둘러싸이게 되었습니다.

나중에 석고상 제조자들이 프랑크푸르트에 나타났습니다. 이들은 알프스를 넘어 많은 석고상 원형을 가지고 왔습니다. 그런 다음 이들은 이 원상을 주물로 떠서 괜찮은 가격으로 팔았습니다. 그래서 나는 그런대로 괜찮은 라오콘의 두상, 니오베의 딸들, 나중에 사포의 상으로 명명한 조그만 두상과 그 밖의 몇몇 작품을 구입했습니다. 나약함, 그릇된 생각, 일부러 꾸민 듯한 태도가 엄습할 때마다 이런 고상한 상들이 일종의 은밀한 해독제 역할을 해주었습니다. 그렇지만 나는 늘 불만족한 상태에서 미지의 것에 이끌리며, 때때로 잠잠해졌다가 다시 살아나곤 하는 욕망 때문에 마음속으로 고통을 겪어왔습니다. 그렇기에 로마를 떠나면서 내가 마침내 입수하고 간절히 희망한 소장품과 헤어져야 했을 때의 고통이란 이루 말할 수 없었습니다.

나는 시칠리아에서 알게 된 식물 조직의 법칙성에 마음이 사로잡혀 있었습니다. 이는 마치 어떤 일에 대한 애착이 우리 마음을 붙잡고 그러다가 우리의 능력이 되곤 하는 과정과 흡사합니다. 그래서 나는 식물원을 찾아갔습니다. 그 식물원은 낡아서 별로 매력을 끌진 못했지만, 그곳에 있는 많은 식물이 새롭고 예기치 못한 것이라서 대단히 유익했습니다. 그래서 기회가 있는 대로 비교적 진기한 식물들을 채집해서 관찰을 계속했습니다. 직접 씨앗을 심어 길러낸 식물들을 돌보기까지 하면서 관찰을 계속했습니다.

내가 로마를 떠날 때 몇몇 친구들은 특히 이 식물들을 나누어 갖고 싶어 했습니다. 나는 어느덧 제법 자라난 소나무 묘목 한 그루를 미래형 나무의 모범으로 앙겔리카네 집 정원에 심었습니다. 그 나무는 몇 년 뒤에 훌쩍 자라서 관심 있는 여행자들이 이에 관한 이야기를 하면 나는 그 장소에 얽힌 추억을 들려줌으로써 서로 즐거움을 나눌 수 있었습니다. 그런데 유감스럽게도 소중하기 그지없는 그 여자 친구가 이 세상을 뜬 후 새 주인은 꽃밭에 나무가 자라는 것이 어울리지 않는다고 생각했습니다. 훗날 호감과 호기심을 품고 그곳을 찾은 여행객들은 이곳이 텅 비고, 아름다웠던 식물의 흔적마저 사라진 것을 발견했습니다.

그런데 다행히도 내가 씨앗을 심어 길러낸 대추야자나무는 몇 그루 남아 있었습니다. 나는 몇 그루나 희생해 가면서 그 진기한 생장 과정을 수시로 관찰했습니다. 그 가운데 살아남아 싱싱하게 무럭무럭 자라난 몇 그루를 로마의 친구에게 주었습니다. 그가 시스티나 가에 있는 한 정원에 심은 이 나무들은 지금도 살아 있습니다. 그것도 어떤 고상한 여행자가 친히 확인해 주었듯이 어느새 사람의 키만큼 자라났다고 합니다. 부디 주인의 마음을 편안하게 해주고, 더구나 나의 추억을 간직할 수 있도록 푸르게 성장하고 번성하길 바랍니다.

로마를 떠나기 전에 늦었지만 어떻게든 둘러보고 싶은 목록에는 마지막으로 너무도 상반되는 두 유적, 즉 클로아카 마시마*와 성 세바스티안의 납골당이 남게 되었습니다. 전자는 피

---

*광장을 거쳐 테베레 강으로 흘러드는 하수 시설.

라네시가 우리에게 준비해 준 것에 대한 개념을 더욱 증폭시켜 주었습니다. 하지만 납골당을 방문한 인상은 그다지 좋지 않았습니다. 음습한 공간에 들어서기가 무섭게 언짢은 기분이 들어 곧장 햇빛이 드는 곳으로 나와버렸기 때문입니다. 그리고 바깥에서, 즉 그러지 않아도 도시에서 멀리 떨어진 미지의 외곽 지대에서 다른 일행이 돌아오기를 기다렸지만, 나보다 더 침착한 이들은 납골당 내부를 마음놓고 구경하고 싶어 했습니다.

나중에 나는 안토니오 보시오의 대작 『로마의 지하』를 통하여 그곳에서 보았던 것이나 보지 못했던 것이나 모든 내용을 상세히 알게 되었습니다. 그리하여 이것으로 내가 보지 못한 것을 충분히 보충했다고 생각합니다.

반면에 다른 순례는 보다 유익했고 많은 성과가 있었습니다. 그것은 성 누가 아카데미에 성 유물로 보관되어 있는 라파엘로의 두개골에 경의를 표한 일입니다. 건축 공사를 하는 기회에 그 유골을 이 비범한 남자의 무덤에서 꺼내 이곳으로 가지고 왔던 것입니다.

이는 참으로 놀라운 광경이었습니다! 그토록 아름다운 모습의 둥그스름한 두개골에서는 나중에 다른 두개골을 토대로 하여 갈리의 학설에서 다양한 의미가 부여된 융기나 혹, 돌기의 흔적을 찾아볼 수 없었습니다. 나는 그것에서 시선을 뗄 수 없었습니다. 그리고 발걸음을 옮기면서 그것의 주형을 하나 가질 수 있다면 자연과 예술의 벗들에게 얼마나 의미심장한 일일까 생각해 보았습니다. 그런데 영향력이 큰 친구인 추밀 고문관 라이펜슈타인이 나에게 희망을 품게 하더니, 얼마 후에 정말로 그 주형을 독일로 보내주어 이를 실현시켜 주었습니다. 그것을 바라볼 때마다 이런저런 온갖 관찰을 하도록 일깨워집니다.

라파엘로가 그린 사랑스러운 그림, 즉 성모마리아를 바라보는 성 누가는 그지없이 밝은 모습을 나타내 주었습니다. 이 그림에서 화가는 성모마리아의 고귀하고 우아한 신성을 진실하고도 자연스럽게 묘사하고자 합니다. 아직 나이가 어린 라파엘로 스스로가 약간 떨어진 곳에서 이 복음 전도사가 하는 일을 지켜보고 있습니다. 자신이 천직으로 생각하는 직업을 아마 이보다 더 우아하게 표현하고 신봉할 수는 없을 겁니다.

한때 이 그림을 소장하고 있던 피에트로 다 코르토나는 이 작품을 아카데미에 유증하였습니다. 물론 여러 군데 손상을 입고 복원이 되었지만 그래도 여전히 대단히 중요한 가치를 지닌 그림임에는 틀림이 없습니다.

그렇지만 요 근래에 나의 여행을 방해하며, 나를 다시 로마에 잡아두려고 하는 아주 색다른 유혹을 받게 되었습니다. 말하자면 예술가이자 예술품 상인인 안토니오 레가 씨가 친구인 마이어를 만나러 나폴리에서 온 것입니다. 그가 친밀하게 털어놓은 말에 따르면, 자기가 타고 온 배가 리파 그란데에 정박해 있는데 그곳으로 같이 가자고 친구를 초대한다는 겁니다. 그는 중요한 고대 입상들, 즉 무희나 뮤즈 여신을 그 배에 싣고 있다고 합니다. 나폴리의 카라파 콜롬브라노 궁의 뜰 벽감에 다른 작품들과 함께 아주 오래전부터 서 있던 그것들은 매우 훌륭한 작품으로 평가받았다고 합니다. 그는 이것을 은밀히 팔려는 생각으로 가령 마이어 씨 또는 다른 친한 친구가 구입할 수 있는지를 타진해 보려고 한다는 겁니다. 어쨌거나 그는 이 고상한 예술품을 삼백 체키노라는 아주 저렴한 가격에 내놓았는데, 판매자나 구매자를 고려하여 조심스럽게 거래해야 하는 입장이 아니라면 당연히 가격을 훨씬 높이 매겼을 거라고 합니다.

이러한 사실을 알게 된 나는 그 두 사람과 함께 우리의 숙소에서 꽤 멀리 떨어진 부두로 서둘러 갔습니다. 레가는 갑판에 있던 상자의 덮개를 곧바로 들어 올렸습니다. 그러자 아직 몸통에 그대로 붙어 있는 사랑스럽기 짝이 없는 조그만 두상이 흐트러진 곱슬머리 사이로 얼굴을 드러냈습니다. 뒤이어 아주 우아한 옷을 입고 사랑스럽게 몸을 움직이는 형상이 나타났습니다. 게다가 거의 손상이 되지 않았고 한쪽 손은 완벽하게 보존되어 있었습니다.

이것을 보고 있노라니 우리가 바로 현장에서 보았던 기억이 새록새록 떠올랐습니다. 그때만 해도 이것이 이렇게 우리 곁에 가까이 올 줄은 꿈에도 상상하지 못했지요.

하긴 누군들 그러하지 않겠습니까마는, 이때 우리에겐 문득 이런 생각이 떠올랐습니다.

"막대한 비용을 들이고 일 년 내내 발굴 작업을 하더라도 마침내 이런 보물을 얻게 된다면 자신을 대단히 행운아라고 생각할 것이다."

우리는 이 보물에서 도저히 시선을 뗄 수 없었습니다. 그렇게 온전히 잘 보존된 고대 유물이 복구하기 쉬운 상태로 우리 눈앞에 나타났다는 것이 결코 다시는 일어날 수 없는 일이었기 때문입니다. 하지만 우리는 마침내 용단을 내려 속히 대답을 주겠다는 약속을 하고 헤어졌습니다.

우리 둘은 심각한 갈등에 사로잡혔습니다. 이 물건을 사들이는 게 여러 면에서 바람직하지 않은 것 같았습니다. 그래서 우리는 이 사실을 선량한 앙겔리카 부인에게 알리기로 결정했습니다. 그녀는 물건을 사들일 재력도 있고 복원 비용이나 그 밖의 부대 비용을 댈 만한 적임자였기 때문입니다. 전에 다니엘 폰 볼테라의 그림을 소개했을 때처럼 마이어가 중개 역할을 맡기로 했습니다. 우리는 그 일이 꼭 성사되기를 바랐습니다. 하지만 신중한 부인과 더욱이나 검소한 남편이 그 거래를 거부했습니다. 이들은 그림에는 막대한 돈을 들이면서도 입상에는 그런 돈을 들이기를 주저했던 것입니다.

그들에게 거부의 답변을 들은 후에 우리는 다시 새로운 궁리를 하느라 부심했습니다. 이는 모처럼 찾아온 행운으로 생각되었습니다. 마이어는 또 한 번 보물을 관찰하고 나서 전체적인 특징으로 봐서 이 예술품이 그리스 시대의 작품으로 인정할 수 있다고 자신있게 말했습니다. 더군다나 아우구스투스 시대 이전으로 거슬러 올라가 어쩌면 히에로 2세 때의 작품일지도 모른다는 것입니다.

나는 이런 중요한 예술품을 사들일 만큼의 신용을 확보하고 있었고, 레가는 심지어 분할 지급에도 동의할 듯이 보였습니다. 그 순간 우리는 벌써 그 입상을 사들여 빛이 잘 드는 큼직한 방에 세워둔 듯한 착각에 빠졌습니다.

하지만 정열적으로 사랑을 해서 혼인 서약을 맺기까지는 으레 여러 단계의 생각을 거쳐야 하듯이 이번의 경우도 마찬가지였습니다. 우리는 고상한 예술 애호가인 추키 씨와 그의 친절한 부인의 조언과 찬성 없이는 그러한 거래를 감행해서는 안 되었습니다. 왜냐하면 이러한 거래는 관념적이고 피그말리온*적인 의미를 지니고 있었기 때문입니다. 이 작품을 소유해야겠다는 생각이 내 마음속 깊이 뿌리박고 있었음을 부인하지 않겠

---

* 사이프러스 섬의 국왕으로 자기가 만든 여신상에 반한 그는 비너스에게 청해 생명을 부여받아 아내로 삼았음.

습니다. 그렇습니다. 내가 이 작품에 얼마나 마음을 빼앗겼는지는 다음의 고백이 증거해 줄 겁니다. 즉 나는 이 사건을 보다 단수가 높은 악령의 암시로 보았던 겁니다. 그 악령은 나를 로마에 붙들어 매어두고, 떠날 결심을 굳히게 하는 모든 이유를 어떻게 해서든 없애버리려고 했습니다.

다행히도 우리는 그럴 경우 이성이 오성을 도와주곤 하는 나이에 도달해 있었습니다. 그리하여 예술품에 대한 집착과 소유욕, 그 밖에 이를 부추기는 궤변과 미신이 우리에게 감각과 호의로 애착을 보여준 고상한 여자 친구 앙겔리카의 훌륭한 신조에 굴복하지 않을 수 없었습니다. 그녀의 생각을 듣고 보니 이러한 계획에 따르기 마련인 전체적인 어려움과 우려할 만한 점이 백일하에 드러났습니다. 지금까지 예술과 고대 유물 연구에 조용히 매진하던 남자들이 느닷없이 이런 예술품 거래에 끼어듦으로써, 관례적으로 이러한 거래를 할 자격이 있다고 생각하는 사람들의 질투심을 불러일으켰습니다. 복구에 어려움이 많을 거라는 둥 거래가 얼마나 정당하고 투명한지 의구심이 든다는 둥 말이 많았습니다. 더군다나 모든 일이 잘 풀려 순조롭게 발송했다손 치더라도 그런 예술품의 수출 허가를 받는 문제로 결국 장애에 봉착할지 모른다는 것입니다. 그런 다음에도 배로 실어 나르는 문제와 하역 및 집까지의 배달 문제로 이런저런 성가신 골칫거리가 발생할지 모른다고 했습니다. 상인은 이런 문제는 도외시하며, 여기에는 고생과 위험이 대체로 반반씩 도사리고 있답니다. 이런 종류의 모험을 할 때는 우려할 만한 점을 하나하나 따져보아야 한다는 것이었습니다.

이러한 생각으로 나의 소유욕, 소망 및 결의가 차츰 완화되고 약화되어 갔지만, 그렇다고 해서 결코 완전히 꺼져버린 것은 아니었습니다. 특히 그 예술품들이 마침내 대단한 평가를 받았기 때문입니다. 그것은 현재 피오 클레멘티노 박물관에 딸린 조그만 별실에 보관되어 있습니다. 그 전시실의 바닥에는 가면과 나뭇잎으로 장식된 놀랍도록 아름다운 모자이크가 깔려 있습니다. 그 별실에 진열된 다른 입상으로는 상의 받침에 부팔루스라는 이름이 새겨진, 발꿈치를 들고 앉아 있는 비너스 상, 너무나 아름다운 조그만 가니메데스 상, 확실히 기억은 나지 않지만 아도니스라는 이름이 붙은 것 같은 젊은이의 아름다운 입상, 로소 안티코의 파운 상, 조용히 서 있는 디스코볼루스 상이 있습니다.

비스콘티는 이 박물관에 헌정한 세 번째 책에서 이 기념물에 대해 묘사했습니다. 그는 나름의 설명을 붙이면서 서른 번째 도판에 그 입상을 모사한 그림을 실었습니다. 우리와 함께 모든 예술 애호가들이 애석해 마지않는 점은 그것을 독일로 가져와 조국의 위대한 예술 수집을 한몫 거드는 데 성공하지 못했다는 사실입니다.

내가 작별을 고하는 방문을 하면서 저 우아한 밀라노 아가씨를 잊지 않았음을 사람들은 당연하게 생각할 겁니다. 나는 그동안 그녀와 관련된 몇몇 즐거운 이야기를 들어왔습니다. 그녀는 앙겔리카 부인과 더욱 친해졌고, 이를 통해 그녀가 들어가게 된 상류사회에서도 아주 훌륭하게 처신할 줄 안다고 합니다. 나도 그 후에 전개될 상황을 추측하며 한 가지 소망을 품게 되었습니다. 즉 추키 부부와 막역한 사이인 유복한 젊은이가 그녀의 우아한 자태를 눈여겨보고 보다 진지한 생각을 관철했으면 하는 바람이었습니다.

그녀는 카스텔 간돌포에서 처음 만났을 때처럼 이번에도 깔끔한 모닝 가운을 입고 있었습니다. 그녀는 솔직하고도 우아한 태도로 나를 맞이했습니다. 그녀는 자연스럽고 귀여운 태도로 내가 보여준 관심에 대해 몇 번이고 아주 사랑스럽게 감사의 뜻을 표했습니다.

"저는 결코 잊을 수 없을 거예요. 혼미한 상태에서 다시 의식을 회복했을 때 내 안부를 묻는 사랑하고 존경하는 많은 사람들 중에 선생님의 이름도 있다고 들은 것을 말이에요. 그것이 과연 정말일까 하고 여러 번 물어보았어요. 선생님께서 몇 주에 걸쳐 제 안부를 계속 물어보았다지요. 그러던 중에 마침내 제 오빠가 선생님을 찾아뵙고 감사의 뜻을 전할 수 있었지요. 제가 부탁한 말을 오빠가 제대로 전했는지 모르겠네요. 저도 함께 찾아뵙는 게 도리라는 전갈을 말이에요."

그녀는 앞으로의 내 여정에 대해 물었습니다. 그래서 그에 대해 미리 이야기해 주자 그녀는 이렇게 대꾸했습니다.

"선생님은 그런 여행을 할 정도로 부자이시니 행복하시겠어요. 우리 같은 사람들은 하느님과 성인들이 우리에게 지정해준 자리에 만족해야만 해요. 벌써 오랫동안 저는 제 방의 창가에서 배들이 오가며 짐들을 부리거나 싣는 모습을 지켜보고 있답니다. 이는 즐거운 일이지만, 가끔 이 모든 배들이 어디서 와서 어디로 가는지 생각하기도 하지요."

창은 바로 리페타 항의 계단으로 나 있었는데, 그녀 말대로 사람들이 무척 활기차게 움직이고 있었습니다.

그녀는 무척 사랑스러운 목소리로 오빠 이야기를 했습니다. 그는 가정을 잘 꾸려가면서, 많지 않은 급료를 가지고 언제나 이익이 날 만한 거래에 투자하는 것을 기뻐했습니다. 정말이지 그녀는 자신의 처지를 맨 먼저 나에게 낱낱이 털어놓았습니다. 나는 그녀와 이런 대화를 나누는 게 즐거웠습니다. 주마등처럼 흘러가는 우리의 다정한 관계를 처음부터 끝까지 다시 되새겨보니 사실 내가 기묘한 역할을 하고 있다는 생각이 들기 때문이었습니다. 마침내 오빠가 방으로 들어왔고, 이어서 우리는 다정하나 짐짓 무미건조하게 작별을 고했습니다.

문 앞에 와보니 마차에 마부가 보이지 않아 잽싼 소년을 보내 불러오게 일렀습니다. 그녀는 자신이 살고 있는 으리으리한 건물의 1층과 2층 사이의 낮은 중간층의 창밖으로 내려다보고 있었습니다. 그곳은 그리 높지 않아서 서로 손을 내밀면 붙잡을 수 있을 것 같다는 생각이 들 정도였습니다.

"그대도 알다시피, 사람들은 내가 그대 곁을 떠나는 것을 원치 않아요. 내가 그대와 작별을 원하지 않는다는 것을 사람들도 아는 것 같아요."라고 나는 외쳤습니다.

그녀가 이 말에 어떤 대답을 했고 내가 어떤 대꾸를 했는지, 즉 온갖 속박에서 벗어나 그저 어렴풋이 예감할 뿐인 두 연인의 속마음을 털어놓은 사랑에 넘치는 이 대화가 어떻게 진행되었는지 이 자리에서 거듭 이야기함으로써 신성함을 더럽히고 싶지는 않습니다. 이는 우연히 털어놓은 놀라운 마지막 고백이자, 내적 충동에 의해 그지없이 순수하고 사랑스러운 서로의 애정을 털어놓을 수밖에 없었던 간결한 고백이었습니다. 이 때문에 그 고백은 내 마음과 영혼 속에서 결코 잊히지 않았습니다.

그렇지만 로마를 떠나는 나를 위해 특별히 장엄한 의식이 펼쳐질 것만 같았습니다. 떠나기 전 사흘 동안 휘영청 밝은 달밤에 보름달이 두둥실 떠 있었습니다. 이런 일을 빈번히 겪었건만 어마어마한 도시에 펼쳐진 매력이 말할 수 없이 강렬하게 느껴졌습니다. 거대한 빛의 덩어리가 대낮처럼 밝게 빛나며 짙은 그림자와 대조를 이루었습니다. 때로는 반사광으로 밝게 빛나며 개개의 사물을 예감하게 해주면서 우리를 보다 단순하고 거대한 다른 세계로 옮겨주었습니다.

며칠 동안을 심란하고 때로는 고통스러운 마음으로 보낸 후 한번은 무척 외로운 심정으로 몇몇 친구들과 로마 시내를 돌아다녔습니다. 어쩌면 이번 길이 마지막이 될지도 모르는 기다란 코르소 가를 돌아다닌 후 황무지에 마치 요정 궁전처럼 덩그러니 서 있는 카피톨리노 성으로 올라갔습니다. 마르쿠스 아우렐리우스의 입상이 『돈 주앙』에 나오는 대장을 연상시켜 주었는데, 나그네의 눈에는 그가 범상치 않은 일을 꾸미고 있는 것으로 비쳤습니다. 나는 개의치 않고 성채의 뒤편에 있는 계단을 내려갔습니다. 그러자 셉티미우스 세베루스의 개선문이 어두컴컴한 그림자를 드리우면서 아주 음울하게 내 앞을 가로막았습니다. 비아 사크라의 고적한 분위기 때문에 평소엔 그토록 친숙하던 유물들이 낯설고 유령처럼 보였습니다. 하지만 콜로세움의 숭고한 잔해에 다가가 격자문으로 폐쇄된 내부를 들여다보았을 때는 온몸에 소름이 끼쳐 서둘러 귀가했음을 부인하지 않겠습니다.

규모가 거대한 것은 모두 숭고하고 평이하면서도 동시에 독특한 인상을 풍깁니다. 그리고 이렇게 유적을 둘러보면서 흡사 나의 이탈리아 체류 전 기간의 분명한 개요를 이끌어낸 것 같았습니다. 이는 흥분된 내 마음에 깊고 위대한 느낌을 불어넣어 영웅적이고 비가적이라 일컬을 만한 정취를 불러일으켰습니다. 그리하여 운문 형식의 비가를 짓고 싶은 마음이 들었습니다.

그런데 바로 이런 순간에 오비드의 비가가 어찌 내 기억에 떠오르지 않을 수 있겠습니까. 그도 역시 추방을 당해 어느 달 밤에 로마를 떠나야 했던 것입니다. "그날 밤을 생각할 때마다!" 저 멀리 흑해 연안에서 슬픔과 비탄에 잠겨 그가 돌아보던 추억이 내 기억에서 사라지지 않았습니다. 부분적으로 또렷이 머리에 떠오른 시 구절을 여러 번 읊조려 보았습니다. 하지만 그 시는 나 자신의 창작을 헷갈리게 하고 방해했습니다. 나중에 다시 시도해 보았지만 도무지 시가 쓰이지 않았습니다.

내 마음속에 슬픈 정경 아른거리누나,
로마에서 보내는 이 마지막 밤에,
소중한 추억 그토록 많이 남겨준 밤을 생각하니,
지금도 눈에선 한 줄기 눈물이 흐르누나.
어느새 인적 끊기고 개 짖는 소리도 그친 가운데,
밤의 여신, 루나가 하늘 높이 밤 마차를 모는구나.
하늘을 바라보자 카피톨리노 신전이 눈에 들어오고,
집의 수호신이 부질없이 이토록 가까이서 지켜주고 있구나.

작품해설

괴테의 생애와 『이탈리아 기행』

I. 생애

1) 유년 시절

괴테는 1749년 8월 28일 독일 마인 강변의 프랑크푸르트에서 황실 고문관인 아버지와 프랑크푸르트 시장의 딸인 어머니 사이에서 태어나 매우 유복한 환경에서 자랐다. 계몽주의 작가 레싱보다 이십 년 늦게, 고전주의 작가 실러보다 십 년 일찍 태어난 셈이다. 여러 대학에서 법률 공부를 했지만, 많은 유산을 물려받아 평생 돈을 버는 직업을 갖지 않고 명예직만 지니고 있었던 아버지는 그림과 박물표본을 수집하는 일에 관심이 많았다. 괴테는 이러한 아버지와 가정교사에게 여동생 코르넬리아와 함께 지리, 법학, 수학 등의 여러 학과목과 그리스어, 라틴어, 영어, 불어, 히브리어 등 여러 외국어를 배웠다. 게다가 춤, 승마, 펜싱은 물론 그림과 음악도 배웠다. 괴테는 재능이 많은 아이였고, 평생 동안 부족함이 없는 축복을 누렸다.

괴테는 1755년 리스본에서 일어난 대지진으로 어린 마음에 신의 존재에 대해 종교적인 혼란을 겪었고, 7년 전쟁

(1756~1763) 때 프랑스 군의 프랑크푸르트 점령으로 집이 몰수 당하는 와중에 처음으로 프랑스 문화와 접하게 되었다. 그는 어린 시절 인형극을 통해 문학에 소박하게 접근했고, 1764년에 요제프 2세의 대관식을 보았으며, 그사이에 주막집 딸 그레트헨과 어렴풋한 첫사랑을 겪었다.

2) 대학 시절

열여섯 살의 괴테는 1765년 법률학을 공부하러 라이프치히로 떠났다. 이곳에서 그는 인습에 사로잡힌 고향의 환경에서 벗어나서 처음으로 자유롭게 레싱과 빌란트를 읽고, 빙켈만의 책으로 그림에 눈을 뜨며, 동시에 아나 카타리나 쇤코프에 대한 사랑을 불태운다. 쇤코프에 대한 사랑의 환희와 고뇌를 드러낸 편지는 문학에 대한 그의 최초의 표현 충동이었다. 1768년 6월에 그는 심한 각혈로 학업을 중단하고 귀향하여 삼 년간 향락적인 생활을 보낸 후 일 년 반 동안 심사숙고하는 기간을 갖는다. 어머니의 친구 클레텐베르크, 이른바 '아름다운 영혼'의 몰아적인 귀의의 가르침을 받아들여, 그는 파라켈수스 등 신비주의자들의 서적을 탐독하고 범신론적인 세계관이 싹트기 시작했다.

1770년 봄에 그는 다시 슈트라스부르크에 가서 법학과 아울러 의학 강의도 들었다. 그는 헤르더와 접촉하면서 호메로스, 성서, 오시안, 민요 및 셰익스피어의 위대성을 알게 된다. 또한 자연이란 신의 창조적인 형성력의 표현이라는 것과 생성 변전하는 근원적인 힘에 대한 외경심을 배워 '질풍과 노도 운동'에 대한 준비를 갖추게 된다. 슈트라스부르크 시절에 괴테는 엘사스의 제젠하임 출신의 젊은 프리데리케 브리온과 사랑에 빠진다. 그는 사랑, 슬픔, 고통과 같은 모든 감정을 언어로 표현할 줄 알았다. 그래서 그는 프리데리케와의 관계에서도 아름다운 사랑의 시를 창작했다. 1771년 박사 논문을 기각당한 그는 구술시험을 처러 법률 수업사 학위를 취득하고 귀향했다. 학업을 마친 후 괴테는 프랑크푸르트에서 변호사 일을 했지만 흥미를 느끼지 못했다. 그는 독립적인 문필가가 되고 싶어 했지만 이 직업으로는 먹고살 수가 없었다.

괴테는 그의 삶에서 많은 여자들을 사랑했다. 이들은 그에게 새로운 작품을 쓰게 하는 계기를 마련해 주었다. 하지만 그는 어떤 여자와도 결혼하지 않았다. 그는 자유를 원했고, 독립적인 생활을 유지하고자 했다. 그는 이들을 버리고 떠남으로써 프리데리케와 많은 다른 여자들을 불행하게 만들었다.

3) 질풍과 노도 시대

괴테는 이성을 중시한 계몽주의와는 달리 감정을 높이 평가한 질풍과 노도 시대를 이끌었다. 청춘의 약동하는 생명력에 취하여 무한히 확장하려는 자아에 대한 긍지, 쇠잔한 합리주의에 대한 감정의 반역, 프랑스의 의고전적인 규칙이나 상식의 인습으로부터의 자유, 독일 정신의 확립, 인간성의 해방 등 이런 여러 가지 정신적인 방향 전환을 하면서 나온 첫 희곡 작품이 『괴츠 폰 베를리힝겐』이었다. 이 희곡은 대중의 열광적인 갈채는 물론 거의 모든 지식인의 찬사를 받아 괴테는 독일 작가로 문명을 떨치게 되었다. 그는 그 작품을 쓰고 몇 년 후에 비극 작품 『에그몬트』를 썼다.

1772년 5월부터 9월까지 괴테는 부친의 희망에 따라 제국 대법원에서 법률 사무를 견습하기 위해 베츨라에 체류했다. 이 보잘것없는 소도시에서 친구의 약혼자에 대한 불행한 사랑으로 『젊은 베르테르의 슬픔』이 생겨났고, 이 작품으로 괴테는 일약 세계적으로 유명해졌다. 그러나 괴테는 로테, 즉 샤를로테 부프와 케스트너와의 삼각관계에서도 의도적으로 떨어져 나와 귀향하고, 예루잘렘의 자살을 경험하고서 그 작품을 집필하게 되었다. 불행한 사랑을 겪은 몇몇 남자들은 이 소설을 읽고 실제 자살을 하기도 했다.

그 후 삼 년간의 프랑크푸르트 체류 기간(1773~1775)은 괴테의 일생에서 가장 결실이 많았던 시절이었다. 즉 가슴속에서 끓어오르는 창조에 대한 충동에 몸을 내맡긴 생산적인 시기, 데몬적인 청춘이 발효하는 시기, 무한성과의 융합을 열렬히 원하던 질풍노도의 시기였던 것이다. 괴테의 무한에 대한 동경이나 정처 없는 자기 확장에의 위험성이 『베르테르』를 집필함으로써 간신히 극복되었다. 이 시기에 릴리 쇠네만에 대한 연정과 약혼은 무한히 상승하려는 그의 충동에 장애가 될 뿐이었다. 이 사랑의 여운으로 여느 때처럼 아름다운 서정시들이 나왔다.

1775년에 바이마르의 젊은 카를 아우구스트 대공이 괴테를 자신의 공국의 장관으로 초빙했다. 그리하여 그에게 쇠네만과 질풍노도로부터 도피할 기회가 주어졌던 것이다. 이제 시인 괴테는 바이마르에서 엄격하게 의무를 이행해야 하는 생활을 하게 되었다. 그는 이곳 바이마르에서 일곱 살 연상의 슈타인 부인을 사귀며 천육백여 통의 편지를 남긴다. 하지만 그녀는 카를 아우구스트 대공의 어머니로 열아홉 살에 남편을 여읜 아나

아말리에와 괴테의 금지된 사랑의 중개자에 불과하다는 설이 있다. 이때 「마왕」이나 「어부」와 같은 담시들이 생겨났다. 하지만 그 후에 젊은 작가 실러를 사귀면서 괴테의 문학 창작력이 다시 새롭고도 강하게 생겨났다.

바이마르에서 체류한 십 년간은 정무 활동과 아울러 슈타인 부인과 우정을 나눈 시기였다. 1779년에 그는 추밀 고문관이, 1782년에는 귀족이 되었으며, 인구 십만의 소공국이긴 하지만 새로운 건설, 재정, 병사, 광산, 학예 등의 행정 업무를 총괄 지휘했다. 이리하여 무한을 동경하는 감정인은 자신의 존재를 다시 높이기 위해 행위의 인간이 된다. 동시에 그는 '무한'에 대한 역할로 슈타인 부인을 자신을 인도하는 수호신으로 삼고, 오직 인격의 상호적인 형성만을 추구하는 십 년간의 연애가 이루어졌다.

이 시기에도 괴테의 자연에 대한 관심은 지대하여, 세 번에 걸친 하르츠 기행과 스위스 여행을 했고, 지질학, 광물학, 해부학 등을 연구했으며, 스피노자의 사상에 동감하여 독특한 유기적인 자연관을 확립했다. 1775년 프랑크푸르트에서 거의 마무리된 『에그몬트』는 1778년과 1782년에 가필되어 1787년에 완성되게 되었다. 삶이 개화되는 절정에서 죽는다는 최초의 모티프는 그동안 괴테의 변화와 더불어 국민을 위해 정치적 권리를 지키고자 하는 고귀한 인격의 몰락이라는 모티프로 변화하게 되었다.

그러나 괴테는 총리가 되었을 때부터 이미 정무 의욕이 식어 갔고, 정치에서 예술로 도피하려는 생각이 싹트게 되어 북방의 조국에서 남방의 이탈리아로 도망하게 되었다.

4) 절제된 고전주의 작가

괴테의 이탈리아 기행(1786~1788)과 함께 그의 고전주의 시대가 시작되었다. 일 년 십 개월에 걸친 괴테의 이탈리아 여행은 괴테에게 예술의 위대한 양식과 법칙을 마련해 주고, 투철한 미의 세계로 이끌어가는 구원의 도정이었다. 그는 예술가로서의 자신을 재발견하고 시인으로서의 천성에서 고대 예술과 창조적인 자연과의 내적인 동일성을 재확인하게 되었다. 이리하여 1787년 『타우리스의 이피게니아』가 완성되어 순수한 자연과 인간으로 복귀를 실현한 고전주의적인 괴테는 순수 인간성의 구원의 힘을 찬양하는 명랑한 극을 여행 중에 완성했던 것이다. 1790년에 나온 『토르카토 타소』도 이탈리아에서 구상한 산물이었다. 이 작품은 더 이상 감정만을 강조하지 않고, 미적인 조화를 위해 파우스트적으로 동경을 단념하고 자유를 제한하며, 오성으로 감정을 억제하고 정화하게 되었다. 이리하여 한 인간이 윤리적으로 점점 더 완성된 존재로 발전하게 되었다.

이탈리아 기행에서 돌아온 후에 괴테는 크리스티아네 불피우스를 집에 맞아들여 함께 살게 되었다. 그는 정무에서 떠나 고독 속에 침잠하면서 십팔 년 후인 1806년에 결혼식을 올릴 때까지 소박하고 관능적인 사랑을 추구하면서, 세상의 온갖 멸시를 뒤로하고 가정의 평화와 행복을 지켰다. 그녀는 여러 명의 자식을 낳았지만, 이들 중에서 아들 아우구스트만 살아남았다. 하지만 그 아들도 괴테가 죽기 두 해 전에 사망하고 말았다.

괴테는 점점 더 유명해졌다. 각국에서 사람들이 바이마르로 몰려들어 그에게 경의를 표했지만 그는 사람들과 그들의 견해를 멀리하게 되었다. 그는 아름다움과 이상적인 형식이라는 자신의 세계를 구축했다. 그는 자연을 탐구했고, 자연의 위대한 법칙을 면밀히 조사했다.

1789년 프랑스혁명과 뒤따른 동란은 괴테에게도 지대한 영향을 끼쳤다. 카를 아우구스트 공이 출정함에 따라 괴테도 종군하였지만, 대체로 그는 혁명에는 냉담한 편이었다. 법칙과 질서를 사랑하고 존중한 그는 제도의 혁명보다 인간과 그 정신을 중히 여긴 것이다. 이때 나온 『헤르만과 도르테아』는 그 모티프의 일부로 혁명과 관련되어 있으면서도 독특한 방법으로 형상화됐는데, 이는 괴테의 체험을 통해 높여진 독일 시민 생활의 빛나는 찬가로서 『베르테르』와 아울러 많은 애독자를 갖고 있다.

독일과 유럽에서 나폴레옹의 통치에 대항한 민족 전쟁이 일어났을 때 그는 아들에게 자유 전쟁에 참가하지 말라고 했다. 그는 나폴레옹을 위대한 남자로 숭배했지만, 전쟁과 유혈 사태를 혐오했다. 그는 새로 대두하는 민족적이고 자유로운 이념을 거부하며 맞서고 있었다.

5) 실러와의 우정

이탈리아에서 돌아와서 몇 년 동안 아무런 결실이 없는 시기를 보낸 후 괴테는 실러와 고귀하고 아름다운 우정(1794~1805)을 맺게 된다. 직관과 사변, 현실주의와 이상주의, 소박과 성찰, 이렇게 성향이 다른 두 사람이 자연과 예술의 본질적 통일이라는 확신에 동감하고 순수 객관성을 추구하는 시적 노력에 서로 일치했다. 이리하여 다시 시심이 떠오른 괴테는 실러가 주재하는 문학잡지 《호렌》과 《시신연감》에 기고하면서 단시

(短詩)에서 커다란 수확을 얻게 되었다. 또한 실러에게 자극받아『빌헬름 마이스터의 수업시대』와『파우스트』1부가 결실을 맺게 되었다. 그는 실러가 살고 있던 예나를 자주 찾아가 슐레겔 형제, 피히테, 헤겔, 셸링, 훔볼트 형제, 브렌타노, 티크와 같은 당대 최고의 지식인들과 사귀게 되었다. 1803년에 젊은 시절의 스승 헤르더가 사망하고 1805년 실러가 죽자 그는 '자신의 존재의 반'을 잃었다며 슬퍼하다가 병에 걸려 목숨이 위태로워지기도 했다.

1805년부터 1815년에 걸친 나폴레옹 전쟁에 의한 유럽의 동란에 바이마르까지 휩쓸리게 되었다. 그는 나폴레옹을 세 번이나 만났는데, 그의 인간적인 매력에 애착을 느끼고 나폴레옹으로부터 해방되려던 독일의 애국적인 격정과 반대되는 입장을 갖기도 했다. 그는 이미 세계 국가, 세계 시민이라는 이상에 사로잡혀 있었던 것이다. 1809년에는 자연이 지닌 맹목적인 강제력과 데몬적인 충동에 대한 인간의 자각적인 의지의 항쟁과 승리를 그린 소설『친화력』이 나왔다. 이 작품은 그의 근대적인 작품의 하나로서 명확한 구도와 투철한 인생 통찰을 지닌 독일 문학 최초의 사회 소설이다.

1808년 모친을 여읜 그는 고타 출판사에서 열두 권의 전집을 낸 것을 계기로 자서전 집필에 착수하여『시와 진실』을 간행한다. 이는 괴테의 자전인 동시에 독일과 유럽의 정신사, 사회사 및 문화사라 할 수 있고 시인이라는 자기 자각의 또 다른 표현이었다. 나폴레옹이 몰락한 후 그의 관심도 혼란한 유럽에서 순수한 동방 세계로 향하여 이슬람에 관심을 가지며 페르시아의 시인 하피스에 경도하게 된다.

괴테는 늙어서도 아름답고 재기발랄한 여성에게 매혹당했

다. 마리아네 폰 빌레머와의 관계에서 1819년 『서동시집』이 생겨났다. 이것은 노시인의 환희와 예지의 표현이며, 또한 현재와 과거, 고백과 세계가 어우러진 아름다운 시집이다. 아내 크리스티아네가 1816년 쉰한 살의 나이로 저세상으로 간 후 일순간의 청춘의 불꽃은 사라지고, 그의 주위는 점점 공허와 죽음의 정적이 깃들게 된다. 그러는 동안 『이탈리아 기행』을 쓰는 동시에, 『파우스트』 제2부를 구상하고, 자연과학과 예술 연구에 전념한다.

1821년 그는 자주 요양지 마리엔바트에서 요양을 했는데, 그곳에서 알게 된 소녀 울리케 폰 레베초브에게 뜻하지 않은 격렬한 사랑을 느끼고 스스로 놀랐지만, 역시 체념으로 끝이 나고 이러한 노년의 위기는 1823년 「마리엔바트의 비가」로 극복된다. 이것은 한탄, 청춘의 격정 및 노년의 예지가 융합하고, 순수 인간성에 귀의하며 신의 사랑에 대한 믿음이 격조 있게 울리는 시편이다.

만년에 가서 에커만은 외로운 괴테와 대화를 나누면서 『괴테와의 대화』를 남겨 괴테의 모습을 후세에 생생하게 보여주었다. 1826년부터 괴테의 심중에는 '세계 문학'이란 개념이 성숙하게 되었는데, 그는 도덕적이고 미적인 통일로서의 인류를 확신하고 그것을 바탕으로 개성적인 문학 세계를 이룩할 수 있다고 주장했다. 어느덧 여든 살이 된 노시인은 주위의 가까웠던 친지들이 죽는 것을 경험해야 했고, 외아들인 아우구스트마저 로마에서 객사하여 그의 비통과 적막감은 한층 더하게 되었다. 만년에 가서도 놀라운 창작력을 보인 그는 사랑과 경건한 마음으로 폭력을 제어하는 것을 그린 단편 소설 『노벨레』를 1826년에 집필했고, 1829년에는 『빌헬름 마이스터의 편력시대』를 완성했다. 이 작품은 구성이 혼란스럽긴 하지만 대작가의 인생에 대한 총합이자 절정으로 무한한 의미를 지니고 있다.

죽기 직전인 1831년에 그는 『파우스트』 2부를 완성했다. 우주 근원의 비밀을 규명하려고 하늘에서는 가장 아름다운 별을, 땅에서는 최고의 향락을 요구하는 파우스트라는 인물에서 그는 방황하고 헤매는 가운데 영원하고 신적인 이념을 찾는 길을 묘사한다. 그것은 인류의 복지를 위해 일하고 공동체를 위해 봉사하는 길이다. 그런 후에 파우스트는 천국에 이르는 문에 들어서게 된다. 그때 "항상 노력하고 애쓰는 자는 구원받는다."는 말이 귀에 들린다. 『파우스트』의 완성과 아울러 지상에서의 괴테의 인생도 종결되어 1832년 3월 16일 감기로 자리에 누운 괴테는 22일 바이마르의 자택에서 영원히 눈을 감았다.

6) 자기 구원

괴테는 세계 도처에서 신적인 힘을 보았는데, 특히 중요한 사람이나 자연의 법칙에서 그러했다. 괴테의 생각에 의하면 누구나 신적인 불꽃을 자체 내에 지니고 있다고 한다. 이것으로 그는 자신의 힘으로 점점 더 완성된 인간으로 발전해 간다. 이 때문에 그의 본성이 선하게 되는데, 사물을 이렇게 보는 인간을 괴테는 인문주의자라고 칭한다.

하지만 오늘날 우리들은 세상에서 수많은 끔찍한 것을 보며, 인간은 여전히 불완전하고 사악하다. 그래서 괴테가 말한 바의 자기 구원이 있을 것 같지 않다. 그는 방향만을 제시할 뿐 우리가 짊어진 멍에에서 해방시켜 주는 것은 아니다. 오히려 우리는 그를 통해 더욱 삶을 사랑하고 고뇌하는 것을 배우게 된다.

그는 키르케고르나 니체와 달리 세상과 인생을 긍정하며, 사물과 인간을 사랑하여 화해와 타협을 촉진시켜 준다.

그가 말한 것에는 죄다 호의와 선의의 분위기가 감지된다. 애정을 지닌 관조, 유화적인 긍정, 이성과 분별, 세상과 인간의 풍성함에 대한 감수성, 이 모든 것을 지향하는 독자적인 충동이 약화된다고 느낄 때는 언제나 괴테에게서 그 힘을 다시 찾을 수 있을 것이다.

II. 『이탈리아 기행』에 대해서

1) 이탈리아에 대한 동경

18세기는 유럽에서 여행이 붐을 이루던 시기였다. 괴테는 이미 소년 시절부터 이탈리아를 동경하고 있었다. 일찍이 이탈리아 여행기를 썼던 아버지의 체험담에다, 로마의 전경을 담은 그림, 베네치아의 아름다운 곤돌라 모형이 그 나라를 꿈꾸게 해주었다. 그리고 아버지가 현지에서 수집해 온 박물표본이나 대리석상, 그림과 스케치, 동판화와 목판화, 석고상과 코르크 세공품 등은 어린 괴테의 마음에 남국에 대한 그리움을 심어주기에 충분했다. 그는 이탈리아어도 미리 배워두었다.

프랑스혁명이 일어나기 십삼 년 전인 1786년 9월 3일 새벽 3시에, 괴테는 자신의 생일을 축하하는 의미에서 아우구스트 대공 일행과 휴양차 머물던 카를스바트를 '몰래' 빠져나왔다. 이러한 뜻밖의 행위로 일행은 수수께끼 속에 빠졌고, 얼마간 그에 대해 섭섭한 감정까지 갖게 되었다. 괴테는 오소리 가죽 가방만을 하나 들고 혼자서, 혹은 친구들의 도움을 받으며 로마의 유적은 물론 나폴리와 시칠리아 섬까지 답사했으며, 유명한 그림이나 조상(彫像)이 있는 곳이면 어디든 달려갔다. 심지어 위험을 무릅쓰고 화산이 폭발하는 현장에 다가가는 것도 서슴지 않았다. 그러곤 편지와 메모, 일기, 스케치와 그림, 자료 수집 등을 통해 관찰의 내용을 충실하게 남겨놓았다. 거기에다 이 여행에 관한 동시대인들의 기록 또한 적지 않다. 이 모든 자료들을 총망라하여 괴테 자신이 적절하게 편집해 놓은 것이 바로 『이탈리아 기행』이다. 이 책은 빙켈만의 명저 『고대 예술사』(1764)에 못지않게 이탈리아를 동경하는 후세 사람들에게 좋은 안내서가 되었다.

스물여섯 살의 괴테는 1775년 바이마르 공국의 카를 아우구스트 대공의 초청으로 바이마르에 가서 십여 년 동안 공직 생활을 하면서 부와 명예를 얻었지만 경직된 생활로 창작력이 고갈되어가자 점차 이에 회의를 느끼면서 새롭게 충전하고 싶다는 욕구에 시달렸다. 이러한 상황에서 구원받는 길은 탈출하는 것뿐이었다. 그리하여 괴테는 서른일곱의 나이에 유럽 문명과 예술의 원천을 찾아 1786년 9월 3일부터 1788년 6월까지 일 년 십 개월 동안 독일을 떠나 이탈리아를 두루 여행하면서 눈과 마음을 열고 새로운 세계를 마음껏 호흡하였다. 괴테의 이탈리아 여행은 소년 시절부터 간직했던 남국에 대한 동경, 고루한 바이마르에서 벗어나고자 하는 충동, 침체된 예술 정신을 되찾고 싶은 욕구로 볼 수 있다.

여행 중에 창작력이 고취됨으로써 새로운 작품이 구상되고, 오랫동안 묵혀 두었던 미완의 원고들이 로마에서 결실을 맺을 수 있었다. 그는 고전주의에 대해 새롭게 눈뜨게 되어, 젊은 시절 추구했던 '질풍노도' 경향의 조야함을 극복하고 빙켈만이 말하는 '조용한 위대성과 고귀한 단순성'을 깨달았던 것이다. 규범과 조화를 중시하는 이탈리아의 고전주의는 괴테 작품 세계의 새로운 장을 열었다. 『타우리스의 이피게니아』가 아름다운 운문 형식으로 개작되었고, 『에그몬트』 및 『에르빈과 엘미레』가 완성되었으며, 대작 『타소』와 『파우스트』를 완성하기 위한 구상도 이때 이루어졌다.

2) 『이탈리아 기행』의 구성

괴테는 몰래 카를스바트를 빠져 나온 지 거의 두 달 만인 10월 29일 로마, 즉 '세계의 수도'에 도착한다. 티롤 산맥은 마치 날듯이 금방 넘었고, 베로나, 비첸차, 파도바, 베네치아는 잘 보았지만, 페라라, 첸토, 볼로냐는 대충 보았으며, 로마에 당도하려는 욕구가 매 순간 자꾸만 커져서 피렌체에는 세 시간밖에 머물지 못했다. 드디어 로마에 도착해 마음이 안정된 괴테는 익히 알고 있던 모든 것이 눈앞에 펼쳐지자 새로운 삶이 시작되는 세상을 친숙하게 바라본다.

『이탈리아 기행』 제1부는 1786년 9월 카를스바트에서 1787년 2월 로마까지의 여정을 담고 있고, 제2부는 1787년 2월 나폴리와 1787년 6월 시칠리아까지의 여정을 담고 있으며, 제3부는 1787년 6월에서 1788년 4월까지의 두 번째 로마 체류기를 담고 있다.

제1부는 시간의 순서에 따라 씌어져 있어 기행문으로서의 성격이 가장 강하다. 일기 형식으로 티롤 산맥에서 베로나를 지나 로마에까지 이르는 이탈리아 여러 도시에 대한 인상과 생각이 잘 묘사되어 있다. 그는 일주일 동안 고되고 외로운 마차

여행을 하며 뮌헨, 인스브루크, 브레너를 거쳐 9월 11일에 트리엔트에서 이탈리아 땅에 들어섰다. 여행 도중 괴테는 필리포 밀러, 테데스코, 피토레 등 가명을 써서 자신의 신분을 숨기며 다니다가 뜻하지 않은 봉변을 당하기도 했다. 그는 베로나의 원형 극장에서 처음으로 고대의 건축에 접하게 되었다. 비첸차에 며칠 머물면서 팔라디오의 궁정 건물에 매혹되었다. 그는 계속해서 베네치아로 가서 그곳에서는 두 주 이상 머물렀다. 페라라와 첸토를 거쳐 볼로냐에 도착해서는 다시금 며칠간 휴식을 취했다. 목적지에 도달하는 것이 시급했기 때문에 되도록 여행을 서둘렀다. 피렌체에서는 세 시간밖에 머물지 않았고, 페루자에서는 아무것도 보지 않았다. 아시시를 거쳐 로마에 발을 디딘 것이 10월 29일이었다.

처음에 괴테는 로마와 나폴리만을 둘러볼 생각이었다. 그러나 나폴리를 찾아가서 그 아름다움에 매료된 그는 한 달 가량이나 머물다가 시칠리아 섬까지 나아갔으며, 결국은 이탈리아에 더 체류해야겠다는 생각을 하지 않을 수 없었다. 나폴리와 시칠리아 지방을 답사한 기록인 제2부는 주로 바이마르의 친구들에게 보내는 편지들에 의존했기 때문에 1부보다 기행문의 성격이 약한 편이다. 여기에는 편지와 함께, '추억에서 이끌어 낸' 단편적 기록들이 첨가되었다. 석 달 넘게 이탈리아 남부를 여행하면서 괴테는 홀가분하고 자유로운 나그네의 정취를 마음껏 만끽하였다. 1787년 6월 7일 다시 로마로 돌아온 그는 이 위대한 세계의 학교에 일 년 이상 더 수학하게 되었다.

괴테는 로마에서 친분이 두터웠던 화가 티슈바인의 집에서 묵었다. 코르소 가 20번지에 있는 이 집에서는 활기 넘치는 로마 거리를 내다볼 수 있었다. 로마에 머무는 동안 괴테는 극소

수의 사람들하고만 사귀었다. 유적을 답사할 때마다 안내자가 되어준 앙겔리카 카우프만, 그녀의 남편으로 고고학자이자 예술품 수집가인 라이펜슈타인, 그 밖에 야콥 필립 하케르트, 카를 필립 모리츠, 하인리히 마이어 등은 항상 그의 주위에 머물면서 친구이자 조력자이며 교사 역할을 해주었다. 이러한 친구들의 안내와 조언을 받으며 괴테는 일찍이 자신의 열정과 동경의 대상이었던 유적을 찾아다니면서, 고전이라는 토양 속에서 존재하는 새롭고 놀라운 대상을 접하고 더없는 희열을 맛보았다. 로마에 남아 있는 옛 문화의 숨결은, 그가 지금껏 갇혀 있던 사고의 틀, 그 껍질에서 벗어나게 하는 데 많은 도움을 주었다.

로마에 두 번째로 머무를 때 그의 안목은 상당히 높아져 있었다. 그는 발길이 닿는 명소들을 빠짐없이 찾아다녔고, 귀중한 조각품이나 미술품을 관찰한 후 그 느낌을 일기나 편지 속에 자세히 기록해 두었다. 또한 벨베데레의 고상한 아폴로 상과 콜로세움의 웅장함, 시스티나 성당의 르네상스 시대 예술 등에 찬탄을 금치 못하고 뛰어난 유적과 유물은 여러 번 살펴보면서 처음의 놀라움을 공감으로 바꾸어나갔다. 괴테가 보고자 했던 것은 시대의 변화에 따라 굴절되어 가는 로마가 아니라 '영원히 존속하는 로마'였다. 이처럼 그는 고대 예술에 깃들인 정신을 자신의 것으로 만들려고 혼신의 힘을 기울였는데, 이는 "예술에 대한 지식과 작은 재능이 여기서 철저히 단련되고 무르익어야 한다."는 생각 때문이었다.

십 년이나 늦게 쓰인 제3부, 즉 『두 번째 로마 체류』는 앞서 출간된 여행기와는 구성이 많이 다르다. 그날그날 일어난 일과 생각을 기록한 편지들이 편집되고, 달마다 특히 기억되는 사건이나 느낌이 '보고'라는 형식으로 기술되었다. '보고'는 물론 당시의 기록을 참조하고 기억에 의존해 노년의 괴테가 새로 작성한 글이다. 그사이에 또 괴테 자신이나 다른 사람의 중요한 논문과 편지, 그리고 잊을 수 없는 사건에 대한 인상기를 추가해 넣었다. 화가 티슈바인의 편지, 「교황의 융단」, 「방해받는 자연 관찰」, 「어원학자 모리츠」, 「유머 넘치는 성자 필리포 네리」, 「로마의 사육제」, 그리고 모리츠의 논문 「미의 조형적 모방에 관하여」 등이 그것들이다. 『두 번째의 로마 체류』는 그런 의미에서 여행 일기에 충실한 앞부분과 사뭇 다른 면모를 보여준다. 한편, 괴테의 여행기에는 편지의 많은 부분이 축약되거나 교체되었고, 심지어는 아주 새로 쓰이기도 했다.

3) 괴테와 자연과학

이탈리아로 떠나기 몇 해 전부터 괴테는 자연과학 연구에 몰두하고 있었다. 일메나우 광산을 감독하기 위해 지질학 및 광산학에 관심을 갖게 되었고, 1780년 초 예나 대학에서 비교해부학과 골상학을 연구하기도 했다. 그는 당시에 이미 모든 생물의 원형과 친족성에 대해 숙고하여, 1784년 괴테는 동물에게만 있다고 알려진 악간골(顎間骨)이 인간에게도 나타난다는 것을 증명하였고, 1785년 「몇몇 동물의 연골에 관하여」라는 논문을 쓰기도 했다. 그는 생명 있는 유기체인 인간을 형성하는 구조가 해부학과 골상학이라고 보았다. 로마라는 고전적 토양에서 자연과 그것이 상승된 형태인 인간의 형상을 관찰하면서 괴테는 그 오묘한 유기적 관계에 감탄을 금치 못했다.

자연과학 연구에 흥미를 가질수록 괴테는 자신의 모든 관심사가 정무(政務)를 돌보는 일 때문에 방해를 받는다고 생각하였다. 결단을 내리기로 마음먹은 그는 괴셴과 출판 계약을 맺은 뒤 모든 공무와 사적인 일을 정리했다. 그리고 대공에게 기일을 정하지 않은 휴가를 신청했다. 그러나 구체적인 휴가 계획은 대공에게도, 절친한 샤를로테 폰 슈타인 부인에게도 밝히지 않았다. 그러나 괴테는 바이마르에서 로마로 꼬박꼬박 전달된 급료로 생활할 수 있었다.

괴테가 이탈리아 여행에서 관심 깊게 살펴본 세 가지는 자연, 인간 사회 및 예술이었다. 자연과학에 대한 괴테의 연구는 로마에 있으면서 더욱 고조되었다. 그는 식물학뿐 아니라 동물학, 지질학, 광물학, 기상학, 색채론까지 포함하는 광범위한 분야에 관심을 가졌다. 자연현상에 대한 세심한 관찰은 당시의 편지나 일기들 속에 기록되어 있다. 어느 경우에나 자연의 개체, 혹은 복합체 속에 일어나는 현상들을 파악하고, 이를 통해 생명의 비밀을 알아보려는 노력이 엿보인다. 베네치아의 바닷가 리도에서는 바다 뱀장어와 꽃게를 관찰하여 생명력의 경이로움에 경탄하고, 파도바의 식물원을 둘러보고는 소위 '원형식물'이라는 독특한 개념을 구상하게 되었다. 단순한 유기체에서 한 걸음씩 나아가 마침내 모든 것 중에서 가장 발전된 경지, 즉 자연의 모든 자료가 천재적으로 결합되어 이루어진 존재가 인간이라고 그는 보았다. 따라서 괴테의 인간상은 역사나 신학으로 증명되는 것이 아니라 자연 속에서 그 뿌리를 찾을 수 있다.

4) 예술작품에 대한 관심

그는 자연뿐만 아니라 예술작품, 예컨대 미켈란젤로나 라파엘로를 위시한 옛 거장들의 조각과 그림에도 깊은 관심을 보였다. 그는 미술 공부를 자청해 열심히 노력하였고, 그림을 여러 장 남기기도 했다. 미술사에 대한 체계적인 지식을 얻기 위해 로마의 화랑, 박물관 및 건축물 들을 열성적으로 방문했다. 이러한 노력은 새로운 탄생이라는 그의 소망을 이루어주었을 뿐 아니라, 그가 독일 고전주의 문학을 완성하는 데 중요한 원천이 되었다. 여기서 그는 자연 관찰과 예술 고찰이 한 몸이라는 사실을 깨달았다. 자연 속에서도 그렇듯이, 그는 최고의 예술이 모든 자의적이고 공상적인 것을 떠나 내적인 진실과 필연성이 지배하는 곳에서만 실현된다는 것을 확인했다. 괴테는 또한 인간을 개별적 존재일 뿐 아니라 공동체적 존재로 보았다. 이러한 공동체적 삶에 접근하기 위하여 어딜 가나 주민의 행동, 생활양식, 관습 및 특성 등을 파악하는 데 각별히 주의를 기울였다. 거리, 학교, 상점, 극장, 시장, 교회 등을 거듭 돌아다니며 관찰하고, 그 지역의 자연과 문화를 유추해 냈다.

괴테는 이탈리아인의 감각적인 생활 태도에 특히 관심을 가졌다. 그는 연극 공연과 재판에도 참관했고, 1788년 2월에는 유명한 로마의 사육제를 구경하였다. 열띤 축제의 와중에서 그의 눈이 바라본 것은 자연적 존재인 인간과 그 집합체인 민중의 삶과 숨결이었다. 괴테는 민족을 역사가 아닌 자연으로 이해했다. 몰락과 죽음도 자연현상에 속하는 것이므로, 인간의 역사도 역시 자연 속에서 이해하려 했다. 이러한 자연관에 입각해 그의 예술관도 다시 정립되었다. 인간의 예술 역시 최고의 단계에 이른 자연에 지나지 않기 때문이다. 따라서 로마의 고귀한 예술은 괴테가 볼 때 진정한 자연법칙을 따른 인간 최고의 작품이었던 것이다.

로마는 시인 괴테가 진지하고 치열하게 사물을 탐구한 장소였다. 이러한 학문적 연구는 향후 그의 창작 활동에 커다란 영향을 미치게 되었다. 한마디로 로마는 괴테의 사상이 개발되고 신장된 토양인 셈이었다. 그러한 고전적 분위기에서 그의 창작력이 되살아나 구체적인 결과를 얻게 되었다. 그리하여 그는 그때까지의 삶에서 얻은 결실을 점검하면서 미래를 향한 진로를 결정할 수 있었다.

5) 『이탈리아 기행』의 생성

괴테의 『이탈리아 기행』은 자서전의 하나라고 해도 좋을 정도로 매우 주관적인 여행기이다. 제일 나중에 출간된 『두 번째 로마 체류』에서는 수신서(修身書) 같은 면모마저 엿보인다. 이는 새로운 세계와 만남으로써 자아가 성숙해지고 더욱 내면화되는 인간, 요컨대 부단히 탐구하고 노력하는 인간의 모습을 보여주는 기록이다. 괴테가 이탈리아에 있을 때 써놓았던 「여행 일기」가 이 책의 중요한 자료가 된다. 괴테는 여행기를 일찍 출간하려 하였으나 귀국 후 얼마 동안 의욕을 상실했다가 삼십 년도 훨씬 더 지나서야 자신의 삶의 기록을 모으기 시작했다. 당시 이 기록이 자서전을 쓰는 데 중요한 자료가 되었다.

1814년 페르시아 시인 하피스의 시집 『디반』을 읽고 괴테의 마음속엔 어린 시절부터 품었던 동방 세계에 대한 동경이 되살아났다. 그해 여름 라인과 마인 지방을 여행하면서 열일곱 살 이후 발길을 끊었던 고향을 찾아가서 새로운 눈으로 고향의 풍광이며 문화며 역사를 살펴보는 동안 깊은 감명을 받게 되었다. 다음 해 한 번 더 찾았을 때에도 고향의 매력은 여전하였다. 이것이 이탈리아에 관한 그의 추억을 재현하는 데 결정적인 계기가 되었다.

준비 작업을 철저히 한 후 괴테는 1811년부터 자전적인 글을 쓰는 데 매달렸다. 그리하여 1812년 10월에 『시와 진실』 1, 2부를 완성할 수 있었다. 3부는 1년 뒤에 완료되었고, 이것을 합쳐 『나의 삶으로부터, 제1편』이라 이름 붙였다. 『이탈리아 기행』은 『시와 진실』과 『프랑스 종군기』(1822) 사이에 나온 중요한 자전적 기록인 것이다. 이탈리아에서 얻은 교훈이 점차 퇴색해 가고 있음을 절감한 괴테는 이러한 내적 투쟁의 기록을 재생하면서 다시 한 번 삶의 깊이와 고전주의 이념의 중요성을 확인할 수 있었다.

이 여행기는 세 번에 걸쳐 출판되었다. 1816년 10월에 1권, 1817년 10월에 2권이 나왔고, 두 번째의 로마 체류를 기록한 3권은 1819년에 착수하여 무려 10년이나 지나 1829년 8월과 9월에 걸쳐 완간되었다. 1, 2부를 합해 출간할 때에도 책의 제목은 『이탈리아 기행』이 아니라 『나의 삶으로부터, 제2편 1부와 2부』이었다. 제1부는 카를스바트에서 로마까지의 여행, 그리고 1787년 2월까지의 로마 체류를 기록한 것이고, 제2부는 나폴리와 시칠리아 섬을 다녀온 기록이었다. 『이탈리아 기행』이라는 제목이 정해진 것은 1829년 『두 번째 로마 체류』를 씀으로써 여행기가 전부 완성되었을 때였다. 옛 기록을 모아 편집하는 작업을 하는 동안 괴테에겐 지난 세월의 희열과 벅찬 감동이 되살아났고, 풍경이며 유적이며 사람들이 생동감 있게 눈앞에 나타났다. 그의 기억력과 상상력은 과거를 재현하기 위해

부심했고, 그의 언어는 다시 한 번 예리한 통찰력으로 빛을 발했다.

이탈리아 체류가 괴테의 삶과 문학에 끼친 영향은 지대하다. 캄파니아의 폐허에서, 성 베드로 성당의 뜰에서, 라파엘로와 미켈란젤로의 그림 앞에서, 또는 광란하는 사육제의 군중 속에서 괴테는 독일과 다른 새로운 세계의 삶을 호흡했고, 그러한 감흥을 자신의 삶과 예술의 자양분으로 삼았다. 그는 티슈바인과 하케르트에게서 미술 지도를 받았고, 앙겔리카 등의 안내로 옛 로마의 유산을 하나씩 답사했다. 이러한 심미적 관찰과 자유분방한 생활을 통해 사물에 대한 통찰력이 예리해진 그는 자신의 정체성을 되찾음으로써 작품 창작을 위한 재충전에 성공하였다.

드디어 괴테는 1788년 4월 23일 음악가 카이저와 함께 귀향길에 올랐다. 5월 6일에 피렌체에 도착했고, 5월 22일에는 밀라노에 도착하여 며칠간 머무르면서 레오나르도 다 빈치의 걸작 「최후의 만찬」을 볼 수 있었다. 코모와 슈필겐을 지나 마침내 1788년 6월 18일, 출국한 지 장장 일 년 십 개월여 만에 바이마르에 되돌아왔다. 로마와 작별한 것은 괴테에게 있어 삶의 한 중요한 시대와 결별한 것과 마찬가지였다. 남국의 도시를 떠나며 애석해하는 심경은 여행기 말미의 여러 군데서 드러난다.

괴테는 어릴 때부터 동경했던 이탈리아를 인생의 전환기에 둘러봄으로써 궁정 생활의 매너리즘에 빠진 자신을 구원할 수 있었다. 이러한 재충전과 자아 성찰의 모습을 기록한 기행 문학인 『이탈리아 기행』은 독일 문학에서 매우 중요한 가치를 지닌다. 당시의 낭만주의자들은 괴테가 자신의 체험과 지식을 지나치게 과시한다고 비판하기도 했으나, 작가이자 과학자의 눈으로 진지하게 사물을 대하고 거기에서 생겨나는 감정을 솔직히 털어놓는 그의 태도는 높이 평가할 만하다고 하겠다. 따라서 이 책은 단순히 흥미 위주의 여행기라기보다는, 대시인이 삶의 일대 전환기에 겪은 진지한 삶의 체험의 기록인 것이다.

홍성광